D0340551

CES ENFANTS
D'AILLEURS

Arlette Cousture

CES ENFANTS D'AILLEURS

TOME 2
L'envol des tourterelles

D'après une idée originale
d'Arlette Cousture et de Daniel Larouche

ÉDITION DU CLUB QUÉBEC LOISIRS INC.
© Avec l'autorisation de 158126 Canada Inc. 1994
Dépôt légal — Bibliothèque nationale du Québec, 1995
ISBN 2-89430-156-1
(publié précédemment sous ISBN 2-89111-625-9)

IMPRIMÉ AU CANADA

À mon père, Émile Couture, qui m'a raconté son siècle de vie, que ses yeux ont toujours mal vu mais que son intelligence et sa mémoire ont su bien comprendre et bien retenir.

Remerciements

Je désire remercier ici certaines personnes qui, de diverses façons, m'ont aidée dans la grande aventure que fut la réalisation de ce roman.

Merci d'abord à Mme Élisabeth Pawulski, qui, en plus de prêter son nom à l'un des personnages, m'a fourni à son insu l'idée de mettre en scène une famille de musiciens.

Merci à M. Robert Prégent, qui m'a décrit la vie d'une épicerie de Montréal dans les années 50.

Merci à Mme Monique Marcil, directrice générale du Concours international de Musique de Montréal, pour m'avoir donné accès à plusieurs documents, et à Mme Marie-Josée Taillefer, qui m'a fourni de très utiles informations.

Merci à Carole Levert et à André Bastien, mes éditeurs et amis, ainsi qu'à toute l'équipe des éditions Libre Expression, plus particulièrement Johanne Guay, directrice générale, Louis Royer, dont le patient travail de révision m'a été extrêmement précieux, et Gilles Archambault, qui a illustré d'une façon si colorée, sur la couverture, cette épicerie montréalaise née de mon imagination.

Merci à Richard Ducousset et à Francis Esmenard, mes éditeurs et complices de Paris, ainsi qu'à toute l'équipe des éditions Albin Michel, plus particulièrement mon amie Danielle Boespflug, Jean-Yves Bry, Marie Dormann, Sylvie Hoare et Claire Delannoy.

Enfin, un tendre merci à Daniel Larouche, mon amour, mon compagnon, mon confident, mon ami.

Arlette Cousture

CES ENFANTS D'AILLEURS

Tome 1

Même les oiseaux se sont tus

Juin 1939. Élisabeth, Jan et Jerzy vivent dans la ville de Cracovie, en Pologne, auprès de leurs parents, Tomasz Pawulski, professeur d'histoire à l'université, et Zofia Pawulska, musicienne. Lorsque la guerre atteint leur pays, l'aîné, Jerzy, alors âgé de dix-sept ans, choisit de suivre les divisions de l'armée polonaise malgré l'opposition de son père. Pour les autres membres de la famille, la guerre devient synonyme de peur et de privations. Le jeune Jan multiplie les ruses pour obtenir de la nourriture. De temps à autre, M. Porowski leur apporte les précieux produits de sa ferme sur laquelle, autrefois, les enfants Pawulscy allaient passer quelques mois de l'été. Vers la fin de 1939, leur père, à l'instar de plusieurs autres intellectuels, est fait prisonnier par les Allemands. Pour Zofia, c'est une perte cruelle. Elle met au monde son quatrième enfant, Adam, et trouve la force de poursuivre son enseignement du violon.

Peu après la libération de Tomasz, une pièce de la maison des Pawulscy est réquisitionnée par l'armée allemande et la famille est forcée d'accueillir l'officier Schneider. Un jour, les Pawulscy, menacés d'exécution parce qu'ils font de la résistance, décident de fuir, mais seuls Élisabeth et Jan ont le temps de s'éloigner suffisamment de la maison pour échapper à la tuerie. Adam a lâché la main de sa sœur pour revenir dans la demeure où se trouvent encore ses parents et il est donc avec eux quand la fusillade éclate. Lorsque Élisabeth et Jan retournent sur les lieux du massacre, les cadavres ont déjà été emportés. Jan retrouve cependant les lunettes de son père, qui ne le quitteront plus. Élisabeth, elle, s'empare du violon de Zofia.

Le frère et la sœur amorcent leur fuite. Ils traversent à pied les Carpates, et, sur leur route, un jeune homme nommé Marek se joint à eux. L'amour naît entre lui et Élisabeth, si bien que Jan se transforme en officiant pour célébrer leur union. Élisabeth est l'émouvante mariée blanche d'épousailles destinées à connaître une fin cruelle. Devant tant de malheurs, elle se croit porteuse de malchance. Ni l'annonce de la fin de la guerre ni même sa traversée de l'Atlantique vers le Canada en compagnie de Jan ne réussissent à lui redonner le sourire.

À Montréal, Jan et Élisabeth sont accueillis par un couple d'origine polonaise. M. Favreau est épicier sur le plateau Mont-Royal et il a depuis longtemps adopté un nom à consonance canadienne-française. Élisabeth et Jan poursuivent cependant leur périple jusqu'au Manitoba, où ils souhaitent revoir un ami de leurs parents, le père Villeneuve. Celui-ci trouve un travail à Jan sur la ferme de M. Bergeron, à Saint-Adolphe, ainsi qu'un foyer pour Élisabeth à Saint-Boniface, dans la famille du docteur Dussault. Si la vie d'Élisabeth s'améliore, celle de Jan prend des allures de cauchemar. Exploité par le fermier qui l'a embauché, malmené par les ouvriers, il souffre à nouveau de la faim et il n'a que ses poings pour se protéger.

Jerzy s'est également retrouvé au Manitoba après la guerre. Il garde le souvenir de la rousse Pamela, infirmière britannique avec qui il a connu une brève idylle alors qu'il était hospitalisé à Londres, mais c'est avec Anna Jaworska, Canadienne d'origine polonaise, qu'il a décidé de faire sa vie. Peu après les retrouvailles des trois enfants Pawulscy, Jan vient vivre sur la ferme de son frère. Alors qu'Élisabeth amorce sa carrière de professeur de violon et qu'elle se laisse apprivoiser par Étienne, un animateur de radio, Jan rêve de plus en plus souvent d'une certaine épicerie de Montréal. Lorsqu'il annonce à Jerzy sa décision d'accepter l'invitation de M. Favreau d'aller travailler pour lui, l'aîné se fâche. Jan part malgré tout, et Élisabeth lui fait la surprise de l'accompagner. La brouille entre les deux frères paraît irréconciliable.

Jan retrouve avec bonheur la ville de Montréal ainsi que le métier d'épicier. Lorsqu'il obtient sa citoyenneté canadienne, il imite M. Favreau et remplace son nom polonais par celui de Jean Aucoin. Il épouse une jeune Montréalaise, Michelle Dupuis, et bientôt naît leur fils Nicolas, dont Jerzy accepte d'être le parrain même si les deux frères ne se parlent toujours pas. Jerzy a lui-même un fils, Stanislas, qui est le filleul de Jan, et Anna attend un deuxième enfant.

Quant à Élisabeth, elle trouve en Florence, à qui elle enseigne le violon, la raison de prolonger son séjour à Montréal. Florence se révèle en effet une élève si douée que son professeur est incapable de l'abandonner. Côté cœur, Élisabeth est de plus en plus éprise du docteur Denis Boisvert. Florence est sans doute la seule à deviner combien Élisabeth tient à lui...

*P*remier temps

1962-1964

1

Jan brancha le circuit de lumignons du sapin. Nicolas s'énervait derrière lui, tripotant tous les paquets en demandant, chaque fois qu'il en secouait un, s'il lui était destiné. Michelle regardait son fils en souriant, les lèvres pincées dans une incroyable fierté.

— Pourquoi penses-tu qu'il n'y a rien d'écrit dessus, Nicolas?

— Parce que papa trouve que je suis trop gâté. Il attend à la dernière minute pour décider s'il va en retirer quelques-uns pour les offrir aux pauvres.

Jan éclata de rire. Son fils avait une façon de tout tourner à son désavantage. S'il lui avait effectivement dit qu'il était trop gâté, il n'avait jamais été question de lui enlever une étrenne. Tout au plus avait-il suggéré que Nicolas, ses cadeaux déballés, en choisisse un pour l'offrir à un enfant nécessiteux.

Jan se demanda s'il avait le temps de passer chez Élisabeth pour lui porter son présent. Il savait cette course superflue, sa sœur devant se joindre à eux pour le souper de Noël, mais il ressentait un irrépressible besoin de s'isoler. Lui, Michelle et Nicolas devaient rejoindre les Dupuis à la messe de minuit, après quoi ces derniers les recevraient pour le réveillon. Jan soupira. Il aurait donné une fortune pour effacer la journée de Noël du calendrier. Tout ce qui la lui rendait supportable était la joie évidente de son fils.

— Je sors.

— Emmène-moi, papa.

Jan hésita. Il avait envie de marcher seul avec ses fantômes. Il n'y avait qu'en ce jour et au premier de l'an qu'il avait des accès de nostalgie, ayant repoussé la presque totalité de ses souvenirs loin derrière la douleur. Sachant qu'il ne pouvait rien changer à sa vie passée, il s'était contenté d'en préserver les sons et les odeurs, les rires et l'admiration qu'il avait éprouvée pour ses parents et les Favreau. Il regarda ses mains mutilées, s'en frappa les cuisses et se dirigea vers le porte-manteau après avoir attrapé le cadeau d'Élisabeth. Il entendit Nicolas rechigner, hésita encore, puis ouvrit la porte, presque heureux de se retrouver seul sous un ciel déjà noir que des milliers de flocons tentaient d'éclaircir. Par la lueur aperçue au-dessus du mont Royal, il devina la présence de la lune. Il descendit les quelques marches menant au trottoir, se retourna et vit Nicolas à la fenêtre, la figure déformée par une grimace. Il réprima un sentiment de désappointement. Son fils avait dix ans, l'âge qu'il avait lui-même lorsque la guerre avait pris Cracovie d'assaut. Il ne voyait aucune ressemblance entre l'enfant qu'il avait été, responsable de la maisonnée lors de l'internement de son père, gardien de sa mère et de sa sœur, petit résistant qui faisait le marché noir du charbon, et ce fils qui avait toujours pleuré pour un oui ou pour un non. Jan se souvint néanmoins que lui-même avait versé des larmes de désespoir et de faim le soir du retour de son père. S'il avait pleuré en d'autres occasions, il en avait perdu le souvenir. Il avait toujours été trop occupé à survivre pour s'épancher sur ce qui l'entourait. Depuis qu'il avait vieilli, il avait acquis la certitude que les enfants échap-paient à la guerre et à ses horreurs uniquement en regardant ailleurs. Jan se souvenait très clairement qu'il avait toujours regardé en avant.

Nicolas continuait de s'agiter, frappant la vitre du plat de la main. Jan lui fit un signe avant de s'engager sur le boulevard Saint-Joseph en direction ouest, vers la rue Nelson où habitait encore sa sœur. Il respira profondément, ayant toujours trouvé que l'hiver canadien sentait le propre. Il aimait respirer ainsi son pays d'adoption, mais malheureusement s'en offrait rarement l'occasion, trop accaparé par ses épiceries. Il en possédait maintenant trois et cherchait à en acquérir deux autres avant un an. M. Favreau, n'ayant survécu que deux ans à son épouse, était décédé en 1959, lui léguant tout son avoir.

Un automobiliste perdit le contrôle de son véhicule et dérapa dangereusement, faisant un tête-à-queue et montant sur le trottoir tout près de Jan qui entendit les passagers crier de surprise et de peur. L'automobile s'immobilisa enfin à un mètre de lui et Jan sentit son cœur complètement affolé. Il fit un pas de côté et perdit un peu l'équilibre, échappant le présent d'Élisabeth dans la neige. La seule chose qu'il abhorrait en hiver, c'était les pertes de contrôle que cette saison occasionnait : chutes sur le trottoir, dérapage des automobiles, paralysie due aux tempêtes. Il ramassa le cadeau, enleva la neige et vit que le papier d'emballage, humecté, avait gonflé.

Les réflexions de Jan reprirent leur cours et il repensa au décès de M. Favreau. Il avait inconsciemment serré les lèvres et plissé le front, s'essuyant la bouche d'une main énervée. Le départ de M. Favreau l'avait rendu encore plus orphelin qu'il ne l'était depuis le décès de ses parents et il en avait éprouvé un chagrin sans nom. Pendant des jours et des mois, il en avait perdu le sommeil et l'appétit au point d'en inquiéter Michelle. Il avait cherché dans toutes les convictions qui lui restaient encore les arguments qui auraient pu lui prouver que M. Favreau avait été un homme heureux.

Il avait compris que ce dernier n'avait eu que sa femme comme raison d'être. Maintenant que lui-même avait un enfant, il voyait davantage la futilité et l'absurdité de la vie. Ses parents n'avaient jamais pu récolter ce qu'ils avaient semé, et M. Favreau, lui, n'avait jamais pu être à l'origine d'un germe. Finalement, Jan s'était légèrement consolé en pensant à la joie débordante de M. Favreau, quelques jours avant son décès, lorsqu'il avait appris que le Canada avait décidé de rendre à la Pologne les trésors qui lui avaient été confiés au début de la guerre.

«Enfin, Jan, enfin, la Bible de Gutenberg va retrouver l'air du pays!

— L'air de la Pologne pue le charbon à plein nez, monsieur Favreau.

— Ici aussi, Jan. Ici aussi, ça sent le charbon.

— Moins...»

M. Favreau avait feint de ne pas l'entendre.

«Je suis certain que tes parents auraient été ravis, complètement ravis de savoir que les originaux des partitions de Chopin sont aussi rentrés au bercail. Élisabeth t'en a-t-elle parlé?

— Pas vraiment...

— Ah bon!»

M. Favreau avait changé de ton en parlant de ce M. Joseph Polkowski, le gardien du trésor, qui, pendant treize ans, avait tout fait pour empêcher Ottawa de le rendre à la Pologne. Il s'était étouffé de colère en parlant de Maurice Duplessis, le Premier ministre de la province, qui, lui, retenait toujours ce qui avait été conservé au Québec, alléguant que jamais il ne remettrait des biens à des communistes.

«À des "communisses", Jan. Il se prend pour qui, lui, pour retenir ce qui appartient aux Polonais? C'est du vol!»

Jan respira profondément avant de sourire avec beaucoup de tendresse. Il venait d'imaginer que M. Favreau et Maurice Duplessis s'étaient rencontrés devant le bureau de saint Pierre, les deux étant décédés le même jour de septembre 1959. Il était certain que, si tel était le cas, M. Favreau avait influencé l'esprit de Duplessis puisque, peu de temps après, les négociations avaient repris et qu'au tout début de l'année 1961 la totalité du trésor retenu au Québec avait été rendue. Jan avait lu dans les journaux que plus d'un demi-million de Polonais étaient allés à Varsovie pour regarder ces pièces de leur passé. Il s'était demandé si soixante millions de dollars de souvenirs avaient mis en lumière leur pauvreté.

Jan traversa le boulevard Saint-Laurent sans cesser de saluer à gauche et à droite les gens qu'il connaissait maintenant très bien. Il n'y avait rien de mieux que de posséder une épicerie pour faire partie de la vie d'un quartier et jamais il n'avait regretté sa décision de quitter le Manitoba pour poursuivre son rêve.

Si Jan n'avait pas été étonné de se retrouver propriétaire de l'épicerie située à l'angle des rues Gilford et Saint-André, il avait été renversé d'apprendre qu'il possédait aussi six logements boulevard Saint-Joseph. Il avait presque été chagriné que M. Favreau ne lui en eût jamais glissé un mot, interprétant ce mutisme comme un manque de confiance. Il savait pourtant ce que M. Favreau aurait pu lui dire. «Quand un fils prend la relève, il faut qu'un homme se trouve d'autres activités. Et quand un homme a un fils, il lui faut tout faire pour lui laisser une bonne sécurité. Mme Favreau m'a forcé à occuper mes dix doigts, sans quoi elle me quittait pour retourner chez sa mère. Pas rassurant quand on sait que sa mère est décédée depuis des lustres.» Jan avait confié la gestion des logements à Michelle, question de la mêler davantage à ses affaires, et ils avaient quitté le logement exigu qu'ils habitaient au-dessus de l'épicerie pour s'installer dans un de leurs immenses six-pièces, à l'angle de la rue Drolet et du boulevard. Michelle en avait été ravie. Elle avait maintenant une pièce à elle pour toutes ses activités et avait aménagé un coin du sous-sol en salle de jeu pour Nicolas. Elle y avait orné les murs de photographies encadrées de Pépinot et Capucine, Bobino, Monsieur Surprise et tous les autres héros des émissions de télévision enfantines.

La circulation à l'intersection de la rue De Bleury était extrêmement dense et Jan comprit que les gens se dirigeaient déjà vers le lieu de leurs réjouissances. Il accéléra le pas, ne voulant pas rater Élisabeth qui devait certainement s'apprêter à partir pour le réveillon chez Florence.

Jan ressentit une pointe de tristesse. Il n'avait jamais compris que sa sœur n'eût pas trouvé de second mari. S'il avait toujours eu la certitude qu'elle avait fréquenté ce docteur Boisvert, jamais elle ne lui en avait soufflé mot. Il s'était rassuré en se disant qu'Élisabeth ne lui aurait pas caché une chose aussi importante, ne lui aurait jamais menti. Jan haussa les épaules, s'enguirlandant silencieusement. Il n'avait jamais été certain de rien. Sa sœur avait, depuis dix ans, le teint frais du bonheur. Elle n'avait que rarement fait allusion à Marek. Quant à Étienne, il habitait maintenant Montréal, travaillant à Radio-Canada, boulevard Dorchester, et si Élisabeth l'avait croisé par hasard à deux reprises, elle n'avait jamais pensé l'inviter.

Jan vit enfin la maison d'Élisabeth probablement au même moment qu'il aperçut Denis Boisvert monter en deux sauts les six marches de l'escalier. Il aurait voulu demeurer indifférent, s'encolérer ou se réjouir de ce dont il venait d'être témoin, mais il en fut incapable. Au lieu d'être heureux que sa sœur ne fût peut-être pas seule, Jan en fut attristé comme s'il venait de perdre un des plus importants morceaux de sa vie. Il mit dans sa poche de poitrine le petit paquet à l'emballage encore humide, contenant une broche en forme de violon, et rebroussa chemin.

Nicolas n'avait apparemment pas quitté la fenêtre, étant au même endroit qu'à son départ. Jan le vit bondir de joie et ne put s'empêcher de sourire malgré la turbulente trajectoire de ses pensées.

— Nicolas, viens-tu à la messe de minuit à pied avec moi?

— Oui! Oh oui!

— On marche, Jan?

Michelle avait l'air étonnée de la proposition de son mari, mais, devant le délire de son fils, elle s'en excita elle aussi. C'est donc en riant sous une neige de plus en plus drue qu'ils se rendirent à l'église, où Nicolas ne résista pas à l'appel du sommeil, la tête oscillant entre la poitrine moelleuse de sa mère et le bras musclé de son père.

2

Jerzy ferma les yeux de plaisir en entendant la voix de son fils, que ses douze ans n'avaient pas encore muée, chanter l'*Adeste fideles*. Anna lui prit discrètement la main et la serra doucement. Sophie, elle, avait un solo à la messe du jour, et Jerzy et Anna se demandaient comment elle ferait pour rester éveillée. Elle avait à peine dormi durant la soirée, imitant son frère Stanislas.

Jerzy butina d'une prière à l'autre, troublé par ses pensées. Lui, Jan et Élisabeth ne s'étaient pas vus depuis douze ans et il en avait toujours ressenti un immense vide, comme une plaie impossible à cicatriser. Élisabeth lui donnait des nouvelles régulièrement et les mauvais clichés dentelés qu'elle lui expédiait lui montraient une jolie femme encore blonde, dans la jeune trentaine. Elle était toujours seule devant l'objectif, sauf sur l'une des photographies, où Florence lui tenait la taille. Il savait que sa sœur avait brillamment orchestré la carrière de sa petite violoniste de génie et il lui était arrivé à quelques reprises de l'entendre jouer dans des émissions de Radio-Canada rediffusées sur les ondes de CKSB. Jerzy aurait aimé croire à l'erreur de sa sœur, mais il reconnaissait son coup d'archet à elle dans les pièces exécutées par sa protégée et il devait admettre que cette Florence avait prolongé le talent de sa sœur étouffé par la guerre, en lui permettant d'éclater au grand jour par l'instrument d'une autre. Jerzy connaissait assez bien le violon pour deviner que la carrière de Florence ne faisait que commencer. Élisabeth lui avait aussi envoyé des clichés de son filleul Nicolas. Il n'avait jamais failli à sa responsabilité de parrain, lui expédiant des cadeaux ou des étrennes selon les occasions, habituant aussi Stanislas et Sophie à lui écrire de temps à autre. Jan avait également été un bon parrain, s'occupant de son filleul Stanislas chaque fois que cela avait été nécessaire. Jerzy grimaça. Son frère l'avait forcé à pasticher son rôle d'oncle et de parrain. Élisabeth ne lui avait jamais envoyé de photographies de Jan mais ils avaient pu voir Michelle derrière un comptoir d'épicerie. Depuis douze ans, ils avaient reçu trois photos d'épiceries. Jerzy se demanda si son frère allait cesser d'amasser des provisions de nourriture, parce que c'était cela qu'il faisait, il en était certain. Jerzy réprima un sourire. C'était probablement là la seule affinité qui existait entre lui et Jan : le besoin de savoir que la table serait toujours garnie, quoi qu'il advienne.

La messe de minuit était terminée et le curé était redescendu au pied de l'autel pour commencer un nouveau *Confiteor.* Les enfants de chœur s'agitaient un peu plus qu'à la première heure, de même que les fidèles qui n'avaient pas quitté l'église sur la pointe des pieds au début de la messe de l'aurore en offrant silencieusement leurs vœux aux visages familiers. Jerzy déboutonna son paletot et accrocha son écharpe sous son chapeau. Anna le regarda en souriant, sachant qu'il serait en habit avant la fin de la messe du jour. S'il avait encore horreur du froid et de la neige, il ne supportait pas davantage d'avoir chaud. Son mari avait, somme toute, des difficultés avec la température.

— Il me semble que le curé chauffe beaucoup trop, cette année.

— Pas plus que d'habitude, Jerzy. Si j'étais toi, je cesserais de me plaindre, parce que, dans à peine plus d'un mois, tu vas avoir la réputation d'être un vieux grincheux.

Anna ricana et Jerzy lui jeta un regard à la dérobée, trouvant sa canine taquine. Il haussa les épaules pour lui faire comprendre qu'elle ne réussissait pas encore à l'énerver. Depuis le début du mois de décembre, elle ne cessait de compter les jours qui le séparaient de ses quarante ans, insistant sur le fait qu'elle aurait l'impression de vivre avec un vieux à la peau ratatinée qui, elle en était presque certaine, allait s'inventer des maux de dos pour s'éloigner d'elle, le soir. Jerzy demeurait imperturbable devant toutes les insanités qu'elle inventait uniquement pour le faire rire, mais il savait qu'Anna sentait le temps les presser s'ils voulaient avoir d'autres enfants, elle-même approchant de ses trente-huit ans. Jerzy n'avait jamais compris comment il se faisait qu'elle n'avait plus été enceinte alors qu'ils avaient tous les deux souhaité une grande famille. Le docteur Dussault, qu'ils consultaient toujours, leur avait dit qu'il n'y voyait rien d'autre qu'un caprice de la nature. Jerzy regarda encore Anna et lui fit un discret sourire. Il ne savait comment elle faisait pour endurer ses sautes d'humeur. Il n'avait jamais non plus réussi à la convaincre de rentrer en Pologne, mais il n'avait pas démissionné. Un jour, lui et sa famille vivraient en Pologne et ses enfants verraient combien ils étaient de cette race de ceux qui n'abandonnent jamais.

L'offertoire était commencé et Jerzy, agenouillé, appuya sa tête contre ses mains calleuses. La présence de ses parents se faisait de plus en plus sentir. Si Anna le taquinait sur la quarantaine qu'il allait bientôt avoir, lui y voyait la dernière décennie complète de son père et celle inachevée de sa mère. Il repensait aux discussions que Tomasz avait eues avec M. Porowski, à celle de la veille du départ du père Villeneuve, et il avait de la difficulté à croire que son père qu'il trouvait si parfait, si sage, avait à peine dix ans de plus que lui à cette époque-là. Sans réfléchir au rituel qui se déroulait devant lui, Jerzy leva et tourna la tête pour tenter d'apercevoir Stanislas dans le jubé. Plus son fils vieillissait, plus lui-même souffrait du chagrin qu'il avait certainement causé à ses parents. S'il avait au moins pu leur écrire, leur faire savoir qu'il était vivant. S'il avait seulement obéi à son père au lieu de chercher à devenir un héros. Jerzy secoua la tête au moment où la clochette se faisait entendre. Pourquoi n'avait-il pas embrassé son père ?

La messe du jour était commencée quand Stanislas, descendu du jubé, s'approcha d'eux.

— Sophie s'est endormie et personne n'est capable de la réveiller. Peut-être que toi, papa, tu pourrais. Elle doit chanter dans à peu près cinq minutes.

Jerzy interrogea Anna des yeux.

— Si elle ne chante pas, nous allons en entendre parler pendant toute l'année.

— Mais si elle fausse parce qu'elle est trop endormie, nous allons en entendre parler tout autant.

Jerzy accepta de suivre son fils et monta au jubé, où Sophie dormait profondément sur une inconfortable chaise de bois, appuyée contre le mur, le cou cassé, le bassin sur le bout de la chaise, une jambe repliée sous elle, la seconde tendue vers l'avant pour l'empêcher de glisser. Jerzy fit un clin d'œil au maître chantre et tenta d'éveiller sa fille en la secouant doucement et en lui chuchotant à l'oreille que tout le monde avait hâte de l'entendre. Sophie ne broncha pas. Tout au plus émit-elle un grognement d'agacement. Jerzy n'eut pas plus de succès que les autres.

— As-tu terminé, toi ?

— Oui.

— Alors, va chercher mon manteau, mon écharpe et mon chapeau et dis à ta mère que je l'attends à l'arrière de l'église.

Jerzy tenta d'asseoir sa fille, lui mit son manteau, son chapeau et ses gants. Sophie ne s'éveilla toujours pas. Il glissa son écharpe sur son avant-bras, la souleva et commença à descendre l'escalier, craintif à cause de son équilibre toujours précaire et des risques qu'il courait d'échapper son précieux fardeau. Anna l'attendait au pied de l'escalier, la canine offerte à un fou rire rendu insurmontable par la fatigue. Elle entraîna Jerzy et Stanislas et tous trois sortirent de l'église en hurlant, ce qui ne parvint toujours pas à tirer Sophie du sommeil.

3

Élisabeth passa à la salle de bains, trempa un coin de serviette dans l'eau glacée et revint dans la chambre à coucher, où Denis était étendu sur le lit, l'avant-bras replié sur le front, retenant difficilement des sanglots si profonds, si douloureux qu'elle en pleurait sans retenue. Elle retira son bras avec énormément de douceur et lui épongea le front, essuyant discrètement, pour ne pas le heurter, les larmes qui lui collaient aux commissures des paupières. Denis ouvrit ses yeux gonflés pour la couvrir d'un regard rouge, rempli de gratitude. Élisabeth résistait à l'envie de s'étendre à ses côtés, pensant qu'il trouverait inconvenant qu'elle veuille se coller à lui dans un moment aussi trouble et le caresser pour le réconforter. Elle se contenta de lui baiser une main et de la presser contre sa joue en signe de compassion et d'amour.

Pendant toute la nuit et tout le jour de Noël, ils ne bougèrent pas de la maison, laissèrent sonner le téléphone et refusèrent de répondre à la porte. Élisabeth savait que Florence avait certainement téléphoné à plusieurs reprises et que c'était elle qui s'était acharnée sur la sonnette. Elle imaginait que Jan avait fait de même et présumait qu'un des coups de téléphone venait du Manitoba. Ces pensées l'avaient effleurée si discrètement qu'elle ne s'était pas permis de réfléchir aux inquiétudes de ceux qu'elle aimait. Denis souffrait et c'était la seule chose qui importait.

Elle vit sa poitrine se soulever par à-coups et comprit qu'il était victime d'une nouvelle crise de désespoir. Denis agrippa l'oreiller, s'y enfouit la tête et, aux sons qu'il fit, Élisabeth sut qu'il le mordait à pleine bouche. Elle resta là à le regarder, impuissante à le consoler, catastrophée par ce qu'il venait de lui apprendre, incertaine quant à son avenir.

L'après-midi s'effaçait devant la nuit quand Jan frappa à sa porte en en ébranlant presque les gonds. De la chambre, elle l'entendit qui criait presque.

— Je sais que tu es là, Élisabeth. Ouvre-moi ou je paierai le prix qu'il faut à un serrurier. Même si c'est le soir de Noël, j'en trouverai un, fais-moi confiance.

Élisabeth ne put sourire à Denis, qui avait toujours le visage caché sous l'oreiller. Elle lui caressa la main et sortit de la chambre. Elle s'approcha de la porte, jeta un rapide coup d'œil à Jan par la petite fenêtre, essaya de cacher son propre visage et, chuchotant presque, annonça à son frère qu'elle ne pourrait aller au dîner et lui demanda d'embrasser Nicolas et Michelle.

— Je ne peux pas faire ça, Élisabeth. Michelle a travaillé toute la journée et Nicolas t'attend avec impatience. Tu sais que son Noël avec toi est important.

— J'irai demain.

— Ce ne sera plus Noël.

Élisabeth savait que, pour une des rares fois de sa vie, ne pouvant abandonner Denis, elle devait tenir tête à son frère.

— Est-ce le docteur Boisvert qui te retient, Élisabeth ?

Elle s'appuya le dos contre la porte, cherchant une réponse à la question de son frère qui lui arrivait comme un coup de poignard supplémentaire. Depuis dix ans qu'elle et Denis s'aimaient, elle n'en avait jamais parlé, et le moment était plus que mal choisi pour le faire. Elle n'essaya même pas de nier la chose.

— Non, Jan. Le docteur Boisvert ne me retient pas.

— Il t'a fait de la peine ?

— Non, Jan. Un jour...

Elle allait lui dire qu'elle lui parlerait de ses amours, mais elle n'en eut pas le temps, entendant de la chambre un craquement de sommier qu'elle interpréta comme un appel au secours. Sans plus s'intéresser à son frère, elle retourna auprès de Denis. Elle put cependant entendre Jan lui dire qu'il ne parlerait de cette conversation à personne et qu'il l'excuserait auprès de Michelle.

Denis s'était assis sur le bord du lit et son corps avait l'air complètement désarticulé tant il ne savait se composer d'attitude. Élisabeth le pria de se recoucher, mais il fit non de la tête. Après une éternité de silence, il lui demanda d'aller chez son frère. D'une voix éteinte, il lui rappela qu'il devait rentrer chez lui pour le dîner de Noël, puisque lui et sa femme recevaient. Il la regarda, la suppliant tacitement de venir à son aide. Élisabeth en eut si mal que ses genoux fléchirent et qu'à son tour elle dut s'asseoir sur le lit.

— Je pense, mon amour, que tu devrais prendre un bain avant de partir. Ça te ferait du bien. Et je vais te mettre des rondelles de concombre sur les yeux pour les faire dégonfler.

Denis leva la tête et tenta un sourire. Il la prit par l'épaule et l'attira contre lui, s'enfouissant le nez dans son chemisier.

— Pauvre Élisabeth ! Tous les jours, je regrette de t'avoir fait monter dans ma galère.

Élisabeth ne répliqua pas que son exemple était mal choisi et qu'elle se sentait parfois prisonnière de l'amour démesuré qu'elle lui portait depuis dix ans. Mais elle avait accepté d'être dans les coulisses de sa vie et n'avait jamais regretté cette décision. Elle lui baisa doucement le front.

— Je fais couler l'eau ?

Sans répondre, Denis la suivit à la salle de bains, s'y regarda dans le miroir, lui demanda d'apporter le concombre et commença à se dévêtir. Élisabeth ouvrit les robinets et revint avec le concombre dans une salle complètement embuée, véritable reflet de ce qu'ils ressentaient tous les deux. Denis se laissa glisser dans l'eau et ni l'un ni l'autre ne parla du malheur qui s'était abattu sur lui.

— Je ne veux pas que tu me dises quoi que ce soit, Élisabeth. C'est décidé : j'abandonne l'obstétrique et je ne ferai plus que de la médecine générale.

Les genoux sortis de l'eau et la nuque immergée, il avait parlé d'une voix monocorde et déterminée. Élisabeth, assise sur le bord de la baignoire, était presque contente qu'il eût les yeux baissés sous les rondelles de concombre. Il ne pouvait ainsi voir qu'elle s'était pincé les lèvres de tristesse. Denis venait de faire une croix sur ce qu'il aimait le plus dans sa profession.

— Je n'ai pas choisi la médecine pour faire souffrir les gens. Encore moins les enfants. C'est un signe, Élisabeth.

— Un signe de quoi ?

— Probablement le signe que je dois m'interroger sur qui je suis. J'avais un professeur qui ne cessait de nous répéter que la première qualité du médecin est l'humilité. J'ai peut-être été présomptueux, Élisabeth. Ou orgueilleux. Quand on a trop confiance, on cesse parfois de réfléchir. Il faut que je remette en question toutes les certitudes que j'ai eues.

Élisabeth détourna la tête, craignant subitement qu'elle-même puisse faire partie de la remise en question. Denis avait enlevé les rondelles et la regardait avec des yeux si confiants que jamais elle n'aurait dû douter d'elle. Il s'assit, tira sur la chaînette du bouchon, tendit la main pour attraper la serviette et s'épongea. Élisabeth était allée chercher le peignoir.

— Heureusement que je t'ai, Élisabeth.

— Mais qu'est-ce que ta femme va dire quand elle va apprendre que tu abandonnes l'obstétrique?

— Rien. Je ne le lui dirai pas.

— Elle le saura, c'est certain.

— Je verrai à ce moment-là.

Élisabeth ne savait s'il se rendait compte de ce qu'il venait de dire. Depuis dix ans, il avait prétexté des accouchements pour passer ses soirées et ses nuits avec elle. Denis devina ses pensées.

— La seule chose qui va changer, mon bouton-d'or, c'est que nous allons être ensemble beaucoup plus souvent.

Élisabeth esquissa un sourire, mais, pensant aux raisons de sa démission, elle redevint sérieuse. Denis se rhabilla, prenant un peu plus d'assurance au fur et à mesure que disparaissait sa nudité. Il soupira en se dirigeant vers le vestiaire, enfila son manteau, embrassa Élisabeth et mit la main sur la poignée de la porte.

— Ah! et puis non!

Il alla vers l'appareil téléphonique et annonça à sa femme qu'il ne pourrait être à la maison avant deux ou trois heures.

— Un de mes collègues n'est vraiment pas bien. Je préfère demeurer à ses côtés. Garde-moi un peu de dinde et excuse-moi auprès de nos invités. J'arrive dès que je peux.

Denis déposa le combiné et se retourna vers Élisabeth, laissant tomber les bras de découragement et d'abandon.

— Toute ma vie, je me sentirai coupable, ma fleur dorée. C'est moi, moi qui ai prescrit le médicament à la mère. Moi qui lui ai ouvert un des soupiraux de l'enfer. Je viens de changer la vie de toute une famille en mutilant son bébé. Je leur ai fait un horrible cadeau de Noël. Ça m'est arrivé à moi aussi. Je croyais en un médicament et il était aussi sournois que le poison. La thalidomide. Tu te rends compte, mon bouton-d'or?

Denis chuchotait, la voix éteinte par le désarroi. Élisabeth ne reconnaissait plus le praticien habitué à frôler la douleur et la mort. Ils passèrent deux heures à se sentir et à se consoler, collés comme des moules sur un rocher. Ni lui ni elle n'eurent envie de faire l'amour, la mort d'une parcelle de la vie de Denis les en empêchant.

4

Sophie regarda son père d'un air de prima donna offusquée. Il venait encore une fois de lui rappeler qu'elle avait raté son solo de la messe de Noël, allant jusqu'à imiter son affalement sur la chaise du jubé. Elle déposa le cadeau qu'elle s'apprêtait à lui offrir et le dévisagea d'un air buté.

— C'est tant pis pour toi, papa. Je ne veux plus te donner ce cadeau-là même si je l'ai fait moi-même pour ton anniversaire et que tu en as bien envie. Tant pis pour tes quarante ans!

Le cadeau sous le bras, Sophie, sa queue de cheval nouée d'une boucle de soie ballottant derrière elle, monta à sa chambre devant l'air ahuri de ses parents et de son frère.

— Ma foi, Anna, je crois que ta fille n'a pas plus d'humour que n'en avait ton père.

— Franchement, Jerzy, elle a travaillé pendant près d'un mois pour te préparer un cadeau. Est-ce que tu vas lui rappeler tous les jours de l'année qu'elle s'est endormie à l'église?

— Absolument! Parce que si elle n'apprend pas à rire d'elle-même de temps en temps, sa vie va être rudement longue.

— Elle n'a rien de mon père, Jerzy. Je crois que c'est à toi qu'elle ressemble.

Stanislas savait bien que sa sœur avait été terriblement humiliée de n'avoir pas chanté à Noël, et son père le savait aussi. Il hésita entre le fou rire et l'envie de monter la consoler. Sa mère avait fait claquer sa langue sur sa canine. Elle faisait ce geste très souvent et son père lui disait toujours que c'était une sorte de point final.

«Quand ta mère fait ce petit bruit, cesse de discuter. Elle devient automatiquement sourde à tout ce que tu pourrais ajouter. Fie-toi à moi. C'est le coup de cymbales qui annonce la fin du concerto.»

Stanislas essaya d'entendre des sons provenant de l'étage, mais sa sœur semblait maintenant silencieuse. Sa mère était revenue de la cuisine, où elle était allée chercher le gâteau que lui et sa sœur avaient fait, Sophie la pâte, lui le glaçage aux noix.

Jerzy les regarda tous les deux et vit qu'Anna avait l'air franchement peinée. Il s'essuya la bouche, déposa sa serviette de table, caressa la joue de sa femme du revers de la main, décoiffa son fils au passage et monta l'escalier. Il frappa à la porte de la chambre de Sophie et y entra. Il reconnut le papier d'emballage du cadeau chiffonné sur le lit et vit ce qu'il crut être de la laine courir à travers toute la pièce, s'emmêlant autour du pied de la lampe de travail, des cadres, des poignées des tiroirs de la commode, pendant à la tringle avec le rideau. Sophie, les yeux bouffis, en avait même autour du cou.

— On dirait qu'une chatte s'est amusée ici.

Sophie ne broncha pas. Jerzy s'approcha et tira sur la laine, qui s'avéra être un ruban magnétique brun qui, trop tendu, lui cassa entre les doigts au même moment qu'il remarquait la bobine à laquelle il avait été arraché. Sophie se mit à sangloter, expliquant qu'elle était tellement fâchée qu'elle avait complètement brisé son cadeau d'anniversaire. Jerzy froissa le ruban qu'il tenait entre ses mains, comprenant un peu tard la profondeur du chagrin de sa fille. Elle ajouta qu'elle avait enregistré toutes les chansons qu'il aimait et même celle qu'elle n'avait pu chanter à Noël.

— Stanislas m'a accompagnée au piano. Et nous avions emprunté le magnétophone de l'école. Maintenant, nous n'avons pas mes belles chansons, tu n'as pas de cadeau et maman doit rendre le magnétophone demain.

Jerzy ne dit pas un mot; il était coincé dans un treillage de sentiments, furieux contre sa fille parce qu'elle n'avait pas su contrôler sa colère, contre lui-même parce qu'il l'avait chagrinée, contre Anna parce qu'elle n'avait rien dévoilé de la surprise; ému par l'imagination de sa fille qui avait certainement eu elle-même cette extraordinaire idée de cadeau, et un peu agacé par l'immense complicité existant entre elle et Stanislas et qui lui rappelait trop fréquemment celle qu'il y avait entre Jan et Élisabeth. Sans dire un mot, incapable même de trouver ceux qui auraient pu consoler Sophie, il commença à défaire l'écheveau. Remarquant que Sophie ne perdait aucun de ses gestes, il chantonna, à un rythme normal, puis, enroulant le ruban rapidement, accéléra sa chanson, arrêtant net quand le ruban se brisait, ou faisant un son qui imitait un rembobinage quand il devait défaire un peu de son travail. Sophie essaya vainement de ne pas s'en amuser, mais un furtif coup d'œil lui fit comprendre qu'elle n'avait rien perdu de ce qu'il faisait. Jerzy baissa les mains quelques instants, invitant sa fille à chanter une des chansons enregistrées. Sophie hésita une seconde avant d'entonner de sa voix claire, juste et prometteuse de soprano l'*Hymne au printemps* que les religieuses leur faisaient répéter pour le récital de Pâques. Jerzy vit qu'elle gardait les yeux fixés sur ses mains et il comprit qu'elle aussi voulait faire le magnétophone. Il reprit donc son travail de rembobinage fictif, accéléra et ralentit, Sophie le suivant comme s'ils avaient répété pendant des heures. Si Jerzy décida à cet instant de ne plus jamais la taquiner au sujet de son sommeil de Noël, il se fit aussi la promesse de lui trouver le meilleur professeur de chant, dût-il la conduire à Winnipeg deux fois par semaine.

Les signes de l'hiver quittèrent enfin la plaine et Jerzy recommença à marcher sur sa terre pour en vérifier le drainage, heureux que le gouvernement de la province du Manitoba eût promis de faire creuser un canal de dérivation pour empêcher les inondations comme celle de l'année 1950. Sa fille venait d'avoir dix ans, et lui et Anna lui avaient offert une énorme boîte qui ne contenait qu'une petite carte de vœux lui indiquant le nom et l'adresse de son professeur de chant. Élisabeth, mise au courant par Anna de leur intention, s'était, semble-t-il, résignée à demander un service à Étienne, qui avait pu faire parvenir, par les soins de CKSB, un magnétophone, gros et encombrant, certes, mais en parfait état de marche. Depuis lors, Sophie et Stanislas leur avaient cassé les oreilles à tout enregistrer, piano, chant, et même les conversations à table. Jerzy avait été contraint de jouer du violon et il avait trouvé très désagréable de s'entendre. Toute sa vie, il s'était convaincu qu'il était presque aussi bon que sa sœur, mais les sons qu'il avait produits s'apparentaient à ceux du joueur du dimanche qui choisit mal ses mouvements d'archet. Anna lui avait pris la main, se moquant légèrement de lui, ironie qu'il n'avait pas prisée.

«Mais, Jerzy, tu n'es pas d'accord avec moi? Tout ce que j'ai dit, c'est que c'était bien que tu t'éloignes dans les champs pour jouer.

— C'est quand même méchant, Anna, de tourner en dérision un rêve déçu.

— C'était un rêve d'enfant?

— Le rêve de tous les Pawulscy, Anna.

— Comme celui de Sophie qui voulait chanter un solo à Noël?

— Anna! Tu es malhonnête. J'ai complètement cessé de lui en parler.»

Jerzy l'avait entendue faire claquer sa langue sur sa maudite canine et avait résisté à l'envie de poursuivre la discussion, en craignant l'amertume.

Les champs étaient simplement humides, comme il les aimait, ne retenant que l'eau nécessaire aux grains. Jerzy alla longer la rivière, la félicitant pour son calme, songeant au peu de temps qui lui restait avant qu'il ne rentre en Pologne. S'il s'était énormément attaché à son pays d'adoption, labourant sa terre avec plaisir et l'ensemençant avec joie, son rêve de rentrer dans sa patrie se faisait si aigu qu'il l'empêchait parfois de dormir. Il n'en parlait plus avec Anna, qui avait balayé cette idée qu'elle qualifiait de sottise. Mais, en bon Pawulski, il savait que les grands maîtres de musique, piano, violon ou chant, étaient en Pologne. Sophie devrait certainement s'y rendre dès qu'elle aurait quatorze ou quinze ans, avant que sa voix ne soit complètement placée, avant que sa technique ne soit déficiente. Il avait la conviction que sa fille deviendrait la diva que la famille n'avait jamais eue. L'Italienne Renata Tebaldi n'avait qu'à bien se tenir : une petite Polonaise en exil arriverait bientôt pour la détrôner.

Il se pencha pour ramasser une pierre et alla la déposer sur le tas qui grossissait d'année en année, comme si sa terre était si riche qu'elle faisait même profiter les roches. Encore trois semaines et il pourrait manger quelques légumes de l'année. Il saurait aussi si sa récolte serait bonne ou non. Il avait toujours conservé une méfiance incontrôlable envers le ciel, qui lui avait expédié tous les cataclysmes dont un cultivateur a une peur morbide : trop de pluie, trop de grêle, trop d'insectes, trop de soleil sec. Mais aujourd'hui les pousses étaient fragiles et il éprouvait presque un sentiment paternel en touchant du bout du doigt la feuille qui promettait une laitue, celle qui semblait déjà robuste et deviendrait un chou, ou celle sous laquelle se cachait un petit bulbe de betterave. Il songea qu'il aimerait embaucher un homme pour s'occuper des ventes au marché, mais ses revenus n'étaient pas encore assez importants. Anna et un des enfants s'occuperaient des jardins pendant que lui et le second iraient au marché. Habituellement, Sophie aimait rester dans les champs alors que Stanislas, fort de ses douze ans, allait certainement préférer le marché. Douze ans... Jerzy soupira. L'âge que lui-même avait quand son père l'avait confié à M. Porowski, à Wezerow. Il ne l'en remercierait jamais assez dans ses pensées. Son père avait voulu lui ouvrir l'esprit sur le monde alors qu'il lui avait tracé tout le chemin de sa vie, lui donnant l'envie de la survie par sa passion pour la terre et ses éternelles générosités.

Jerzy allait entrer dans la maison quand les éclats d'une dispute opposant Stanislas à sa mère lui parvinrent à l'extérieur. Il en fut étonné, Stanislas n'ayant pas l'habitude d'élever le ton. Trop absorbé par la colère qu'il devinait dans la voix de son fils et par l'exaspération qu'il percevait dans celle d'Anna, Jerzy pénétra dans la cuisine sans avoir pris la peine de comprendre le sujet de l'altercation. Stanislas sursauta, se tut immédiatement et regarda sa mère d'un regard implorant. Anna se tourna vers Jerzy, fit un sourire contrit et avoua qu'elle et son fils ne faisaient qu'une répétition. Jerzy interrogea Stanislas.

— Une répétition de quoi?

— De rien.

Jerzy reposa la même question à Anna, qui répondit en riant de son rire faux qu'ils répétaient pour les six prochaines années.

— Tu le sais, Jerzy. Les belles années de la voix de canard, des bras trop longs, des pantalons trop courts, des boutons sur le front, d'un point noir sur le nez. Tu sais, les belles années où on a toujours raison.

Jerzy aurait voulu rire de la mine catastrophée de son fils devant les affirmations trop gênantes de sa mère, mais les résonances de ses propres propos à l'intention de son père lui martelaient encore les oreilles. «Si tu me permets, papa, je ne suis pas d'accord.»

— De quoi discutiez-vous?

Stanislas foudroya sa mère du regard, la suppliant tacitement de ne rien dire. Anna grimaça dans son malaise de cacher quelque chose à Jerzy.

— Dis-le, Stanislas. Si tu as été capable de m'en tenir responsable, j'imagine que ton père aurait lui aussi quelque chose à y voir.

Stanislas gigota sur sa chaise, se leva et annonça qu'il avait des devoirs à faire.

— Et des choses à dire.

Jerzy commençait à s'énerver. Anna quitta la pièce, laissant Stanislas dans un pénible face-à-face avec son père. Elle venait de refermer la porte de sa chambre lorsqu'un puissant «Non!» retentit à travers la maison. Elle entendit grincer le ressort de la porte de la cuisine et regarda Stanislas courir à travers les champs. Malgré son évident tourment, il faisait attention de ne pas écraser les pousses fragiles. Elle entendit Jerzy monter l'escalier, puis, ayant changé d'idée, le redescendre, l'obligeant ainsi à le rejoindre. Elle le fit lentement, heureuse de savoir Sophie chez une amie, et se planta devant son mari qui fumait une cigarette devant la fenêtre, d'où il pouvait apercevoir son fils.

— Non, Anna.

— Je ne serai jamais d'accord avec toi, Jerzy.

— Alors, tu es d'accord avec Stanislas?

— Oui, complètement.

— Pourquoi discutiez-vous si fort ?

— Parce que Stanislas voulait partir seul, sans personne pour l'accompagner, avec le billet que lui a fait parvenir son parrain.

Jerzy éteignit violemment sa cigarette, ulcéré. Ainsi, Jan avait fait parvenir un billet à son fils ! Anna vit que toute la rancœur de son mari venait de refaire surface. Jan n'avait, à son avis, que tenu sa promesse d'être un bon parrain. Stanislas avait hâte de le connaître, de connaître son cousin et de voir les épiceries. Jerzy monta dans la chambre de son fils, fouilla les tiroirs, trouva le billet et le déchira, puis en jeta les morceaux sur le lit. Anna tenta vainement de l'en empêcher.

— Maintenant, Jerzy Pawulski, je voudrais savoir comment je devrai enseigner la tolérance à mon fils. Dis-moi aussi comment lui expliquer que les douze ans de son père, passeport pour qu'il se retrouve à la campagne, sont différents de ses douze ans à lui. Dis-le-moi, parce que, sincèrement, moi je n'aurais pas voulu d'un père comme toi. Et tu sais combien le mien a été détestable.

— Anna, c'est non.

— Dommage, Jerzy.

Anna se retira de la chambre et descendit l'escalier rapidement, se hâtant de rejoindre son fils qui se tenait loin dans un champ, tournant le dos à la ferme, les yeux braqués vers l'est. Rendue dehors, elle se retourna, chercha Jerzy des yeux et l'aperçut enfin.

— Et quel mensonge vas-tu inventer pour lui faire croire que le plus important dans la vie, c'est la famille ?

Jerzy ne broncha pas, mais il la regardait encore quand elle arriva à la hauteur de Stanislas. Il la vit sortir un mouchoir de sa poche et le tendre à son fils. Jerzy prit le sien et s'essuya le front, heurtant une paupière au passage.

5

Le soleil n'était pas encore levé et la ville boudait l'arrivée de juin. Le temps demeurait frisquet et, mis à part quelques journées de chaleur, le printemps semblait incapable de redonner de l'énergie aux Montréalais. Jan sortit de la maison, marcha rapidement jusqu'à sa voiture, prit le volant et s'immobilisa devant l'épicerie située à l'angle des rues Gilford et Saint-André, magasin que tous appelaient maintenant l'épicerie mère. Il n'y resta que quelques minutes et en ressortit les bras chargés de cartons qu'il mit dans le coffre du véhicule. Il se dirigea ensuite vers sa deuxième épicerie, située rue Sainte-Catherine, dans l'ouest de la ville, et y refit le même manège. Il monta finalement la rue Guy, jusqu'à ce qu'il s'arrête dans le chemin de la Côte-des-Neiges, où il avait sa troisième épicerie. Son nouveau gérant déverrouillait la porte et Jan regarda l'heure. Il hocha la tête, l'admiration se peignant sur ses traits. C'était la première fois qu'il croisait un employé, personne n'entrant au travail d'aussi bon matin. Il alla frapper à la porte remise sous verrou et sourit de plaisir en entendant cliqueter les chaînes et grincer le loquet. Ces sons lui donnaient l'impression d'être arrivé à l'orée de ses rêves. M. Favreau aurait été très fier de savoir, il en était certain, qu'il avait pignon sur le chemin de la Côte-des-Neiges, presque au sommet du mont Royal. Sitôt qu'il

43

revoyait M. Favreau en pensée, l'image très floue de son père et de sa mère apparaissait comme une toile de fond. À maintes reprises, il avait souffert de les avoir quelquefois privés d'une nourriture obtenue péniblement grâce à son commerce de charbon ou volée aux Allemands du Wawel, uniquement pour s'en gaver lui-même, seul, presque clandestinement.

— Monsieur Aucoin! Qu'est-ce qui vous amène de si bonne heure à matin?

— Rien de spécial. Je veux simplement vérifier la fraîcheur des fruits et des légumes et regarder l'état des empaquetages de biscuits.

Le gérant n'eut qu'un petit battement de cils et Jan lui fit un sourire rassurant. Il se dirigea vers les étals, prit un carton au passage et le remplit rapidement. Le gérant le regardait faire, n'osant protester, craignant que son patron, qui n'avait même pas trente-cinq ans, soit venu pour vérifier son travail. Il regarda l'heure, vit qu'il n'était pas encore sept heures et se demanda s'il devrait à l'avenir entrer encore plus tôt. Il se faisait déjà un point d'honneur d'avoir mis en place avant l'ouverture du magasin les produits fraîchement arrivés du marché Central. Comme M. Aucoin, il avait pour principe que les clients ne devaient jamais être gênés par des employés obstruant les allées avec des cartons.

Jan prit un paquet de biscuits *Parade* dont l'emballage était défraîchi et le mit dans son carton. M. Grégoire, son employé, le suivait pas à pas et Jan savait qu'il s'inquiétait probablement à cause de sa présence.

— Il est possible qu'on se revoie, comme ça. Je viens au moins deux fois par semaine.

— Deux fois par semaine? Avant sept heures?

— À six heures, quand je peux.

— Six heures?

Jan vit que M. Grégoire se demandait s'il devait être là pour l'attendre. Les matins où il allait au marché Central, il devait lui-même être levé à quatre heures.

— Quels jours?

— Ça varie, mais habituellement... Vous allez au marché les mardis et les jeudis?

— Comme vous m'avez demandé, monsieur Aucoin.

— Alors, je serai ici ces jours-là. Comme ça, je saurai qu'il faut dégager les étals et j'aurai le plaisir de pouvoir discuter avec vous avant que vos employés arrivent.

— Discuter de quoi, exactement?

— De l'épicerie. Parler des gros *Dominion*, *A&P* et *Steinberg*, qui, à mon avis, ont oublié un détail...

— Quel détail?

— Nous en reparlerons.

Jan salua M. Grégoire mais celui-ci l'accompagna jusqu'à la voiture, lui bourdonnant autour comme un hanneton affolé. Il posa le carton sur le siège arrière, son coffre étant trop rempli, puis serra la main du gérant et lui répéta qu'il était heureux de l'avoir embauché. M. Grégoire, suspicieux, fronça les sourcils et ne parvint pas à sourire.

Jan déposa les cartons près de la porte d'entrée de l'Institut Bruchési et retourna chez lui à la hâte sans rencontrer personne. Michelle et Nicolas étaient attablés quand il entra et il les regarda en souriant. Quelque chose l'émouvait toujours au petit déjeuner. Il n'aurait pu dire si c'était le peignoir de chenille rose râpé que portait Michelle depuis leur mariage ou son visage encore un peu bouffi par la nuit; ou bien les cheveux en bataille de Nicolas, penché au-dessus de son bol de *Shredded Wheat,* les seules céréales qu'il voulait manger, ou bien son pyjama dont la braguette était grande ouverte parce qu'il avait la manie de se tenir sur sa chaise comme s'il était en selle, les pieds sur les barreaux, laissant voir son pénis, ce qui, Jan en était certain, l'aurait insulté s'il l'eût su. Jan se demanda si son corps à lui était aussi juvénile quand les Allemands étaient entrés dans Cracovie et qu'il s'était précipité pour les voir défiler malgré la désapprobation de son père. Il n'avait pas souvenir d'avoir eu un pubis sans poils.

— Tu veux du café?

— Laisse. Je vais me servir.

Il s'approcha de Michelle et l'embrassa assez généreusement pour que Nicolas détourne les yeux. Il voulut ensuite embrasser son fils, qui le repoussa, alléguant qu'il n'était plus un bébé et encore moins une fille. Jan sourit, attendri par ce qui lui sembla être la première petite contestation de son fils. Il en fut si heureux qu'il lui désobéit aussitôt et lui plaqua une bise sonore sur la joue, que Nicolas s'empressa d'essuyer.

— Yurk! papa...

Jan sourit sous l'œil découragé de Nicolas et se sentit fondre d'amour, se reconnaissant tout à coup dans son fils. Il s'attabla et, à son grand étonnement, Nicolas commença à pousser de profonds soupirs. La mise en scène était excellente et Jan le fit sécher d'impatience tout le long du repas avant de lui demander si quelque chose l'ennuyait. Nicolas se morfondit encore quelques instants avant d'avouer qu'il aurait aimé aller dans une colonie de vacances plutôt que de demeurer en ville. Comprenant que Michelle avait été absolument soufflée par cette demande, Jan rétorqua toutefois que c'était probablement une excellente idée, mais fit une contreproposition, à savoir qu'il pourrait peut-être trouver un cultivateur qui voudrait le prendre sur sa ferme.

— Comme mon oncle Jerzy?

Cette fois, Jan cassa son sourire. Il n'avait jamais parlé de sa tentative avortée de faire venir Stanislas. Il avait été outré lorsque Anna lui avait écrit quelle avait été la réaction de son frère.

— Ton oncle Jerzy habite beaucoup trop loin.

Il s'attendait à entendre Nicolas chialer et il fut étonné de le voir se lever d'un bond et lui lancer à la tête que s'il ne pouvait aller à la ferme de son oncle, il ne voulait pas aller dans une autre ferme. Dans une colonie de vacances, oui, parce qu'il aurait des amis et qu'il en avait marre de toujours être seul, mais pas dans une autre ferme. Et tant pis pour lui s'il n'apprenait jamais comment ensemencer un jardin, comment traire une vache, ou comment un bœuf et une vache faisaient pour avoir un veau. Jan l'écoutait avec ravissement, résistant à l'envie de l'étreindre. Son fils venait enfin d'entrer dans le clan des Pawulscy, même s'il s'appelait Aucoin.

— Et qui t'a parlé de tout ça?

— Ma cousine Sophie. On s'écrit des longues, longues lettres d'au moins vingt lignes et elle m'a parlé de tout ça. Et elle m'écrit des mots en polonais avec le signe d'égalité à côté et ce que ça veut dire en anglais et en français.

— Tu connais l'alphabet polonais?

— C'est pareil. Sauf les accents.

— Sophie fait ça?

— Oui. Elle parle trois langues, elle, et moi, une.

— Tu n'as pas besoin du polonais à Montréal.

— Mais toi tu parles polonais.

— Pas moi, Nicolas.

Michelle avait mis fin à la discussion, estomaquée, presque affolée par la nouvelle audace de son fils. Elle était loin de partager l'enthousiasme de Jan et elle attira Nicolas par le bras pour lui faire une caresse.

— Maman! Qu'est-ce que vous avez, ce matin? Lâchez-moi!

Nicolas s'engouffra dans l'escalier du sous-sol et Michelle l'entendit mettre en marche son train électrique. Elle voulut le rejoindre, mais Jan l'en empêcha, préférant y aller lui-même. Nicolas était à cheval sur le dossier d'un fauteuil éventré, les pieds posés dans de vieilles ceintures de cuir retenues par d'énormes épingles de sûreté et tenant lieu d'étriers. Devant lui, le train roulait seul, sans conducteur.

— Est-ce que Jesse James va attaquer le convoi?

Nicolas regarda son père d'un air si découragé que Jan se demanda si son fils ne connaissait pas une réelle déception malgré son jeune âge.

— Veux-tu venir travailler aujourd'hui? Tu pourrais placer les légumes, étiqueter les boîtes, faire...

— Non, pas aujourd'hui.

— Demain?

— Non, pas demain.

— Moi, je pense que tu es assez grand pour commencer à porter le tablier et te tenir près de moi.

— Non. À la caisse ou rien. Je sais très bien rendre la monnaie. Et puis non. Je veux aller dans une colonie de vacances. Je n'ai pas envie de rester seul tout l'été.

Jan regarda le train abandonné tourner en rond et coupa le contact. La petite locomotive s'arrêta net et Nicolas n'y prêta pas attention.

— L'école finit cette semaine, Nicolas. Il aurait fallu me le dire avant. Il faut être inscrit pour aller dans une colonie.

— Est-ce qu'il faut que je sois inscrit aussi pour aller chez l'oncle Jerzy?

— Ce n'est pas pareil.

— Sophie dit...

— Je ne veux plus en entendre parler.

— Mais c'est ma cousine...

— Assez, Nicolas.

Ulcéré, Jan monta et Michelle, qui n'avait pas perdu un mot de la discussion, osa proposer une colonie près du lac Achigan, dans les Laurentides.

— Tu n'y penses pas, Michelle. Nicolas prendrait la place d'un enfant dont les parents n'ont pas les moyens de...

— Informe-toi tout de même. Nicolas y connaîtrait sûrement un ou deux enfants de son école.

Jan haussa les épaules et sortit sans dire un mot, certain que le café aurait eu un goût amer.

La clientèle du magasin de la rue Sainte-Catherine, formée en majeure partie de Canadiens anglais, était tout à fait différente de celle du plateau Mont-Royal. Jan reconnaissait, depuis qu'il en était le propriétaire, ne rien comprendre à l'anglais et il avait horreur de ne pouvoir servir convenablement un client. Si M. Favreau avait été là, il lui aurait dit qu'il n'était pas à sa place dans l'ouest de Montréal, mais Jan était persuadé qu'il possédait l'inventaire et le genre de magasin susceptibles de plaire à tous. Si son frère Jerzy n'avait pas été aussi entêté, il lui aurait proposé de s'installer à Montréal, de s'associer avec lui et de prendre en charge cette épicerie et toutes les autres, telle celle du chemin de la Côte-des-Neiges, qui desservait aussi une clientèle qu'il ne rencontrait jamais au défilé de la Saint-Jean.

Jan entra et sourit à ses employés, leur demandant en baragouinant s'ils allaient bien. Il passa derrière le comptoir et enfila son tablier. Un tablier lui était réservé dans chacun de ses trois magasins et il se faisait un devoir de toujours le mettre. Il était épicier et considérait le tablier comme son uniforme. Il fit le tour du magasin comme il le faisait tous les jours, vérifiant l'ordre des étagères, la propreté des tablettes, n'hésitant pas à passer un doigt sur les boîtes de conserve. Il se rendait ensuite aux étals de fruits et légumes et terminait son inspection dans la chambre froide du boucher. Il adorait se réfugier à cet endroit. Devant les carcasses suspendues à des crochets, il se disait que plus jamais, plus jamais il n'aurait faim. Il faisait part de ces réflexions à Michelle et à Élisabeth, les croyant convaincues qu'il était le seul Pawulski à ne jamais faire de cauchemars. S'il était vrai que ses nuits n'étaient plus agitées, il lui arrivait d'avoir des visions soudaines, parfois affolantes, presque toujours troublantes. Il les effaçait d'un battement de paupières, mais elles étaient récurrentes et c'était contre cela qu'il se révoltait. L'impossibilité d'effacer la brouille avec Jerzy, la mort sur le visage de Marek, les cris de désespoir d'Élisabeth, la couleur de la neige à Cracovie, les coups aux testicules reçus de M. Bergeron, le douloureux craquement de ses doigts écrasés... Était-ce le froid de la chambre du boucher qui le ramenait souvent dans les Carpates et dans la plaine manitobaine? Il n'en savait rien. Mais c'était souvent là qu'il ressentait de nouveau les engelures de ses pieds. Quand cela se produisait, il regardait rapidement ses chaussures, presque toujours fraîchement cirées, et se disait que la vie était bien bonne pour lui. Si ses visions se faisaient trop harcelantes, il sortait les lunettes de son père et le priait d'éloigner les spectres. La plupart du temps, son père venait à son secours, il en était convaincu.

— Comment se fait-il qu'il y ait de la poussière sur les pots de bonbons?

Le gérant du magasin rougit et haussa les épaules avec l'expression d'un enfant pris en défaut. Jan lui montra un pot et jeta un rapide coup d'œil aux deux autres employés. Ils s'étaient figés et Jan comprit qu'il était craint, malgré son accent si lourd qu'il leur était difficile de le comprendre. La caissière se précipita avec un torchon mais Jan fit non de la tête, reportant son attention sur le gérant.

— Ce que je veux savoir, c'est pourquoi il y a de la poussière. Est-ce un produit qui ne se vend pas bien ?

Le gérant sembla soulagé. Jan l'emmenait sur un terrain qu'il connaissait beaucoup mieux que la poussière.

— Oui.

Jan fut sincèrement étonné d'apprendre que sa clientèle de l'ouest de la rue Sainte-Catherine préférait de beaucoup les bonbons à la menthe et les bonbons aux fruits acidulés aux bonbons au beurre, aux jujubes et aux *jelly beans*. Demandant au gérant de le suivre, il alla devant l'étagère de biscuits et sortit des sacs qui lui semblaient défraîchis.

— Ils n'aiment pas ces biscuits non plus ?

— Un peu, quand ils ont des enfants. Mais ils préfèrent les biscuits de fantaisie. J'en commande en plus grande quantité que les biscuits *Parade*.

— En avez-vous encore, des biscuits *Parade,* en réserve ?

— Oui.

Sans ajouter un mot, Jan alla chercher un carton et il l'emplit de tous les biscuits qui, selon son gérant, se vendaient mal.

— Ils n'aiment pas les biscuits à la guimauve et à la noix de coco ?

Le gérant fit signe que non. Jan vida presque l'étagère, ne laissant que quelques sacs. Ses clients du plateau Mont-Royal seraient ravis du solde de biscuits qu'il allait faire, sans compter Nicolas qu'il inviterait à faire une petite fête pour souligner la fin des classes et la Saint-Jean-Baptiste.

Même s'il possédait cette épicerie depuis plus d'un an et qu'il était plus que satisfait du rendement, il venait de prendre conscience qu'il devait s'adapter encore mieux à son environnement. Il décida de tenir une rencontre avec ses trois gérants l'après-midi même — jamais il n'avait fait cela — afin de comparer leurs besoins. Il téléphona d'abord à M. Grégoire, qui bégaya son assentiment, convaincu qu'il essuyerait une réprimande. Il appela ensuite M. Dupuis — l'oncle de Michelle —, qui assurait la gérance de l'épicerie mère. Il quitta l'épicerie de la rue Sainte-Catherine avec M. Stone à ses côtés, qui avait la tête presque vissée à la fenêtre tant il était intimidé de se trouver dans l'automobile du patron, même si celui-ci était de plusieurs années son cadet.

Jan regarda les trois hommes avec une fierté qu'il se dissimulait mal. Non seulement les avait-il choisis consciencieusement, mais il s'était fait un point d'honneur de les prendre plus âgés et plus expérimentés que lui-même, ne fût-ce que pour vérifier parfois ses intuitions. Il avait en cela suivi les recommandations de M. Favreau.

«Ne remplace pas nécessairement un vieux par un jeune. Essaie d'être plus jeune que quelqu'un dans ton entourage. Tu vas gagner en expérience la différence de salaire, crois-moi.»

Les trois gérants s'étaient presque étranglés d'étonnement de se retrouver assis au *Lutin qui bouffe*, une des meilleures tables de Montréal. Jan avait décidé qu'ils méritaient cette attention. Le repas fut très agréable, et, si quelqu'un s'était donné la peine d'écouter leurs propos, il aurait su la provenance du filet de bœuf de même que celle des chocolats à la menthe offerts dans un plat à la sortie.

— Ça se vend bien chez nous, les chocolats à la menthe.

— Ça, c'est *because* les *English*. Pas chez nous. La menthe, c'est pour le dentifrice. Mais le *Kolynos* à saveur de thé des bois est quand même le plus populaire.

Jan prenait des notes mentalement et il décida d'imposer un travail énorme à ses gérants, leur demandant de coter, sur une échelle de un à cinq, la popularité de tous les produits.

— Tous?

— Tous.

Les gérants se regardèrent, ayant la désagréable impression de s'être fait arnaquer, mais Jan leur dit qu'il avait une petite idée en ce qui les concernait. Il paya l'addition et reconduisit M. Stone, qui était le seul des trois à ne pas avoir d'automobile.

— Vous n'avez pas de voiture parce que votre salaire n'est pas assez élevé, monsieur Stone?

— Oh non! monsieur Aucoin. Tout est O.K. Mais j'habite Saint-Henri et j'ai quatre enfants. J'aime mieux payer des études qu'acheter une automobile. Mon aîné est diplômé de McGill.

— En quoi?

— Génie. Mon deuxième fait un doctorat en mathématiques à Harvard, aux États-Unis.

Jan le regarda. Jamais il n'aurait pensé qu'un épicier puisse être le père d'un ingénieur et d'un mathématicien. Il était certain que cela ne se serait pas vu à Cracovie. Le moment venu, exigerait-il de Nicolas qu'il ait un diplôme universitaire? Nicolas était le petit-fils de Tomasz et de Zofia et ils l'auraient exigé. Il ferait donc de même. Il balaya cette pensée, souhaitant néanmoins que son fils choisisse autre chose que les mathématiques ou le génie, aucune de ces professions ne pouvant nourrir une famille en cas de guerre.

— Ma fille étudie en arts et mon dernier, celui qui retarde l'achat d'une voiture, veut être joueur de football.

— Et il va à l'université?

— Oui. C'est un bon endroit pour jouer et c'est indispensable pour obtenir une bourse. Et les joueurs de football ont presque tous des diplômes universitaires.

Jan fit la grimace. L'université de Cracovie n'aurait jamais accueilli de joueurs de football. Il se demanda s'il y avait des joueurs de football à l'université de Montréal. Avant de déposer M. Stone, il apprit aussi que ses enfants avaient tous été boursiers et que lui-même avait vendu son épicerie de Saint-Henri pour aider à financer le doctorat de son mathématicien.

— Je n'ai pas eu la chance d'avoir des ancêtres qui vivaient à Westmount, en haut de la côte. Mes ancêtres à moi vivaient en bas, travaillant dans les cours de triage du Canadien National.

Il n'en fallut pas plus pour que Jan revoie les derrières des maisons qu'il avait aperçus, treize ans auparavant. Il n'avait pas imaginé que, cachés par les drapeaux fleurdelisés, il y avait là des bébés qui pleuraient en anglais.

Jan et Michelle ne furent pas étonnés de voir que tous les petits amis étaient venus à la fête de la Saint-Jean. Nicolas avait toujours beaucoup de succès parce que son père était propriétaire d'une épicerie et que la table, installée dans la cour située entre la maison et le garage, était abondamment garnie de toutes les friandises défendues. Jan, passé en coup de vent, souriait de toutes ses dents, espérant que son fils pouvait quand même être apprécié pour ses propres qualités et non pour les bonnes grâces de son père, mais il ne nourrissait pas trop d'illusions. Michelle, qui avait appris quelques éléments de la tradition polonaise, ne manquait jamais de souligner sa fête et leur première rencontre. Ce jour était toujours un jour joyeux qui se terminait habituellement au feu de la Saint-Jean.

Jan retourna au travail, mais cette fois à l'épicerie du chemin de la Côte-des-Neiges. Michelle le regarda partir en soupirant et se retrouva seule à tenter de convaincre les enfants qu'il serait amusant de piquer la queue d'âne alors qu'ils avaient davantage envie d'être des cow-boys. Un des amis de Nicolas proposa de jouer à la messe et fut presque hué. Un deuxième eut l'idée de jouer à l'épicerie; lui serait l'épicier et tous les autres seraient soit des vendeurs, soit des fournisseurs, soit des clients. Nicolas refusa si catégoriquement que Michelle fut étonnée de la violence de sa réaction. Devant les objections des uns et des autres, le ton s'échauffait et Michelle se demanda si elle devait intervenir.

— Si on jouait au FLQ[1]? Moi, je cache des bombes dans des boîtes. On va dire que c'est des boîtes à lettres. Il y en a qui vont être les polices qui coupent les fils des bombes, et puis les autres vont être les polices qui me cherchent.

— Puis moi, je veux être un mort.

— Si tu veux.

Au grand désespoir de Michelle, cette dernière suggestion fut acceptée à l'unanimité. Elle reproposa la queue d'âne, mais plus personne ne l'écoutait. Dépitée, elle commença à rentrer les assiettes remplies de croûtes.

Jan revint à temps pour le feu. Les amis de Nicolas étaient partis et ce dernier s'était réfugié dans le sous-sol, à cheval sur son vieux fauteuil, mangeant encore des biscuits à la guimauve rose. Jan lui rappela qu'il était temps de partir et Nicolas lui répondit qu'il ne voulait plus aller au feu.

— Tu ne veux pas venir au feu?

— Non.

---

1. Front de Libération du Québec.

Jan regardait son fils, ne comprenant absolument rien. Nicolas n'avait cessé de parler du feu depuis le début du mois de juin.

— C'est la fête de mon saint patron aujourd'hui... Tu es sûr que tu ne veux pas venir?

— Oui.

Jan, ne sachant que penser, avertit Michelle qu'il était préférable qu'elle aille avec sa famille, et redescendit pour brancher le train électrique. Il s'installa à plat ventre et invita Nicolas à se joindre à lui.

— Est-ce que tu savais que j'étais arrivé à Montréal en train, la veille de la Saint-Jean?

— Non.

— Eh bien! je te le dis. Ça fait maintenant treize ans que je suis à Montréal.

— L'an dernier, tu m'as dit que ça faisait douze ans. Je ne peux pas l'oublier, parce que c'est toujours la même chose que l'âge de mon cousin.

— Ah bon!

Jan fut déconcerté par la réponse de Nicolas, n'ayant jamais eu conscience de s'être répété. Combien de fois son père lui avait-il raconté son emprisonnement et son retour du camp? Il ne s'en souvenait plus, n'ayant conservé de ce retour que le souvenir d'une incommensurable faim.

— Alors, vous vous êtes bien amusés?

— Oui. On a joué aux bombes.

— Aux bombes!

Jan coupa le contact et le train s'immobilisa aussitôt. C'était, à sa connaissance, la première fois que Nicolas jouait à ce jeu. Devant l'évidente menace de saute d'humeur, Nicolas tenta de le rassurer.

— Je n'ai pas vraiment beaucoup joué, papa, parce que j'ai été tué tout de suite. J'ai passé tout le temps couché sur le ventre, les yeux fermés. J'aurais même pu m'endormir. Je n'ai pas voulu que ceux qui faisaient les docteurs me touchent, parce que de toute façon j'étais mort.

Jan n'avait plus vraiment envie de l'entendre. Nicolas venait innocemment de déclencher une de ses visions intolérables et Jan le pria de monter à sa chambre. Nicolas fut atterré et essaya encore une fois de le consoler en lui assurant qu'ils n'avaient pas joué à la guerre.

— Je le sais, papa, que je n'ai pas la permission de jouer à la guerre.

— Monte, Nicolas. Tu n'as pas la permission de jouer à la violence, c'est clair?

Nicolas, de plus en plus affolé, se hâta de monter à quatre pattes l'escalier devant lui, craignant de recevoir sa première fessée. Il tenta une dernière fois de se justifier en expliquant qu'il n'y avait pas vraiment eu de violence parce que presque tout le monde était policier.

— Monte!

Nicolas éclata en sanglots, ce qui irrita Jan au plus haut point. Son fils redevenait parfois trop jeune pour ses onze ans. Lui, à onze ans, avait toujours l'estomac vide et ne pleurait jamais. Nicolas courut devant lui, mais, au lieu d'aller à sa chambre, il se précipita dans la salle de bains et Jan le vit vomir tous ses biscuits à la guimauve rose. En un éclair, Jan eut onze ans et il entendit son père vomir, la nuit de son retour du camp.

6

Jerzy éclata de rire devant la déconfiture de Stanislas qui venait de laisser passer une chandelle. Ils s'étaient tous rassemblés sur le terrain de jeu du village pour célébrer la Saint-Jean-Baptiste, fête nationale des Canadiens français. Même s'il n'y avait que trois Canadiens français dans leur groupe, le prétexte pour jouer une partie de baseball était tout trouvé. Le temps était magnifique et Jerzy, bien que devenu très familier avec les saisons, demeurait toujours coi devant leur beauté et les couleurs que prenait la terre sous les caresses du soleil. Le terrain de baseball était poussiéreux et les jeunes trouvaient un malin plaisir à effectuer des dérapages, ne fût-ce que pour embêter les parents qui se faisaient pincer les jambes par les cailloux quand ceux-ci n'allaient pas se nicher dans les chaussures ou les bottines.

— Hé! Stan! Est-ce que c'est pour regarder passer les balles que tu as voulu être au champ gauche?

Stanislas dévisagea son camarade, ondula la lèvre supérieure et fit un geste de la main dont la grossièreté scandalisa son père. Son fils n'avait pas à se comporter en voyou, mais Jerzy eut en plus le sentiment que le geste lui était destiné. Il jeta un coup d'œil vers Anna et Sophie qui, assises dans les estrades de bois gris et râpeux, les encourageaient de leurs cris et de leurs rires. Anna fit comprendre à Jerzy qu'il ne devait pas s'en offusquer, tandis que Sophie, même s'il était certain qu'elle n'avait pas saisi la signification du geste de son frère, n'en avait pas moins mis ses mains devant sa figure pour cacher son rire. Jerzy la regarda en fronçant les sourcils, suspicieux. Devait-il croire qu'elle avait peut-être compris ou riait-elle de voir son frère se faire taquiner?

Le match de baseball prit fin et toutes les familles se réunirent pour manger le pique-nique préparé par les femmes, fait de sandwichs, crudités, chips, arachides, arrosés de coca-cola et de limonade pour les jeunes et de bière pour les moins jeunes. Jerzy s'approcha de Stanislas et le félicita pour sa performance.

— J'ai laissé passer un ballon qu'un enfant de six ans aurait pu attraper.

— Et je t'ai aussi vu laisser passer un enfant de six ans pour qu'il puisse se rendre au but. Je suis sûr que ç'a été le plus beau moment de sa journée.

Stanislas regarda son père, choqué que son manège ne lui ait pas échappé, ravi qu'il en ait été fier. Des jeux moins violents furent ensuite organisés et Jerzy se retrouva dans une poche de jute à sautiller derrière Sophie. Elle poussait des petits cris aigrelets qui l'amusaient fort et laissaient deviner le coffre de soprano qu'elle aurait un jour. Le 24 juin s'acheva sur un immense bûcher. On utilisa les braises pour griller des hot-dogs et des guimauves avant de s'en coller qui les lèvres, qui les joues, qui les cheveux.

La nuit avait réussi à faire tomber le jour quand Anna, invitée par Jerzy, sortit de la maison, faisant bondir la porte moustiquaire. Il l'emmena près de la rivière, l'invita à s'asseoir à ses côtés pour en écouter le coulis-coulis. Anna ricana, retrouvant comme à chaque année le plaisir de leurs fiançailles. Elle s'assombrit quelques instants en se souvenant qu'ils avaient aussi, ce jour-là, prié pour l'âme de Jan qu'ils croyaient mort. Anna prit la main de Jerzy et la baisa doucement comme elle le faisait toujours.

— Je sais ce à quoi tu penses, Anna.

— Vraiment?

— D'une façon comme de l'autre, mon frère est toujours mort.

Anna haussa les épaules et soupira le plus silencieusement possible, redoutant toujours ces discussions.

— Et si moi j'allais à Montréal?

— Pour quoi faire?

— Voir Élisabeth et Michelle et Nicolas...

— Et Jan, peut-être...

Jerzy se releva, se déglinguant toujours autant, mais Anna ne le remarquait même plus. Il lui prit la main et l'attira vers lui en souriant de son sourire haïssable dont elle se méfiait toujours, il le savait.

— Si je te donnais le choix entre deux choses...

Il ne termina pas sa phrase. Anna s'était dégagée et l'avait précédé, marchant rapidement. Il la suivit, riant aux éclats devant sa saute d'humeur.

— Trois choses...

Anna ne ralentit pas, mais cria qu'elle voulait choisir entre rien et rien, étant parfaitement heureuse de son sort.

— Une chose et demie...

Piquée dans sa curiosité, elle s'immobilisa en plein milieu de la route, sans se retourner. Il arriva enfin à sa hauteur, la réprimandant gentiment de toujours lui faire sentir qu'il ne marchait pas aussi rapidement qu'elle, ce à quoi elle répondit que rien ne l'avait empêché de jouer au baseball.

— Tu es injuste, Anna. Absolument et malhonnêtement injuste. Je me contente de frapper et il y a toujours un jeune qui court pour moi.

Anna ne répondit rien, mais fit claquer sa langue sur sa canine. Jerzy, marchant de nouveau à ses côtés, lui prit le bras et la força à le regarder.

— La Pologne, Anna...

— Non, Jerzy. Non pour la première chose. Et la demi-chose?

— La moitié de la terre de M. Carrière.

— Encore? Tu as assez de travail déjà...

— Une moitié, Anna.

Jerzy, redoutant un refus, soutint d'un regard à la fois suppliant et craintif celui d'Anna. Il lui avait tendu un piège, sachant pertinemment qu'elle refuserait la Pologne. Mais il s'était dit qu'il devait commencer à la préparer à ce départ qui se ferait certainement avant la fin de la décennie. Anna marchait d'un bon pas et il s'efforçait de la suivre. Elle n'était dupe de rien, il en était convaincu.

— Je n'aurai plus assez de temps pour tout faire, Jerzy. Je m'occupe des enfants, de la maison, et, dans les jardins, je fais le travail d'un homme... et demi...

Jerzy fut étonné de voir qu'Anna avait l'air abattue et qu'elle s'opposait franchement à l'achat de la terre de M. Carrière. Il se tut, agacé d'avoir l'impression d'être obligé de demander des permissions pour faire la vie qu'il souhaitait. Sans qu'il en comprenne les raisons, il s'encoléra contre elle et lui dit qu'elle ressemblait de plus en plus à son père, refusant tout ce qui venait de lui. Il ne pensait pas un seul mot des phrases qu'il lui lançait à la tête, mais, en la voyant décontenancée, il parla encore plus fort.

— Il m'arrive de me demander, Anna, si toi aussi tu n'as pas un peu honte de ton boiteux.

— Jerzy !

— Tu me coupes tous mes rêves, Anna. J'ai quarante ans, je voudrais agrandir ma terre, tu ne veux pas. Je voudrais rentrer en Pologne, tu ne veux pas. Je ne veux pas que mon fils aille à Montréal, tu veux. Anna, laisse-moi rêver.

— Rêver, oui, Jerzy. Mais les rêves ne coûtent rien, ne bouleversent rien. Tu me parles de projets, Jerzy, pas de rêves.

Jerzy se tut rapidement, pris à son propre piège. Elle avait parlé de sa voix blanche de chagrin et il en avait ressenti une immense douleur dans la poitrine. Anna était trop solide, trop fière. Mais, en même temps, c'était elle qui avait planté dans le cœur de la terre manitobaine le premier pieu auquel il s'était volontairement lié.

— Si tu achètes la terre de M. Carrière, Jerzy, est-ce que tu penses sérieusement que nous allons être plus à l'aise financièrement ?

— Oui.

— Assez pour payer un billet à Stanislas ?

Décontenancé, Jerzy ne répondit rien. Anna s'était rapidement ressaisie et il sentait qu'elle et Élisabeth, travaillant de concert, avaient toutes les deux enfourché un rouleau compresseur. Comment pouvait-il exiger de son fils qu'il ne voie que sa tante et pas son oncle ? Anna lui compliquait la vie. Elle ne cessait, depuis un an, depuis que Stanislas avait eu ses douze ans, d'attiser le feu de sa rancune.

— Fais une offre à M. Carrière, Jerzy. Fais-lui une offre. Mais tu ne m'empêcheras pas d'acheter tout ce que je pourrai vouloir.

Jerzy sut que le voyage de son fils était imminent et Anna entendit craquer ses mâchoires.

7

Jan se fit la réflexion qu'ils avaient l'air d'une bande d'enfants agglutinés au haut d'un escalier mécanique pour y attendre le père Noël. Michelle tentait de tenir Nicolas par la main, mais il ne cessait de se dégager, lui jetant chaque fois un regard courroucé. Jan trouva à Élisabeth un air de mère poule aux plumes hérissées. Il se dit qu'elle-même devait remarquer qu'il faisait les cent pas, grillant cigarette sur cigarette, et chercher les raisons de son air de supplicié. Michelle, que son humeur ne laissait pas indifférente, ne savait quelle figure se composer. Nicolas les quitta quelques instants, le temps de vérifier pour la dixième fois l'horaire sur le tableau des arrivées. Il revint au pas de course.

— Si l'horloge de la gare est à l'heure, le train va être ici dans deux minutes. Peut-être même une minute.

Il n'avait pas terminé sa phrase que le plancher vibra et qu'une odeur de fioul mêlée à celle de la vapeur d'eau sembla poisser l'air de la cage d'escalier.

— Et s'il arrivait par l'autre escalier?

— Ta tante Anna lui a dit de prendre l'escalier roulant.

— Mais si jamais...

Jan interrompit son fils, lui suggérant d'aller à l'autre escalier s'il avait si peur de rater son cousin. Nicolas chercha l'assentiment de sa mère avant d'aller se planter à l'autre point d'arrivée. Il revint en courant leur annoncer que les premiers voyageurs montaient déjà et repartit aussitôt. Jan s'alluma une autre cigarette à même son mégot et alla rejoindre son fils, dont il prit la main. Nicolas le regarda, se demandant pour quelle raison son père avait fait cela. Il n'osa retirer sa main, se sentant soudainement prisonnier de son âge; son cousin douterait certainement de ses onze ans.

— Est-ce parce que tu me trouves bébé que tu me prends la main?

Jan la laissa tomber comme s'il avait tenu du feu.

— Mais pas du tout, Nicolas. Pas du tout.

Jan aurait pu lui expliquer que c'était pour se donner le courage d'enfin revoir Stanislas, dont il recevait régulièrement des lettres. Il aurait pu aussi lui dire qu'une ombre assombrissait son plaisir : l'idée que son frère ait pu voir dans le départ de Stanislas une autre défection.

Élisabeth leur fit un grand signe de la main et Nicolas partit en courant, le laissant derrière. Jan se hâta tout en s'efforçant de cacher son excitation.

Une tête blonde au sourire laqué était déjà au milieu de l'escalier. Lui aussi les avait reconnus. La dame à la robe bleue était sûrement sa tante Élisabeth; elle avait des yeux comme ceux de son père. Quant à l'homme qui fumait doucement en souriant, il tenait sa cigarette exactement comme le faisait son père et il avait aussi les cheveux du même blond cendré. En voyant son cousin, Stanislas se demanda s'il se reposerait de sa sœur.

Élisabeth fut la première à ouvrir les bras pour l'accueillir. Stanislas s'y réfugia sans arrière-pensée, heureux d'être le bienvenu dans cette famille qu'il n'avait pu imaginer qu'en noir et blanc. Il avait les yeux fermés et le nez dans la chevelure d'Élisabeth et il sentait cette tante dont l'odeur ressemblait à celle d'un bouquet de fleurs alors que l'odeur de sa mère rappelait davantage celle des champs et des animaux. Tandis que Nicolas lui prenait la valise des mains, il se retrouva dans les bras de l'autre tante, celle qui s'appelait Michelle et qui était la seule à avoir les cheveux foncés. On se l'était arraché tellement rapidement qu'il n'avait pas eu le temps de baiser les mains des dames, ce qui aurait mortifié sa mère, il en était certain. Il se retrouva finalement devant son parrain et ne put s'empêcher de sourire de joie. Son parrain était exactement comme il l'avait imaginé.

Jan se demandait si l'émotion avait une odeur identifiable comme celle de la peur ou du désir. Dès qu'il avait aperçu Stanislas, il avait ressenti un trouble si vif qu'il en avait été saisi. Son filleul était un jeune adolescent dont la débrouillardise et l'intelligence exsudaient par tous les pores de son visage, qui lui rappelait celui de sa mère, Zofia, et celui de son frère Adam. C'était la première fois, depuis que Jan avait quitté la Pologne, qu'il avait le sentiment de se retrouver à Cracovie avec des âmes connues. La première fois que le spectre d'Adam lui faisait face. Il jeta un regard en direction d'Élisabeth qui, d'un hochement de tête, lui fit comprendre qu'elle savait ses pensées. Stanislas s'approcha de lui et lui tendit la main. Jan l'effleura avant d'étreindre son filleul. Élisabeth regarda Michelle et se demanda si elle aussi venait de reconnaître l'extraordinaire courant de fierté quasi filiale dans le regard de Stanislas et quasi paternelle dans celui de Jan. Nicolas laissa tomber la valise et s'étouffa avec sa salive. Il devint si cramoisi que Jan et Michelle mirent cinq bonnes minutes à l'aider à retrouver son souffle.

Élisabeth s'était assise derrière et avait coincé Stanislas entre elle et Nicolas. Elle ne cessait de lui frotter la cuisse et le genou, pour tenir ses sens éveillés à ces retrouvailles tant attendues, certes, mais aussi pour se concentrer sur le mouvement de sa main, la texture du pantalon et même la fermeté des muscles de la cuisse de son neveu. Tout était préférable aux larmes qu'elle s'était contrainte d'assécher pour ne pas chagriner cette journée si heureuse. Comment aurait-elle pu faire comprendre à Stanislas qu'il lui avait paralysé le cœur pendant cinq bonnes minutes tant la ressemblance entre lui et Adam était encore plus frappante que dans son souvenir ? Un Adam plus âgé. Une ressemblance qui narguait presque la mort. Quelle ironie que ce fût son frère Jerzy, celui qui n'avait jamais vu Adam, qui en eût fait la plus parfaite reproduction ! Par le rétroviseur, elle voyait Jan lui jeter des regards qu'il voulait furtifs, mais elle pouvait y lire tant d'images. Un matin de Cracovie, gris sous une neige fondante, tachée de suie de charbon ; un père trop calme et méfiant ; une mère inquiète qui les pressait de partir ; un petit frère excité, braillard ; Jan sérieux, responsable, soucieux ; elle excédée, irritable et impatiente. Ce matin maudit où la mort les avait visités. Ce matin maudit qui ne cessait encore et toujours de hanter ses nuits, sauf les rares fois où Denis la tenait dans ses bras en lui répétant qu'elle était toute sa vie alors qu'elle-même avait le sentiment que la sienne était amputée et ressemblait à un moignon. Élisabeth était sûre que Jan visionnait le même film sur l'écran de sa mémoire.

Michelle ne cessait d'interroger Stanislas sur le climat de Winnipeg, la rigueur de l'hiver manitobain, le voyage, le confort du lit dans le train et la qualité des repas. Stanislas répondait si poliment aux questions qu'Élisabeth sourit, ayant le sentiment d'avoir accueilli non pas un jeune Canadien mais un vrai Européen élevé dans la plus pure tradition polonaise. Jerzy n'avait certainement pas beaucoup changé et elle n'aurait pas été surprise qu'il nourrît encore son projet de retourner en Pologne. Elle vit sourire les yeux de Jan qui, lui aussi, avait compris qu'il emmenait chez lui un membre de la diaspora polonaise.

Stanislas regardait tourner le train sur les rails que Nicolas avait relégués dans le coin de la grande pièce du sous-sol. Michelle y avait installé un canapé-lit neuf et Stanislas avait pris possession des lieux. Si Nicolas avait accepté qu'il fixe au mur une photographie d'Elvis Presley entre le cadre de Pépinot et celui de Capucine, il avait néanmoins insisté pour que la petite gare, le village et le tunnel de papier mâché demeurent dans la pièce. Stanislas l'avait aidé à rassembler les rails.

— J'ai toujours rêvé d'avoir un train comme le tien.

Nicolas dévisagea son cousin d'un air souçonneux. Il se demandait comment un grand pouvait encore s'intéresser aux trains électriques.

— Si tu n'as pas eu de train, tu as joué avec quoi?

Stanislas réfléchit avant de répondre qu'à la campagne ils avaient davantage l'habitude de s'amuser avec les saisons. Nicolas éclata de rire, croyant à une blague, avant de comprendre que son cousin était sérieux.

— Ça veut dire quoi, jouer avec les saisons?

— Ça veut dire enlever les pierres dans les champs quand le printemps arrive, pour ne pas que mon père abîme les lames de la charrue. Ça veut dire faire des lignes bien droites avec des cordes dans les champs de pois et de haricots. Ça veut dire conduire le tracteur pour semer.

— Tu conduis le tracteur? À treize ans?

— Je le fais depuis que j'ai huit ans.

Nicolas se renfrogna et trouva son train d'une humiliante insignifiance. Son changement d'humeur n'échappa pas à son cousin.

— Qu'est-ce que j'ai dit?

— Rien.

— Veux-tu que je continue?

— Si tu veux.

— On récolte et on va au marché. Ça, c'est extra-ordinaire. Je m'installe derrière les cageots, habituellement avec mon père, et j'essaie d'attirer les acheteurs. «*Carrots*, carottes. *Potatoes, potatoes,* patates, *potatoes. Onions, onions,* oignons.»

— C'est comme dans le magasin.

— Tu cries dans l'épicerie?

— Non, mais on vend des carottes, des patates puis des oignons.

— Je le sais. Mais nous, on les sème et on les récolte avant de les vendre. C'est ça, la différence.

— Nous, c'est moins compliqué.

— Je le sais. Mais nous, on est des maraîchers. Et on a beaucoup d'épiciers qui viennent acheter nos produits.

— Nous, on les achète au marché Central. Mon père m'a dit que celui de Montréal était beaucoup plus gros que celui de Winnipeg.

— Ton père a dit ça?

— Il me semble, oui.

Stanislas pensa que son cousin pouvait être aussi agaçant que sa sœur Sophie quand elle se servait de son père comme d'un paravent. Jan, que ni l'un ni l'autre n'avaient entendu descendre l'escalier, les surprit en leur demandant s'ils étaient prêts à partir. Nicolas ne mit qu'une fraction de seconde à comprendre la question et s'empressa de répondre qu'il était prêt, puis annonça à son cousin qu'il travaillait à la caisse. Jan n'osa le contredire, partagé entre le malaise de l'entendre

70

crâner et mentir pieusement et le plaisir d'apprendre qu'il acceptait d'aller à l'épicerie. Il avait refusé catégoriquement d'y mettre les pieds depuis la fin des classes, boudant son père parce que celui-ci n'avait pas voulu l'envoyer dans une colonie de vacances. Il n'avait retrouvé sa bonne humeur que la semaine suivante quand Élisabeth avait téléphoné pour annoncer la visite de Stanislas.

Depuis qu'ils étaient rentrés de la gare, Nicolas n'avait cessé d'accaparer son cousin, lui montrant sa chambre et ses jouets, ses manuels scolaires, ses cahiers et son violon. Stanislas, empêtré dans son filet de politesse, avait déclaré que la chambre était parfaite : «Elle est plus grande que la mienne»; que les jouets étaient semblables à ceux qu'on trouvait au Manitoba : «Mais je n'en ai jamais vu autant»; que les livres étaient complètement différents : «Les nôtres sont presque tous en anglais»; que les cahiers étaient bien propres et d'une belle écriture : «Ma sœur est un peu comme toi»; que son violon était très beau.

— Est-ce que tu lui as raconté, mon oncle, l'histoire de la sauterelle qui était entrée dans le violon de mon père?

— Non.

— Il paraît que c'est arrivé l'année que je suis né. Mon père joue bien du violon, mais il en joue surtout le dimanche. Moi, je n'en joue pas, ma sœur non plus. Je joue du piano et ma sœur un peu aussi, mais elle, elle veut devenir une grande chanteuse. Peut-être même une chanteuse d'opéra. Tu joues du violon, mon oncle?

— Mon père ne sait pas jouer. Moi, oui. C'est ma tante Élisabeth qui est mon professeur.

— Tu ne sais pas jouer, mon oncle? Ma mère m'a dit que tu savais. Que tous les Pawulscy savaient.

— Mon père est un Aucoin. C'est pour ça qu'il ne sait pas jouer.

— Non, Nicolas.

Jan avait regardé Stanislas et venait de mesurer les conséquences de la présence chez eux d'un autre membre de la famille. Il lui faudrait peser ses paroles et ses actes s'il ne voulait pas que Montréal galope jusqu'au Manitoba à cheval sur l'écho de Stanislas.

— Fais-moi penser de t'expliquer l'histoire de mon nom. Quand nous serons seuls.

— Ton nom a une histoire?

— Nous en reparlerons, fils.

Nicolas rougit de bonheur de s'être fait appeler fils — c'était la première fois — et arbora un air de reconnaissance tel que Jan en fut décontenancé et les pressa de se mettre en route. Stanislas semblait perplexe, se demandant s'il avait commis un impair en parlant de son père. Pour estomper cette possible erreur, il ne cessa de s'extasier devant tout ce qu'il voyait. Il avait déjà remarqué, en sortant de la gare, les plaques des automobiles, différentes de celles du Manitoba, et était resté bouche bée devant les néons de couleur qui s'animaient. Maintenant, il trouvait que les gens avaient l'air différents.

— On ne s'habille pas comme ça au Manitoba et les filles ont une frange frisée. Pas une frange toute crêpée comme ici. Et les filles, chez nous, n'ont pas les yeux barbouillés comme ici.

— Ici, elles veulent probablement ressembler à Brigitte Bardot.

— Chez nous, elles aiment mieux Marilyn Monroe.

— Est-ce que tu passes ton temps à regarder les filles, toi?

Nicolas avait l'air complètement découragé et, pour la première fois, il avait réussi à décontenancer son cousin. Jan refréna un sourire, se délectant à les écouter tous les deux. Il ne sentit presque pas le filet de regret qui se glissa dans sa poitrine à la pensée de l'absence de complicité entre lui et son frère.

Stanislas demeura pantois. Jamais il n'avait imaginé que l'épicerie de son oncle fût une vraie épicerie. Une épicerie comme il en voyait à Winnipeg. Nicolas, feignant d'être un habitué des lieux, passa derrière le comptoir pour enfiler un tablier et se mettre un crayon gras sur l'oreille. Le tablier était beaucoup trop long, mais il ne s'en formalisa pas. L'important était de montrer à son cousin qu'il était chez lui. Jan mit une bonne demi-heure à expliquer les lieux à son filleul, ce qui n'agaça pas Nicolas puisque six clients passèrent à la caisse et qu'il rendit la monnaie seul, sans l'aide du gérant, qui avait compris qu'il ne devait pas s'étonner de sa présence. Jan conduisit Stanislas dans l'immense pièce froide où pendaient les quartiers de bœuf et de porc ainsi que les volailles, et où la saucisse et le boudin avaient été déposés dans d'immenses récipients.

— Je n'aime pas les chambres froides des bouchers.

— Ah non? Pourtant, vous abattez vos animaux...

— Plus maintenant. Ma mère n'a jamais aimé ça. C'est un voisin qui le fait pour nous.

— Comment va ta mère, Stanislas?

Stanislas s'étonna de la question. Il lui paraissait évident que son oncle devait savoir comment allait sa mère.

— Ma mère va bien. Mon père aussi, mais lui est sévère. Ma mère, beaucoup moins. Mon père est beaucoup plus strict. Il a... nous avons pu avoir un autre billet de train. Ma mère a dit que nous l'avions jeté par erreur. Le Canadien National nous en a émis un nouveau.

— C'est bien. J'ai appris que ton père n'était pas trop en faveur...

— C'est ce que je dis. Mon père est strict.

Sans ajouter un mot, Stanislas frissonna pour faire comprendre que la glacière — ou était-ce la conversation? — lui donnait la chair de poule. Jan ne put s'empêcher de lui passer une main dans la chevelure et de l'attirer vers lui pour l'embrasser. Stanislas n'offrit aucune résistance.

— Je suis tellement heureux, tellement heureux que tu sois à Montréal!

— Moi aussi.

Nicolas les vit revenir, le sourire aux lèvres. Il avait rendu la monnaie six fois.

— Et la troisième fois, ç'a été assez compliqué parce que ç'a coûté quatre dollars et soixante-deux et qu'il m'a donné cinq dollars et deux.

Jan le félicita si distraitement que Nicolas accrocha son tablier et sortit de l'épicerie. Le gérant fut le seul à le voir partir.

8

Stanislas fit la rencontre de Florence chez Élisabeth. Jamais il n'avait vu des cheveux aussi roux et aussi soyeux, ni un teint aussi rose. Il mit certainement une bonne heure avant d'oser la regarder une deuxième fois. Florence l'observait d'un air moqueur et Stanislas regretta de ne pas avoir vingt ans. Ils mangèrent devant une Élisabeth dépassée par la profondeur des sentiments qu'elle éprouvait pour ces jeunes. Nicolas avait refusé de se joindre à eux, et Michelle et Jan l'avaient emmené au restaurant. Depuis l'arrivée de Stanislas, il y avait des jours où Nicolas rayonnait de plaisir de ne plus être enfant unique, et d'autres jours, plus pénibles, où, profitant de l'absence de son cousin, il descendait au sous-sol et s'amusait avec son train quand il ne chevauchait pas le dossier de son vieux fauteuil.

Élisabeth avait préparé des spaghettis, sachant que Florence en raffolait et que Stanislas les trouvait «différents» de ceux de sa mère.

— Vous mangez des spaghettis, au Manitoba?

Florence avait parlé d'un ton si condescendant qu'Élisabeth fronça les sourcils, étonnée de voir sa protégée agir de la sorte.

— C'est qu'on ne sait jamais. Peut-être qu'il n'y a pas d'Italiens, là-bas. C'est tellement loin de l'Europe !

Élisabeth regarda Stanislas rougir jusqu'à la racine des cheveux.

— Savais-tu, Stanislas, que si ton oncle n'avait pas mangé de spaghettis chez *Da Giovanni*, je serais peut-être encore au Manitoba ?

Elle raconta en détail la crise d'appendicite de Jan et l'opération qu'il avait subie de toute urgence à l'Hôtel-Dieu. Florence l'écoutait, les yeux plissés, un sourire narquois accroché à la commissure gauche de ses lèvres.

— Ce n'est pas ce soir-là que tu as rencontré le docteur Boisvert ?

Élisabeth sursauta. Florence ne cessait jamais de mettre son amitié et sa fidélité à l'épreuve. Dépossédée de son exclusivité, elle voyait maintenant Stanislas lui enlever une autre parcelle d'attention. Élisabeth avait compris que Florence avait toujours connu sa liaison avec Denis, aussi ressentit-elle un insidieux malaise. Elle voulait empêcher Florence de saupoudrer la conversation d'allusions.

— Tu as une mémoire exceptionnelle, Florence. Le docteur Boisvert est celui qui a mis Nicolas au monde.

— Ah bon !

— Et Florence et moi faisons, depuis des années, des petits concerts durant la période des fêtes à l'hôpital où il travaille. Florence y est devenue une grande vedette et tout le personnel la connaît. Je peux même dire qu'un Noël sans elle leur paraîtrait triste.

— Surtout au docteur Boisvert. Depuis le temps qu'on le connaît, c'est comme s'il faisait partie de la famille.

Élisabeth sentit son cœur s'enfoncer davantage dans la crainte d'une indiscrétion. Elle avait cru que les dix-huit ans de Florence l'aideraient à acquérir une certaine maturité, mais Florence demeurait enfant. Un jour de lassitude, Florence lui avait déjà expliqué qu'elle vivait la plus grande partie de son temps en adulte, déchiffrant des partitions d'adulte, travaillant autant d'heures qu'un adulte, faisant corps avec son violon comme un adulte l'aurait fait. Elle était jalouse du peu d'heures durant lesquelles elle pouvait vivre comme une fille de son âge.

«Je ne veux pas être sérieuse et je veux avoir le droit d'être complètement idiote si j'en ai envie.

— Je suis d'accord avec toi, mais, à mon avis, tu te dois à ton art, à ton talent, aux mélomanes. Quand on a la chance de...

— Je sais ma chance, Élisabeth. Tu me le répètes depuis dix ans. Ma chance d'avoir joué à l'école Vincent-d'Indy avant mes dix ans sans être une élève. Ma chance de jouer régulièrement avec l'orchestre symphonique de Montréal depuis que j'ai huit ans. Ma chance d'avoir joué deux fois avec celui de New York. Moi, j'aimerais m'arrêter un jour, un petit jour...

— Est-ce que tu en serais capable?»

Florence avait longuement réfléchi, l'air sérieux et pâle comme une statue d'albâtre, avant d'esquisser un sourire triste, presque suppliant.

«Oui, mais à la condition d'être sur le bord d'un lac, les pieds dans l'eau, et de pouvoir t'entendre jouer, toi.»

Élisabeth se leva de table en se promettant d'essayer de convaincre Jan de les conduire, les dimanches, près d'un lac. La conversation s'était changée en un épais silence que Stanislas ne réussit pas à comprendre. Il n'osait toujours pas regarder Florence en face, mal à l'aise devant elle. Elle jouait divinement, il le savait pour l'avoir entendue à la radio, mais il ignorait qu'elle était allée à New York. Et, à la radio, il n'avait pu voir qu'elle avait l'air presque aussi jeune que lui. Il n'avait pu voir la couleur de ses cheveux, semblable à celle du tabac séché déposé sur une table et caressé par un rayon de soleil; la blancheur de ses mains, qui ne ressemblaient pas à celles de sa mère ni à celles de sa sœur, rêches et couvertes, comme les siennes, de crevasses couleur terre.

— Stanislas?

Élisabeth se tenait debout près de lui, un dessert à la main. Il la regarda, rougit et bafouilla qu'il en prendrait deux fois, s'étrangla tout de suite en réalisant le ridicule de sa réponse et jeta un rapide coup d'œil en direction de Florence, à qui aucune rougeur n'avait échappé.

— Je trouve que tu as l'air d'avoir quinze ans. Est-ce que c'est parce que tu travailles sur une ferme ou parce que tous les gars du Manitoba ont l'air plus vieux que ceux d'ici?

— Je n'en sais rien.

Au son de sa voix aigrelette, Stanislas jura contre sa pomme d'Adam qui n'avait pas encore atteint sa pleine grosseur. Florence ricana gentiment, ce qui le fit rougir davantage. Il s'excusa et alla à la salle de bains, où il se planta devant le miroir et se dévisagea pendant de longues secondes, cherchant si on pouvait voir dans son visage qu'il était amoureux d'une fille beaucoup trop vieille et trop belle pour lui.

Le soleil se faisait câlin sur la plage d'Oka. Le pique-nique avait été servi et mangé en moins de vingt minutes, tant le plein air leur avait aiguisé l'appétit. Élisabeth, assise au pied d'un vieil arbre, rangea son violon après en avoir joué pendant une bonne demi-heure. Stanislas décida d'aller nager et enleva ses vêtements pour ne garder que son maillot.

— *Wow!* Tu ressembles à James Dean!

Son admiration affichée, Nicolas se renfrogna, envieux de son cousin qui, bien que n'ayant même pas trois ans de plus que lui, avait l'air d'un monsieur alors que lui-même avait encore l'apparence d'un élève du primaire. Florence feignit de regarder derrière l'épaule de Stanislas, mais Élisabeth ne fut pas dupe. Florence flairait Stanislas comme une femelle en chasse. Michelle lança un regard amusé à Jan, qui déclara alors que les jeunes hommes de la campagne avaient, à sa connaissance, toujours été plus musclés que les adolescents pâlots de la ville. Nicolas s'enfonça davantage la tête dans les épaules.

— Quand je suis arrivé à Saint-Adolphe, il y avait sur la ferme deux métis qui me faisaient extrêmement peur. Ils m'ont battu comme un vieux tapis. Au début, je prenais toute une dégelée. Mais après quelque temps, mes poings ont commencé à se faire respecter et je me défendais.

Stanislas, que Florence troublait de plus en plus, ne savait trop comment s'asseoir tout en conservant un air décontracté, pas plus qu'il ne savait s'il avait encore envie de se baigner.

— Tu t'es battu?

Son ton était plus admiratif qu'interrogatif. Son père n'aurait jamais fait une pareille chose. Élisabeth ne perdit pas une seule de ses pensées.

— Te souviens-tu, Jan, du soir où trois ou quatre garçons nous ont attaqués, toi, Jerzy et moi?

Jan avait baissé le front sur ce souvenir, se frottant les jointures des mains.

— Mon père? Dans une bataille?

— Et comment! Il les a tous fait tomber sur les genoux...

— À plat ventre et sur le dos...

79

— Il avait fait l'armée, ton père, et savait se battre. Tu te souviens, Jan?

Jan ne répondit rien, se contentant de hocher la tête. Florence n'avait pas perdu un seul mot de la conversation, regardant encore les biceps de Stanislas et s'en amusant avec Nicolas en mimant sur ses bras à elle la forme de ceux de son cousin.

Pendant que Michelle jetait les ordures, rinçait les assiettes et essuyait la glacière vide pour l'empêcher de rouiller, Jan invita son fils et son filleul à jouer à la balle. Stanislas faillit accepter mais se retint, se demandant comment il ferait pour courir sans être mal à l'aise. Jan lança donc une vieille balle de caoutchouc bleu, blanc, rouge à Nicolas, qui s'agitait en maillot, pieds nus, pour la rattraper, se chamaillant sérieusement avec un chien errant qui avait envie d'un peu de compagnie. Michelle s'assoupit finalement. Florence, elle, s'étira et enfila une sortie de bain avant de partir seule avec une boîte de conserve vide, à la recherche de têtards. Stanislas resta derrière, se cherchant encore une contenance. Il ne savait s'il devait s'intéresser au jeu de son oncle, converser avec sa tante ou se faire plaisir et regarder Florence qui, véritable prédatrice, scrutait l'eau avant d'y plonger rapidement sa boîte de conserve. Il aurait souhaité qu'Élisabeth lui parlât de sa protégée un peu, mais sa tante, le dos appuyé contre le tronc d'un arbre, avait les yeux mi-clos. Il vit Florence revenir vers eux en courant. Elle poussa un cri, laissa échapper sa boîte et tomba assise dans l'eau, éclaboussant des personnes qui se faisaient bronzer.

— Florence s'est blessée!

Il courut vers elle, sans même voir que Michelle s'était réveillée en sursaut et qu'Élisabeth avait hoché la tête. Jan le rejoignit à la hâte tandis que Nicolas, le chien aux trousses, ne cessait de leur crier de l'attendre. Il arriva près de Florence qui, en larmes, se tenait un pied ensanglanté.

— J'ai marché sur du verre.

Stanislas s'agenouilla dans l'eau et y trempa le pied blessé.

— Nicolas! Va demander à ta mère si on a des sparadraps.

— Je sais qu'on n'en a pas.

Stanislas souleva Florence dans ses bras et Jan se frotta le front pour cacher son malaise. Depuis des semaines, il voyait s'enflammer son neveu et il espérait que cette idylle à sens unique prendrait fin avant que celui-ci ne rentre au Manitoba. Il tenta de se souvenir de ses treize ans. Non, il n'avait pas encore remarqué l'existence des filles à cet âge, trop occupé à manger.

— Tu veux que je t'aide?

— Non, ça va. Elle ne pèse rien.

Florence, qui ne cessait de pâlir, abandonna sa tête sur l'épaule de Stanislas, qui avait maintenant la cuisse droite maculée de sang. Il arriva enfin à leur emplacement, et demanda à Élisabeth d'étendre une couverture et à Michelle s'il y avait encore des glaçons. En deux minutes, il avait pris la direction des opérations, sous l'œil agacé de Nicolas et inquiet d'Élisabeth.

— Il faut la conduire à l'hôpital. Le verre est toujours dans la plaie.

Après une brève discussion, ils décidèrent que le mieux était de l'emmener à Montréal.

— Je pense que je pourrais peut-être téléphoner au docteur Boisvert. Il m'a laissé son numéro. À cause des récitals de Noël, bien entendu...

Jan acquiesça alors que Florence fit signe à Élisabeth de s'approcher pour lui chuchoter à l'oreille une petite phrase qui laissa Élisabeth perplexe.

— Qu'est-ce que je ne ferais pas pour l'amour!

9

Jan éveilla Stanislas, qui s'ébroua comme un jeune chiot, regardant l'heure et interrogeant son oncle du regard.

— J'ai besoin de toi. C'est le jour et l'heure de la tournée.

— À cinq heures?

Jan arracha les couvertures et lui dit qu'il l'attendait dans quatre minutes, «lavé, les dents brossées, les cheveux peignés». Stanislas se leva d'un bond et Jan devina à cet élan le plaisir qu'avait son filleul à être avec lui. Il lui fit faire la tournée des trois épiceries, portant avec lui les cartons de produits un peu défraîchis ou au contenant abîmé. Stanislas ne posa aucune question, suivant docilement son oncle. Ils se dirigèrent finalement vers l'Institut Bruchési, rue Rachel, et laissèrent le tout devant la porte. Stanislas, toujours silencieux, imita son oncle, posant les boîtes délicatement.

— J'imagine que les enfants vont manger les biscuits ce soir. Il y a toujours quelqu'un qui va à la colonie de vacances.

Stanislas ne posa pas de questions et Jan en fut presque déçu. Il mourait d'envie de lui expliquer qu'il était important d'aider ceux qui avaient faim, parce qu'il n'y avait rien de pire que la faim. Il voulait lui raconter combien il était angoissé à l'idée que sa famille puisse avoir faim. Il voulait le rassurer quant à la noblesse des travailleurs dont la vie consistait à faire manger les autres : les cultivateurs, les pêcheurs, les éleveurs. Au lieu de lui dire toutes ces choses, il se contenta de lui demander si sa mère cuisinait bien.

— Oh oui! Mais chez nous, on mange plus polonais que canadien.

Jan hocha la tête en souriant. Anna n'avait pas changé.

— Est-ce que tu connais les *smoked meat*?

— Non. Qu'est-ce que c'est?

Ils arrivèrent à temps pour le petit déjeuner. Nicolas bouda un peu, son père ne l'ayant jamais emmené faire la tournée, qu'il avait baptisée «la danse du ventre». Jan leur annonça qu'ils iraient tous souper chez *Schwartz*. Nicolas fit encore la moue. Il détestait les *smoked meat*.

Le téléphone sonna et Stanislas répondit, le carnet de commandes à la main. C'était Florence qui lui demandait de venir lui livrer quelques articles, puisqu'elle n'avait pas envie de marcher sur son pansement et que sa grand-mère était partie faire des courses au centre-ville. Stanislas déglutit péniblement et écrivit d'une main tremblante ce qu'elle demandait. Il lui promit de livrer sa commande le plus tôt possible. Jan l'observait discrètement, ne sachant trop s'il devait s'inquiéter de la situation, s'en amuser, permettre à son neveu de faire la livraison ou tenter de l'en empêcher. Il regretta de ne pas avoir les lunettes de son père à portée de la main, parce qu'il lui aurait certainement été d'un bon conseil. Stanislas s'empressa de remplir un panier, dont il plaça ensuite le contenu dans un carton. Nicolas le regardait faire, se demandant quelle mouche avait piqué son cousin, tandis que Jan se revit plusieurs années plus tôt alors qu'il livrait avec empressement les commandes chez les Dupuis. Mais il était alors beaucoup plus âgé que Stanislas. Celui-ci partit à la hâte, promettant de revenir «dans trois minutes». Jan aurait aimé le voir plus indépendant, mais le coup de foudre semblait anéantir toute sa réserve.

Stanislas voulut sonner, mais il entendit le violon de Florence gémir un air tzigane. Il demeura devant la porte, l'oreille à l'écoute, trouvant que son amie avait une façon bien à elle d'arracher des sanglots à un instrument de bois. Il sonna enfin et entendit Florence sautiller pour venir lui répondre. Elle l'accueillit avec assez d'indifférence pour le décontenancer. Il posa donc le carton dans la cuisine et revint rapidement vers la porte, où elle se tenait toujours.

— Ça va, le pied?

— Très, très bien. Ce serait évidemment plus difficile si je jouais du violon avec mes orteils.

Il grimaça, saisissant la moquerie. Il ne comprendrait jamais rien aux femmes — car une fille de dix-huit ans était une femme. Florence trépignait devant lui, se mit à sautiller et se dirigea vers le salon, où elle se laissa choir sur le canapé.

— Excuse-moi, mais quand je reste debout trop long-temps, ma jambe s'engourdit. Tu peux venir me tenir compagnie une minute, si tu veux.

Stanislas alla s'asseoir devant elle, les coudes posés sur ses cuisses, les mains pendant entre les genoux. Il soupira pour bien faire comprendre qu'il faisait chaud. Florence ne dit pas un mot, se contentant de regarder deux demi-cercles symétriques dessinés par l'humidité sous ses aisselles. Stanislas suivit son regard et vit les cernes, déplaça immé-diatement les coudes et se tint droit, espérant qu'elle ne voyait pas son malaise. Florence lui sourit gentiment.

— J'ai plein d'amis dans l'orchestre d'Élisabeth.

— J'imagine.

— Est-ce que tu sais que je suis premier violon?

— Oui.

Elle se racla la gorge un peu avant de poursuivre d'une voix beaucoup moins assurée :

— C'est difficile d'être premier violon. Et d'être la grande amie d'Élisabeth. On dirait que les autres sont un peu jaloux.

— C'est peut-être parce que tu joues mieux qu'eux et que les grands orchestres t'invitent.

Stanislas disait des mots qu'il n'avait pas pensés. Il aurait voulu lui dire que les autres étaient probablement trop intimidés. Les filles parce qu'elle était trop belle, et les garçons pour la même raison. Il aurait voulu lui dire qu'il y avait des filles dans sa classe qui étaient trop belles et trop intelligentes, et que c'étaient elles qui étaient toujours seules. C'est tout cela qu'il aurait voulu lui dire, mais il ne sut comment. Il se leva donc et se pencha pour lui prendre la main, qu'il embrassa comme sa mère le lui avait montré. Florence le laissa faire en souriant de plaisir.

— Encore, Stanislas.

Il fronça les sourcils et vit qu'elle était sérieuse. Il se pencha donc de nouveau, mais, pour ne pas avoir l'air trop inexpérimenté, posa un genou par terre, ce qui le rapprocha d'elle. Il lui reprit la main et l'embrassa de nouveau. Florence cessa de sourire et le regarda.

— Même si tu as l'air d'avoir quinze ans, tu n'auras jamais plus de treize ans. En tout cas, pas cet été. Parce que si tu avais eu quinze ans, j'aurais pu m'attacher les cheveux en couettes et me mettre des rubans, et je n'aurais pas eu l'air tellement plus vieille que toi. C'est dommage. Parce que j'aurais aimé ça que tu sois mon ami. Mon violon aussi.

— Qu'est-ce que ton violon... ?

— Mon violon aussi se serait mis des rubans et aurait aimé que tu sois son ami.

Stanislas se savait rouge coquelicot, mais une petite voix, qui, elle, ne muait pas, lui disait qu'il pouvait s'approcher d'elle. Il s'avança donc doucement, comme le lui avaient enseigné les chats qui veulent monter une chatte. Florence ne griffa pas. Elle s'abandonna la tête sur le dossier du divan et entrouvrit maladroitement les lèvres pour accueillir le baiser qu'il y posa. Stanislas sentit sa poitrine frissonner. Il cessa aussitôt et s'excusa. Florence se redressa elle aussi, l'air plus coquin que contrit.

— Merci.

Stanislas ne comprenait pas qu'elle puisse le remercier.

— Merci d'avoir apporté l'épicerie.

Il sut qu'elle venait de lui signifier son congé et partit rapidement, troublé et penaud de n'avoir pas su bien embrasser une femme aussi belle qu'elle.

Le 31 juillet arriva au galop et Stanislas dut boucler ses valises. Seul Nicolas ne semblait pas trop attristé par son départ. La veille, ils avaient fait une fête à laquelle avaient pris part non seulement son oncle et ses tantes, mais aussi l'oncle de Michelle, gérant de l'épicerie mère, et Florence, belle à croquer et qui ne le regarda qu'en catimini, espérant que leur secret ne se percevrait pas. Depuis qu'il l'avait embrassée, elle avait toujours été gentille et n'avait plus fait de commentaires sur sa taille ni sur son accent. Seul Nicolas parlait encore occasionnellement de ses biceps. Stanislas n'avait pu assister aux répétitions de l'orchestre d'Élisabeth, les musiciens étant en congé pour les vacances. Ils n'étaient retournés qu'une seule fois à Oka et il n'avait pas apporté son maillot, sachant que Florence, à cause de son pied, ne pourrait se baigner.

Stanislas termina donc son séjour dans des vapeurs qu'il ne savait identifier. Seuls les adultes avaient reconnu les premiers soupirs du désir. Il ne vit pas ses dernières heures montréalaises, bousculé entre ses quelques livraisons pour l'épicerie — il avait énormément de difficulté à dire adieu à ses bons clients — et son dernier repas avec Jan, sa tante et son cousin. Dans une espèce de demi-conscience, il se retrouva dans le wagon, précédé de son oncle, à chercher sa place pour y déposer son bagage sous la banquette et s'installer d'un air nonchalant. Du quai, Nicolas et Michelle les avaient suivis et Stanislas se trouvait un peu idiot d'agiter la main dans la fenêtre alors que le train était encore en gare, à quinze minutes de son départ. Jan s'assit devant lui et le regarda intensément. Il avait été plus que ravi d'accueillir son neveu et enchanté de le savoir travaillant, débrouillard et généreux. Si Michelle en avait pris ombrage au début du séjour, elle s'était rapidement rassurée, estimant elle-même ce neveu plus que les siens, qu'elle trouvait mollassons. Jan la regarda à travers la fenêtre et lui sourit. Sans elle, il aurait eu plus de difficulté à défaire son baluchon à Montréal.

— C'est quelqu'un de bien, ta tante Michelle. Dommage qu'Élisabeth ait été retenue, mais je t'ai dit qu'elle t'embrassait...

— Oui. Moi aussi, je l'embrasse.

Stanislas regarda son oncle et se demanda pour quelle raison lui et son père ne se parlaient plus. Il était mal à l'aise face à ses propres sentiments, respectant son père, certes, mais admirant son oncle, peut-être de façon démesurée. Il avait déjà commencé à préparer son retour pour l'année suivante et se demandait s'il était normal qu'il se sente chez lui à Montréal, parfois même plus qu'à Saint-Norbert.

— Je peux toujours revenir l'an prochain, mon oncle?

— Évidemment. Et je vais voir si ta mère se sent prête à accueillir Nicolas.

— Oui, c'est certain que oui. Ça serait extraordinaire ! Juillet à Montréal, août à Saint-Norbert... Est-ce que Sophie va pouvoir venir ici, elle aussi ?

Jan avait négligé cette possibilité. Où allaient-ils la loger ? Il interrompit ses réflexions, conscient qu'il se créait des problèmes avec des riens. Toute pensée le distrayait du chagrin sournois qui s'était immiscé dans ses fibres familiales. Il aurait volontiers hébergé Stanislas toute l'année, lui offrant une meilleure école que celle qu'il fréquentait au Manitoba. Son neveu lui avait confirmé que son père refusait de l'inscrire au collège de Saint-Boniface parce que les cours étaient en français, ce qui lui ferait prendre du retard. Jerzy aurait aussi dit qu'un fils de cultivateur n'avait pas besoin du grec ni du latin pour savoir semer et récolter. Jan avait été étonné de cette remarque, qui allait à l'encontre de tous les principes inculqués par leurs parents. Tomasz et Zofia s'étaient certainement retournés dans leur fosse.

Le conducteur invita les gens qui n'étaient pas des passagers à sortir du train. Jan se leva à contrecœur, retrouvant dans l'odeur du wagon l'agréable souvenir de sa décision de venir au Québec. Stanislas se leva aussi et n'offrit aucune résistance à l'étreinte de son oncle. Son père ne le prenait jamais dans ses bras comme Jan venait de le faire.

— J'ai des projets pour toi, Stanislas.

— Et moi, je veux te dire que si tu veux que j'aille travailler dans toutes tes épiceries, il faudra que tu les disposes toutes de la même façon. Comme ça, en en connaissant une, je les connaîtrai toutes et je n'aurai pas l'air idiot et perdu.

Jan, étonné et ravi de la suggestion, plissa les sourcils et serra encore son neveu dans ses bras. Il le voyait déjà à ses côtés, contrairement à Nicolas qui ne manifestait aucun intérêt pour l'épicerie, préférant le jeu et le plein air.

— Embrasse ta mère pour moi.

— Et mon père... ?

— Ton père ?

— Je l'embrasse, lui aussi ?

Jan ne répondit rien et Stanislas lui dit qu'il le ferait uniquement quand il le lui demanderait.

— Je pourrais peut-être lui apporter une lettre.

— Je n'en ai pas.

Le train glissa doucement dans la gare et Stanislas se tenait près de la porte, la valise à ses pieds. Il aperçut sa famille sur le quai et fut plus qu'heureux de les revoir. Sophie avait grandi, sa mère portait sa jolie robe fleurie et son père s'était endimanché. La ressemblance entre son père et son oncle lui fit plaisir à voir. Il ne se sentirait pas trop éloigné de son parrain. Le *porter* ouvrit enfin la porte et il sauta sur le quai. Sa mère se précipita pour l'embrasser.

— C'est incroyable comme tu as changé, Stanislas ! Qu'est-ce qui t'est arrivé ?

— Moi, je trouve que tu essaies de ressembler à un chanteur américain. Comme ton Elvis Presley. Depuis quand est-ce que tu te mets du *Brylcreem* dans les cheveux ? On dirait que tu as quinze ans. Peut-être même seize.

Stanislas tira une mèche de la frange de sa sœur pour la faire taire avant de prendre la main tendue par son père. Il se demanda pourquoi il se sentait incapable de l'embrasser comme il avait embrassé son oncle. Ce soir-là, il s'endormit difficilement, ne cessant de se remémorer le souper, durant lequel il avait relaté toutes ses expériences et ses découvertes montréalaises sans jamais mentionner le nom de son oncle ni celui de Florence, ne parlant d'elle que comme de l'élève d'Élisabeth. Il tomba enfin de fatigue, trouvant qu'il n'y avait rien de pire que l'animosité entre deux frères — son oncle aurait pu venir les visiter — et rien de plus extraordinaire que les souvenirs ayant l'odeur du parfum et la couleur des cheveux teintés par le soleil couchant.

10

Florence arriva sur le coup de dix-huit heures. Élisabeth lui demanda de tourner sur elle-même et l'examina à la loupe.

— Tu ne vas quand même pas jouer en public dans des souliers lacés?

Pour toute réponse, Florence sortit une paire de ballerines roses. Élisabeth sourit. Florence ne ferait jamais rien comme les autres, mais elle devait admettre que les chaussons créaient un bel effet avec la robe un peu démodée de Florence.

— Et qui a fait ta robe?

— Une voisine, avec un vieux patron de *Vogue*.

Pour l'occasion, Élisabeth insista pour qu'elles fassent venir un taxi, ce que Florence accepta sans se faire prier, trop heureuse de ne pas traîner son violon, dont elle avait orné l'étui d'un nœud de dentelle taillé dans les retailles de sa robe, dans l'autobus bondé. Le chauffeur les laissa à l'angle des rues De Bleury et Sainte-Catherine, refusant de s'approcher davantage de la Place-des-Arts.

— C'est l'ouverture p'is il y a une *gang* de jeunes qui manifestent. Ils doivent bien être deux mille. Dans la radio, ils disent mille, mais moi je dirais plus. En tout cas, les grosses madames p'is les monsieurs habillés comme des *waiters* avec leur nœud papillon sont mieux de faire attention. Je serais pas surpris que des malfaisants leur «pitchent» de la peinture ou quelque chose comme ça.

Élisabeth s'était approchée du dossier de la banquette avant et tendait un billet de cinq dollars. Le chauffeur le prit sans délicatesse, visiblement irrité. Élisabeth regarda alors Florence qui, la bouche en grimace, montrait son violon.

— Pour qui est-ce qu'il nous prend, Drapeau? Des riches? Des grosses poches? C'est rendu qu'on va avoir une exposition universelle en 67, p'is à cause de ça ils vont fermer le parc Belmont[1]. Déjà que ça, ça nous fait perdre des gros clients. Mais à cause de l'Expo, on va avoir un métro. On avait assez des chantiers de la Manicouagan[2]. On n'avait pas besoin de plus de construction que ça pour faire marcher l'économie. Un métro! Ça, madame, ça va nous faire perdre nos jobs, nous autres les taxis. P'is à c't'heure, c'est la Place-des-Arts. C'est pas pour nous autres, ça, madame. Dans la radio, les jeunes appellent ça «la Place-des-Autres». En tout cas, moi, j'irai jamais. Trop cher.

Florence n'avait pas entendu les dernières phrases de la diatribe. Elle était sur le trottoir, redoutant que les manifestants postés devant l'entrée principale blessent son violon. Elle saisit le bras d'Élisabeth et lui annonça qu'elle rentrait.

— Si ce que le chauffeur vient de dire est vrai, qu'est-ce qui me prouve que le FLQ n'a pas déjà planté une bombe à l'intérieur de la Grande Salle?

— Florence! Calme-toi! Tu me donnes l'impression d'avoir un trac fou.

---

1. Parc d'attractions avec des manèges.
2. Chantiers d'installations hydroélectriques.

— Je n'ai pas le trac et tu le sais. Tout s'est bien passé à la générale. Je vais même pouvoir te rejoindre pour le reste de la cérémonie. Mais j'ai peur pour mon violon, Élisabeth. Si tout à coup une bombe lui arrachait le manche, ou lui tordait les cordes, ou, pire, le décapitait...?

Florence ne vit pas venir la gifle, aussi demeura-t-elle interdite devant la force qu'Élisabeth avait utilisée pour la lui assener. Celle-ci avait les yeux exorbités et injectés, et Florence eut presque peur de cette femme qu'elle ne connaissait pas. Élisabeth la laissa derrière et se dirigea d'un pas ferme vers la Place-des-Arts. Elle était si furieuse contre Florence qu'elle n'avait pas trouvé de mots pour la faire taire. Florence, toujours interloquée, lui demanda faiblement de l'attendre, mais Élisabeth n'en fit rien. Elle continua d'un pas décidé et c'est sans problème qu'elle se fraya un chemin à travers les manifestants. Elle ne s'aperçut de rien quand un reporter lui braqua un micro sous le menton.

— Croyez-vous, madame, que c'est le moment de...

Florence accéléra, voulant rester dans le sillon creusé par Élisabeth. Elle arriva enfin à sa hauteur, essoufflée, et lui demanda quelle mouche l'avait piquée. Élisabeth se tourna vers elle et Florence vit qu'une larme s'était coincée dans une ridule à la commissure de l'œil.

— Mais qu'est-ce que j'ai dit, Élisabeth?

— Vieillis, Florence. Commence par enlever cette boucle de ton étui et cesse tes enfantillages. Tu ne sais pas ce qu'est une bombe et encore moins ce qu'est une personne décapitée. Tu m'entends? Vieillis, Florence. Autrement, c'est ta musique qui va s'en ressentir.

— Mais il y a des bombes qui explosent ici, Élisabeth.

— Je ne veux pas en entendre parler.

Elles se dirigèrent vers le vestiaire sans prendre le temps de regarder les lieux. Elles croisèrent des personnes toutes plus élégantes les unes que les autres, mais sans rien remarquer. Élisabeth fut cependant retenue par un bras et se trouva nez à nez avec Étienne, qui s'empressa de lui dire qu'il commentait l'événement à la radio.

— Ce doit être extraordinaire pour toi, Élisabeth, de voir cette salle de concert.

— Oui, bien sûr, mais pas autant que pour Florence. C'est elle, l'artiste.

Elle lui présenta Florence, qui se retrouva, quelques minutes plus tard, devant une *Nagra* à parler de la Grande Salle, qu'elle connaissait déjà puisqu'elle y avait répété pour la soirée. Étienne semblait impressionné et fut plus que ravi d'apprendre qu'il avait devant lui la jeune violoniste dont le nom apparaissait sur le programme de la soirée. Élisabeth demeura impassible tout le temps de l'entrevue et prit congé d'Étienne dès qu'il eut tourné le bouton du magnétophone. Florence lui tendit une main polie et repartit derrière Élisabeth, qui l'ignorait toujours.

— On dirait que tu me boudes, Élisabeth.

— Non, je ne te boude pas. Je t'ignore. Ce n'est pas pareil. Et tu aurais pu éviter de dire que ton violon avait hâte de jouer, lui aussi.

— Mais c'est vrai ! Il frétille tellement il a hâte !

— Florence, tu commences à m'ennuyer. Et presse-toi. Il y en a qui doivent s'inquiéter.

La mine contrite, Florence fixa longuement Élisabeth, qui tenta de demeurer de glace mais sentit fondre sa détermination en pensant qu'une telle brouillerie était suffisante pour que Florence jouât mal de son instrument. Elle replaça une mèche sur le front de Florence et lui fit un sourire plus sec qu'elle ne l'aurait souhaité.

— Il y a des choses que tu ne comprendras jamais, Florence. Ce n'est ni le temps ni le moment de t'en parler, mais, un jour, je te raconterai mon mariage.

— Ton mariage?

— Oui, et j'étais un tout petit peu moins âgée que toi. Maintenant, file dans les coulisses avant que je ne m'emporte une autre fois.

Florence la quitta en arborant un air perplexe, sachant qu'elle avait involontairement levé le voile sur une partie de la vie secrète d'Élisabeth. Elle se dirigea vers les coulisses, où elle était attendue avec impatience par le responsable du déroulement de la cérémonie. Elle tenta de le calmer en lui faisant ce sourire dont on disait qu'il ferait fondre un glacier, mais échoua. Elle s'amenda donc en lui promettant de jouer dix fois mieux qu'à la générale, pour se faire répondre qu'elle commençait bien mal sa carrière. Elle alla donc s'isoler, repensant à Élisabeth qu'elle avait visiblement bouleversée. Pour elle, uniquement pour elle, elle jouerait de toute son âme.

La soirée s'était terminée sur une note de fierté et Élisabeth attendit vainement Florence. Elle se tenait dans le grand escalier, regardant les trois immenses ailes métalliques fixées devant elle. Des ailes géantes, fortes, donnant l'impression que c'étaient elles qui soutenaient le mur qui les portait. *Les Anges radieux,* de Louis Archambault. Élisabeth plissa les yeux pour mieux en voir le mouvement tandis que la foule des invités descendait devant elle, les uns papotant au sujet de la cérémonie, les autres émettant leur opinion sur l'allocution ou faisant des commentaires sur les toilettes des dames. Élisabeth retenait son souffle chaque fois qu'elle entendait parler de «la petite violoniste» ou de «la petite rouquine». Elle s'aiguisait les oreilles du cœur pour entendre les remarques qui allaient au-delà de la couleur de sa chevelure ou de l'imprimé de sa robe. Si elle respirait de bien-être, elle n'en étouffait pas moins de fierté quand on qualifiait sa protégée de «petit génie» et qu'on la disait promise à un brillant avenir. Il n'y avait que la récurrence du commentaire suivant : «Dommage qu'elle soit une fille, parce que si elle avait été un garçon...», qui la heurtait. Florence avait connu ce soir-là un succès semblable à ceux qu'elle connaissait toujours, mais Élisabeth avait compris que c'était à elle qu'elle parlait. Elle avait à quelques reprises donné des coups d'archet si originaux, si coulants, et elle avait réussi des legato à faire frissonner même les néophytes. Florence avait tenu son violon comme s'il avait la friabilité d'une coquille d'œuf, mais, ce soir, Élisabeth avait vu devant elle une oiselle blessée. Elle n'avait perçu que la tristesse de Florence, son mal et sa solitude. Une douleur sournoise et mystérieuse. Elle l'attendait encore, bien en vue sur le palier. Normalement, elle aurait été irritée par le retard de Florence, mais, ce soir, elle avait le cœur coincé dans l'étau du remords de l'avoir giflée. Les gens défilaient toujours et elle ne distinguait personne, les yeux encore accrochés au mouvement des *Anges radieux*, et la pensée tournée vers la tête penchée et protectrice de Florence. Il fallait absolument lui demander pardon et lui permettre de bichonner son violon.

— Mademoiselle Pawulska?

Élisabeth remit ses esprits au foyer et sourit à la dame qui se tenait devant elle. Elle crut qu'il s'agissait de la mère d'un de ses élèves, mais se ravisa devant les traits étrangers.

— Je ne vous ai jamais rencontrée, mais j'ai tellement entendu parler de vous.

— Vraiment?

— Je suis Mme Denis Boisvert.

Élisabeth se demanda si la chaleur qui venait de lui monter au visage était blanche ou rouge. La femme de Denis, souriante et magnifique, lui tendait une main bien manucurée comme pouvait l'être celle d'une femme qui ne jouait ni du piano ni du violon. Elle portait une robe verte qu'Élisabeth trouva aussi chic que les robes des grands magazines de mode, avec le corsage collé au corps, les épaules dégagées, une taille drapée qui ressemblait à un original de Lanvin. Elle avait les cheveux presque noirs, légèrement crêpés, coiffés en cloche, et des yeux à faire ombrage à l'océan Pacifique tant ils étaient d'un vert-de-gris fascinant. Denis, pensa-t-elle, ne pouvait pas ne plus aimer cette femme.

— J'ai reconnu votre petite élève.

Élisabeth fut tirée de sa torture et continua à sourire.

— C'est une jeune femme, maintenant.

— Oui, oui, c'est sûr, mais Denis, mon mari, en parle toujours comme de votre petite élève. Vous savez comment sont les hommes. Tant qu'une femme n'est pas mariée, c'est une petite fille. Mais, j'y pense, pourquoi ne vous joignez-vous pas à nous avec elle?

Élisabeth venait d'apercevoir Denis qui bousculait les gens dans l'escalier pour s'approcher d'elles. Elle se sentait aussi lourde qu'une statue et envia les *Anges radieux* d'avoir pu s'échapper d'un coup d'aile. Denis arriva en souriant et Élisabeth dut se faire violence pour reconnaître en cet homme si beau et sûr de lui l'être écorché qu'elle avait consolé et baigné pour le faire renaître. Il lui tendit la main en disant un «mademoiselle Pawulska» si fort que trois personnes tournèrent la tête pour la regarder.

— Je dois vous féliciter. Votre petite Florence a joué avec brio. Brio.

— C'était très bien et j'ai moi-même été emportée.

Mme Boisvert s'était emparée du bras de son mari comme le faisaient toutes les femmes repues et confiantes. Élisabeth en ressentit une douleur à un endroit de la poitrine dont elle avait jusqu'alors ignoré l'existence.

— Je disais justement à Mlle Pawulska qu'elle devrait se joindre à nous pour la petite réception au salon des VIP avec sa petite prodige. Je suis certaine que les responsables des Jeunesses musicales seraient ravis de...

— Nous les connaissons tous très bien, madame. Et Florence doit, cet automne, faire la tournée avec eux.

— Vous voulez dire qu'elle suit déjà les traces de Vlado Perlemuter? Tu as entendu, Denis? C'est extraordinaire!

Denis suppliait Élisabeth de cacher l'agacement qu'il voyait poindre sur son visage de Polonaise. Elle le vit inspirer profondément et pencha coquettement la tête avant d'annoncer qu'elle et Florence avaient été invitées depuis longtemps à cette réception où elle se rendait justement. Denis les fit passer devant et Élisabeth sentit qu'il lui caressait discrètement le dos alors qu'il guidait sa femme du plat de la main, sans plus. Elle frissonna de plaisir. C'était la première fois de sa vie que le danger l'amusait, car les minutes qui s'annonçaient n'étaient rien d'autre que des petites bombes à retardement qui menaçaient d'exploser. Tout en marchant, un sourire vissé aux lèvres, elle repensa à Florence et voulut plus que jamais lui demander pardon pour son emportement.

La réception ressemblait à toutes les réceptions, ennuyante comme un orchestre émettant des sons cacophoniques avant de se mettre au diapason. Seuls quelques tintements de verre émergeaient occasionnellement du soporifique murmure. Même si elle conversait avec Denis et son épouse, Élisabeth se sentait engourdie de la tête aux pieds, savait ses mains glacées et se demandait si c'était le tissu de sa robe qui réussissait à assourdir ses inquiétantes extrasystoles qu'elle entendait aussi clairement que des cymbales. Elle perçut un changement de tonalité dans les murmures de la salle et comprit que Florence venait de faire son apparition. Elle la chercha des yeux et l'aperçut enfin, pénétrant discrètement dans la pièce, toujours chaussée de ses ballerines roses. Elle avait aussi mis un chapeau de feutrine qu'Élisabeth aurait juré sorti tout droit du coffre de sa grand-mère. Florence l'aperçut enfin et se dirigea vers elle, fière de sa performance. Élisabeth l'embrassa et Denis fit de même avant de lui présenter sa femme. Florence toisa littéralement cette dernière, au point de la gêner.

— Je suis sûre que vous n'êtes pas infirmière.

— Je l'ai été. Pourquoi?

— Parce qu'à mon avis, avec des yeux comme les vôtres, il n'y a pas un seul médecin qui peut faire des opérations sans couper à côté. J'espère que vous n'étiez pas dans la salle d'opération.

— Justement, j'y étais.

Florence éclata d'un rire si cristallin, si amusé, que le silence envahit la salle quelques instants, le temps que les gens identifient la source de cette diversion. Denis rouspéta un peu alors qu'Élisabeth sentit qu'elle commençait à se calmer. Florence fit la conversation avec Mme Boisvert, qui semblait enchevêtrée dans un leitmotiv. Selon elle, il était plus que temps que la ville de Montréal ait une salle de spectacle «de classe internationale».

— Nous ne pouvons quand même pas inviter les grands de ce monde à un spectacle au *Gesù* ou à *L'Égrégore*. Nous aurions perdu la face à l'Exposition universelle, c'est certain.

Elle parla aussi de la soirée, félicitant Florence pour sa performance. Florence la remercia avec un air de fausse modestie qui n'échappa pas à Élisabeth. Florence, elle le savait, était sincèrement humble devant son talent. Cette coquetterie signifiait qu'elle s'amusait et elle en était consciente. Seul Denis semblait mal à l'aise.

— Votre petite robe, avec son imprimé délicat, ses plis cousus au buste et ses boutonnières en ganses, est très fraîche, très jolie. J'étais fière de vous, pendant votre solo.

— Pour quelle raison?

— Bien, voyons...! Parce que vous faites une très jolie petite Canadienne! Un peu comme celle de Georges Guétary. Vous connaissez? «Quand j't'ai vue passer/Tout endimanchée/Ma p'tite Canadienne...»

— Non. Mais j'ai entendu parler de Georges Brassens. Vous connaissez? «Un' jolie fleur dans une peau d'vache...» Ou bien l'autre, vous savez... «Quand Margot dégrafait son corsage/Pour donner la gougoutte à son chat...» Mais avec une robe comme la mienne, ça n'aurait pas été possible, parce qu'elle boutonne dans le dos...

Florence laissa échapper encore une fois son rire cristallin, amusée par ce qu'elle venait de dire, son plaisir doublé par le scepticisme qui venait de changer la palette de couleurs du maquillage de Mme Boisvert.

— Je pense, Florence, que Mme Boisvert ne connaît pas Margot.

Florence regarda Élisabeth, les yeux amusés. Elle essayait désespérément de lui rendre la situation sinon agréable, du moins tolérable. Élisabeth ne semblait pas s'en rendre compte. Florence jeta ensuite un furtif regard de reproche à Denis. Elle trouvait scandaleux qu'il se présentât à une réception tout en sachant qu'elle et Élisabeth y seraient. Denis cligna légèrement des yeux pour lui signifier qu'il accusait le coup.

— Je pense que mon violon a une grande envie de dormir.

Mme Boisvert émit un petit ricanement.

— Qu'est-ce qu'elle est mignonne! Et il a faim aussi, je suppose?

— Non, pas aujourd'hui. Il n'a jamais faim quand il vient de donner un récital. Mais demain matin, il va dévorer.

— Et qu'est-ce qu'il mange, votre violon?

— De tout.

Élisabeth mit fin à la comédie en annonçant qu'elle rentrait. Denis et sa femme leur serrèrent la main, et, en moins de deux, elles furent sur le trottoir, marchant sur les cartons et les banderoles abandonnés par les manifestants. Elles hélèrent finalement un taxi et s'affalèrent sur la banquette arrière sans avoir échangé une seule parole. Élisabeth ne savait si Florence lui en voulait et celle-ci se demandait si elle avait bien agi ou non.

— Je te dépose, Florence?

Florence haussa les épaules et poussa un petit grognement.

— J'ai dit à ma grand-mère que je dormirais chez toi.

Florence était assise au salon, les bras posés sur le dossier du canapé. Élisabeth la regarda et lui trouva un air de martyre. Sans rien dire, elle s'assit devant elle, cherchant les mots pour exprimer la profondeur de son regret. Puis elle vit les immenses larmes couler sur les joues de sa protégée. Florence courba l'échine et les gouttes commencèrent à foncer certaines fleurs de son corsage.

— Je n'ai jamais été si malheureuse de ma vie, Élisabeth. Comment as-tu fait pour rester belle toute la soirée? Moi, j'avais envie de hurler tellement j'étais insultée.

Élisabeth demeura muette devant les propos de Florence.

— Avant la cérémonie, je les avais vus s'asseoir. J'ai essayé de jouer pour te consoler, Élisabeth. Parce que je savais que c'était ce soir que tu te faisais poignarder. Trop dure soirée, Élisabeth. Et puis moi, la grande idiote, je t'ai fait de la peine aussi.

Florence raconta ensuite que pendant des années elle avait espéré qu'elle et Denis se marient et l'adoptent.

— Ça aurait été beau comme dans les livres.

Puis elle ajouta qu'elle avait remarqué l'alliance de Denis et avait demandé à sa grand-mère pourquoi les hommes portaient des bijoux. Elle avait alors compris que jamais ils ne l'adopteraient.

— J'aurais tellement aimé, tellement aimé être de ta famille. J'aurais tout fait pour devenir polonaise, moi aussi. Pour connaître les chansons que tu sais. Apprendre l'histoire de Cracovie. Tout connaître.

— Tu peux...

— Non, parce que je ne serai jamais de ta famille, Élisabeth. Et j'ai fait une chose effrayante, dégueulasse.

Élisabeth n'avait pas besoin qu'elle le lui dise. Stanislas avait éveillé chez Florence quelque chose qui avait l'odeur de la séduction.

— Stanislas ?

— Oui. Mais je te jure que je l'aime. C'est dégueulasse. J'ai dix-huit ans, lui treize...

— Il a l'air beaucoup plus vieux...

— C'est ça, le problème. Je l'ai embrassé, Élisabeth.

Devant le désarroi de Florence, Élisabeth se retint de sourire tant sa candeur était manifeste. Elle l'invita à se reposer pour se remettre de cette terrible soirée, mais Florence refusa. Elle semblait habitée par le spleen des derniers mois. C'était la première fois qu'elle lui avouait connaître sa relation avec Denis, mais Élisabeth n'en était pas étonnée, ayant toujours su que Florence avait un sonar greffé à son âme d'artiste.

— Tu avais mon âge ?

Élisabeth n'avait pas envie de parler de Marek ni de son mariage. Elle était encore sous le choc de sa rencontre avec l'épouse de Denis et sous celui de l'aveu de Florence qui avait souhaité l'avoir pour mère. Elle avait l'impression que leur amour de la musique les avait rendues sœurs, et possédait depuis toujours la certitude que le destin les unirait jusqu'à la mort.

— Je n'aurai jamais d'enfants, Florence. J'ai plus de trente ans et l'homme que j'aime ne pourrait pas être leur père. Si tu veux, je peux te prendre officiellement comme petite sœur. Veux-tu de moi comme sœur aînée?

Florence releva le front et la regarda d'un air sceptique. Elle plissa les yeux et se tut pendant de longues minutes avant d'éclater de ce rire cristallin qui avait égayé la soirée.

— Peut-être. À une condition.

— Laquelle?

— Je veux que tu m'expliques s'il est plus facile d'être la maîtresse d'un homme marié que d'être la maîtresse d'un prêtre.

— Florence! Où vas-tu chercher une idée pareille?

— En lisant Zola. *La Faute de l'abbé Mouret*.

— Ce n'est pas un livre pour toi.

— Franchement! J'ai dix-huit ans. Et quel âge tu penses qu'elle a, la jeune fille qui le fait chuter? Cinquante?

Élisabeth tenta de se calmer. Cette soirée était décidément un interminable supplice, car Florence l'obligeait à regarder des choses qu'elle préférait ignorer.

— Moi, je pense que le pire, c'est d'être la maîtresse d'un homme marié.

Florence avait parlé d'un ton si sérieux qu'Élisabeth y sentit un reproche tacite. Elle aurait voulu retrouver le temps où Florence ne discutait que de coups d'archet et de mélodie. Depuis qu'elle avait vieilli, il lui arrivait de troquer ses coups d'archet contre des coups de langue et la mélodie contre le désaccord.

— Tant mieux si tu as une réponse; moi, je n'en ai pas. Mais, vois-tu, Florence, je ne me suis jamais posé la question.

— Denis est marié.

Florence semblait vouloir discuter de cette situation qui, Élisabeth le comprenait, la faisait souffrir. Mais Élisabeth lui avait dit ce qu'elle avait à lui dire. Il n'était pas question qu'elle lui parlât de son sempiternel malaise ni qu'elle lui avouât ses pensées devant la beauté de la femme de Denis. Elle ne voulait pas non plus que Florence apprenne que sa liaison se poursuivait uniquement parce que Denis n'était pas père. Marié, certes, mais sans héritier. Jamais elle ne pourrait avouer que tous les matins elle ressentait une douleur à l'abdomen, aussi vive que si elle avait été poignardée. Tous les jours.

— Je veux dormir, Florence, et revoir tous les événements de la soirée sous l'éclairage du calme de la nuit. J'ai l'intention de réentendre chaque note que tu as jouée, parce que tu as joué merveilleusement.

Florence fit une petite moue qu'Élisabeth comprit être une déception devant ce qu'elle interprétait certainement comme un manque de confiance. Elle l'embrassa avant de la pousser doucement vers la chambre des invités. Florence s'assit sur le lit et défit le nœud de dentelle autour de la poignée de son étui à violon avant de se dévêtir. Élisabeth lui souhaita bonne nuit et ferma la porte de sa chambre avant de se laisser tomber, tout habillée, sur son lit. Elle dormait dans cette position lorsque à l'aube Denis vint la trouver. Seule Florence l'avait entendu arriver.

11

Jerzy cria à tue-tête, tentant d'enterrer le bruit du moteur du tracteur. Le soleil était levé depuis plus de trente minutes et avait déjà pris un bon élan pour sauter par-dessus le village en cette journée qui s'annonçait chaude et ocrée. Jerzy jubilait en pensant qu'il allait arpenter pour la première fois son nouveau lopin de terre qu'il avait dû négocier à deux reprises, la première avec Anna et la seconde avec M. Carrière, l'ancien propriétaire. La terre lui avait coûté le voyage de Stanislas et une somme assez rondelette qu'il n'avait osé avouer à Anna. M. Carrière avait flairé une bonne affaire, sachant que sa terre était bien située si Jerzy voulait continuer de prendre de l'expansion. Depuis ce jour d'octobre où il était allé chez le notaire vêtu de sa chemise de travail et de sa salopette, au grand désespoir d'Anna, il n'avait cessé d'imaginer les couleurs qu'il pourrait donner à ses arpents de fierté selon qu'il déciderait d'y semer du blé ou de l'avoine, de la luzerne ou des légumes. Il avait été forcé d'attendre le dégel pour faire analyser sa terre et en connaître la richesse ou la pauvreté, suivant les minéraux qui s'y trouvaient. Il en avait quand même une bonne idée, les terres contiguës, à moins d'avoir été négligées, se ressemblant habituellement beaucoup et M. Carrière n'ayant jamais rien omis, ni engrais ni herbicide.

Jerzy frétillait sur son siège métallique qui, pour tout confort, offrait l'amortissement de deux ressorts émettant des grincements stridents au moindre mouvement. Il avait beau les huiler toutes les semaines, les ressorts semblaient souffrir de rhumatisme.

— Stanislas! *Kurwa!* Si ça continue, on va arriver trop tard à la *Coop*. Dépêche-toi donc!

Stanislas le rejoignit enfin, le manteau ouvert, la chevelure crêpée par la nuit, sautillant en tentant d'enfiler sa deuxième botte et se plaignant de l'heure matinale.

— D'un soleil à l'autre, Stanislas, d'un soleil à l'autre. Quand le soleil prend la peine de nous éclairer plus longuement, il faut en profiter, c'est tout. La nature est faite pour nous. Ça ne t'a jamais frappé?

Stanislas grimpa sur le garde-boue de la roue arrière droite et s'y assit en souriant presque. Les Pawulscy étaient résolument des lève-tôt. Il était certain que son oncle, au même moment, arpentait les allées de l'épicerie mère, cherchant les emballages abîmés et les légumes défraîchis. Son père le ramena à la réalité en lui parlant du nombre de carottes de terre qu'ils devaient extraire. Stanislas ne discuta pas, conscient que son approbation était insignifiante puisqu'il n'avait jamais de sa vie touché à une carotteuse. Jerzy regarda son fils en souriant et lui montra du doigt une volée de canards sauvages se dirigeant vers l'est. Stanislas lui fit comprendre d'un signe de tête qu'il les avait repérés.

— Ils sont perdus. Le nord est par là. Je commence à me demander s'il n'y a pas un aimant à l'est.

Jerzy avait parlé d'un ton mi-figue, mi-raisin. Ils arrivèrent enfin au bout de la terre et Stanislas sauta du tracteur, la carotteuse à la main, prêt à vriller la terre. Jerzy lui indiqua l'endroit où il devait l'insérer et le regarda s'échiner sans réagir, feignant de ne pas remarquer que le travail n'était pas aussi facile que Stanislas l'avait imaginé.

Stanislas se débattit avec l'instrument pendant deux bonnes heures avant de déclarer forfait et de demander à son père de prendre la relève, le temps de prélever quelques carottes. Jerzy accepta sans se faire prier et ordonna à Stanislas de prendre le volant, ce qui eut l'heur de lui plaire. Ils finirent le travail en moins de vingt minutes. Stanislas fit un calcul rapide. Son père avait mis vingt minutes pour extirper cinq carottes alors qu'il avait mis deux heures pour en extraire huit. Il se sentit honteux et humilié, cherchant à comprendre pourquoi son père avait tenu à l'emmener, sa présence lui ayant fait perdre une bonne partie de son avant-midi.

— Est-ce que je me trompe ou est-ce que tu ne préférerais pas les carottes qu'on récolte et qu'on vend? À moins que les petites violonistes aux cheveux carotte ne soient encore plus appétissantes.

Stanislas eut un sursaut mais feignit de n'avoir rien entendu, se demandant comment Élisabeth avait pu le trahir. Il se désola en pensant que son coup de foudre était un souvenir qui, comme une vieille photo, pâlissait de jour en jour; il imaginait maintenant très mal les traits de Florence, encore moins bien la teinte exacte de sa chevelure. Il ne se souvenait clairement que de la texture de ses lèvres. Des lèvres moelleuses, véritables coussinets sur lesquels les siennes avaient aimé se poser. Jamais il n'oublierait la douceur des lèvres de Florence.

— C'est vrai qu'elle avait les cheveux roux, ta petite Montréalaise?

Il regarda son père, se demandant si celui-ci voulait lui faire des reproches, lui poser des questions retorses sur son été à Montréal — il le faisait depuis près de neuf mois —, n'osant croire que Florence pût l'intéresser vraiment.

— Si je te demande ça, c'est parce que je pense qu'un fils peut s'éloigner de son père, mais qu'un père n'est jamais loin de son fils.

Stanislas le regarda de nouveau. Son père avait un air guilleret qu'il ne lui avait jamais vu. Il lui fit un sourire un peu benêt, ne sachant comment interpréter son attitude. Son père avait toujours été imprévisible, boitillant d'une humeur à l'autre avec autant d'adresse qu'il se déplaçait. Jerzy le regarda à son tour et lui donna un coup de poing taquin sur l'épaule.

— Décris-la-moi. Est-elle très belle?

Jerzy comprenait l'étonnement de son fils, mais jamais il n'avait pensé que celui-ci, à quatorze ans, avait déjà rejoint le rang des hommes. Anna, pour lui faire comprendre qu'il était précoce, avait mis trois messes dominicales à lui faire remarquer la différence entre leur fils et les autres garçons du même âge.

«Regarde le jeune Perron. Il a à peu près six pouces de moins.

— Il est plus jeune.

— Non. Il a trois mois de plus.»

Chaque dimanche avait servi d'école et il s'était incliné, commençant à regarder son fils d'un autre œil, d'autant plus qu'Anna lui avait parlé d'une amourette — «platonique et à sens unique», avait-elle bien précisé — qu'il aurait eue avec la jeune violoniste d'Élisabeth.

Jerzy en avait été chamboulé. Son petit garçon était devenu, le temps d'une saison, un jeune homme reluqué par la gent féminine. Il avait voulu savoir si Stanislas était plus joli que ses compagnons et Anna lui avait dit que oui, en se fiant non pas à elle — «Une mère, tu sais» —, mais aux autres dames — «Votre fils sera certainement le plus bel homme de Saint-Norbert» — et aux compagnes de Sophie — «Si ton frère est là, je n'y vais pas; il est si beau qu'il m'intimide». Jerzy avait donc accepté cet apparent consensus, ému plus qu'il n'aurait voulu le reconnaître. Le troisième dimanche, il avait remercié ses parents de lui avoir confié un si beau fils, et il n'avait jamais pensé que Stanislas pût lui ressembler.

— Parle-moi de ta petite rouquine, Stanislas. J'espère qu'elle sera aussi importante pour toi que l'a été la mienne.

— Maman n'est pas rousse.

— Mais je ne parle pas de ta mère.

Stanislas s'était retourné vivement, troublé par la confidence de Jerzy. Il n'avait jamais pensé que son père eût pu connaître une autre femme que sa mère. Il refoula rapidement l'idée qu'il eût pu avoir des rapports sexuels avec quelqu'un d'autre. Mais son père souriait de la même façon que devant les premières pousses printanières ou devant Sophie quand elle avait bien chanté, un soir de concert, avec la chorale ou à l'église. Il avait aussi le même air quand il racontait la journée de son mariage, même s'il l'évoquait en ne parlant que du coup d'archet d'Élisabeth et de son évanouissement, omettant évidemment que Jan aussi l'avait transportée. Stanislas regarda son père de nouveau et fut intrigué par cette autre rouquine, curieux de savoir si elle avait été aussi drôle, aussi talentueuse et aussi jolie que Florence.

— En Pologne ?

— Non. En Angleterre. Une infirmière dont le mari avait été blessé lors du premier bombardement de Londres.

Stanislas ressentit un immense soulagement. Elle avait été mariée. Sa mère n'avait pas eu de quoi s'inquiéter.

— Une vraie *British* ?

— Une vraie. J'imagine qu'elle avait du sang écossais ou irlandais, parce qu'elle était rousse comme... comme...

— Comme du tabac séché quand il est éclairé par le soleil couchant ?

Jerzy comprit instantanément la profondeur de l'amour ou de la passion — il n'aurait pu le dire — de son fils pour cette Florence. Il en fut ému, le trouvant beaucoup trop jeune pour connaître un tel tumulte. Il pinça les lèvres. Le trouverait-il assez mûr, dans trois ans, pour partir au front? Certainement pas. Il frémit en pensant au chagrin sans nom qu'il avait dû infliger à ses parents. Sa témérité avait certainement mis leur bonheur en éclipse.

— Et elle était gentille?

Stanislas venait de le ramener à la réalité.

— Très. Elle m'a aidé à réapprendre à marcher et m'a prêté un violon pour que je puisse en jouer afin de mettre un peu de gaîté dans ce maudit hôpital gris qui suintait le sang et puait la souffrance. Elle m'a même prêté l'uniforme de son mari afin que je puisse aller en Pologne pour rechercher ma famille.

— Est-ce qu'elle aurait voulu être ta femme?

Jerzy revit en un éclair toute sa relation avec Pamela. Il avait tant souhaité qu'elle le suive en Pologne et elle aurait aimé le faire; être la belle-sœur de Jan et d'Élisabeth; être la mère d'enfants blonds et musiciens. Mais il y avait eu ce mari qui n'en finissait pas de mourir.

— Mais non, Stanislas. Elle était déjà mariée.

— Mais si elle avait été veuve?

— Je n'en sais rien. C'était à la fin de la guerre et j'avais bien d'autres choses en tête que le mariage.

Jerzy se tut pendant de longues minutes, regrettant presque d'avoir parlé de Pamela. Mais d'apprendre que son fils avait eu une étincelle pour une jeune femme rousse avait ravivé le souvenir de la flamme qu'il avait eue pour l'infirmière britannique. Heureusement qu'Anna s'était trouvée dans le train, parce qu'il serait reparti à sa recherche, il en était certain. Il regarda le profil de Stanislas et ne put s'empêcher de s'attendrir. Anna et lui avaient fait un fils magnifique qui lui rappelait un peu son père.

Ce soir-là, Stanislas fit un cauchemar effrayant : il rêva que Florence était sa sœur.

Sophie entra dans la maison en faisant la moue. Elle lança son cartable sur la table, où il glissa avant de tomber par terre.

— Bon ! Ça continue !

Elle le ramassa et le redéposa sans ménagement, puis, lourde de mauvaise humeur, se laissa choir sur une chaise. Anna ne posa aucune question, sachant que sa fille allait déballer l'objet de son mécontentement en moins de cinq minutes. Sophie ressemblait de plus en plus à Jerzy et Anna ne savait si elle devait s'en réjouir.

— C'est effrayant, *mama* ! Il paraît qu'il y a une *gang* qui veut faire un orchestre. Il paraît qu'ils cherchent une chanteuse et personne ne m'en a parlé !

Anna sourit intérieurement. Sa fille devait en effet être très mortifiée, sachant depuis toujours qu'elle était *la* chanteuse de Saint-Norbert, *la* soliste de la paroisse, et ce malgré son jeune âge. Elle avait déjà été *la* chanteuse invitée par l'archevêché et pour quelques réceptions plus ou moins officielles du gouvernement de la province. Une espèce de petite reine blonde à la dimension d'un royaume quand même assez réduit.

— Le pire, *mama*, c'est que Stanislas les connaît. Mon frère est un traître qui se prend pour je ne sais qui depuis qu'il est allé à Montréal.

Anna ne répondait toujours pas. Sophie était plus qu'irritée, elle était sincèrement bouleversée.

— Si, dans ma propre ville, on ne me fait pas chanter, comment est-ce que ce sera quand je vais vouloir chanter à la radio à Winnipeg, peut-être même faire des émissions de télévision? Est-ce parce qu'ils pensent que je ne sais rien faire d'autre que chanter à l'église?

Sophie posa sa tête sur sa main repliée, ce qui lui donna une expression de profonde incompréhension face à la vie.

— Est-ce que ça se peut que le monde soit jaloux, *mamusia*?

Au grand désespoir de sa mère, elle éclata en sanglots. Des sanglots d'impuissance et non d'humiliation. Anna ne put que se diriger vers elle et s'accroupir pour mieux l'étreindre et la consoler.

— De quel genre d'orchestre parles-tu, Sophie? Un orchestre symphonique?

— Mais non, voyons! Je parle d'un vrai orchestre avec un guitariste, un joueur de *bass*, un *drummer*. Il faut que je sois avec eux.

Anna se trouva complètement déphasée. Elle n'avait pas songé une seule seconde que sa fille, encore toute petite avec ses longues nattes, puisse s'imaginer chantant du rock-and-roll. Elle avait hâte de connaître l'idée de Jerzy sur un sujet aussi étonnant.

— Je pense que tu es un peu trop jeune pour chanter avec un groupe de garçons...

— Trop jeune? Ce n'est plus comme dans ton temps, *mama*, où il fallait être vieille comme Barbara Ann Scott pour gagner quelque chose.

— Elle n'avait pas vingt ans, ma fille.

— C'est ce que je dis. À dix-huit ans, on peut déjà avoir des enfants. Si je veux aller loin dans ma carrière, il faut que je commence jeune.

— Parce que tu veux être chanteuse de rock-and-roll?

— Depuis que j'ai cinq ans que vous me dites que je vais être chanteuse, et maintenant que j'ai la chance de commencer, vous ne voulez pas?

Anna cessa de discuter. En son for intérieur, elle n'aurait pas détesté voir sa fille sur scène avec de jeunes hurluberlus portant un col Mao et les cheveux longs comme ces Beatles dont on ne cessait d'entendre les chansons à la radio. Mais elle savait que jamais Jerzy n'accepterait une telle chose. Pour sa fille, il ne voyait que les planches de l'Opéra de Paris ou celles du Metropolitan Opera de New York, voire la scène de la Scala de Milan. Il était convaincu qu'elle serait une brillante soprano, regrettant déjà que sa voix l'écartât du rôle de Carmen.

— J'ai l'impression, ma belle chouette, que ton âge est la seule raison pour laquelle ils ne t'ont pas demandé de te joindre à eux.

— Enfin, *mama*, ils ont l'âge de Stanislas. Je ne suis pas une idiote. Et ils ne trouveront jamais une fille qui chante comme moi, j'en suis certaine.

— Tu as probablement raison.

Sophie monta à sa chambre, dont elle retint la porte malgré une furieuse envie de la claquer. Anna se dit que sa fille vieillissait enfin, mettant quelque vernis sur ses sautes d'humeur. Elle l'entendit ensuite s'agiter dans la salle de bains puis cessa de penser à son énorme problème, concentrant son attention sur le retour de Jerzy et de Stanislas qui lui annonceraient sur quelle culture elle s'éreinterait, se casserait les ongles, se ferait brûler le front et dévorer les bras. Elle savait que leur travail serait toujours plus exigeant, Jerzy ne cherchant qu'à prendre de l'expansion pour faire de sa ferme la plus grande et la plus productive du comté. Si, pendant des années, il lui avait laissé croire qu'il n'avait pas d'ambition, il semblait que ses idées se fussent métamorphosées au fur et à mesure qu'avaient grandi les enfants. Anna s'était efforcée de ne jamais lui mettre d'entraves, voyant dans ce nouvel intérêt la crainte de ne pouvoir subvenir aux besoins de ses enfants. Elle avait aussi compris qu'il redoutait toujours la faim même si jamais les assiettes n'avaient été vides depuis ce soir où il était venu la retrouver. Ils n'avaient manqué de rien. Anna soupira en apercevant le tracteur zigzaguant dans le chemin menant à la maison. Il devait être de belle humeur s'il autorisait Stanislas à rouler de la sorte. Elle acheva sa réflexion en se demandant si Jerzy n'essayait pas de réussir encore mieux que son frère, qui, leur avait écrit Élisabeth, avait acheté deux nouvelles épiceries, ce qui lui en faisait cinq.

Elle tendit le cou et vit que c'était Jerzy qui roulait comme un gamin excité d'avoir eu la permission de prendre le volant. Il riait aux éclats et Stanislas riait aussi, ce qui était une situation rare et réjouissante. Elle s'interrogea sur les raisons de cette hilarité.

— Choisis, Anna. On peut faire des légumes, mais pas de pommes de terre ni de maïs, parce que la terre est riche à craquer. Ou des céréales. Choisis, ma belle, parce que j'ai fait une bonne affaire.

— C'est pour ça que tu riais ?

— Absolument. Je riais parce qu'il n'y a qu'un imbécile qui peut se réjouir de savoir qu'il n'aura plus une minute à lui. Plus une !

— Mais c'était déjà le cas, Jerzy.

— Ah bon ? Alors, plus une demi-minute.

Il s'approcha d'elle et lui chuchota à l'oreille qu'il essayerait d'en chaparder une quinzaine ou plus à la nuit. Anna lui donna un coup de coude en haussant les épaules.

— Tu peux faire ça le jour, si tu n'as pas dédain des gouttelettes de transpiration...

— Du parfum !

— Des lèvres salées...

— L'océan de la liberté !

— Des mains gercées...

— L'écorce de vie !

Anna cessa son petit jeu et le regarda bien en face, fit claquer sa langue et lui demanda de quoi ils avaient bien pu parler.

— De rien de spécial.

— À d'autres qu'à moi... Quand tu commences à trouver que la transpiration sent le parfum, c'est qu'il s'est passé quelque chose. Tu es d'un romantisme polonais à fendre les pierres des champs. Je t'ai vu comme ça à quelques reprises, dont le soir de nos noces. À quoi as-tu pensé, Jerzy ?

Jerzy répondit qu'il avait pensé à la guerre et qu'il en avait même parlé avec Stanislas. Ce dernier était malheureusement monté à sa chambre et ne pouvait confirmer ses dires. Il se rembrunit pour faire peser sur les épaules de sa femme l'odieux de son manque de romantisme, alors qu'il savait fort bien que c'était le souvenir de Pamela qui l'avait encoquiné.

Le souper était servi lorsque Sophie s'immobilisa au pied de l'escalier, qu'elle venait de descendre sans se hâter. Stanislas fut le premier à l'apercevoir et il s'étouffa avec une gorgée de soupe. Anna fut la deuxième à la voir et Jerzy le dernier. Il ouvrit la bouche et Anna put lire un silencieux juron sur ses lèvres. Sans se préoccuper de l'effet qu'elle venait de produire, Sophie s'assit et se servit une généreuse portion de potage qu'elle commença à manger du bout des dents, craignant de se décolorer les lèvres.

— Est-ce que tu as un *party* ce soir ?

Sophie haussa les épaules et déchira une tranche de pain de ses dents blanches et apparemment aiguisées pour l'occasion. Anna mit une main sur sa bouche, souhaitant que Sophie ne remarquât pas son fou rire, et Jerzy, la main toujours en l'air, tenta un rictus d'incrédulité.

Sophie s'était coupé une frange qu'elle avait bien gonflée. Elle avait fouillé dans les produits de beauté de sa mère pour se charbonner les yeux de khôl et n'avait pas trop mal réussi. Elle avait si bien appliqué le rouge à lèvres qu'Anna sut qu'elle n'en était pas à son premier essai. Elle portait un pantalon à pattes d'éléphant, une chemise empruntée à son frère, nouée à la taille, et une casquette. Si Anna était étonnée du résultat plus que réussi, Jerzy semblait catastrophé de voir une adolescente chez lui alors qu'il avait quitté une petite fille quelques heures plus tôt.

— Ma fille, je t'ordonne d'aller te laver.

Sophie ne broncha pas, prenant tranquillement une deuxième cuillerée. Stanislas la regarda en lui faisant un clin d'œil amusé. Elle avait réussi à se vieillir d'au moins quatre ans. Il pensa que sa sœur était la personne la plus futée qu'il connût. Encore une année ou deux et elle aurait pu paraître du même âge que Florence, sauf que Florence ne se serait jamais habillée de cette façon. Florence aimait les robes à motifs de fleurs et les chapeaux étranges.

— Si j'étais toi, Sophie, je porterais le vieux manteau en suède de papa.

— Porter mon manteau Davy Crockett ? Voyons ! Êtes-vous fous ? Ta sœur est une petite f...

Anna lui donna un coup de pied sous la table et il avala le mot « fille » avec une cuillerée de potage qu'il se fourra dans la bouche avec tellement de force que la cuillère accrocha ses incisives au passage, ce qui le fit grimacer. Sophie dévisageait sa mère, l'œil interrogateur, languissant de savoir si elle pouvait chanter avec un groupe un peu plus âgé qu'elle. Anna se mordait les lèvres, refrénant une incroyable envie de s'esclaffer. Jerzy avait devant lui la métamorphose de la diva. Elle espérait quand même que le rêve de sa fille serait l'éphéméride du 20 mai de l'année 1964, un hiatus fortuit dans son projet de devenir la plus grande cantatrice que le Canada ait produit. Anna était toujours renversée par la détermination de sa fille. Rien ne la freinait jamais. Une acharnée. C'était la seule fille de douze ans qu'elle connût qui ne se fît pas prier pour répéter, s'astreindre à faire des vocalises ennuyantes. Remarquant le regard de Jerzy, dont le blanc des yeux était aussi fêlé qu'une vieille porcelaine, elle se dit que sa certitude venait probablement de s'ébrécher, mais elle admirait son impassibilité. C'était bien la première fois de sa vie qu'il ne s'emportait pas. Anna n'avait pas compris qu'il n'était pas impassible, mais dans un état catatonique.

Le mois de juin arriva rapidement et Stanislas passa ses examens avec une détermination à ébranler son père, qui voyait là une espèce de chantage. Stanislas voulait être certain de retourner à Montréal et évitait toutes les situations qui auraient pu l'irriter. Il avait chambardé son horaire, se précipitant dans les champs aussitôt rentré de l'école au lieu de traîner dans la maison à étudier, de feindre de ne pas voir l'heure et de n'aller aider son père que lorsque le coucher du soleil était imminent. Mais Jerzy ne fit aucun commentaire, trouvant agréable de travailler avec son fils même si celui-ci ne semblait pas prendre trop de plaisir à mettre en terre les jeunes plants fragiles. Jerzy tentait d'effacer de sa mémoire les souvenirs qu'évoquaient certains travaux. Ce jour-là, il avait souffert de ne pas raconter à son fils les blagues que lui et Jan avaient faites en installant les piquets et en tendant les ficelles. C'était devenu une plaisanterie récurrente que d'espérer une belle récolte de cordes.

Pour souligner la fin des classes, les jeunes préparèrent une soirée de spectacle à la salle municipale. En réalité, ils avaient voulu organiser une soirée de danse, mais, les parents n'acceptant qu'à la condition de chaperonner l'événement, ils avaient changé le programme. Anna et Stanislas s'inquiétaient terriblement, complices de Sophie qui consacrait quotidiennement l'heure du lunch à répéter avec «son» orchestre.

Après la mémorable journée où elle s'était changé la tête, elle n'avait plus osé défier son père, préférant lui montrer combien elle pouvait acquérir l'expérience de la scène avec le nouvel orchestre du village. Anna l'avait suppliée de n'en rien faire, ne sachant comment elle allait éponger la colère de Jerzy. Parce que colère il y aurait, elle en était sûre. Stanislas, lui, avait tout organisé pour qu'elle puisse faire partie du groupe, convainquant ses amis que c'était elle la plus connue des quatre et que, grâce à cela, ils feraient certainement une émission de télévision. Il avait même prédit qu'elle ferait d'eux des vedettes presque aussi populaires que les Beach Boys. Il avait assisté à plusieurs répétitions et sa sœur l'avait terriblement impressionné, surtout lorsqu'elle se promenait d'un côté à l'autre de la scène en se penchant pour donner l'impression qu'elle chantait vraiment pour chacune des personnes se trouvant devant elle. Il ne pouvait que la comparer à Florence. L'une tenait son violon comme une petite chose qu'il fallait protéger, l'autre agrippait le micro comme si elle voulait le croquer. L'une se tenait gracieusement comme une madone, l'autre faisait quelques petits déhanchements étonnamment rythmés. L'une avait les cheveux sagement placés, l'autre essayait de les ébouriffer le plus possible, les faisant tenir comme des piquets avec une laque malodorante. Mais il était inquiet. Il connaissait si bien son père qu'il savait que Sophie ne pourrait jamais partir pour Montréal. Jamais. Sa punition serait gigantesque. Stanislas était certain qu'ils auraient tous droit à une colère homérique. Mémorable.

Sophie sortit de la maison avec tellement de désinvolture qu'Anna se demanda comment elle faisait pour cacher sa crainte. Anna savait qu'elle était complètement timorée, convaincue de jouer sa vie.

— Tu ne comprends pas, *mamusia*. Si papa n'aime pas ça, il va mettre fin à mes cours de chant. Si le public n'aime pas ça...

— Le public? Mais voyons, Sophie. Ce ne sera pas un public. Ce sont tes camarades et leurs parents.

— Pas pour moi, *mama*. C'est toute ma carrière qui commence ce soir.

— On ne joue pas une carrière à douze ans, Sophie.

— Quel âge avait mon oncle Jan quand il s'occupait de toute sa famille?

— C'était la guerre...

— Dans tous les magazines que je lis, on dit que le show-business c'est la jungle. C'est pas mieux.

Anna avait cessé de parler, dépassée par les propos de sa fille. Elle se surprit à regretter ses nattes et son petit chemisier jaune pâle. Elle se prit même à en vouloir au mois de mai qui avait rougi ses sous-vêtements. Elle la regarda discrètement par la fenêtre, étonnée de ne pas la voir sautiller. Stanislas partit quinze minutes plus tard, trimballant dans ses poches du rouge à lèvres et de la poudre de khôl. Quant aux vêtements de scène, ils les avaient apportés un à un dans leur cartable.

Anna enfila un petit pull de coton et une jupe peut-être un peu trop longue pour être parfaitement à la mode. Si elle avait eu de jolies chaussures, elle aurait certainement pu créer une autre impression, mais elle avait décidément l'air d'une femme de la campagne. Elle se regarda dans la glace et ressentit un petit pincement au cœur. Elle ne ressemblait en rien à la jeune fille qui était montée dans le train pour aller à la rencontre d'une cousine éloignée. Non. Le soleil, le vent et le travail avaient érodé son rêve de quitter la maison paternelle pour aller s'installer dans la grande ville.

Jerzy entra à son tour dans la chambre, enleva sa chemise et la lança dans le panier à lessive, puis se laissa tomber sur le lit en poussant un profond soupir. Il ne bougea plus.

— Il faudrait t'habiller, Jerzy. Nous allons être en retard.

— Je pense, Anna, que je préfère dormir. Je n'ai jamais été aussi éreinté de ma vie. J'ai le dos en bouillie et ma maudite jambe me torture.

Anna se sentit défaillir. Elle en voulait à Sophie de les avoir forcés à la complicité, condamnés au mensonge et au silence. Il était impossible que Jerzy n'assistât pas au spectacle et il n'était pas question qu'elle trahisse sa fille. Elle avait trois secondes pour trouver un argument massue, fût-il malhonnête, pour traîner son mari à la salle municipale.

— Je te l'avais dit, aussi, qu'on avait suffisamment de terre et que ça allait être un fardeau d'acheter celle de...

— Tu as raison. Il faut que je sois là. Sophie et Stanislas sont dans le comité organisateur, non?

Jerzy bondit littéralement hors du lit. Anna eut une soudaine envie de pleurer. Jerzy avait parlé avec un enthousiasme tellement feint qu'elle pouvait entendre son épuisement. Depuis un mois, il n'était jamais couché avant vingt-trois heures et était toujours levé à quatre heures, et ce sept jours par semaine. Il n'y avait que le dimanche qui était différent. Alors que ce jour était béni pour le repos qu'il imposait, il était devenu infernal. Jerzy travaillait aux champs, rentrait pour se laver, se raser et s'endimancher. Il courait à la messe. À son retour, il réenfilait ses habits de travail et repartait aux champs en négligeant d'emporter son violon. Il mangeait ses trois repas assis sur son tracteur, sur une roche ou carrément par terre, ne prenant jamais le temps de rentrer pour s'attabler. Elle allait lui porter des sandwiches et des crudités. Il n'aimait que les carottes et le chou.

«Je t'ai dit, Anna, que je ne voulais pas de céleri. Ça me reste coincé entre les dents.»

Il enfila une chemise à carreaux fermée par des boutons-pression, ce qui lui donna un air de cow-boy. Il aimait bien cette allure «country», très plaine américaine. Cet accoutrement était un des rares plaisirs qu'il s'offrait à vivre en terre canadienne, sachant qu'il se serait certainement vêtu de façon similaire s'il avait émigré en Australie, où il aurait été un «dingo» polonais. Il opta pour son jean même s'il était mal vu de le porter pour d'autres occasions que le travail. Anna n'avait jamais rien dit sur ses goûts, mais il était certain qu'elle devait faire claquer sa langue silencieusement. Il descendit enfin et elle le regarda d'une façon si étrange qu'il eut envie de remonter, ayant eu la désagréable impression qu'elle lui cachait une catastrophe.

— Qu'est-ce qu'il y a?

Anna sursauta, franchement étonnée de sa perspicacité. Jerzy n'avait pas l'habitude de se préoccuper des états d'âme des gens de son entourage. Elle aurait voulu lui dire que Sophie allait se trémousser en chantant des chansons de Presley et des autres jeunes «artistes» que lui-même refusait d'entendre dans sa maison. Elle aurait voulu le prévenir qu'il allait perdre la face très bientôt. Elle aurait voulu lui demander pardon pour sa légère trahison, mais elle demeura muette, juste assez longtemps pour augmenter son trouble.

— Qu'est-ce qu'il y a?

— Mais rien. Il y a que je m'inquiète de l'heure, c'est tout.

La façade de la salle municipale aurait pu être éclairée par un réflecteur, mais c'est une simple ampoule qui en laissait deviner l'entrée. En revanche, les murs et le plancher vibraient sous les rires et les pas de danse des jeunes. Un mauvais haut-parleur crachait des airs de *boogie-woogie* et de rock-and-roll. Jerzy poussa un profond soupir.

— Veux-tu me dire pourquoi les jeunes ont toujours besoin d'une atmosphère d'enfer pour s'amuser?

— Parce qu'ils sont jeunes.

— Pas les jeunes Polonais. Non, madame. Quand j'étais jeune, moi, j'aimais m'asseoir avec des professeurs et des amis pour discuter.

— Quand tu étais jeune, toi, tu étais déjà vieux, parce que, je te le rappelle, tu voulais défendre la Pologne.

— C'est vrai. Mais j'ai fait la fête avec mon ami Karol le soir où nous avons décidé de partir pour le front. Ça, c'était une raison de fêter beaucoup plus importante que la fin d'une année scolaire.

— Autres temps, autres mœurs, Jerzy.

Le local était bleu de fumée et Jerzy, par réflexe, s'alluma une cigarette. Anna se dirigea vers les autres parents, agglutinés au fond de la salle pour laisser le plus d'espace possible aux jeunes qui se déhanchaient sur l'air de *Let's Twist Again* de Chubby Checker. Jerzy se passa une main dans les cheveux, écœuré par le manque de tenue de la jeunesse canadienne. Vivement qu'il rapatrie les siens pour leur donner un peu de connaissances! La pièce suivante fut interrompue, l'aiguille glissant sur le disque en faisant un énorme son de pet qui fit crier les amateurs, qui savaient le disque inutilisable, et rire les autres, qui trouvaient le son amusant. Seuls les parents grimacèrent, surtout celui qui avait prêté sa platine.

— *Shit!* Une aiguille de foutue! Mais qu'est-ce qu'on peut faire quand toute la cambuse bondit sur ses fondations!

Jerzy avait rejoint Anna qui, comme toujours, aurait aimé danser, mais ce qu'il voyait et entendait lui répugnait tellement qu'il n'avait même pas envie de l'enlacer.

— Si jamais un jeune pense à mettre quelque chose de plus musical, je te fais danser.

Anna le regarda en souriant, lui pinçant doucement la joue. Depuis qu'elle était entrée, elle cherchait ses enfants des yeux, mais n'avait pas encore aperçu la tête de sa fille ni le sourire blond de Stanislas. Puis les lumières s'éteignirent. Un cri de plaisir s'éleva de la piste de danse et Anna ne cessa de marmonner des supplications. Il fallait absolument que le ciel l'exauçât si elle voulait préserver la paix dans sa maison. Un projecteur, puis un deuxième, puis un troisième dirigèrent leurs faisceaux vers une batterie et deux micros. La salle poussa des petits cris excités. La majorité des jeunes s'assit par terre, tapant frénétiquement des mains. Certains parents souriaient de voir un peu de folie alors que d'autres avaient les sourcils froncés d'inquiétude, se demandant si le clergé ou les ministres, surtout les baptistes, approuveraient la soirée. Jerzy ne pensait à rien, essayant plutôt de distinguer les aiguilles de sa montre. Les projecteurs s'éteignirent et on devina un mouvement feutré sur la scène. Puis un duo de guitare et de *bass*, cent fois amplifié, accompagné d'une fébrile batterie, prit la salle par surprise. Anna sursauta et Jerzy grimaça, se tenant ostensiblement la tête à deux mains. Quelqu'un se pencha vers son oreille pour lui demander s'il avait reconnu l'air de *Peter Gunn*. Jerzy lui répondit que non et que toute pièce musicale affublée d'un pareil titre ne devrait pas avoir le droit d'exister. Les jeunes continuaient à taper des mains, chantant en chœur l'air joué en faisant «na na na na na na na na na». Jerzy hocha la tête, souhaitant que ses parents n'aient pas conscience d'une telle horreur. La pièce prit fin sous les applaudissements, les cris et les sifflements. Puis un quatrième projecteur s'alluma, forçant la salle au calme, et il se dirigea vers le fond gauche de la scène. Sophie s'y tenait debout, vêtue de la même façon que le soir de sa métamorphose, sauf qu'elle avait aussi passé le manteau Davy Crockett de son père. Jerzy aurait voulu feindre la surprise qu'il n'aurait pas mieux réussi. Sa mandibule se décrocha et ses yeux se mirent à clignoter. Anna ne savait plus où regarder, allant de Sophie à Jerzy, comme si ces derniers disputaient un match décisif de ping-pong. En quelques minutes, Sophie avait lancé la dernière note de sa première pièce. Jerzy n'avait rien entendu, agacé et honteux de la tenue de sa fille sur scène. Anna, par contre, la trouvait très à l'aise et fut émue de la réaction des jeunes qui applaudirent à tout rompre. Jerzy reprit ses esprits en entendant la voix de Sophie dans le micro, remerciant le public.

— *Thank you. And now, I thought you people would like to hear this song.* Maintenant, pour fêter à notre façon l'arrivée des Beatles en septembre...

Les musiciens grattèrent leurs instruments et le batteur assomma littéralement la grosse caisse avant que Sophie n'entonne *She Loves You Yeah! Yeah! Yeah!* Jerzy baissa le front et partit si discrètement qu'Anna le chercha des yeux sans le repérer. Puis elle vit que quelqu'un fermait la porte de la salle. Elle espéra que Sophie ne l'avait pas vu sortir et sourit aux voisins avant de le suivre, prête à courir pour le retenir. Elle fut surprise de le voir assis dans l'escalier, une cigarette allumée à la bouche. Elle s'installa lentement à ses côtés, mais il tourna la tête doucement, si doucement qu'elle mit quelques secondes à comprendre qu'il ne souhaitait pas la voir. Elle resta là à observer son profil, souhaitant qu'il mette fin à ce petit jeu pour qu'ils puissent parler de la soirée. L'orchestre joua les dernières notes de la chanson des Beatles et se tut, noyé sous un tonnerre d'applaudissements. Jerzy fronça les sourcils et Anna espéra voir se dessiner un sourire. Mais il demeura impassible, jeta son mégot et le regardait s'éteindre au moment où Sophie commença à chanter *Puff, the Magic Dragon.* Cette chanson devait plaire à plusieurs parce qu'elle fut accueillie par des applaudissements.

— Sophie trouve que cette chanson ressemble à une comptine. Elle l'aime beaucoup.

Jerzy se leva et, sans lui adresser la parole, se dirigea vers la maison. Anna ferma la bouche, la langue collée sur le devant des incisives, et ne sut que faire. Elle comprit qu'il était absolument furieux et choisit de retourner dans la salle pour avertir les enfants que l'éclair allait frapper. Elle ignorait que Jerzy avait encore une fois entendu le déchaînement des applaudissements et la demande de rappel.

Anna rentra derrière Stanislas et Sophie qui grimaçait, s'attendant à un esclandre. Mais Jerzy était couché sur le canapé du salon, un oreiller sous sa tête et un drap de finette étendu sur lui. Une bouteille de bière vide était posée sur la table. Il tournait le dos à l'entrée et ne réagit aucunement à leur arrivée. Anna s'approcha de lui et remarqua qu'il avait les yeux clos. Elle avait la certitude qu'il ne dormait pas, mais elle feignit de croire à son jeu et ne le dérangea pas. Elle chuchota aux enfants de monter doucement, ce qu'ils firent après avoir enlevé leurs chaussures. Elle les imita et se dévêtit dans le noir, trouvant le lit étrangement vide quoiqu'il dégageât l'odeur de Jerzy. Elle tenta vainement de trouver le sommeil et passa la nuit à regarder l'heure, écoutant le piaillement des oiseaux à leur réveil et l'appel des chats qui choisissaient toujours mal leurs nuits de rut. Elle entendit Sophie aller aux toilettes à trois reprises et vit de la lumière sous la porte de Stanislas jusqu'à ce que le jour l'éclaire enfin suffisamment. Elle descendit sur la pointe des pieds et ne vit pas Jerzy. Elle s'affola quelques instants, mais un air de violon lui parvint du fond du champ pour la rassurer. Stanislas vint la rejoindre, en habit de travail. Il ne posa aucune question, sachant bien que toute la maisonnée avait joué aux hiboux. Il fit une petite moue silencieuse d'impuissance avant de se verser un immense verre de jus d'orange et de se faire des rôties. Sophie les rejoignit aussi, les yeux barbouillés de fatigue et de maquillage. Elle s'assit à table et déclara qu'elle avait vécu le moment le plus extraordinaire de sa vie. Le violon se tut au loin et ils entendirent rugir le moteur du tracteur. Stanislas sortit en vitesse et se dirigea vers le champ qu'ils devaient désherber. Il s'y était déjà agenouillé lorsque son père arriva. Il leva la tête et tenta de lui sourire, mais freina ses lèvres quand il aperçut ses yeux bouffis. S'il avait su que le spectacle de sa sœur allait le mettre en colère, il n'avait jamais songé qu'il puisse pleurer. Il fit taire ses pensées en tentant de se convaincre que son père avait les yeux lourds d'insomnie et non de chagrin.

— J'ai décidé que vous resteriez ici cet été. Toi, Sophie, pour permettre à tes cheveux de repousser et réapprendre à être ma fille. Quant à toi, Stanislas, il est évident que la terre est trop grande pour un seul homme. Il nous faut être deux. Je vais aussi demander à votre mère d'aviser Élisabeth que nous ne pourrons accueillir Nicolas.

— Fais-le toi-même.

Anna se leva sèchement de table et alla secouer les assiettes dans l'évier rempli d'eau savonneuse. C'était la première fois en trois jours que Jerzy desserrait les lèvres. Anna se sentait punie d'avoir été la mère de sa fille et même d'avoir aimé sa performance. Stanislas avala sa dernière bouchée d'omelette et sortit de table en annonçant poliment à son père qu'il n'accepterait jamais d'être puni sans raison.

— Parce que être complice d'une sœur qui sort de je ne sais où, ce n'est rien? Parce que me mentir avec la bénédiction de ta mère, ce n'est rien? Parce que inciter ta sœur à prendre mon manteau Davy Crockett, ce n'est rien? Tu n'as pas un mot à dire, Stanislas.

— Je suis d'accord, papa. Je n'ai pas un mot à dire. J'en ai beaucoup plus. Je pense que ce que tu fais n'est pas correct. Je n'ai pas à être puni parce que je trouve que ma sœur a le droit de chanter.

— C'est vrai, papa. Stanislas n'a pas à être puni parce que j'aime chanter. Et puis le manteau Davy Crockett, c'est moi qui l'ai pris sans ta permission. Donne-moi une double punition si tu veux, mais laisse mon frère aller à Montréal.

— J'ai dit non.

— Et moi j'ai dit oui !

Anna venait de se tourner et regardait son mari, l'œil igné de colère. Jerzy posa sa tasse de café, décontenancé par ce qu'il interprétait comme de la haine et du mépris. S'il leur était fréquemment arrivé d'être en désaccord, jamais ils n'avaient parlé avec une langue aussi acérée. Jerzy jeta un regard aux enfants et leur demanda de sortir de la maison. Sophie rapprocha sa chaise de la table et se versa un deuxième verre de jus.

— Tout ce qui va se dire ici me concerne. Maman n'a pas à se faire engueuler.

— Je n'ai jamais «engueulé» ta mère, comme tu dis, et je n'ai pas l'intention de commencer. Sors un moment.

— Non.

Jerzy se mordit la lèvre inférieure, se leva doucement, prit sa chaise à deux mains et la projeta dans la porte moustiquaire, qui s'ouvrit et resta ouverte, coincée par une des pattes.

Stanislas regarda son père en le coiffant de tout le mépris qu'il ressentait. Sophie éclata en sanglots, répétant sans cesse que tout était de sa faute. Anna, elle, s'approcha lentement de la table et s'y assit à sa place sans quitter Jerzy des yeux.

— Ce doit être la maison, Jerzy. Ce doit être la maison. Il y a des fantômes, ici. Tu te souviens de mon père, Jerzy ?

129

Il te méprisait parce que tu étais un sale Polak. Il me disait que les Polaks étaient des vauriens et des bagarreurs. C'est ce qu'il me disait, Jerzy. Ma foi, je pense qu'il devait savoir de quoi il parlait, parce qu'il en était un lui-même. C'est fou, hein, mais il voulait mieux pour sa fille. Je pense que tu as laissé son esprit pénétrer dans la cuisine quand tu as ouvert la porte avec la chaise.

— Maman...

— Laisse-moi finir, Stanislas. Je me demande parfois si c'est une bonne chose que d'habiter dans la maison paternelle. Il est venu me dire qu'il avait eu raison et qu'il était temps que je le voie. Moi, Jerzy, ce que j'ai vu, c'est la même violence que la sienne. Le même entêtement que le sien. J'ai vu mon père, Jerzy, et, crois-le ou non, je le pensais mort.

12

La gare Centrale avait subitement l'air si lugubre que Jan se demanda comment un édifice aussi illuminé que cette gare encore neuve pouvait tout à coup donner l'impression de n'être éclairé que par des réverbères pâlots. Les planchers lui paraissaient ternes et sales, et les bancs étaient certainement moins confortables. Les *red caps* et les *porters* semblaient négliger leur affabilité. Les passagers donnaient l'impression de souffrir tous, qui d'un bras, qui du dos, tant leurs valises paraissaient lourdes et encombrantes. Ceux qui avaient un parapluie le refermaient par à-coups pour en faire tomber les gouttelettes d'une pluie gluante. Ceux qui avaient un imperméable se hâtaient de le déboutonner et le secouaient par le pan de droite puis par celui de gauche pour l'assécher le mieux possible. Enfin, ceux qui étaient sans protection avaient les mèches collées au front, de l'eau dans le visage, et étaient tous de mauvaise humeur, surtout les dames, qui, Jan pouvait l'imaginer, étaient allées chez le coiffeur avant de partir en voyage. Jan faisait les cent pas, grillant cigarette sur cigarette. Michelle avait insisté pour l'accompagner, mais il avait refusé, préférant être seul pour accueillir son fils. Le tableau des arrivées indiqua un nouveau délai et Jan eut l'idée d'aller casser la croûte. Pensant alors que Nicolas n'avait peut-être pas mangé, il décida d'attendre.

Stanislas était venu seul, en colère contre son père. Il avait toutefois très peu parlé de l'absence de sa sœur, leur racontant en mots obscurs que celle-ci s'était découvert une passion pour le chant rock-and-roll. Il leur avait cependant promis qu'elle l'accompagnerait l'été suivant, ajoutant qu'elle avait bien hâte d'entendre les chanteurs montréalais, même s'ils chantaient toujours en français. Leur père, disait-il, avait acheté des disques de Félix Leclerc, Gilles Vigneault, Claude Gauthier, Claude Léveillée, mais il trouvait que toutes les paroles de leurs chansons se ressemblaient et qu'elles ne racontaient pas les mêmes choses que les chansons anglaises, plus familières aux Manitobains. Il avait aussi osé émettre une opinion un peu fragile, à savoir qu'ils n'avaient jamais entendu de groupes ou de chanteurs rock. Jan n'avait pas répliqué, conscient que ses connaissances culturelles n'étaient pas très étendues. Quant à Nicolas, il avait boudé toutes ces discussions, s'en sentant exclu. Florence et Élisabeth étaient venues dîner à la maison à plusieurs reprises, mais le feu qui, au dire de sa sœur, avait consumé Florence pendant des mois s'était, semblait-il, éteint. Il n'en restait plus que quelques tisons dans les yeux de Stanislas, mais pas assez forts pour rallumer la flamme.

Jan regarda l'horloge et décida d'aller prendre un quatrième café, que la serveuse au petit bonnet blanc lui échappa sur la main et sur une cuisse. Il se leva de table si rapidement que sa chaise bascula et il poussa un juron en polonais, ce qui fit lever la tête aux autres clients, curieux de voir celui qui parlait une drôle de langue. Jan se fit la réflexion que Montréal, malgré son statut de grande ville, avait encore à perdre son étonnement en entendant un mot de consonance étrangère ni française ni anglaise. Cette attitude lui semblait d'autant plus incompréhensible qu'ils se trouvaient tous dans une gare. Jan se rassit pendant que la serveuse, rougissant de sa bourde, apportait un linge humide et propre afin qu'il puisse se nettoyer la main. Il aurait voulu essuyer son pantalon mais il ne le fit pas, n'ayant pas envie de se donner en spectacle une seconde fois. Par la fenêtre, il continua à observer les passants, se demandant ce qu'il lui fallait faire pour qu'ils deviennent tous ses clients.

Il avait suivi le conseil de Stanislas et avait repensé l'organisation intérieure de toutes ses épiceries, effectuant, quand il le fallait, des travaux de réaménagement, installant un étal de légumes ici, une étagère là, déplaçant les îlots, et, pour se faire plaisir, faisant repeindre tous ses magasins en vert foncé à l'extérieur et en vert pâle à l'intérieur. Il avait observé les peintres en se disant qu'ils pensaient peut-être à quelqu'un de particulier en appliquant la peinture, se souvenant que lui-même avait donné ses coups de pinceau avec une seule idée en tête : le plaisir de M. Favreau. Ce dernier avait eu l'air perplexe en voyant arriver les cartons contenant des lampes de patinoire. Jan avait depuis long-temps décidé de garder cet éclairage, afin de ne jamais laisser ses débuts à Montréal s'éteindre dans l'oubli.

Il voulut prendre une cigarette, mais vit que son paquet était vide. Il reconnut qu'il était plus anxieux qu'il ne le croyait. Il leva la main, et la serveuse, avide de recevoir un pourboire, accourut. En moins de deux, elle lui apporta un paquet de *Sweet Caporal*, dont elle déchira et froissa l'emballage de cellophane avant de le mettre dans sa poche. Jan referma son *Zippo*, dont le petit clic lui donnait toujours l'impression d'assaisonner par un son sa première bouffée. Il regarda l'heure à sa montre, en frappa la vitre de la jointure de son index pour accélérer les aiguilles, grimaça et décida de se dégourdir les jambes.

L'odeur de fioul et les vibrations du plancher lui indiquèrent que le train entrait en gare. Il soupira, alla se planter près de l'escalator et attendit cinq bonnes minutes avant d'apercevoir les premiers passagers. Il étouffa la pen-sée gênante qu'il aurait préféré accueillir Stanislas. Il se demanda comment deux frères tels que lui et Jerzy avaient pu avoir des fils aussi différents. Il se répondit que c'était certainement à cause de la différence qu'il y avait entre lui et son frère. Stanislas était entré dans la maison comme s'il l'avait eu quittée la veille, retrouvant son coin de sous-sol avec joie et ne cachant pas son plaisir de voir un nouveau tourne-disque. Il avait remarqué la nouvelle robe de Michelle et les broches, ô combien disgracieuses, dans la bouche de Nicolas. Michelle avait décrété qu'il ne manquait à son fils qu'un sourire à la Charlton Heston pour qu'il atteignît la perfection, ce que le dentiste, flairant une bonne affaire, s'était interdit de contredire. Stanislas s'était empressé d'aller voir les nouvelles épiceries et semblait avoir vaincu sa crainte de s'éloigner de l'épicerie mère. Il s'était promené de quartier en quartier et avait offert à son oncle de préparer, deux fois par semaine, les cageots de produits défraîchis, qu'ils étaient allés porter ensemble à l'Institut Bruchési. Jan n'osait pas se demander comment il était possible qu'un neveu, un filleul, pût lui ressembler autant. Un matin de la fin juillet, Stanislas lui avait demandé s'ils pouvaient visiter ce centre de vacances où allaient les produits. Jan lui avait alors avoué que tous les dons qu'il faisait étaient anonymes et qu'il avait l'intention qu'ils continuent de l'être. Stanislas se contenta alors de lui demander s'il y avait une plage au lac Achigan et s'il était possible d'y louer des chaloupes. Jan n'avait rien répondu, mais toute la famille s'était retrouvée le dimanche suivant sur le lac, Stanislas, Florence et Élisabeth dans un canot, lui, Michelle et Nicolas dans une chaloupe. Jan et Stanislas avaient scellé leur premier secret; personne d'autre que lui, sauf Nicolas que cela n'avait jamais intéressé, ne savait à qui il destinait ses cartons. Ils s'étaient hypocritement laissés dériver devant le centre et avaient vu les enfants, garçons et filles, celles-ci les cheveux coupés aux oreilles, ceux-là les cheveux rasés, tous habillés d'un uniforme kaki. Ils avaient aussi vu et entendu un groupe de monitrices, vêtues d'un uniforme vert avec un petit collet blanc, faisant le guet sur le quai durant la baignade de centaines de fillettes. Jan avait entrevu à travers les arbres d'immenses pavillons blancs aux toitures décolorées par le soleil mais qui avaient certainement été rouges. Il espérait que l'un d'eux fût le réfectoire, sachant que c'était là que les enfants recevaient ses biscuits et ses friandises. Ils étaient rentrés à Montréal en chantant un air entendu au camp :

> *Je cherche fortune*
> *Tout autour du manoir*
> *Au clair de la lune*
> *À Bruchési le soir.*

Stanislas les avait fait rire en criant à tue-tête une autre chanson qu'ils avaient entendu scander à plusieurs reprises :

> *C'est pas moi, c'est ma sœur*
> *Qui a brisé la machine à vapeur!*
> *Poum, popoum, popoum, popoum...*

Il leur avait dit que cette toute petite chanson lui rappelait Sophie et qu'il avait hâte de la lui crier par la tête.

Jan ne voyait toujours pas venir Nicolas et il commença à s'inquiéter. Les passagers se faisaient maintenant rares et il arrivait que l'escalator fût vide. Il aperçut un Noir à casquette rouge et lui demanda s'il restait encore beaucoup de monde dans le train.

— *No, sir, they're all out*. Parsonne.

— *Where the hell is my son?* Mon fils!

— *Your son? Oh! You mean the little shy guy? He left*. Parti.

Jan ne le remercia même pas et descendit l'escalier mécanique à contresens, à la vitesse de l'éclair. Il avait la gorge nouée et se fouettait mentalement : il n'aurait jamais dû laisser Nicolas revenir seul. Il se donna aussitôt tous les arguments qu'il avait servis à Michelle : que Nicolas était assez grand et qu'il lui fallait s'éloigner de ses jupes; que Nicolas ne faisait jamais rien seul sauf jouer avec son globe terrestre et chevaucher son fauteuil, ce qui était presque inquiétant chez un garçon de son âge.

«Douze ans, Michelle! Douze ans et il galope encore sur le dossier de son fauteuil! On pourrait peut-être lui offrir des cours d'équitation!

— C'est déjà fait.

— Ah oui? Et qu'est-ce qu'il en dit?

— Il en dit qu'il a peur des chevaux.»

Que Nicolas, il en était convaincu, avait hâte de faire comme Stanislas et qu'il s'en sentirait heureux; que Nicolas se ferait certainement des amis, parce que toutes les familles voyageaient en train; qu'il n'y avait aucun risque, parce que tout le personnel avait été avisé par télégramme.

Jan fut terrifié en voyant le quai presque vide, n'apercevant qu'un homme tirant une voiture remplie de valises et de cartons. Il pénétra dans le wagon qu'il savait être celui de Nicolas et ne le trouva pas. Affolé, il revint sur le quai, courut jusqu'au wagon de tête, puis traversa tous les wagons, du premier au dernier. Il refit le trajet, ouvrant, cette fois, les portes de tous les cabinets de toilette et actionnant les rideaux des fumoirs. Aucune trace de Nicolas ni de sa valise. Il remonta en courant et arriva dans la salle des pas perdus au moment où on lui demandait par le haut-parleur de se présenter à la lumière verte, où l'attendait son fils. Il y fut en moins de deux et se trouva nez à nez avec Nicolas, qui retenait difficilement ses larmes. Jan soupira à la fois de soulagement et de déception. Son fils ne semblait pas avoir encore compris qu'il était beaucoup plus intéressant quand il n'avait pas la larme à l'œil et le mouchoir au nez.

Jan ne lui parla pas, empoigna la valise et se dirigea vers la voiture. Nicolas le suivait, à un mètre derrière. Jan se retrouva au volant, un piteux Nicolas à ses côtés. La pluie frappait toujours férocement les vitres et Jan émit un petit juron à travers ses dents toujours serrées.

— Qu'est-ce qui t'a pris de passer par l'autre escalier ? Ça fait combien de temps que tu sais que c'est par l'escalier roulant qu'il faut arriver ?

— C'était plus proche. Et je ne t'ai pas vu. Je ne pouvais pas savoir que tu ne te tenais pas au même endroit que d'habitude. Et je voulais te faire une surprise.

— Ce n'était pas nécessaire, Nicolas. La surprise, on l'a déjà eue. C'est que je ne suis pas fier de toi ! Partir pour un mois au Manitoba et revenir moins d'une semaine après ton départ... Explique-moi, Nicolas, parce que je ne comprends pas. Ça fait un an, un an que tu veux aller à la campagne ou dans une colonie de vacances parce que tu en as marre de toujours être seul. Ta mère et ta tante organisent tout et tu nous téléphones parce que tu n'aimes pas ça. Qu'est-ce qu'il te faut ? As-tu au moins aimé quelque chose ?

— Le lait au chocolat dans le train et voyager.

— C'est tout ? Le lait au chocolat dans le train et voyager ?

— Et le tracteur.

Nicolas continua à parler, de façon hésitante, certes, mais il ne semblait pas avoir le choix. Il avait aussi aimé le marché de Winnipeg.

— Mais veux-tu me dire pour quelle raison tu n'as pas voulu rester là-bas ?

— Parce que...

— Parce que quoi ?

— Parce qu'ils parlent toujours en polonais et que je ne sais pas s'ils parlent dans mon dos. Je déteste le polonais. D'autres fois, ils parlent en anglais. C'est pas mieux. Je déteste l'anglais. Je déteste ne pas être capable de demander d'aller aux toilettes.

— Ils savent tous le français, Nicolas. Sauf Anna. Ne joue pas les misérables.

— Tante Anna a interdit à tout le monde de me parler en français, pour me forcer à apprendre le polonais et l'anglais.

Jan comprenait le principe, mais avait de la difficulté à saisir les raisons qui avaient motivé sa belle-sœur. Ils se turent. Ce n'est qu'en arrivant devant le garage que Nicolas donna la véritable raison.

— Tante Anna rit toujours et je ne sais pas pourquoi. Stanislas est encore plus vieux là-bas qu'ici. Quant à Sophie, elle est méchante.

— Méchante?

— Oui. Elle m'a interdit d'aller aux toilettes si je ne le lui demandais pas en polonais ou en anglais. Je n'ai pas pu.

— Pas pu aller aux toilettes?

— Oui, et j'avais une grosse envie de numéro deux. C'est pour ça qu'il fallait que je revienne. Je ne sais pas comment laver et je ne pouvais pas mettre mon pantalon et mon caleçon au lavage. J'ai tout caché dans ma valise. C'est tout.

Jan regarda son fils, le trouva soudainement courageux. Courageux, mais trop sensible. Rentrer pour un froc sale... Il rembraya et conduisit jusqu'au restaurant préféré de son fils, commanda pour chacun un hot-dog, des frites et un dessert.

— Ta tante n'a pas essayé de te convaincre de rester?

— Oui. Et Stanislas et Sophie aussi. Même qu'elle s'est excusée sans savoir que j'avais... Mais celui que j'aime le plus, c'est mon oncle Jerzy.

Jan n'avait pas pensé une seule seconde que Nicolas puisse aimer Jerzy. Le souvenir qu'il avait de son frère ne cessait de se charbonner et Stanislas ne lui en avait pas brossé un tableau très agréable.

— Ton oncle?

— Oui. Il est infirme, tu sais...

— Je sais.

— Et il m'a raconté la guerre, et la mort de son ami Karol...

— Son ami Karol...

— Et la bataille du mont Cassin et l'enfer rouge que ça avait été.

— Il t'a raconté ça?

— Oui. Et les sapins de Toronto.

— Quels sapins de Toronto?

— Les sapins de Mme Mulligan.

— Mme Mulligan, bien sûr... Et il t'a parlé de nous?

— Nous?

— Élisabeth et moi.

— Non. Est-ce que vous vous souvenez de mon oncle Jerzy? Moi, je pense qu'il ne se souvient pas très bien de vous. Surtout de toi.

Deuxième temps

1965-1966

13

Élisabeth battait la mesure d'une main si gracieuse que Florence y voyait un enjolivement à la pièce que répétait l'orchestre de violons. Les jeunes qui en faisaient partie étaient tous, comme elle, des mordus de musique. Elle savait qu'elle aurait toujours des accrochages avec ses pairs, mais Stanislas lui avait suggéré quelques explications deux ans plus tôt, explications qu'elle commençait maintenant à comprendre, à savoir que l'envie pouvait être un moteur pour certains. L'unique personne qu'elle-même enviait était Élisabeth, la seule femme de plus de trente ans qui pensait un peu comme elle et non comme sa grand-mère. Elle la regarda avec admiration. Élisabeth dirigeait l'orchestre avec tellement de souplesse qu'il n'était pas étonnant qu'elle obtînt autant de reconnaissance publique. Depuis trois mois, ils avaient donné six concerts, ce qui avait rapporté assez d'argent pour que l'orchestre puisse continuer ses répétitions en été. Élisabeth fit mourir la dernière note, puis les félicita en souriant.

— Je suis certaine que vous allez donner aujourd'hui votre plus joli concert.

La veille, dimanche, Florence lui avait offert une énorme boîte de chocolats rouge en forme de cœur et une carte parfumée pour souligner la Saint-Valentin. Elle avait, pour la première fois de sa vie, remarqué qu'Élisabeth était déçue de ne pas voir Denis le jour de la fête des Amoureux. Elle avait aussi remarqué qu'Élisabeth ne regardait plus Denis de la même façon depuis la cérémonie d'ouverture de la Place-des-Arts. Élisabeth n'en avait rien dit, mais Florence avait le sentiment que son amie souffrait de plus en plus de ses amours. Elle savait que Denis, étonnamment, la fréquentait avec plus d'assiduité. Elle comprendrait peut-être un jour les raisons de la tristesse récurrente d'Élisabeth. Elle sourit à celle-ci, qui lui rendit son sourire. Elle était sûre que les meilleurs moments de la vie d'Élisabeth étaient les heures passées à diriger son orchestre. Elle leur avait expliqué, un jour, que le chef ne conduisait pas un orchestre comme un chauffeur conduisait un camion, mais qu'il le dirigeait avec délicatesse, vers la perfection, l'idéal, un peu comme Moïse avait guidé le peuple d'Israël pour le faire sortir d'Égypte. Elle leur rappelait encore et encore que la baguette n'était pas une redoutable férule, mais bien une baguette magique qui pouvait les aider à atteindre le monde du plaisir musical.

Les musiciens se levèrent et marchèrent un peu dans la salle du château Laurier, dont on ouvrirait les portes dans quelques minutes pour qu'entrent les invités et que commence le souper. L'orchestre de tournée, dont le nombre de musiciens ne devait pas excéder le nombre de sièges d'un autocar, s'était déplacé le jour même et ses musiciens s'étaient agités comme des enfants impatients — ce qu'ils étaient presque tous. Ils avaient mis près de cinq heures à parcourir un trajet qui prenait normalement un peu moins de trois heures. La route était glacée et le chauffeur ne voulait surtout pas avoir d'accident, sachant que sa «cargaison», comme il s'amusait à dire, allait se produire devant les gros bonnets d'Ottawa.

Élisabeth passa au cabinet de toilette, retoucha son maquillage et revint s'asseoir dans la salle, près du pupitre.

Elle était assise de profil, ce qui lui permettait de regarder autant les convives que ses élèves. Certains de ceux-ci plaçaient leurs feuilles de musique, d'autres avaient fermé les yeux pour se détendre ou se reposer, d'autres chuchotaient, et d'autres enfin, dont Florence, regardaient les gens entrer dans la salle, plissant les yeux ou souriant selon ce qu'ils voyaient. Le Premier ministre du Canada, Lester B. Pearson, celui-là même qui avait reçu le prix Nobel de la paix huit ans plus tôt, en 1957, venait d'entrer et se dirigeait vers la table d'honneur, à laquelle le gouverneur général, Georges Vanier, avait déjà pris place. John Diefenbaker, le chef de l'opposition tory, entra lui aussi, et Florence jeta un regard amusé à Élisabeth qui fronça les sourcils, pour l'empêcher de ricaner. Un homme se leva et s'approcha du lutrin posé devant l'estrade. Il donna une chiquenaude sur le grillage du microphone et on entendit les haut-parleurs grincher.

— Nous vous remercions tous d'être venus ce soir et nous allons commencer ce repas en écoutant l'hymne national devant notre magnifique drapeau unifolié, hissé aujourd'hui à tous les mâts du pays. Nous avons invité les Archets de Montréal à interpréter cet hymne. Immédiatement après, l'orchestre assaisonnera votre repas d'un léger concert bien mijoté par son chef, Mme Pawulska.

Un tohu-bohu de chaises repoussées ou tirées emplit la salle au moment où Élisabeth s'installait devant ses jeunes. Florence avait fait une moue de mécontentement après avoir donné un petit coup de tête agacé. Le maître de cérémonie n'avait pas cru bon de présenter convenablement Élisabeth, qui, toute femme qu'elle fût, était chef d'orchestre et non chef de cuisine.

Élisabeth leur fit un sourire et leur indiqua le tempo avant de commencer la pièce. Il avait été convenu que l'hymne serait joué et non chanté, mais des convives l'entonnèrent, sans même suivre l'orchestre. Élisabeth se découvrit les dents du maxillaire inférieur tant elle étirait les lèvres, agacée par la cacophonie qui enterrait la musique. Le tout prit heureusement fin et les gens se rassirent sans applaudir le travail des jeunes.

Des serveurs en livrée entrèrent, portant d'une main au-dessus de leur épaule d'immenses plateaux d'argent sur lesquels étaient placées des cloches de métal bien reluisantes. Élisabeth interrogea Florence des yeux afin qu'elle lui indiquât si le service s'achevait. Le maître de cérémonie se leva de nouveau et s'approcha d'Élisabeth pour lui signifier qu'elle pouvait commencer.

— Mais les serveurs font trop de bruit.

— Vous n'êtes malheureusement pas ici pour donner un concert, madame, mais pour créer une atmosphère.

Elle eut un air de résignation et commença. L'homme avait dit vrai. Il n'y eut pas un seul instant de silence et le regard de Florence se noircissait de minute en minute. Quelques applaudissements polis marquèrent la fin de la première pièce. Élisabeth refusa de se tourner pour saluer et enchaîna. Cette fois, une personne applaudit entre deux mouvements, imitée par quelques autres profanes. Élisabeth fit un sourire moqueur aux enfants, qui se déconcentraient peu à peu. La troisième pièce fut accompagnée par les bruits du repas principal : crissements de couteaux dans les assiettes, conversations de plus en plus animées, déplaisants éclats de rire, verres entrechoqués, appels de service. Une colère sourdait dans la poitrine d'Élisabeth, qui décida de ne pas attendre la fin du repas pour inviter les jeunes à partir. Les serveurs n'avaient pas encore fini de desservir les couverts du menu principal que les jeunes se retiraient en silence, en rang bien droit. Étonnamment, personne n'applaudit. Élisabeth se dit qu'ils devaient croire à une pause, mais la pause dura jusqu'à l'autocar, où les enfants prirent place, blessés, mortifiés, insultés, certains n'ayant même pas boutonné leur manteau par un froid fouettant.

Le retour se fit presque en silence. Assise à côté d'Élisabeth, Florence ne cessait de répéter que jamais, jamais plus elle ne jouerait pendant un repas, même si Jean Lesage était là, même si la reine d'Angleterre était là.

— Elle a certainement compris, depuis l'automne dernier, qu'elle n'était pas la bienvenue au Québec. De toute façon, je ne suis pas un fou du roi...

— Florence...

— Je suis une violoniste, moi, pas une saltimbanque. Je suis une artiste et je ne fais surtout pas de la musique d'ambiance. Je suis concertiste et je joue pour être écoutée.

— Ça va, Florence, j'ai compris. Si tu savais combien je suis moi-même déçue. Il va maintenant falloir retourner l'argent et payer l'autobus de ma poche.

— Pourquoi?

— Parce que nous n'avons pas joué les deux dernières pièces.

— Et qui l'a remarqué?

— Moi, et ça me suffit. Florence, oublie l'idée que tu viens d'avoir.

À quelques kilomètres de Montréal, l'autocar dérapa mais le chauffeur fut assez habile pour contrôler le mastodonte et l'immobiliser sur l'accotement. Les enfants poussèrent de petits cris de peur et la fin du trajet se fit à une vitesse de tortue, d'autant plus qu'une fine neige avait commencé à recouvrir la chaussée.

Élisabeth rentra à trois heures du matin, cafardeuse. Elle n'avait pas voulu encourager la révolte de Florence, pâle écho de la sienne. Jamais plus elle ne ferait de «musique d'ambiance», même si le cachet était intéressant. Elle alluma la lampe du salon et vit Denis endormi sur le divan. Elle fondait toujours quand il arrivait sans s'annoncer. Elle s'agenouilla près de lui et lui prit une main qu'elle embrassa jusqu'à ce qu'il s'éveille.

— Quelle heure est-il?

— Trois heures.

— J'étais mort d'inquiétude. À la radio, on a parlé d'un carambolage impliquant sept automobiles et un autobus sur la route Ottawa-Montréal.

— Pas vu.

— Je suis venu tout de suite. Mon bouton-d'or, qu'est-ce qui m'arriverait si je te perdais?

Il prit doucement la tête d'Élisabeth et lui caressa les tempes et les cheveux, à la ligne du front. Son geste était d'une telle douceur qu'elle le regarda, les yeux imbibés de reconnaissance. Il lui était de plus en plus difficile de trouver une oasis dans la tempête de ses amours. Si elle aimait Denis plus qu'elle ne l'avait jamais aimé, elle se sentait parfois incapable de voir en lui un amoureux transi depuis qu'elle avait fait la rencontre de son extraordinaire épouse. Elle savait que Florence avait compris son trouble, mais Denis n'avait rien remarqué. Elle faisait donc des cauchemars dans lesquels il apparaissait tantôt avec une barbe bleue, tantôt au sein d'un harem. Elle savait bien qu'elle avait atteint le seuil de la porte fermée aux maîtresses, celle qui donnait sur des projets et un avenir. Elle lui prit encore la main, mais ce fut pour l'entraîner vers la chambre. Il la suivit sans discuter, mais elle le vit jeter un coup d'œil à sa montre. Cette montre maudite qui chronométrait toutes leurs rencontres. S'il y avait des femmes prisonnières derrière des barreaux, elle se sentait prisonnière de la minuterie et de sa trotteuse qui ne s'essoufflait jamais. Elle s'arrêta net, relâcha la main et soupira.

— C'est gentil d'être venu m'attendre. Mais rentre chez toi, mon amour, parce que ce soir j'ai faim pour une nuit entière. Je ne saurais me sevrer et te laisser partir.

Denis ne bougea plus, regarda de nouveau sa montre, puis en détacha le bracelet et la lança en direction du canapé. Il poussa gentiment Élisabeth vers la chambre, où ils entrèrent en s'enlaçant comme des boas, pensa-t-elle. Elle se demanda, le temps d'un éclair, lequel des deux était la victime. Repus, ils s'endormirent au petit matin, heureux de constater que la neige n'avait cessé de tomber et qu'elle étouffait tous les sons de la ville qui auraient pu leur indiquer l'heure.

14

Le printemps de 1965 faisait languir les Montréalais, qui se demandaient si les arbres verdiraient ou s'ils feraient la grève jusqu'à l'automne pour ne pas fabriquer de feuilles en vain. Jan rentrait à la maison au volant de sa familiale de marque Pontiac, modèle de l'année précédente. Il avait hâte de faire la surprise à Michelle et à Nicolas qui, depuis sa triste aventure de l'été précédent, avait demandé de jeter son vieux fauteuil et de remiser son train. Jan en avait été un peu chagriné, aimant bien s'étendre à plat ventre près de son fils pour faire fonctionner l'aiguillage du miniréseau ferroviaire et inventer des itinéraires. Depuis des années, il s'était servi de ce train pour lui apprendre la géographie et l'histoire, sans omettre celle de leur famille. C'est ainsi qu'il lui avait expliqué le trajet qu'Élisabeth et lui avaient effectué, partant de Cracovie, traversant les Carpates, gagnant l'Allemagne, puis traversant l'Atlantique par bateau pour ensuite prendre le train jusqu'à Winnipeg. Il avait aussi fait voyager le train en France, de Paris à Marseille, et en Grande-Bretagne, de Londres à l'Écosse, trichant un peu en mettant locomotive et wagons sur un traversier pour atteindre l'Irlande. Il avait même été capable, quelques mois après le retour de son fils du Manitoba et à sa demande, de suivre les rails de la Pologne à la Russie et jusqu'en Afrique du Nord en passant par l'Iran et l'Irak, et de là jusqu'en Italie et en Angleterre, pour, une fois encore, franchir l'Atlantique, traverser les Maritimes, le Québec, faire un arrêt à Toronto pour vendre des sapins et aboutir à Winnipeg. Ce dernier voyage lui avait donné énormément de difficultés, surtout lorsqu'il avait lui-même pris conscience que la survie de son frère tenait presque du miracle et que, à sa façon, il était une espèce de héros. Jan avait reconnu chez son fils la fierté démesurée que lui-même avait ressentie pour son frère, surtout lors de ce combat mémorable où il avait mis knock-out les garçons de Beauséjour. Jan avait essayé de ne pas réagir à la description qu'avait faite Nicolas du bétail humain emmené de Pologne en Russie. Il avait presque entendu tomber les gouttes de sueur des passagers et senti l'urine qui, sur le plancher, suivait le mouvement du train. Jamais il n'avait osé lui parler de Marek ou des horreurs dont lui et Élisabeth avaient été témoins, mais son frère, semblait-il, n'avait pas nourri ce scrupule. Il pensa d'ailleurs que Nicolas avait bien compris ce qu'avait été ce train de «prisonniers» et se dit qu'il aurait pu lui-même mieux instruire son fils.

Jan stationna devant la maison et klaxonna à deux reprises. Nicolas apparut à la fenêtre, puis disparut pour réapparaître au haut de l'escalier, suivi d'une Michelle toute joyeuse.

— Quelle surprise! Tu arrives tôt pour le souper.

— Montez. J'ai quelque chose à vous montrer.

Michelle et Nicolas se regardèrent, hésitants, haussèrent les épaules en s'interrogeant des yeux, puis descendirent l'escalier et montèrent dans la voiture. Jan les conduisit jusqu'à l'angle de la rue Nelson et du boulevard Saint-Joseph et stationna devant la maison voisine de celle d'Élisabeth. Michelle lança un autre regard interrogateur à Nicolas, qui ne semblait pas comprendre mieux qu'elle les motifs de son père. Jan coupa le moteur et demanda à Michelle si la maison lui plaisait. Craignant un déménagement, elle répondit par un faible oui. Jan sortit de la voiture et se planta devant le trottoir menant à la porte principale, invitant Michelle et Nicolas à le suivre. Il examina la façade de la maison, puis le côté et enfin l'arrière, faisant des commentaires tous plus déroutants les uns que les autres.

— Puis?

— Puis quoi, Jan?

— Est-ce qu'elle te plaît?

— Mais oui. C'est une maison extraordinaire. Tu ne veux pas me dire que nous allons déménager, j'espère.

— Peut-être. Mais peut-être que je veux aussi te dire que nous pourrions avoir une belle maison de deux étages, avec un salon double, une salle à manger, une grande cuisine, un séjour, quatre chambres à coucher, un bureau, un sous-sol presque aménagé avec une salle de bains complète...

— Pourquoi est-ce que c'est «peut-être» ce que tu veux nous dire?

Jan lui prit la main, sortit un autre trousseau de clefs et se dirigea vers la porte, qu'il déverrouilla. Celle-ci s'ouvrit sur un hall aux murs de plâtre travaillé, aux boiseries vernies. Ils s'avancèrent, presque avec recueillement, dans une pièce dont le plancher laissait deviner l'emplacement des anciens tapis, et les murs, les cadres qui y avaient été suspendus. Ce fut Nicolas qui, le premier, fit une remarque, décrivant sans enthousiasme l'immense baignoire de la salle de bains.

— Une vraie piscine!

Il découvrit ensuite l'escalier menant au sous-sol, y descendit, en fit vite le tour et remonta pour informer sa mère qu'il y avait un lavoir avec deux cuves, des tuyaux peints de couleur aluminium, et une pièce qui était presque aussi grande que leur présent salon. Michelle parut de plus en plus déçue.

— Et j'ai vu une porte pour aller dans la cour.

Jan, lui, semblait si heureux qu'il ne voyait même pas grandir le malaise de Michelle. Il était le plus excité des trois, se pâmant sur la robinetterie de la salle de bains, sur les cuves sans rouille du lavoir, sur le beau bureau qui comportait, comme la salle à manger, des étagères vitrées et encastrées, sur les pâtisseries décorant le plafond du salon double et, à l'étage, celui de la chambre à coucher des maîtres, ainsi que sur les étagères fixes de l'une des chambres secondaires. Nicolas regarda le tout d'un œil qui s'éteignait à la même vitesse que s'allumait celui de son père.

— Si j'avais été jeune, j'aurais aimé une chambre comme celle-ci.

— Tu ne l'aimes pas ?

— Non. À mon âge, on préfère le sous-sol pour écouter la musique qu'on veut.

— Nicolas et moi, nous avons décidé de déménager sa chambre au sous-sol.

— Oui, mais ici il y a quatre chambres.

— Moi, j'aime mieux être dans un sous-sol.

Jan serra les lèvres et joua avec son trousseau de clefs. De retour au rez-de-chaussée, il se dirigea vers la porte et leur demanda s'ils voulaient partir. Michelle et Nicolas le suivirent sans discuter et montèrent dans la voiture sans faire un seul commentaire sur la maison qu'ils venaient de visiter. Jan était mal à l'aise, cherchant quelle erreur il avait commise et comment il devait s'y prendre pour leur annoncer que cette jolie maison leur appartenait.

Ils rentrèrent chez eux, Michelle et Nicolas avec une tête d'enterrement, Jan l'air inquiet et perplexe. Ce n'est qu'en mettant les pieds dans la cuisine et en voyant les ballons et le cadeau posé dans son assiette qu'il se rappela qu'on était le 3 avril et que c'était le jour de son anniversaire. Depuis son arrivée au Canada, il s'était habitué à être fêté ce jour-là et non celui de la fête de son patron, mais il lui arrivait parfois, comme cette année, de l'oublier. Élisabeth arriva quelques minutes après eux, s'excusant de son retard.

— Est-ce que j'ai rêvé ou est-ce que vous étiez chez mes voisins?

Michelle ne répondit rien et se dirigea vers la cuisinière pour tirer un pot-au-feu du four. Nicolas s'assit avec sa tête d'enfant puni et Jan l'imita, jetant un regard désespéré à sa sœur.

Rien ne parvint à égayer l'atmosphère du souper, même pas Élisabeth qui leur lut un petit mot signé par l'épouse du gouverneur général.

— Vous vous rendez compte? Écoutez : «Mon mari m'a demandé, madame, de vous adresser ces quelques lignes pour vous remercier et vous prier d'excuser l'indélicatesse dont nous avons fait preuve à votre endroit. Vos élèves sont plus que charmants, surtout votre premier violon, et ils forment le plus compétent de nos orchestres de jeunes. Encore une fois, merci, et longue vie aux Archets de Mont-réal.»

Elle jeta un regard ravi autour de la table, mais se heurta à une indifférence comparable à celle à laquelle faisait allusion l'épouse du gouverneur général.

Le souper fut extrêmement ennuyant, assaisonné de soupirs et d'entrechoquements d'ustensiles. Michelle servit enfin le gâteau, mais Nicolas mit tellement de temps à allumer les trente-six bougies que les premières s'éteignaient déjà dans le glaçage fondant. Jan le rassura en lui disant avoir toujours aimé la crème brûlée, alors que Michelle s'impatienta un peu. Nicolas, au grand bonheur de son père, ne versa pas une seule larme.

— Fais un vœu, papa. Et tâche de réussir à les éteindre toutes si tu veux qu'il se réalise.

— Je n'ai jamais réussi. C'est toujours toi qui as fini pour moi.

Jan fut encouragé par le sourire qui venait de réapparaître sur le visage de son fils, aussi dit-il rapidement que son vœu était que la maison qu'ils venaient de visiter leur appartienne. Puis il souffla sur les bougies, mais d'un souffle retenu pour en laisser quelques-unes à Nicolas. Celui-ci ne broncha pas et les regarda s'étouffer dans le glaçage. Jan fut stupéfait et dévisagea Michelle, qui ne semblait pas étonnée de la réaction de son fils. Même Élisabeth demeura muette.

— Est-ce que quelqu'un peut me dire ce qui se passe?

— Il se passe que c'est ta fête, Jan. Pas la nôtre.

— Je ne comprends pas.

— Tu nous arrives toujours les bras remplis de cadeaux. Pour tout et pour rien.

— C'est normal, vous êtes ma famille.

— Si tu veux. Mais nous, Jan, qu'est-ce que nous pouvons faire pour t'étonner? Qu'est-ce que nous pouvons t'offrir pour te gâter après que tu nous as fait visiter une maison démesurément grande?

Élisabeth s'excusa et passa au salon, prétextant un coup de fil à donner. Michelle découpa et servit le gâteau pendant que Jan s'allumait une cigarette. Nicolas chipota dans son assiette et demanda à son père pourquoi il n'avait pas encore déballé son cadeau. Jan, se sentant pris en défaut, sursauta, arracha le ruban et déchira le papier d'emballage. Sous les yeux inquiets de Michelle et de Nicolas, il ouvrit un coffret de bois de cerisier pour y trouver, enfouies dans du velours rouge, les lunettes de son père, coulées dans du bronze.

— Oh non! Pourquoi est-ce que vous avez fait ça?

Michelle et Nicolas avaient, sans le savoir, brisé le dernier lien qui unissait Jan à la Pologne. Il se sentit le cœur écrasé par sa cage thoracique, et il aurait pleuré s'il avait pu. Comment leur faire comprendre que, moins d'un mois auparavant, il avait eu une longue conversation avec son père dont le regard lui semblait encore vivant derrière le verre éclaté et la broche tordue de ses lunettes ? Comment leur faire comprendre qu'ils avaient violé son souvenir et tué son père, même si ce dernier était réduit à un morceau de verre ? Comment leur dire que leur cadeau venait de le poignarder, lui ? Où allait-il prier, maintenant ? Qui allait-il prier ? Devant quelle icône pourrait-il exprimer ses pensées, ses regrets, ses rêves ? Michelle et Nicolas avaient pillé son autel. Il sortit de table en les remerciant faiblement et alla s'isoler dans sa chambre, d'où il ne put les entendre se désoler.

Élisabeth rentra dans la cuisine et poussa un petit cri d'horreur en voyant les lunettes, figées comme un monument aux morts. Michelle pleurait silencieusement, et Nicolas avait posé sa fourchette, comprenant bien qu'ils avaient fait une chose qu'ils n'auraient pas dû faire.

— Où est-il ?

Michelle indiqua la chambre. Élisabeth y entra après avoir frappé doucement, et se réfugia près de Jan qu'elle prit sous son aisselle.

— Ils ont voulu bien faire, Jan. Je suis certaine que Michelle a fait ça parce que les lunettes perdaient beaucoup de petits éclats de verre. Pour les conserver.

— Mon père se décomposait de cette façon-là au lieu de le faire sous terre dans une fosse. Je suis orphelin, Élisabeth. C'est idiot, mais c'est ce que je ressens aujourd'hui. J'ai tellement besoin de lui. Si tu savais le nombre d'heures que j'ai passées à lui parler, à lui demander conseil.

— Je sais. Moi, je prends le violon de maman.

— Tu me vois parler à du bronze froid, sans yeux? À des lunettes aveugles, opaques?

— Ça dépend de toi, Jan. Les gens qui vont au cimetière parlent à un morceau de granit.

— Avec quelqu'un dessous.

Jan renifla et lui demanda de sortir. Chavirée, Élisabeth obéit. C'était la première fois de sa vie qu'elle voyait l'immensité de la fragilité cachée sous l'apparente force de son frère.

15

Élisabeth était assise dans une chaloupe avec Denis devant elle, la tête nimbée, une canne à pêche à la main. L'embarcation tanguait si doucement qu'elle devait déployer d'énormes efforts pour rester éveillée. Elle offrait son visage au soleil et celui-ci était si ardent que son reflet sur sa peau d'albâtre éblouissait Denis.

— Mets ton chapeau, mon bouton-d'or.

Élisabeth, aveuglée, le regardait, devinant ses traits plus qu'elle ne les voyait. Elle lui souriait avec incrédulité. Ils avaient eu si peu d'occasions de se retrouver seuls à l'extérieur de Montréal qu'ils se cherchaient sans cesse, se tenant par la main, la taille ou l'épaule. Élisabeth savourait chacune de ces minutes où elle pouvait le regarder à son aise sans balayer son entourage du regard afin de s'assurer que personne ne les épiait. Depuis le matin, elle pouvait le humer tant qu'elle le désirait, Denis lui ayant promis de ne s'absenter que le samedi avant-midi, le temps d'une allocution et d'une discussion sur le dédommagement des victimes de la thalidomide. Pour lui prouver sa bonne foi, il lui avait confié sa montre, promettant de ne la reprendre qu'au retour. Élisabeth l'avait attachée à son poignet et l'embrassait fréquemment, parfois uniquement pour sentir la fraîcheur du verre sur ses lèvres. Pour pouvoir s'absenter quatre jours, Denis avait prétexté le congrès, que certains de ses collègues et lui avaient décidé de jumeler à une partie de pêche.

— C'est ce que tu as dit?

— Oui.

— Je ne savais pas que tu aimais la pêche.

— J'ai toujours aimé la pêche, même si je n'ai jamais su distinguer une espèce de poisson d'une autre. Je ne les ai jamais mangés, pour la bonne et simple raison que je les remets à l'eau. Et, cette année, je vis ma meilleure pêche.

— Ta meilleure?

— C'est sûr. Je suis avec mes amours et le soleil est au rendez-vous.

Élisabeth fut soudainement mal à l'aise. Denis l'aimait toujours à la folie, mais jamais il ne lui avait proposé de quitter sa femme pour vivre avec elle. Jamais. Elle se demandait maintenant de plus en plus souvent si ce n'était pas parce que leur amour était sans lendemain qu'il avait réussi à vivre durant quinze ans. Elle sentit sa poitrine se crisper et espéra que ce ne fût pas sa superstition qui vînt de l'inquiéter.

— Ta femme pêche elle aussi?

— Évidemment pas. Ma femme est une femme cliché qui pousse des petits cris de dédain en voyant s'agiter un ver ou qui se pâme presque en regardant une couleuvre glisser sur une pierre. C'est à peine si elle parvient à raconter la plus fâcheuse des aventures de son enfance.

— Qui était...?

— Le jour où une sangsue l'a trouvée à son goût!

Élisabeth sentit énormément de mépris dans cette réponse. Denis avait eu à choisir entre les petits cris, ô combien féminins, de sa femme, destinés uniquement à valoriser sa virilité, et ses cris à elle, étouffés par l'horreur de ses souvenirs de sang et de mort. Si elle avait osé les raconter, cela n'avait jamais été fait pour l'attendrir ou le retenir, mais par honnêteté et par besoin d'un réel réconfort. Une partie d'elle-même serait pour toujours polonaise et cette partie était rarement joyeuse.

Le soleil s'était alangui sur le lac, les laissant tous deux confondus devant sa majesté. Ils tirèrent la chaloupe sur le sable gris de la plage et la retournèrent pour éviter qu'elle ne s'emplisse d'eau de pluie et afin de protéger les rames. Ils rentrèrent ensuite à l'auberge, apportant évidemment la canne à pêche dont Denis avait prudemment piqué l'hameçon dans un bouchon de liège.

— La dernière fois que j'ai vu une canne à pêche, c'était au Manitoba. Je t'en ai déjà parlé. C'était le jour où la foudre a frappé la charrette de foin derrière laquelle se tenait mon frère Jan.

Elle savait que Denis ne répondrait rien. Chaque fois qu'elle levait une pierre et qu'ils voyaient un cadavre dessous, Denis s'entourait de silence, préférant penser à la mort de façon clinique, elle en était convaincue. Elle s'interdisait toujours de lui redire la fusillade dont ses parents et son jeune frère avaient été victimes; la mine cachée dans un champ de fraises, devenu le cimetière de Marek. Il lui semblait que les années lui avaient donné d'autres mots et un autre point de vue, mais elle n'osait plus. Elle ne pouvait plus transporter la guerre ici, encore moins maintenant qu'ils avaient célébré le vingtième anniversaire de la fin des hostilités.

Ils mangèrent en tête-à-tête, véritable festin arrosé uniquement par le plaisir d'être seuls. Ces soirées étaient si rares qu'elles revêtaient un caractère presque solennel, sacré. Ils se régalèrent jusqu'à ce qu'ils ne trouvent plus rien d'autre à dire que leur hâte de dormir dans cette chambre qui, sa fenêtre ouverte sur des cèdres et des pins, embaumerait le sous-bois où leurs amours avaient meilleur goût, si cela se pouvait, qu'à Montréal. Ils furent ravis d'entendre le hulu-lement d'un hibou, certainement perché au haut d'un pin.

— C'est un *sol* dièse.

— De quoi parles-tu?

— De la note du hibou.

Denis sourit en expirant par le nez, toujours émerveillé par les connaissances musicales d'Élisabeth.

— Je me demande si tous les hiboux chantent sur la même note; s'il y en a qui ont une plus belle voix que d'autres.

— Je n'en sais rien. Je ne sais pas plus reconnaître le chant des oiseaux que les espèces de poissons. En fait, je ne connais pas les espèces d'oiseaux, et, crois-moi ou non, je ne reconnais pas non plus les essences des arbres et c'est tout juste si je sais faire la différence entre une tulipe et une jonquille. Ce qui m'aide, c'est que la jonquille est toujours jaune. Mais entre une jonquille et une tulipe jaune, je suis perdu. Les roses, je sais, parce que ma f...

— Tu peux le dire, Denis. Parce que ta femme aime recevoir des roses.

Elle aurait voulu parler sans émotion, d'une voix in-différente, mais, depuis qu'elle avait rencontré l'épouse de Denis, elle en était incapable. Elle frissonnait toujours quand il parlait d'elle. Elle acceptait ces égarements s'ils étaient à table ou s'ils faisaient une promenade, mais de la savoir dans ses pensées alors qu'ils étaient au lit la rendait malheureuse de façon indescriptible. La maladresse de Denis venait d'éteindre son désir. Elle enleva doucement la main qui lui couvrait le sein, en embrassa chacun des doigts pour ne pas le froisser, lui dit être épuisée et se retourna lentement, prenant soin de replacer le drap sur son épaule qu'il avait découverte. Denis se leva et alla à la fenêtre avant d'enfiler un pantalon et une chemise. Il sortit de la chambre sur la pointe des pieds. Élisabeth s'assit aussitôt, le cœur galopant, se demandant si elle n'avait pas commis une erreur irréparable. C'était la troisième fois en quinze ans que son corps se désistait, rétrécissant au point de se refermer.

Denis revint près d'une heure plus tard. Elle était toujours assise, les yeux si habitués à l'obscurité qu'elle le distingua parfaitement. Il alla à la salle de bains, en ressortit doucement et s'étendit à côté d'elle sans prendre la peine de se dévêtir. Il soupira avant de l'enlacer en tremblant. Elle ne savait s'il tremblait de froid, de peur ou de désir.

— Pourquoi me fais-tu peur, Élisabeth ? Je ne peux faire mieux. Tout ce que je peux te promettre, c'est de t'aimer. C'est tout ce que je peux promettre.

Élisabeth se mit subitement à craindre cette nuit qui avait commencé comme un rêve et prenait des allures de cauchemar. Elle ne sut qui en elle avait parlé, mais elle répliqua du tac au tac qu'à sa femme il avait promis fidélité. Denis se leva sur un coude, la regarda longuement avant de dire, d'une voix hésitante, que depuis quelque temps elle agissait parfois comme une maîtresse.

— Mais je *suis* ta maîtresse, Denis.

— Non, Élisabeth. Tu es la femme que j'aime. L'amour de ma vie. Celle dont le souvenir du parfum ou de la douceur de la peau réussit à m'exciter depuis quinze ans. En plein travail. Quand je conduis. Ou chez moi, quand je soupe avec ma femme.

— Si c'est vrai, Denis, pour quelle raison est-ce que je n'ai jamais de place dans l'avenir ? L'avenir le plus éloigné que j'aie connu avec toi était à quatre jours. Quatre jours.

— Tu l'as toujours su, mon bouton-d'or.

— Je sais. Je me souviens d'avoir pensé que je voulais vivre toute ma vie dans les coulisses de la tienne. Tout ce

163

que je veux que tu saches, mon amour, c'est que c'est difficile.

— Ce l'est pour moi aussi. Beaucoup plus que tu ne penses.

Élisabeth comprit qu'il lui avouait vivre chastement avec sa femme. Ils avaient déjà abordé le sujet et elle avait su que c'était le prix qu'il acceptait de payer pour l'étreindre, elle. Si, depuis qu'elle avait vu cette femme aux prunelles d'émeraude, elle avait mesuré l'immensité de son amour, elle avait néanmoins senti poindre le doute et une espèce de malaise.

— J'ai vu une luciole.

— Tu sais reconnaître les lucioles?

— Étonnant, en effet. Mais elles sont si spéciales, s'illuminant gentiment pour s'éclairer.

— Ou pour attirer un partenaire.

Denis se détendit instantanément et éclata de rire devant sa repartie on ne peut mieux documentée.

— Moi, je suis médecin, Élisabeth. Alors, chaque luciole que je vois est une petite Florence Nightingale qui apporte du soulagement aux lucioles malades. Où est ta poésie, mon bouton-d'or?

— Je n'ai jamais eu une âme de poète, Denis, tu le sais.

— Non, je ne le sais pas. Une femme qui peut faire pleurer un instrument de bois est un poète.

Élisabeth aurait aimé le contredire, mais sa mère lui avait dit une chose semblable un jour, lui expliquant la chance qu'elle avait de pouvoir créer de la poésie en harmonie réelle, et non en harmonie imitative. La remarque de Denis venait de faire se répercuter une autre voix dans la pièce et Élisabeth ne sut si elle lui en savait gré ou si elle lui en voulait de la rendre aussi fragile. «Les poètes travaillent durant toute une vie à trouver des sons pour anesthésier et calmer l'âme des gens. Toi, Élisabeth, tu obtiens le même effet en jouant trois mesures.» Elle le regarda et ne put résister à son sourire retenu, à son admiration, à sa fierté. Elle se dit qu'il était temps qu'elle renvoie le spectre de sa femme dans les limbes, sachant que Denis n'avait pas le choix. Il faisait bien de ne rien lui promettre. Elle ne voulait, ne pouvait le perdre, et elle l'aurait rejeté s'il avait été divorcé, ou méprisé s'il avait abandonné sa femme. Elle aurait été incapable de l'aimer en le sachant trop faillible. Consolé et rassuré, son corps sentit de nouveau l'odeur des cèdres et des pins, réentendit le hululement du hibou, reconnut le coassement de la grenouille et se colla contre Denis dont la respiration fit écho aux soupirs qu'elle savait venir de son ventre.

16

Florence et Stanislas déambulaient le long de l'étang du parc LaFontaine. Le jour s'achevait et Stanislas était venu les rejoindre, elle et Élisabeth, pour assister à une répétition des Archets de Montréal, ce qu'il aimait bien, et leur faire ses adieux puisqu'il retournait au Manitoba le lendemain. Florence portait des sandales importées du Mexique, de larges lanières de cuir retenues par des œillets métalliques sur une semelle d'élastomère. Elles lui blessaient tant les pieds qu'elle les enleva, foulant la pelouse avec plaisir, la fraîcheur de la pénombre nouvellement tombée faisant l'effet d'un baume. Ils avaient passé plusieurs soirées ensemble, allant le plus souvent possible au cinéma. Ils avaient adoré *Zorba le Grec*, tous deux emballés par la musique et par le jeu d'Anthony Quinn, bien aimé *My Fair Lady*, et trouvé «intéressant» *Alphaville* de Jean-Luc Godard. Ils avaient aussi assisté à quelques concerts en plein air, un sur le mont Royal et deux au Théâtre de Verdure, qu'ils venaient de voir en sortant de la salle de concert du Plateau. Florence trouvait toujours Stanislas aussi séduisant, mais l'écart entre ses quinze ans et ses presque vingt ans à elle commençait à se faire sentir. En vérité, elle ne savait plus si c'était à cause de leur âge, ou parce qu'il étudiait au Manitoba des matières dont elle n'avait jamais entendu parler, telles ces *social studies*, ou parce qu'il vivait au sein d'une vraie famille, avec un père bougon, une mère drôle et patiente, et une sœur surprenante et talentueuse, qui ne réussissait jamais à éviter les complications.

— Elle a treize ans et, crois-moi, je ne sais pas où sont ses limites. Mon père s'arrache les cheveux et je te jure qu'il prie pour elle parce qu'il a l'impression qu'elle ne pourra pas éviter la damnation éternelle.

— Pourquoi est-ce qu'elle ne vient jamais à Montréal? J'aimerais la connaître. Élisabeth encore plus.

— Parce qu'elle est toujours punie, et la punition classique semble être de la priver de ce voyage. Mais si tu veux mon avis, j'ai l'impression que ça fait son bonheur, parce qu'elle répète tout l'été avec son orchestre. Il est même question qu'ils soient en vedette américaine pour un spectacle du groupe The Guess Who.

— Je n'en ai jamais entendu parler.

Stanislas ne prit pas la peine de répondre. Il avait beau avoir séjourné à Montréal à trois reprises, il n'y connaissait toujours pas grand-chose. Il fréquentait seulement les gens de sa famille et Florence, et allait uniquement où ils allaient. Il avait aussi fait la connaissance d'Albert, un jeune de son âge, mais l'air de la campagne ne semblait pas faire bon ménage avec l'air de la ville. Il l'avait donc peu vu, s'étant contenté de l'accompagner pour jouer aux quilles, ce dont il avait horreur, et au billard, ce qui l'intéressait un peu plus, mais il n'était pas de taille contre Albert, qui avait un sextant à la place des yeux.

— Je suis sûre qu'elle va refuser.

— Qu'est-ce que tu dis?

— Je dis que je suis sûre que ta tante Élisabeth va refuser de m'inscrire au Concours international de Musique de Montréal l'an prochain. Ce sera la deuxième année. Cette année, c'était du piano; l'an prochain, ce sera du violon. Je veux participer. Montréal n'est pas reconnu pour son école de violon. Mais moi j'ai eu Élisabeth comme maître. C'est ma chance, tu comprends?

— Ah non! Dis-moi que je rêve, Florence...

— Pourquoi?

— Parce que j'ai l'impression d'entendre parler Sophie. À la croire, on ne comprend jamais que chaque occasion est unique. Si mon père veut l'empêcher d'aller quelque part, elle lui crie par la tête qu'il va lui faire rater la chance de sa vie.

— Je ne crie pas, moi.

— C'est une façon de parler. Disons qu'elle s'entête.

Florence le regarda, un sourcil changé en accent grave, l'autre en accent aigu. Elle ne parlait pas d'une première partie de spectacle avec un groupe dont elle ignorait le nom et l'existence, mais d'un concours international de violon devant les grands maîtres du monde. Une chance pour que l'école Pawulska soit enfin reconnue à sa juste valeur. Élisabeth avait été plus que heurtée quand le maestro Wilfrid Pelletier avait dit, quelques années plus tôt, que la formation musicale des jeunes Canadiens français laissait à désirer. Florence se sentait investie de la mission de faire reconnaître le génie d'Élisabeth et ce concours était une étape de plus pour y parvenir. Elle se demandait si Stanislas pouvait voir plus loin que la salle municipale de Saint-Norbert. Elle regretta aussitôt cette réflexion, la trouvant prétentieuse et hautaine. Élisabeth avait horreur de cet air qu'elle se donnait parfois, lui répétant que la simplicité était le passe-partout de toutes les portes du monde, y compris celle du cœur des gens. Ton talent est beau, lui disait-elle, mais si on lit de la fatuité sur ton visage, ta musique ne parlera plus aussi bien.

— Excuse-moi, Stanislas.

— Pourquoi?

— Parce que j'ai eu une pensée un peu méprisante. C'est tout.

Stanislas, sceptique, lui dit qu'il était prêt à lui pardonner, mais qu'il aurait bien aimé savoir à quoi elle faisait allusion et ce qu'il devait lui pardonner.

— Je ne vais quand même pas m'abaisser à te le dire. Jure-moi que tu me pardonnes, c'est tout.

— Non. Ce que tu viens de faire est un peu détestable. Tu joues les intrigantes.

— Moi? Ne pas vouloir être méchante, c'est jouer les intrigantes?

— Tout à fait.

Stanislas la planta là et se dirigea vers le nord du parc. Il traversa la rue Rachel sans se retourner, bouleversé. Si Florence était sa meilleure amie, son premier amour, et si elle avait la plus jolie chevelure du monde et les premières lèvres qu'il eût effleurées, elle n'avait quand même pas le droit d'abuser de lui. Il était peut-être un peu rustaud, mais elle n'était quand même pas née à la Place-des-Arts ni dans un Conservatoire de musique. Son père n'était pas un chef d'orchestre notoire, et sa mère, d'après ce qu'elle en avait dit, avait le cerveau malade.

Il l'entendit courir difficilement avec ses étranges sandales mexicaines, véritables instruments de torture, et l'appeler d'une voix changée. Il se retourna et fut désolé de lui voir le visage complètement noyé.

— Est-ce que je t'ai chagriné, Stanislas?

Il ne sut que répondre. Pouvait-il lui dire qu'il trouvait qu'elle avait abusé de son amitié? Depuis qu'il l'avait quittée, il n'avait pas, lui non plus, eu des pensées trop aimables. Il ralentit un peu, ne sachant comment faire volte-face élégamment. Dans tous les films qu'il avait vus, les hommes partaient sans se retourner, à dos de cheval ou à pied, mâchouillant un cigare ou du tabac. Dans tous les films qu'il avait vus, les hommes étaient des amoureux, pas des amis ou des presque cousins. Et son père, lui, partait en poussant la porte violemment. Il arrivait parfois que sa mère le suive d'un pas pressé, mais habituellement elle soupirait en haussant les épaules, faisant claquer sa langue contre sa dent. Il s'inquiétait rarement de ces colères, surtout quand sa mère avait une espèce de petit sourire amusé. Il l'avait vue sourire, il l'avait vue irritée, mais jamais il ne l'avait vue pleurer comme le faisait Florence.

— Parle-moi, Stanislas.

— Quand tu m'auras dit tes pensées.

Florence eut l'air franchement agacée et avoua, à voix basse, qu'elle s'était dit qu'un garçon de quinze ans qui n'avait rien vu d'autre que la salle municipale de Saint-Norbert ne pouvait pas comprendre l'importance d'un concours international. Stanislas serra les dents, étonné de constater qu'il était vraiment heurté.

— On n'a pas tous joué au Metropolitan Opera de New York, Florence.

— Bon, tu es choqué. Quand on veut entendre une vérité, Stanislas, c'est qu'on est prêt à tout. Est-ce que tu me pardonnes ou non ?

Il mit plusieurs inquiétantes secondes avant de hocher la tête. Elle le remercia et lui jura qu'il trouverait son départ moins désagréable. Ils rentrèrent chez Jan, qui l'attendait pour lui offrir une sortie en sa compagnie pour sa dernière soirée à Montréal. Stanislas regarda Florence, qui l'encouragea du regard, et il répondit qu'il serait ravi. Nicolas demanda de les accompagner et Jan hésita le temps de deux battements de cœur avant de lui dire que la soirée serait incomplète sans lui. Florence fit donc des adieux hâtifs à

171

Stanislas devant Jan et Nicolas qui le pressait de partir. Stanislas, engoncé dans sa politesse, lui baisa la main.

— Tu parles d'une drôle d'habitude. Mon cousin fait toujours ça.

— Ton cousin a appris ça de son père. C'est la politesse polonaise et on appelle ça le baisemain.

— Dégueulasse. Je pense que j'aimerais mieux embrasser la joue. La main... Franchement!

Jan regarda Nicolas et eut l'intuition que son fils grandissait et enviait son cousin.

— Stanislas, montre-lui comment on fait.

— Papa! Franchement! Je ne suis pas un Polonais, moi.

Florence se planta devant lui et lui tendit la main. Nicolas se dandina sur un pied puis sur l'autre avant de demander grâce. Jan s'approcha alors de Florence, lui prit la main et lui fit le baisemain avec toute la grâce et l'élégance dont il était capable. Stanislas eut un sourire admiratif, Florence fut prise au dépourvu et Nicolas lui saisit la main pour y poser une bise sonore.

Ils partaient lorsque Stanislas se pencha à l'oreille de Florence pour lui chuchoter quelque chose. Elle éclata de son rire cristallin, celui qui interdisait toujours les gens, et lui sauta au cou pour le remercier.

Jan ne parvint pas à dormir. Florence et Stanislas l'avaient chargé de la mission de convaincre Élisabeth d'inscrire son élève au Concours international de Violon. Il chercha les yeux de son père, se résigna à sortir les lunettes aveugles offertes par Michelle — il ne l'avait pas fait depuis plus de quatre mois — et lui demanda d'intercéder auprès sa sœur.

— Je pense, papa, qu'elle ne veut pas l'inscrire parce qu'elle craint une contre-performance. J'imagine aussi qu'elle ne veut pas mettre tout le fardeau sur les épaules de Florence. Tu l'aimerais, cette Florence, papa. Toute cette histoire ne me regarde en rien, mais je sais que Florence est un petit prodige et que son génie fait sortir de l'ombre le talent d'Élisabeth. Tu me pardonneras, mais je me torture depuis des heures. Pourrais-tu demander à maman si elle verrait une objection à ce que Florence utilise son violon? C'était le meilleur instrument de la famille, mais Élisabeth n'ose pas y toucher. Je suis certain que Florence le ressusciterait et lui apprendrait des sons que maman elle-même n'avait pas encore découverts. Ce que j'aime là-dedans, papa, c'est que l'idée est de ton petit-fils Stanislas. Nous faisons vraiment une drôle de famille.

17

Une gelée était arrivée inopinément par une nuit voûtée d'étoiles du début de septembre. Jerzy s'était précipité dehors à l'aube, marchant lentement dans les champs dont la terre était grise et cassante et où plusieurs légumes agonisaient. La nature avait été si bonne et généreuse depuis près de quinze ans qu'il avait oublié qu'elle pouvait transformer son domaine en champ de bataille. Il continua l'inventaire des dégâts, et, malgré lui, calcula en dollars et non en minots le total de ses pertes. Les oignons, les carottes, les navets, les betteraves, les potirons et les choux avaient résisté à l'attaque du givre. Sa seule consolation fut de savoir que la plus grande partie de sa récolte était terminée, et qu'il ne perdait, finalement, que les dizaines de cageots de concombres et de tomates vertes.

Il était à l'extrémité d'un champ lorsqu'il vit Stanislas venant à sa rencontre. Il y avait quelque chose chez son fils qui l'irritait même s'il ressentait pour lui une affection qu'il ne savait qualifier. Anna, peut-être à bon escient, avait prétendu que ce qu'il n'aimait pas était l'influence de Jan. Cette influence avait été évidente lorsque Stanislas lui avait demandé d'aller porter à l'orphelinat tous les légumes qu'ils n'avaient pu vendre et qui seraient invendables, quoique encore consommables. Il n'avait pu s'insurger contre ce geste, comprenant que c'était la façon de son païen de frère de faire un *Te Deum* pour avoir échappé à la famine. Tous les soirs de marché depuis le retour de Stanislas, ils allaient donc porter les légumes flétris. Anna, simplifiant toujours trop les choses, lui avait aussi dit que cette affection qu'il ne savait qualifier était de l'amour. Il en doutait encore, l'amour étant ce qu'il éprouvait pour elle, toujours semblable à ce qu'il avait ressenti lorsqu'il l'avait rencontrée.

Stanislas ne l'avait pas encore rejoint et Jerzy se demandait comment il allait aborder le sujet du déménagement. Il leur restait peu de temps à Saint-Norbert, aussi voulait-il faire de sa terre l'une des plus convoitées afin d'en obtenir un bon prix avant leur départ pour la Pologne. Ce départ était urgent. Stanislas terminerait son *high school* dans un an et il lui fallait aller étudier dans une grande école européenne, avec des maîtres dont la culture et le savoir, comme ceux de son grand-père Tomasz, repousseraient les frontières du monde. Stanislas, Jerzy n'en doutait pas, était assez talentueux pour fréquenter un établissement d'enseignement supérieur, donc pourrait étudier en droit, en médecine ou en génie. Les diplômés canadiens comme les diplômés polonais formaient l'élite, l'aristocratie des peuples sans aristocrates. Stanislas pourrait être respecté même s'il choisissait l'agronomie. En Pologne, un agronome était aussi bien considéré qu'un vétérinaire. Jerzy se sentait parfois coupable de ne pas avoir mis l'accent sur ses études, mais il s'était toujours dit que la Pologne comblerait rapidement les déficiences scolaires de son fils. L'ambition de Stanislas et son sérieux face à son avenir étaient partiellement responsables de l'urgence de leur départ. Urgence aussi pour Sophie, qui avait complètement oublié qu'elle avait une voix exceptionnelle qu'elle devait consacrer à l'opéra et non à ce groupe de pouilleux à l'haleine de bière et aux ongles sales et trop longs. Depuis ce premier spectacle, dont il n'avait jamais reparlé, il avait été conforté dans sa certitude que le Manitoba n'était qu'une salle d'attente pour la vie qu'il destinait aux siens. Il lui restait un an pour tout régler. S'il avait désespérément souhaité que se produisent des changements politiques en Pologne, il était maintenant prêt à rentrer sans conditions, véritable reddition, pour le bien-être des siens. Anna comprendrait son mal d'exilé et le suivrait, bien que sûrement à contrecœur.

Jerzy regarda approcher Stanislas, reconnaissant une démarche qui lui était familière et qui n'était pas celle de Jan. Stanislas lui rappelait clairement un jeune homme qu'il avait aperçu dans les vitrines de Cracovie en déambulant avec Karol. Jerzy sentit un frisson parcourir de bas en haut sa colonne vertébrale et s'arrêter dans sa poitrine avant que l'émotion ne lui vérole le menton. Stanislas marchait comme il l'avait fait. C'était son propre reflet qu'il avait aperçu dans les vitrines de Cracovie. Ils ne pourraient, hélas, jamais comparer, son boitement lui ayant enlevé toute fierté, mais il se reconnaissait, indubitablement.

— Quelle bêtise, papa! Est-ce que nous avons perdu beaucoup?

— Oui et non. Sauf qu'il faut que je prenne la décision d'embaucher des hommes. Ça va me permettre deux choses : acheter le dernier lopin de M. Carrière et avoir un ouvrier à plein temps.

Stanislas se demanda s'il devait voir un reproche dans cette phrase.

— Je ne travaille pas assez bien? Tu ne veux plus que j'aille à Montréal?

— Mais non. Je veux simplement soulager ta mère et ta sœur. Je pense aussi qu'elles devraient maintenant représenter notre ferme au marché. Toi et moi, nous allons rester dans les champs. C'est tout.

— Avec un engagé?

— Avec un engagé.

Stanislas espérait que son père était sincère quand il lui affirmait qu'il pouvait continuer à aller à Montréal. Il aurait voulu lui rappeler qu'il préférait le marché pour voir les gens, discuter, mais il n'en eut pas le courage. Son père avait assez de problèmes sans qu'il lui en ajoutât. Sa décision était sage, il le savait, sa mère étant beaucoup trop fatiguée. Ils devaient aussi tenir compte de son âge. Une femme de quarante ans n'était pas aussi en forme ni aussi jeune qu'un homme du même âge, il le savait. Ses camarades en avaient parlé à l'école, déclarant que les hommes pouvaient avoir des enfants jusqu'à leur mort alors que les femmes séchaient comme des pommes. Il se demandait parfois si sa mère avait commencé à sécher.

Ils revinrent aux bâtiments, sortirent le tracteur et y attachèrent la boîte, dans laquelle ils mirent tout ce qu'ils trouvèrent de cartons. Ils retournèrent ensuite dans les champs et, sous un ciel toujours bleu, prirent la journée pour arracher à la terre tous les légumes mort-nés. Jerzy expliqua encore à Stanislas que s'ils avaient été plus nombreux à travailler aux champs, ils auraient presque eu le temps de tout récolter. Stanislas demeurait perplexe et silencieux, comprenant difficilement que son père se dise satisfait de lui mais qu'il enchaînât en souhaitant de l'aide.

Jerzy regardait son fils arracher les plants de tomates, aplatis sur une terre rendue boueuse par le dégel. Il essayait d'être le plus discret possible, sachant son fils susceptible comme un Pawulski. Il devinait que Stanislas trouvait étrange sa décision d'embaucher du personnel. Il hésita à parler ouvertement du déménagement. Stanislas aurait pu être un allié s'il ne s'était énamouré de la ville de Montréal. Balayant de ses pensées l'attachement de son fils pour Jan, Jerzy n'avait aucun réel regret à le voir, occasionnellement, préférer Montréal. Stanislas avait ainsi découvert les plaisirs du travail en ville et Jerzy ne pouvait lui en tenir rigueur.

Encore là, son fils était un vrai Pawulski, amant de la terre et citadin de cœur, comme son grand-père l'aurait certainement souhaité. Jerzy se dit qu'Anna l'avait, malgré elle, aidé à préparer leur retour à Cracovie. Stanislas était maintenant familier avec la ville. Quant à Sophie, elle était assez jeune pour n'avoir que peu de souvenirs du Manitoba.

Jerzy embraya pour aller porter les vains fruits de leur travail sur le tas de fumier. Stanislas l'aida sans regimber, mais Jerzy crut déceler énormément de déception dans le visage habituellement imperturbable de son fils.

— Qu'est-ce qu'il y a?

— Rien. Je pense à maman qui a fait les semis depuis janvier, et à toutes ces journées où nous rentrions fourbus d'avoir repiqué les plants de tomates et de concombres. Et aux autres journées passées à arracher les mauvaises herbes. Je pense de plus en plus que je ne veux pas être maraîcher.

Jerzy préféra ne rien répondre. Il ne retrouvait jamais chez son fils l'entrain que lui-même avait eu chacun des matins où il avait ouvert les yeux chez M. Porowski. Il se disait parfois que ce plaisir venait peut-être tout simplement du fait qu'il était loin de la maison et de la routine des études. Loin des sermons historiques de son père et des discussions politiques trop compliquées du *Caveau*. Il fronça les sourcils en pensant que son fils était peut-être beaucoup plus heureux derrière un comptoir d'épicerie qu'à genoux dans un champ. Il repensa à Nicolas et se demanda s'il le reverrait. Quelque chose qu'il n'avait jamais identifié avait déplu à son neveu à Saint-Norbert. Il avait littéralement fui la ferme. Jerzy n'avait pas osé communiquer avec Élisabeth pour lui demander d'intervenir. Nicolas n'était jamais revenu les visiter et Jerzy le déplorait, ayant bien aimé l'esprit vif et curieux de son filleul.

— Penses-tu que ton cousin va revenir?

— Je n'en sais rien. Il ne m'en a pas parlé.

— Ton cousin est un petit bonhomme assez timide, non ?

— Peut-être. Il est gentil, mais c'est un petit garçon de la ville.

Jerzy sourit devant la condescendance à peine voilée de l'aîné des deux garçons et se mentit en se disant qu'il n'avait jamais agi de la sorte avec son puîné.

18

Le matin ressemblait à s'y méprendre à un rêve. Une bruine s'était accrochée à l'air, s'y retenant par une espèce de glu invisible. Le soleil, pâlot et frêle, se levait tout doucement, caché par les arbres s'élevant derrière la grange, éclairant discrètement les branches gainées de cristal par la nuit. Le blanc était partout, ne laissant paraître que quelques taches de gris nacré ici et là, vernis de glace mince recouvrant le marron du sol aux frissons pétrifiés par le froid. Un soupir exhalé des entrailles mêmes de la terre faisait tomber des paillettes si légères qu'elles demeuraient en suspens pendant une éternité, scintillant sous le cajolement d'un rayon presque invisible.

Jerzy sortit lentement son violon de l'étui, remerciant silencieusement la vie de lui avoir presque tout rendu après le lui avoir arraché. Il sourit à son projet de retour en Pologne, sentant l'accélération des battements de son cœur. La lumière se fit plus soutenue et plus tenace, et les flocons épars cessèrent de virevolter. Le jour tentait d'apparaître. Il regarda encore une fois par la fenêtre, se disant qu'un 1er janvier aussi séduisant annonçait certainement qu'il trouverait les mots pour soulager le trouble que certains jours apporteraient. Il accorda son violon et il commençait à en jouer lorsqu'on frappa à la porte. Du coup, il fut saisi, n'ayant pas entendu le crissement de pas sur la neige, ni le gémissement des marches de l'escalier, ni le grincement du ressort gelé et des charnières de la porte. Il laissa pendre son instrument au bout de son bras et alla ouvrir, chuchotant pour bien faire comprendre que le jour n'avait pas encore vraiment mordu l'aube.

— Monsieur Pawulski?

L'homme lui avait parlé en polonais. Il répondit par un oui plus curieux qu'inquiet, mais n'entrebâilla pas davantage la porte afin d'empêcher le froid et l'étranger d'entrer chez lui.

— Nous nous connaissons?

— Non. Mais on m'a dit que vous cherchiez un bon homme pour vous aider.

Jerzy aurait voulu se jeter à genoux et crier haut et fort que la Providence l'avait entendu. Cette arrivée inopinée était en soi un miracle et il ouvrit enfin toute grande la porte, souhaitant la bienvenue à l'homme avant de lui serrer la main et de lui offrir ses meilleurs vœux. Il rangea son violon tout en observant l'individu à la dérobée. L'homme était costaud, mesurant près de deux mètres. Il avait cette chevelure drue et châtain pâle caractéristique de millions de Polonais; une mâchoire carrée, certainement sculptée au ciseau; des mains capables de se changer en râteau d'acier ou en pinces de fer, selon le besoin. L'homme lui sourit à pleines dents et Jerzy remarqua ses amalgames dorés. Ce détail attestait à lui seul les origines européennes de son visiteur.

— Mon nom est Casimir Fulmyk. Je suis au Canada depuis la fin de la guerre et je gagne ma vie comme ouvrier agricole. On m'a dit, à la *Coop*, que vous cherchiez quelqu'un.

— On vous a dit ça ce matin?

Casimir éclata d'un rire si profond que Jerzy ne put que l'imiter, entraîné dans une espèce de marée de bonne humeur.

— Quand même pas! Personne n'est assez zélé pour travailler le matin du jour de l'An!

Jerzy s'interrogea sur les raisons qui avaient conduit son visiteur sur le parvis de sa porte.

— C'est vrai que je veux engager quelqu'un, mais pas tout de suite. Peut-être au printemps si vous êtes toujours disponible.

Jerzy essayait de cacher son excitation. Il le fallait absolument. Anna, que le violon n'avait pas réveillée, l'avait été par le rire de Casimir et elle entra dans la cuisine sur la pointe des pieds. Casimir lui tournait le dos et Jerzy l'accueillit en tendant le bras vers celui-ci.

— Anna, je te présente Casimir. Il est arrivé par la cheminée avec une semaine de retard.

Casimir sauta sur ses pieds et arracha presque la main d'Anna tant il était empressé de la baiser.

— On m'avait dit que Mme Pawulska était jolie, mais je croyais que les gens exagéraient. Je m'incline devant un jugement aussi judicieux.

Anna rougit de cette politesse trop expansive, mais la bonne humeur de Casimir lui semblait contagieuse et elle fut enchantée d'entendre Jerzy blaguer. Ils avaient terminé l'année 1965 dans la morosité, Sophie ayant donné à son père plus de soucis qu'il n'en aurait souhaité. La seule chose qu'il ne pouvait lui reprocher était ses résultats scolaires, tous excellents. Le reste du temps, elle était sur la sellette, et Anna et Stanislas souffraient de la voir sans cesse assise au banc des accusés. Sophie ne pouvait plus se vêtir, marcher, parler, sortir ou chanter comme elle le voulait. Il lui cherchait noise sans arrêt, au point que Stanislas, depuis quelques semaines, ne voyait plus en son père qu'un trouble-fête de la pire espèce. Anna languissait de retrouver le jeune Polonais dont elle s'était entichée, celui qui s'était ému de voir flotter les couronnes de fleurs à la Saint-Jean, qui lui avait demandé d'allumer une bougie devant la stèle de son père à chaque mois de novembre et qui avait toujours caché son amertume derrière un écran d'humour. Peut-être était-ce cela, l'âge : l'évanouissement des rêves, la perte de l'insouciance, la disparition du pardon. Parce que Jerzy pardonnait de moins en moins. Il exigeait de tous la perfection alors que lui-même ne semblait pas s'améliorer.

— Nous pouvons vous inviter à vous joindre à nous pour le repas et la fête, Casimir ?

— Je vous en prie. Je reconnais ici, enfin, l'accueil et la gentillesse des gens du pays.

L'émoi de Casimir était manifeste; aussi, pour se donner une contenance, se tapa-t-il la cuisse avant d'accepter avec joie, ce qui fit terriblement plaisir à Jerzy. Quant à Anna, le son que fit la claque la convainquit que Casimir n'avait pas de peau sur la cuisse, mais de la couenne. Malgré l'heure matinale, Jerzy alla chercher la bouteille de vodka et invita Anna à mettre sur la table tout ce qu'elle pouvait trouver dans le garde-manger. Anna les fit passer au salon avant de couvrir la table d'une de ses plus jolies nappes, puis elle alla réveiller les enfants, leur annonçant qu'il venait de se produire une chose extraordinaire et leur parlant rapidement de l'arrivée soudaine de Casimir.

— Le matin du jour de l'An ?

— Oui. En tout cas, nous ne pourrons pas l'oublier. Attendez de le voir. C'est toute une pièce d'homme. Un vrai malabar.

En un jour, il fut clair que Jerzy embaucherait Casimir. Jerzy et Anna lui offrirent gîte et nourriture jusqu'à ce que commencent les travaux de la ferme. Casimir les impressionna par la frugalité de ses exigences, refusant de prendre une partie du salon, préférant dormir dans la cave à peine chauffée, sur une couche de fortune posée à même la terre battue. Il prit même le vieux seau pour ses besoins afin de ne pas monter à l'étage. Il n'accepta d'être leur pensionnaire qu'à la condition de signer une reconnaissance de dette devant être déduite de ses gages.

— Si un Polonais ne peut aider son frère, c'est qu'il n'est pas un bon Polonais et encore moins un bon catholique.

Jerzy se demanda si quelqu'un lui avait parlé de Jan, mais Casimir semblait ignorer l'existence même de sa famille. Jerzy ne cessait donc de remercier le ciel de lui avoir envoyé plus qu'un frère.

L'hiver commença à montrer des signes de faiblesse. Février avait presque aspiré toute l'eau de la fonte précoce et mars était arrivé en triomphateur. Malgré sa taille imposante, Casimir, lorsque toute la famille était présente, se faisait discret. Dès que les enfants avaient franchi le seuil de la porte, Jerzy passait de nombreuses heures avec lui à parler de la Pologne et à discuter de son dernier achat, le dernier lopin de terre de M. Carrière.

— Vous avez maintenant la plus belle ferme maraîchère depuis Winnipeg jusqu'à la frontière américaine.

— C'est ce que je veux. Vous ai-je dit, Casimir, qu'en Pologne j'ai passé tous mes étés à Wezerow sur une fermette?

En deux mois, Anna avait presque retrouvé son Jerzy, qui prenait un plaisir fou à se mesurer à Casimir, non pas tant par la force physique que par l'acuité de ses visions politiques sur la Pologne et la vivacité de ses souvenirs de guerre. Casimir lui vouait une admiration sans bornes depuis qu'il avait appris que Jerzy avait fait partie des troupes ayant servi sous le commandement du général Anders et qu'il avait escaladé le mont Cassin.

— Je savais que les Polonais étaient là, mais vous êtes le premier que je rencontre. Toute la Pologne est tellement fière de vous. Si vous étiez en Pologne, je suis certain que vous seriez un héros.

— Vous pensez? Même avec le gouvernement communiste?

— Mais la Pologne, ce n'est pas le gouvernement! La Pologne, c'est la population. La Pologne, c'est nous, les Polonais éparpillés dans le monde. La Pologne, c'est une âme, pas des frontières!

Les discussions étaient interminables et Anna souhaitait parfois le printemps, qui ferait retourner les hommes aux champs. Mais elle concéda, un soir de tendresse, alors que Jerzy lui avait mis les doigts dans la bouche pour lui agacer la canine, qu'elle avait appris plus sur la Pologne depuis l'arrivée de Casimir que pendant toute sa vie.

— Mais chaque fois que je lui demande d'où il vient, il ne me répond pas.

— Ah bon? Il vient de Koszyce. Il ne doit pas vouloir en discuter, parce que, si j'ai bien compris, il a tout perdu : parents, femme, enfants. Je peux imaginer la torture qu'il vit, même après tant d'années. Heureusement que moi, j'ai pris le train à Halifax...

Le ciel du 3 mars se couvrit de nuages si bas, si lourds, que Casimir blagua au déjeuner en disant que si le plafond baissait encore le moindrement, il aurait la tête dans les nuages. Stanislas sourit à cela, se demandant s'il verrait un jour la mauvaise humeur de leur employé, car Casimir éclatait à propos de tout et de rien, faisant résonner son puissant rire de père Noël. Dans l'après-midi, le vent se leva soudain avec une violence insoupçonnée, faisant voler la neige comme une nuée d'oies blanches affolées par un coup de feu. L'école fut fermée après la récréation, et Stanislas et Sophie, qui durent pousser trois véhicules coincés dans la neige, étaient convaincus qu'elle ne rouvrirait pas le lendemain. Ils rentrèrent péniblement, se soutenant l'un l'autre, se débattant contre les rafales de vent qui menaçaient de faire disparaître leur village. Le vent se glissait en hurlant entre les arbres et, malgré le jour encore jeune, le soleil était caché par des armées de flocons qui n'avaient de cesse dans leur déchaînement qu'en touchant le sol. Jerzy était agacé par ce temps. Debout devant la fenêtre du salon, il grommelait sans arrêt que c'était ce qu'il détestait le plus dans ce pays. Il reconnut à peine ses deux enfants lorsqu'il les aperçut, tant ils étaient couverts de neige, les cheveux, les sourcils et les cils aussi blancs que ceux d'un vieillard.

— Maudit pays ! Hier, on pensait que le printemps était arrivé, et aujourd'hui on ne voit que l'enfer blanc. Maudit pays ! Pourquoi est-ce que vous n'avez pas mis vos capuchons ?

La nuit hurla de peur et de froid. Le vent s'immisçait par toutes les fentes des fenêtres et des portes, par toutes les lézardes du crépi, faisant gémir la maison sur une note si lugubre que Jerzy ne put dormir et reprit son poste d'observation devant la fenêtre du salon. Avant que le 4 mars n'ait eu trois heures, les fenêtres étaient bouchées sur quarante centimètres, les escaliers avaient disparu, le perron était invisible. On ne pouvait plus ouvrir la porte, celle-ci étant carrément bloquée.

Le soleil se leva, mais personne n'en eut conscience. Ils étaient tous à table, Anna un tantinet inquiète, Stanislas et Sophie heureux d'avoir un jour de congé, Casimir racontant des histoires à faire peur et à faire rire. Quant à Jerzy, il avait ouvert la radio. Les bulletins spéciaux se succédaient et ils apprirent que le vent soufflait à plus de cent kilomètres à l'heure.

Après le lunch, Anna demanda candidement la permission d'aller s'étendre, ce qui inquiéta Jerzy. Stanislas monta à sa chambre pour terminer un travail, suivi immédiatement de Sophie qui traînait sa radio portative. Jerzy et Casimir demeurèrent seuls dans le salon, les oreilles tendues pour entendre les nouvelles. Le soleil s'était recouché sur une ville blanche et dodue, complètement paralysée, et où même la Bourse des céréales était demeurée silencieuse pour la première fois en soixante ans. Ils allumèrent la télévision et virent la rage du blizzard, qui leur donna l'impression de vouloir chercher ses victimes dans les maisons et les édifices. Casimir éclata d'un incontrôlable fou rire quand il vit des gens agiter la main depuis les vitrines du magasin *Eaton*, montrant un lit et faisant comprendre que c'est là qu'ils dormiraient. Pour une fois, Jerzy le regarda sans rire, et sans même sourire, se demandant ce qu'il pouvait y avoir de drôle de vivre dans un pays qui n'était qu'un enfer blanc.

19

L'édifice était situé rue de la Commune et le soleil allumait ses fenêtres en demi-teintes, selon qu'elles étaient grasses ou nettoyées. Jan tenait le bras de Michelle alors qu'elle lui indiquait les fenêtres qui seraient celles de son bureau. Nicolas les suivait en maugréant, trouvant plus que désagréable, à son âge, d'être tenu de suivre ses parents alors qu'il avait promis à un de ses copains d'aller chez lui pour écouter de la musique.

L'entrepôt se trouvait derrière les quais, sur lesquels donnaient les grandes portes où les ouvriers pouvaient vider les remorques des camions. Ils traversèrent la rue et Jan ne se rendit pas compte qu'il pressait un peu trop le bras de Michelle, qui agita un peu l'épaule pour qu'il s'en aperçoive.

— Tu es inquiet, Jan ?

— Non, pas du tout.

— Mais oui, papa. Ça paraît.

Jan se racla la gorge avant d'avouer l'être un peu. Après qu'il eut acheté sa huitième épicerie, à l'aide d'un emprunt qu'il trouvait impressionnant, Michelle lui avait fait prendre conscience que le temps était venu pour lui d'avoir son propre entrepôt. Il fallait que celui-ci fût situé non loin des centres d'approvisionnement et des abattoirs, assez près du port et des gares à cause des denrées importées, et à distance de marche de ce nouveau métro qui devait ouvrir sous peu, afin de faciliter le transport des employés. Lui-même, croyait-elle, l'utiliserait les matins de mauvais temps.

Jan hésita avant de traverser, trouvant peut-être prématurée une telle démarche, d'autant plus que Michelle l'emmenait visiter non pas des lieux aménageables mais un entrepôt rempli de denrées où s'approvisionnaient plusieurs de ses concurrents. L'idée d'une expansion aussi rapide ne lui déplaisait pas, mais il se demandait si un épicier de trente-sept ans, immigré de surcroît, pouvait être pris au sérieux.

Ils traversèrent la rue et Michelle s'avança d'un pas assuré vers une personne qui, apparemment, représentait le propriétaire. Jan pensa que Michelle était extraordinaire. Elle gérait toutes leurs propriétés, s'occupant de l'entretien, de la collecte des loyers et du confort des locataires, qui, bien servis et heureux, ne déménageaient jamais. Elle lui avait avoué vouloir être à ses côtés pour les magasins. D'abord réfractaire, il avait consenti. Elle pouvait s'occuper des édifices et lui se chargerait de l'inventaire, du choix des produits, de la sélection et de la formation du personnel, de même que du contrôle de la qualité du service et de l'application de ses directives. Depuis quatre ans, il rencontrait ses gérants deux fois par année, et ensemble ils décidaient de leur stratégie pour résister à l'assaut des grands, toujours les mêmes : les *Steinberg*, *A&P*, *Dominion* et les autres. Jan était buté quant à la stratégie globale : une petite épicerie du coin, assez grande pour offrir un bon éventail de produits, assez petite pour que les clients appellent le boucher et le gérant par leur nom et que ceux-ci les reconnaissent et sachent leurs préférences. Il ne voulait pas cesser d'effectuer la livraison, mais ils devaient en reparler à leur prochaine rencontre, les gérants doutant de la rentabilité de ce service.

— Monsieur Aucoin, je présume.

Jan, perdu dans ses pensées, fut étonné de se retrouver sur le trottoir de la rue de la Commune et, sans même y réfléchir, tendit la main vers l'homme qui lui faisait face. La neige floconnait légèrement et ce dernier avait des cristaux plein son col de fourrure, mais Jan remarqua qu'ils se confondaient avec des pellicules.

— Je suis enchanté de vous rencontrer, monsieur... ?

— Maître Levy, attaché à la maison Cohen et Cohen.

— Je ne savais pas que cet entrepôt appartenait à des Cohen.

Michelle regarda Jan d'un regard un peu affolé. Les seules fois de leur vie qu'ils avaient parlé des juifs, c'est lorsque Jan lui avait raconté le ghetto de Cracovie. Il avait aussi fait allusion aux juifs recrutés pour travailler pour les Allemands. Mais il avait davantage insisté sur la méfiance qui existait entre les Polonais catholiques et eux. Elle s'en était offusquée, mais il l'avait rassurée en lui disant que son père l'avait sévèrement puni le jour où, pour jouer au juif, il avait épinglé sur sa poitrine une étoile de papier jaune.

«Mais pourquoi avais-tu fait une chose aussi horrible?

— Parce que j'étais jeune et que je ne les aimais pas.

— Tu ne les aimais pas?

— Non, je ne les aimais pas. Personne ne les aimait, parce qu'ils pouvaient nous faire tuer.

— Voyons, Jan. Ce sont eux qui se faisaient tuer. Pas vous.

— Nous aussi, Michelle. Des centaines de milliers de Polonais, aussi innocents que mon père l'était quand il a été emmené, se sont fait tuer dans les camps. C'est peut-être même à cause d'eux que mon père est mort, parce que, si mon souvenir est bon, un de ses étudiants du réseau clandestin était juif.

— Parfois, il me semble... »

Elle n'avait plus voulu discuter. Il lui manquait un morceau du casse-tête et elle ne pouvait comprendre des propos aussi peu charitables. Et voilà qu'elle percevait dans la voix de son mari quelque chose qui ressemblait à du mépris. Elle s'affola d'avoir eu cette pensée et la corrigea tout de suite, remplaçant le mépris par la méfiance. Son mari semblait tout à coup méfiant de faire affaire avec des juifs.

— Je vous montre les locaux.

Elle répondit, avec un enthousiasme forcé, qu'elle avait très envie de tout revoir, et ils le suivirent à l'intérieur, Nicolas traînant derrière. Le bureau qui serait celui de Jan avait dû voir passer des gens très importants, si elle se fiait aux boiseries de chêne verni et aux odeurs de cigare qui semblaient imprégner les meubles et les moquettes. Les autres pièces étaient plus modestes, mais fonctionnelles. Ils passèrent finalement à l'arrière, dans l'entrepôt proprement dit, et Jan fut immédiatement conquis par l'inventaire, la fraîcheur des fruits et des légumes, l'espace qu'il y avait pour circuler entre les étagères métalliques, la hauteur des plafonds, et les chambres froides. Mais ce fut Nicolas qui les fit sursauter en poussant un cri de plaisir à la vue des rails de chemin de fer.

— Des trains? À la porte?

— Mais oui. Le fret arrive directement des États-Unis ou de l'Ouest canadien. Si vous saviez combien l'entrepôt peut sentir bon l'orange quand on vide les wagons de leurs caisses chargées en Floride.

— L'orange?

— Oui, l'orange. Le parfum est indescriptible.

L'avocat s'assombrit et Jan comprit que les frères Cohen ne vendaient peut-être pas leur entreprise de gaîté de cœur. Il se dit qu'il pourrait certainement tirer profit de leur inconfort financier, puis, voyant que Michelle avait deviné ses pensées, il les corrigea, se promettant de payer un juste prix. Ces lieux le séduisaient et il faisait d'énormes efforts pour cacher son excitation. Tout cela ressemblait à l'Amérique de l'oncle Sam, même si Sam était peut-être un Samuel Cohen. Tout cela ressemblait aux rêves de M. Favreau et il lui demanda de l'éclairer dans la négociation. Puis soudain, sans réfléchir, il poussa à son tour un gloussement de joie, prit Michelle dans ses bras en la faisant tournoyer, la félicita pour sa perspicacité et l'embrassa bruyamment sur la joue avant de la déposer par terre. Nicolas était gêné par une telle attitude qui ne correspondait pas à l'idée qu'il se faisait de la joie d'une vieille personne, et M. Levy fut si surpris et décontenancé qu'il ne résista pas à l'enthousiasme de Jan et se mit à parler rapidement, vantant le système de réfrigération et l'approvisionnement en glace, qui venait des Thibault de Pointe-Saint-Charles. Il parla aussi des gens du quartier qui avaient travaillé ici pendant presque toute leur vie.

— Des hommes capables, monsieur Aucoin. Des hommes qui connaissent leur travail.

M. Levy revint vers les bureaux et entra dans le plus grand, puis ouvrit la porte secrète des cabinets, cachés derrière un panneau du mur. Nicolas éclata de rire. M. Levy fit pivoter un second panneau et ils virent le coffre-fort.

— Ma foi, on se croirait dans la maison d'un mafioso!

M. Levy hésita avant de rire à son tour, mais il s'était pris d'une soudaine estime pour Jan et fut convaincu qu'il n'y avait aucun sous-entendu dans cette phrase. Non, il n'y avait rien de plus que le plaisir.

Le dimanche 3 avril, alors que la neige avait permis aux crocus de s'ouvrir, Jan était assis chez un notaire qui avait accepté de travailler un dimanche, les Cohen refusant de le faire un samedi, jour du sabbat, et Jan étant trop occupé les jours de semaine pour s'absenter des épiceries. M. Levy avait proposé cette solution, acceptée de tous. Il était présent lui aussi à titre de témoin et l'atmosphère était cordiale, quoique Jan ressentît la tristesse des Cohen. Il avait été étonné de les voir, tout de noir vêtus, avec leur longue barbe, leurs cheveux entortillés autour des oreilles et leurs chapeaux de fourrure qui devaient être beaucoup trop chauds en ce magnifique jour de printemps. L'aîné s'essuyait les yeux sans cesse et Jan se demandait si c'étaient des larmes de vieillesse ou des larmes de chagrin. Le puîné, celui qui avait quatre-vingts ans, souffrait visiblement de la maladie de Parkinson et c'est d'une main tremblante qu'il tournait les pages de l'acte de vente. Le notaire en faisait la lecture en anglais et Jan demandait parfois une précision lorsque le sens d'un mot lui échappait. La lecture fut longue, la vente comprenant non seulement les bâtiments mais tout l'inventaire, sans omettre l'achat de la clientèle. Si Jan se sentait affolé par l'ampleur qu'allait prendre son entreprise, il essayait de n'en rien montrer. Ils mirent plus de quatre heures à tout finaliser et Jan crut souventes fois que l'aîné des frères s'était endormi. Mais chaque fois que quelqu'un posait une question ou soulevait une faible objection, l'homme ouvrait les yeux et répondait sans faire une seule erreur. Jan était impressionné par la rapidité avec laquelle il pouvait calculer, et encore plus par la mémoire du cadet, qui se souvenait de tous les chiffres inscrits au registre depuis le début du siècle.

Jan avait fait une offre honnête et, à son grand étonnement, les Cohen n'avaient pas fait de contre-offre. Il en avait presque été mal à l'aise, se demandant si les frères acceptaient parce que le montant était celui qu'ils avaient espéré ou parce qu'ils n'avaient plus la force de discuter. M. Levy, qui avait servi d'intermédiaire tout au long de la négociation, lui avait dit en souriant qu'ils avaient été heureux d'apprendre que son fils aimait les trains. Eux-mêmes les aimaient beaucoup, d'autant plus que leur frère aîné avait travaillé à la construction du Transcontinental, réseau ferroviaire du Canadien National reliant l'est et l'ouest du Canada, et que le seul voyage qu'ils s'étaient permis dans toute leur vie avait été pour assister à ses funérailles à Vancouver en 1950. Jan pensa que ces deux vieux juifs, qui devaient avoir soixante-dix ans à l'époque, avaient peut-être été dans le même train que lui lorsqu'il était venu du Manitoba.

Le notaire fit circuler les cinq copies de l'acte de vente, dont les frères mirent un temps fou à parapher toutes les pages. Le carrousel s'arrêta enfin et le notaire vérifia scrupuleusement si chacune des pages portait leurs initiales. Il en fit enfin une pile bien nette et leur dit qu'ils recevraient leurs copies aussitôt qu'elles seraient reliées, soit le lendemain.

— Vous comprendrez que je ne pouvais exiger de ma secrétaire qu'elle travaille un dimanche.

Les quatre hommes acquiescèrent et l'aîné des frères se leva si lentement que Jan ne put s'empêcher d'aller lui tenir le bras pour l'assister. Il fut remercié chaleureusement, ce qui l'agaça un peu. Les hommes étaient conformes à ses souvenirs : trop exubérants. Mais il passa outre à son sentiment en voyant le vieux sortir son mouchoir pour s'en éponger le front, puis enlever ses verres pour presser le morceau de tissu sur ses yeux pendant de longues minutes avant de demander à son frère s'il était prêt.

Ils s'engagèrent bras dessus, bras dessous et Jan vit qu'ils regardaient le bureau du notaire comme s'ils ne le reverraient jamais. Il se jura qu'il ne se trouverait pas à l'entrepôt quand ils en sortiraient tous les deux pour la dernière fois, ce qui devait se produire le vendredi suivant. La prise de possession avait été devancée parce que l'un des frères ne se sentait pas bien, disaient-ils.

Jan ne savait pourquoi mais il avait envie d'arriver à l'entrepôt à pied et cravaté. Il voulait rencontrer tous ses nouveaux employés un à un. Il stationna donc dans la rue McGill, près de l'ancienne gare des tramways, et marcha jusqu'à la rue de la Commune. Le soleil était radieux et il se sentait tellement heureux en pensant à l'avenir qui avait commencé à se dessiner qu'il entra presque en sautillant dans les bureaux. La secrétaire le toisa en lui demandant s'il avait rendez-vous, puis, lorsqu'il s'identifia, elle éclata en sanglots et s'enfuit vers les cabinets. Il frappa à la porte du bureau des frères Cohen et une voix étouffée le pria d'entrer.

— Bonjour, monsieur Aucoin. Nous avons terminé. Tous nos papiers personnels sont déjà partis.

— Bonjour, monsieur Cohen. Vous êtes seul?

— Mon frère aurait aimé être ici, mais cela lui a été impossible. Je me suis permis de décrocher les deux cadres, ce qui vous obligera soit à cacher les taches pâles sur le mur par d'autres tableaux, soit à repeindre. Faites ce que vous voulez. Quant à moi, je crois que je...

Il ne termina pas sa phrase, conscient que son opinion n'avait plus aucune espèce d'importance dans ces bureaux que lui et son frère avaient occupés pendant exactement soixante-neuf ans et trois mois. Encore une fois, il sortit son mouchoir, qu'il ne déplia pas avant de s'en tapoter les paupières. La boule de tissu chiffonnée était aussi grise que son teint. Jan sentit son cœur se contracter. Le pauvre vieux était trop chagrin et se sentait incapable de tirer le rideau sur sa vie. Jan se demanda comment il serait lui-même quand il remettrait les clefs de son entreprise à Nicolas et à Stanislas. Il était clair pour lui que celle-ci lui survivrait. Ce pays, s'il avait peu de passé, était le pays des lendemains. Les pauvres Cohen n'avaient ni fils, ni neveux, ni nièces. C'étaient un peu des Favreau. Avec kippa. Le vieux continuait de se tamponner les yeux et Jan sut que son mouchoir était humecté de chagrin et non de vieillesse. Il ne savait cependant comment le regarder, conscient que l'autre serait gêné s'il le fixait dans les yeux et offusqué s'il l'évitait. Abraham, car c'est ainsi qu'il se prénommait, lui indiqua un fauteuil et Jan s'assit, se sentant soudainement petit comme un enfant devant un patriarche. Il ne serait propriétaire des lieux que lorsque Abraham les aurait quittés. Le vieux se dirigea vers la patère, prit son chapeau pour en recouvrir sa kippa, et décrocha son manteau que Jan s'empressa de l'aider à enfiler avant de lui serrer doucement la main.

— Monsieur Cohen, ne vous inquiétez pas. J'aime votre entreprise et je vous promets de m'en occuper comme vous l'auriez fait.

Jamais Jan n'avait vu sourire plus triste que celui que Cohen lui fit, déformé par la mollesse de ses lèvres et caché dans les rides qui les auréolaient. Il l'accompagna jusqu'à la porte en lui tenant le bras. Cohen lui demanda s'il pouvait voir l'entrepôt une dernière fois. Jan ne sut que répondre, mais, lui tenant toujours le bras, il marcha dans cette direction. Cohen posa sa main sur la sienne et Jan ne broncha pas. Ils marchèrent lentement et Cohen semblait tout photographier de ses yeux affaiblis. Les ouvriers se turent en les voyant apparaître et une espèce de silence recueilli se répandit comme une brise au parfum d'orange.

— Au revoir, monsieur Cohen.

Jan fut étonné de constater le respect que l'on témoignait au vieil homme. Ils arrivèrent enfin à la porte et Jan cherchait ce qu'il lui fallait dire. Le contremaître, une enveloppe à la main, les y attendait. Il fit comprendre à Jan qu'il voulait dire un petit mot à son ancien patron, ce que Jan approuva du chef.

— Monsieur Cohen, nous sommes désolés pour votre frère et nous vous offrons toutes nos condoléances. Nous ne savions que faire; alors, tous les employés se sont cotisés pour vous remettre cet argent. Nous sommes certains que vous saurez à qui le donner.

Abraham Cohen sortit de nouveau son mouchoir et s'essuya les yeux, le front et la bouche. Il semblait terriblement gêné d'accepter l'argent de ses employés.

— Et si je le remettais à l'État d'Israël? C'est bon pour les catholiques aussi.

Cohen hocha la tête à deux reprises, et embrassa l'homme deux fois aussi. Il semblait tout faire deux fois. Jan pensa qu'il le faisait peut-être une fois pour son frère et une autre pour lui-même. Il soupira doucement, se disant qu'il n'aurait peut-être pas acheté cet entrepôt s'il avait su que la tristesse allait tuer un homme. Parce qu'il commençait à penser que c'était cela qui c'était produit. Sans laisser tomber son bras, Cohen mit l'enveloppe dans sa poche et s'approcha de la porte, que le contremaître ouvrit avec déférence. Jan le fit passer devant et l'aida à descendre les trois marches qui conduisaient au trottoir.

— Où allez-vous, monsieur Cohen?

— Pas très loin. Un taxi m'attend.

Jan vit la voiture qui s'approchait et le chauffeur semblait être un habitué. Il sortit pour ouvrir la portière et aida le vieux à s'asseoir. Après avoir poussé à l'intérieur le bout de manteau qui traînait sur le trottoir, il referma la portière et chuchota à Jan que les Cohen étaient de vieux clients qui n'avaient jamais donné de pourboire au jour le jour mais qui, pour souligner la fête de Pâques, remettaient aux chauffeurs un montant intéressant qu'ils étaient trois à se partager.

— Pour les lapins et les œufs, qu'ils disaient. Drôle quand même quand on pense que plus juif qu'eux ça n'existe pas et que les juifs ne croient même pas à la Résurrection.

La voiture démarra doucement et Jan ne vit qu'un visage inondé de larmes, dont les yeux avaient regardé aussi longtemps qu'ils l'avaient pu des murs de briques sales et des fenêtres presque toutes noircies de poussière.

20

Florence était assise devant la fenêtre, regardant la vie s'agiter dehors sous la pluie printanière alors qu'elle avait le deuil à l'âme. Encore treize jours et elle mourrait de ridicule. Si, pendant des semaines, elle avait supplié Élisabeth de l'inscrire au Concours international de Violon de Montréal, elle cherchait maintenant les raisons qui avaient poussé celle-ci à lui céder. Élisabeth aurait dû comprendre qu'elle voulait s'inscrire pour le principe et non pour de vrai. Comprendre qu'elle souhaitait voir les violonistes et non se mesurer à eux, surtout dans une compétition internationale. Elle avait tenté de dissuader Élisabeth, allant même jusqu'à lui dire qu'elle se ferait une mauvaise réputation.

« Il faut que ton nom circule, Florence. Il y a maintenant plus de quatre ans que tu as joué à New York. Les gens oublient vite. Tu as eu raison d'insister.

— Non, j'ai eu tort, et je n'ai pas envie qu'ils se souviennent de moi comme de la jeune violoniste dévorée sans sauce dans la fosse aux lions.

— Tu y vas. »

C'est ce qu'Élisabeth lui avait dit. Elle avait donc accepté d'être inscrite, souhaitant que le jury ne retienne pas sa candidature, compte tenu de son inexpérience. Contre toute attente, elle avait été sélectionnée, et elle n'avait pu se désister, question de fierté. Maintenant elle savait que sa carrière allait prendre fin. Plus le concours approchait, plus elle se disait qu'Élisabeth avait eu une attaque de mégalomanie et était en mal de reconnaissance internationale. Et, dans treize jours, elles assisteraient toutes les deux aux obsèques de leurs ambitions. Dans treize jours.

Florence soupira. Elle ne savait comment vivre le malaise qu'elle éprouvait soudain face à Élisabeth, qu'elle avait toujours tant admirée et aimée. Elle lui avait fait confiance si aveuglément qu'elle n'avait pas imaginé qu'Élisabeth puisse manquer de jugement. Car elle avait commis une erreur, Florence en était persuadée. Elle était parmi les plus jeunes concurrents et les autres les regarderaient comme des enfants ridicules essayant de se faire remarquer des grands maîtres. Et pas n'importe comment. Debout sous les projecteurs de la Grande Salle de la Place-des-Arts !

Florence était si désespérée qu'elle n'arrivait pas à se concentrer sur les pièces qu'elles avaient toutes les deux choisies. Encore là, elles avaient manqué de vision. Les pièces obligatoires de Bach, Beethoven, Paganini, Ysaye et Mozart lui suffisaient. Élisabeth, exagérant comme presque toujours quand une décision la concernait, elle, avait sélectionné quatre autres compositeurs pour les pièces au choix. Quoique Florence les aimât tous, elle savait qu'elle ne les ressentait pas tous aussi bien. Il y avait de la magie entre elle et Mozart parce qu'elle reconnaissait chez lui le plaisir et la douceur qu'elle avait éprouvés lorsque Stanislas l'avait effleurée d'un timide baiser dont elle souriait maintenant que le temps en avait effacé la sensation veloutée ; magie aussi entre elle et Beethoven, parce que sa profonde colère lui rappelait les siennes quand, jeune, elle pensait à la mort de son père et à l'internement de sa mère, ainsi que celle qu'elle éprouvait encore en voyant sa grand-mère devenir une vieille femme à la coquetterie aussi fanée que son visage et son vieux manteau dont elle refusait de se débarrasser. Mais Bartók lui donnait des frissons. Comment une violoniste pouvait-elle aimer un compositeur qui avait écrit *Le Château de Barbe-Bleue*? Elle en avait peur. Et Élisabeth lui avait choisi une sonate de Bartók! Sans parler de cette pièce imposée qu'elle n'aurait que quelques jours pour connaître, apprendre et tenter de mémoriser.

Florence s'effondra sur le divan, se moucha bruyamment et poussa un soupir si profond qu'elle crut entendre son cœur avoir un raté. Elle avait mal partout. La porte s'ouvrit et Élisabeth entra en coup de vent, s'excusant de son retard et demandant à son élève de s'apprêter à commencer la leçon. Florence ne bougea pas, déterminée à lui faire comprendre qu'il était hors de question qu'elle participe à ce concours. Élisabeth alla poser son parapluie dans la baignoire et revint en frottant sa jupe, éclaboussée par une automobile.

— Temps magnifique! Il n'y a rien de plus joli que la pluie qui fait éclater le vert tendre des feuilles de mai. Allez, on se presse, ma belle. Ce soir, Michelle nous a invitées pour le souper d'anniversaire de Nicolas. C'est tellement plus amusant quand ce jour tombe un samedi. Regarde ce que je lui ai acheté.

Élisabeth lança un sac de chez *Eaton* sur le divan près de Florence, qui l'ouvrit sans intérêt. Elle y trouva une cassette d'un chanteur américain qu'elle ne connaissait pas.

— C'est un gadget, Élisabeth, et il faut un petit magné-tophone pour l'écouter.

— C'est Jan qui doit l'acheter.

— C'est une mode qui va passer, j'en suis certaine. Comment veux-tu qu'une petite cassette comme ça donne un bon son? Tu imagines un concerto de Beethoven là-dessus?

Élisabeth ne prit pas la peine de répondre. Florence lui cherchait noise depuis des mois et elle avait peur d'avoir surestimé la résistance nerveuse de son élève. Elle craignait que Florence ne soit une romantique qui ne saurait contrôler son archet dès qu'un tremblement de joie, de colère ou de chagrin lui secouerait le cœur. Elle avait insisté pour qu'elle s'inscrive à ce concours, espérant évidemment qu'elle serait parmi les trois premiers lauréats, mais sachant qu'elle ne ferait probablement pas la finale. Le talent de Florence était si époustouflant qu'Élisabeth estimait que les membres du jury ne la récompenseraient pas tout de suite, préférant, selon la norme, souligner l'apport incontestable de certains participants plus âgés. Reconnaître le travail d'un quart de siècle chez ces talents qui touchaient déjà le violon avant d'avoir six ans était préférable à l'adulation d'une nouvelle virtuose qui ne ferait que s'améliorer avec les années et qui aurait suffisamment le temps de remonter sur le tremplin pour plonger vers la renommée.

— Mais où est ton violon, Florence ?

— Il n'a pas voulu venir parce qu'il est de mauvaise humeur. Je pense que c'est parce que ses règles approchent.

— Ah bon !

Élisabeth ne s'habituait toujours pas à cette manie de Florence, mais elle avait depuis longtemps cessé de lui en parler. Le violon était son seul ami d'enfance et elle lui était fidèle.

— Il m'a dit de te dire qu'il avait bien vu la liste des concurrents et qu'il se sentait ridicule. Il m'a dit de te dire qu'il n'y avait que trois autres violons canadiens et qu'il ne comprenait ni le russe, ni le bulgare, ni le yiddish...

— Tais-toi, Florence. Tu dis des bêtises. C'est extraordinaire que tu puisses rencontrer d'excellents violonistes venus de partout dans le monde.

— Je ne pense pas. J'aurais vingt-cinq ans et un coup d'archet génial que...

— Désolée, Florence, mais tu as vingt ans et un coup d'archet génial. C'est encore mieux.

— Non, Élisabeth. Pas question. Mon violon ne veut pas participer à ce concours. Je ne veux pas participer à ce concours. Je ne veux pas. Je ne veux même plus en entendre parler.

Élisabeth s'assit devant elle, blanche de colère, sans voix. Florence pouvait lui rendre la vie insupportable. Une vraie diva avec ses crises, mortelles pour son entourage. Elle tenta de se calmer, mais, n'y parvenant pas, elle se tut, espérant que Florence ne verrait pas que sa patience avait atteint ses limites. Florence se leva et mit son béret, prête à partir.

— Ton violon ne veut pas jouer?

— Non. Il ne veut pas.

— Bon!

Devant une Florence éberluée, Élisabeth se leva si brusquement qu'elle mit le talon dans l'ourlet de sa jupe et le décousut. Elle partit vers sa chambre et Florence l'entendit claquer les portes avant de la voir revenir, un étui à la main.

— Ce violon-ci veut jouer, Florence.

Élisabeth ouvrit l'étui en pleurant, de chagrin, certes, mais surtout de colère.

— Ce violon-ci est capable d'entendre parler anglais, français, bulgare, yiddish, même allemand ou russe, Florence. Ce violon-ci s'est tu depuis vingt ans et il a tellement souffert qu'il est prêt à pardonner, parce que c'est le violon de ma mère! Alors, Florence, enlève ton maudit béret qui te donne un faux air de Saint-Germain-des-Prés et essaie de voir si tu peux le consoler et le combler.

Florence la regardait, tremblante. Élisabeth avait une confiance si terrifiante en elle qu'elle en était torturée. Élisabeth pouvait-elle l'aimer autant qu'elle l'aimait? Elle la regarda essuyer la larme qui venait de tomber sur la tête de l'archet. Élisabeth sortit le violon avec autant de précaution que si c'eût été un poupon dans un moïse, l'embrassa en reniflant et lui raconta plein de choses en polonais. Elle se tourna enfin vers Florence et lui tendit l'instrument.

— Il faudra aller chez le luthier, mais je pense qu'il est en parfait état. J'ai dit à ma mère qu'elle ne devait pas avoir le trac. Qu'elle avait travaillé toute sa vie pour jouer à l'extérieur de la Pologne et que tu le ferais pour elle. Si tu me répètes une fois, une seule fois, que tu ne veux pas participer au concours, même si tu me le dis en chuchotant ou que tu me racontes que c'est ton violon qui a rêvé que tu ne jouais pas, je ne te reverrai plus, Florence. Ma mère a consacré sa vie à la musique et elle était certaine que je deviendrais une grande violoniste. Elle pensait que la vie nous appartenait à nous aussi, les Pawulscy. Ça n'a pas été le cas, Florence. Si tu me dis que tu vas te désister, je ne te reverrai plus, parce que j'en ai assez d'essuyer tes angoisses de prima donna. Callas a ses cordes dans la gorge, toi sur un violon. Mais tu n'es pas Callas et je n'en peux plus, de tes caprices.

Elle avait repris possession de l'instrument, le serrant contre sa poitrine comme si elle avait des regrets de l'avoir sorti de l'étui. Florence eut envie de les consoler tous les trois : Zofia, Élisabeth et le violon. Elle enleva son béret et s'approcha doucement de son professeur.

— Quand j'étais petite, tu te souviens, j'avais peur que mon étui soit un petit cercueil. Tu te souviens?

— Non, pas vraiment. Tu as fait dire tant de choses à ton violon. Il n'en tient qu'à toi, Florence, pour que cet étui-ci n'en soit pas un.

Élisabeth frotta sa joue contre la table d'harmonie. Florence tendit les mains avec précaution et lui prit l'instrument des mains avec une espèce de recueillement qui lui donna soudainement un air de jeune femme.

Elles partirent pour le souper avec assez de retard pour pouvoir se sécher le cœur, et trop, au goût de Michelle, qui leur ouvrit la porte d'un air maussade, son rôti de bœuf ayant pris les couleurs du cuir patiné. Élisabeth fut gênée d'annoncer à Jan qu'elle s'était permis de prêter le violon de leur mère à Florence.

— C'est une bonne chose. Il aurait pu s'ankyloser.

Florence ne savait quelle attitude adopter, ressentant vivement que tous les enfants Pawulscy l'avaient adoptée et lui promettaient un brillant avenir. Pour s'en assurer, ils lui confiaient la plus belle pièce de collection du musée de leur enfance. Élisabeth fut songeuse durant tout le repas, Florence mal à l'aise, Michelle déçue de son menu, Jan absent et Nicolas mortifié que ses quatorze ans arrivent dans une atmosphère aussi lugubre. Dès qu'il eut soufflé les bougies d'un gâteau qui n'avait pas levé et dont le glaçage coulait inexorablement dans l'assiette, déballé ses cadeaux et remercié poliment sa tante, il sortit de table en s'excusant et s'enferma dans sa chambre. Ses parents se regardèrent et l'entendirent déplacer les meubles. Élisabeth partit presque aussitôt, s'excusant d'avoir été de compagnie plus que déplaisante, alors que Florence insistait pour faire la vaisselle, au point d'en agacer Michelle. Elles sortirent toutes les deux, allant chacune son chemin, Élisabeth à deux pas, Florence se plantant devant l'arrêt d'autobus.

Jan se rendit dans son bureau pour remercier les lunettes de son père d'avoir intercédé auprès de sa mère. Il n'avait osé montrer son soulagement de savoir l'instrument sorti de la quarantaine, sa sœur ayant une mine si catastrophée qu'il en était mortifié. Il souhaitait qu'elle ne souffrît pas d'avoir revu l'instrument qu'elle avait traîné à travers l'enfer de la guerre, s'y accrochant comme à une bouée. La mine de

Florence n'était guère plus réjouissante et il espérait qu'aucun malentendu ne s'était immiscé entre ces deux génies de la musique. S'étant mis au lit, il ne cessait de se tourner et de se retourner, Michelle bien endormie à ses côtés, d'un sommeil plus que bienvenu qui effaçait certainement tous les accrochages du repas. Il alluma pour regarder l'heure, soupira de voir que la nuit avait filé comme une voleuse, éteignit, mais fut agacé par un son inhabituel venant du fond de la maison. Intrigué, il se leva et se retrouva devant la porte de la chambre de son fils, sous laquelle filtrait la lumière. Il ne trouva pas étrange que son fils de quatorze ans ait réinstallé son train. S'il reconnut le son de la locomotive tirant les wagons sur ses petits rails, il fut davantage attiré par la voix de Nicolas. Il pensa frapper et aller le rejoindre, mais hésita, préférant essayer de comprendre quelques mots. Il entendit donc son fils préparer un voyage qui le conduirait rapidement de l'autre côté de l'Atlantique.

— Et vous dites, monsieur, qu'il serait préférable que je prenne l'avion? Mais si moi je veux prendre le train jusqu'à New York et embarquer sur un transatlantique, je peux le faire? Oui? C'est bien. Mais si je voulais prendre le train jusqu'à Vancouver et faire un arrêt de plusieurs mois à Winnipeg, est-ce que mon billet serait toujours bon? Ah! vous allez vous informer... Accompagné? Mais non, monsieur. J'ai déjà fait le tour du monde. Comment? Mais en train, monsieur. Et j'ai même vu la Russie, et la Pologne, et Halifax. J'ai vendu des sapins à Toronto, moi, monsieur. Comment? Vous fermez? *Puisque c'est comme ça, je reviendrai mardi! Mardi matin...*

Jan était blême, sidéré par ce qu'il venait d'entendre. Il repartit sur la pointe des pieds, se promettant de parler à Nicolas à la première heure. Il ne dormit pas du reste de la nuit et alla réveiller son fils un peu plus tôt que d'habitude. Il frappa et entra. Nicolas était couché et dormait, la bouche amère, les sourcils froncés. Dans sa chambre, il n'y avait aucune trace du train.

21

Quand elle le vit, Élisabeth fut étonnée de la violence de son désir. Le temps n'avait jamais réussi à le calmer et elle se demanda s'il n'en était pas ainsi parce qu'ils n'avaient jamais pu jouir des levers et des couchers de soleil à satiété. S'ils s'étaient toujours délectés de leur amour, ils avaient été forcés de le faire à petite dose, le picorant comme un amuse-gueule, restant toujours sur leur appétit, incapables de s'en repaître. Elle agita la main et s'approcha d'un pas rapide, s'imaginant jeune et belle alors qu'elle courait vers la quarantaine. Ces rencontres-surprises étaient extraordinaires. Il lui avait téléphoné pour lui demander de le rejoindre près du *Chalet* sur le mont Royal et elle avait pu se libérer et arriver rapidement au volant de la Volkswagen bleu marine qu'il lui avait récemment offerte afin, lui avait-il dit, qu'elle puisse être près de lui le plus rapidement possible. Elle avait refusé, mais il l'avait bâillonnée de ses lèvres et elle avait été forcée d'accepter. Elle se savait habile au volant, mais la pensée que Denis l'attendait, étendu sur la pelouse, soutenant d'une main son sourire séduisant, lui avait fait commettre des imprudences dont elle n'avait jamais eu conscience.

Le jour, échappé du printemps pour se balader en été, était magnifique avec son soleil chaud et jaune qui, se faufilant à travers les jeunes feuilles, faisait des ombres dentelées sur une pelouse encore fragile. Elle avait revêtu une robe fleurie choisie par Florence, qui ne cessait de lui répéter qu'elle pouvait négliger son allure de Polonaise trop sérieuse. Elles avaient réussi à effacer le chagrin qu'elles avaient toutes les deux dessiné sur la sensibilité de l'autre, et Florence, pour se faire pardonner, avait décuplé ses efforts pour le concours. Il ne lui restait que deux jours et toutes les deux en dormaient fort mal.

Le temps était si splendide pour un 29 mai que Denis n'avait pu, lui avait-il dit, résister à l'appel de la montagne. Elle arriva enfin à sa hauteur. Dieu qu'elle le trouvait beau! Elle pensait rarement à Marek, dont les traits avaient été gommés pour toujours de sa mémoire. Une sensation de douceur, un timbre de voix, une oasis dans un temps désertique, voilà tout ce qui restait de Marek. Denis avait depuis longtemps tout remplacé, même le mot «amour», qui, les années le lui avaient appris, n'avait jamais été approprié à Marek. Marek avait eu le cœur, les bras et la tendresse de la survie, et non de l'amour. L'amour, c'était Denis. L'amour, c'était la salive goûtant la fraîcheur de son haleine. L'amour, c'était la douloureuse disparition du dimanche et de la communion, parce que son âme, lui avait-on dit, était sale. L'amour, c'était la fugacité des nuits, la douleur de l'absence et la fébrilité des instants de présence.

Elle s'accroupit pour s'approcher de lui, pencha la tête pour accueillir sa bouche dans son cou puis sur la sienne. Elle lui mordilla les lèvres avant de les aspirer goulûment. Combien la vie goûtait bon quand c'était celle de Denis!

Ils marchèrent le long du lac, puis allèrent vers les collines boisées, regardant les pousses vertes percer l'humus qui les avait protégées. Ils croisèrent un policier à cheval qui les salua avec un sourire complice. Élisabeth se demanda s'ils étaient nombreux à se précipiter à l'heure du déjeuner pour se gaver de tendresse. Denis l'interrogea longuement sur

Florence et sur le concours, et elle lui répondit qu'elle était optimiste, que rien ne pourrait museler le son que Florence parvenait à faire sortir d'un violon.

— Tu lui prêtes toujours le violon de ta mère?

— Je le lui prête jusqu'à ce qu'elle ait les moyens d'en acheter un aussi bon.

Elle sentit que Denis aurait voulu lui proposer de le faire, mais il s'était tu. Depuis qu'il lui avait offert la Volkswagen, elle avait tout refusé, gênée par cet aspect de leur relation. Elle n'aurait jamais les moyens de lui rendre tout ce qu'il lui donnait et elle détestait le sentiment parfois sournois de n'être que sa maîtresse alors qu'elle aurait crié son amour à tue-tête et se serait fait amputer ses mains de musicienne pour être la mère de ses enfants.

Ils marchèrent lentement, le silence de la montagne n'étant troublé que par le bruissement de la brise dans les arbres et le cri des oiselles qui apportaient la becquée à leur nichée. Denis regarda l'heure et grimaça.

— Que penserais-tu de moi si je mentais?

Élisabeth aurait voulu répondre qu'elle ne se posait jamais la question depuis qu'elle le connaissait, leur relation ayant toujours eu le mensonge pour toile de fond.

— Un gros ou un petit mensonge?

— Est-ce un gros ou un petit mensonge si je téléphone à la clinique pour dire que j'ai un malaise et que je ne pourrai retourner au travail cet après-midi?

— Tu peux en aviser tes patients?

— Il y en a peut-être deux qu'on ne pourrait rejoindre.

Élisabeth n'eut pas besoin de le regarder pour savoir qu'il mourait d'envie lui aussi de se retrouver à la maison, seul avec elle.

— Je pense que tu pourrais demander de reporter les rendez-vous mais recevoir les patients déjà arrivés, ce qui me laisserait le temps de nous fricoter quelque chose.

Denis la fixa de ce regard généreux qu'il avait toujours lorsqu'il voulait lui donner la lune, mais elle crut voir un nuage en pâlir le halo. Elle frissonna et voulut lui demander d'annuler le mensonge, mais il l'embrassa avec tellement de gourmandise qu'elle en fut incapable.

Ils se retrouvèrent chez elle et Denis, dès qu'il lui encadra le visage de ses mains, effaça en une seconde cet air catastrophé qu'il affichait. Il avait encore vu un patient dont l'état de santé le tracassait, devinait-elle. Elle le connaissait depuis près de quinze ans et jamais il n'avait réussi à s'immuniser contre l'impuissance de la médecine. Ces pensées fugaces l'effleurèrent sans l'égratigner et elle se sentit faiblir de nouveau, ne sachant si elle avait rêvé ou non la larme qu'elle lui avait vu dans l'œil.

Ils venaient à peine de se laisser tomber sur le lit lorsque Florence frappa à la porte et entra sans y avoir été invitée, appelant Élisabeth d'une voix si gémissante qu'ils bondirent tous les deux, alertés par ce qui semblait être un cri d'alarme. Ils l'entendirent marcher dans l'appartement, allant du couloir au salon, du salon à la cuisine, pour finalement se planter devant la porte de la chambre.

— Es-tu malade, Élisabeth? Bon Dieu! j'espère que non! Élisabeth, réponds-moi!

Élisabeth chuchota à l'oreille de Denis qu'elle n'aurait jamais pu supporter d'avoir des enfants qui se seraient cru tout permis, surtout de bondir sur le lit de leurs parents. Son jeune frère Adam avait toujours pris les siens pour un terrain de jeu.

— Heureusement que Florence n'a plus six ans!

Elle enfila son peignoir et entrouvrit la porte. Florence trépignait d'impatience et fut décontenancée de voir qu'elle n'était pas habillée. Du coup, elle eut la certitude qu'Élisabeth était indisposée.

— Es-tu malade?

— Non, mais je sens que si tu restes ici plus de cinq minutes, je risque de m'évanouir.

Florence baissa le ton et, désignant la chambre d'un coup de menton, demanda sans émettre un son si Denis était là. Élisabeth fit un oui agacé et lui demanda la raison de sa visite impromptue. Florence l'attira par le bras jusqu'au salon et prit cet air taquin qui avait toujours fait craquer Élisabeth.

— Un, je l'ai rencontré et il m'a serré la main. «Je vous reconnais, vous, qu'il a dit. La petite violoniste de l'inauguration de la Place-des-Arts.» J'ai répondu par un oui tellement insignifiant qu'il a certainement pensé que j'étais une parfaite imbécile. Je n'en dors plus depuis deux jours. Il est tellement beau, tellement gentil, tellement cultivé, tellement simple. Il m'a souri, à moi. Il fallait que je te le dise, parce que, je te jure, je n'en dors plus depuis trois jours.

— Deux ou trois?

— Deux ou trois quoi?

— Jours.

— Ah! Disons deux et demi. Quel homme!

— Tu parles de qui, au fait?

— Ben, M. Wilfrid Pelletier, voyons! Le président d'honneur du concours.

— Ah!

— Je l'ai rencontré à la réception après le concert d'inauguration. Pourquoi est-ce que tu ne m'as pas attendue?

— Parce que j'ai eu un empêchement.

— Mais tu l'aurais vu me parler.

— Je le regrette. Si j'avais su...

— Deux, on a fait le tirage au sort et mon nom est sorti le dernier.

— C'est bon, ça, Florence.

— Mais non! Les gens vont avoir entendu tellement de bons violonistes qu'ils vont commencer à sortir discrètement dès que je vais monter sur la scène.

— Je dirais que non. Connaissant les spectateurs comme je les connais, je penserais qu'ils vont être ravis de voir une petite robe fleurie et des ballerines.

— Tu me parles de mode alors que je participe à un concours de violon?

— Oui. Ensuite?

— Trois, la rumeur veut que la pièce imposée soit d'André Prévost. J'espère avoir le temps de la mémoriser.

— Je n'en ai jamais douté. Mais pour quelle raison es-tu venue?

Florence troqua son air moqueur contre un air sérieux. Élisabeth eut peur tout à coup.

— Quatre, ma grand-mère n'est vraiment pas bien, Élisabeth. Elle ne pourra pas venir. Tu vas être ma seule famille...

Élisabeth lui ouvrit les bras et Florence s'y réfugia, lui humant le cou. Elle ne broncha pas pendant de longues minutes, puis elle défit son étreinte tout doucement avant de se diriger vers la porte.

— Cinq, heureusement que ta mère avait du talent pour les langues, parce qu'il y a des violons qui parlent allemand, hongrois, anglais, autrichien, bulgare, espagnol, hébreu, roumain, tchèque...

Élisabeth, touchée et amusée, la poussait discrètement vers la porte, faisant mine de vouloir s'en débarrasser à tout prix, mais soulagée de la voir emballée par le concours. Ses craintes s'étaient évanouies au fil des jours de répétitions avec l'accompagnateur attitré du concours. Elle avait rencontré quelques autres participants, sauf ceux qui n'avaient pas voulu de l'accompagnateur, ayant préféré traîner le leur dans leurs bagages. Florence, le pied sur le seuil, embrassa Élisabeth et descendit l'escalier en sautillant.

Élisabeth allait rentrer dans la chambre lorsqu'elle entendit la sonnette. Elle revint et ouvrit sur une Florence qui lui parla d'une voix de cancre, avec son air de potache cherchant les réponses au plafond.

— Le russe..., l'italien..., le japonais...

— Florence... Je pense que je vais être forcée de t'attacher...

— Non, non, je t'en prie...

Elle recula dans l'escalier, arborant un air faussement terrorisé. Puis elle se radoucit et regarda Élisabeth en souriant avec cette sorte de tendresse que seule une femme peut comprendre.

— Six, tu sens Denis.

— Je sens Denis?

Florence se toucha le cou, sous les oreilles, descendant les mains jusqu'à sa poitrine. Elle lui fit un clin d'œil et partit.

Souriante et émue, Élisabeth ferma doucement la porte et alla retrouver Denis, l'air radieux.

22

Une bruine vaporisée par un ciel gris-blanc estompait les teintes du matin tel un tulle sur un pastel. Élisabeth alla chercher Florence qui l'attendait sagement devant chez elle, assise sur une valise de cuir jaune recouverte d'une housse de coutil brun retenue par des boutons-pression rouillés. Elle eut le cœur fouetté en voyant Florence serrer le violon de Zofia comme elle aurait tenu un enfant entrant au pensionnat. Avec courage et sanglots étouffés. La sensibilité de Florence s'exacerbait avec les années, ayant atteint une fragilité extrême depuis le début de ce concours qu'elle-même avait d'abord perçu comme une occasion unique, mais pour lequel Florence nourrissait une telle appréhension qu'elle en était venue à se demander s'il n'eût pas été préférable qu'elle déclare forfait et se contente de son rôle de premier violon des Archets de Montréal. Mais elle s'était tue. Le talent de Florence était si grand que le moment était venu de la pousser hors du nid, même si elle redoutait le jour où elle cesserait d'être son professeur et où elle reconnaîtrait chez elle l'influence et l'odeur d'un maître qui n'aurait ni son approche ni son parfum.

Florence déposa sa valise dans le coffre de la Volkswagen et monta dans celle-ci avec les traits d'un condamné. D'une certaine façon, elle n'avait pas tort. Elle était condamnée à la musique comme d'autres artistes étaient condamnés à la peinture ou à la scène. Elle s'assit, étreignant encore l'étui de Zofia contre sa poitrine toujours aussi grêle malgré ses vingt ans. Pour prier Zofia, plaire à Élisabeth et attirer la chance, elle avait, conformément à son habitude, noué sur la poignée deux rubans — un rouge et un blanc, aux couleurs de la Pologne — sur lesquels elle avait épinglé une toute petite croix dorée qu'elle montra à Élisabeth. Celle-ci fut touchée autant par la boucle que par la croix.

— Tu m'étonnes. Depuis quand est-ce que tu t'intéresses à la religion ?

— C'est au violon que je m'intéresse, pas à la religion. Mais ta mère était religieuse et c'est sûrement ce qu'elle aurait fait.

Élisabeth stationna tout près de l'école de musique Vincent-d'Indy, nichée sans modestie sur le haut du mont Royal, mais Florence ne voulut pas sortir de la voiture.

— Est-ce que tu viendrais marcher dans le cimetière Notre-Dame-des-Neiges ?

Élisabeth la regarda, étonnée, mais s'abstint de tout commentaire. Florence haussa les épaules avant d'expliquer qu'elle voulait simplement se rapprocher de l'âme de Zofia et voir comment elle se sentirait quand il ne resterait plus de sa grand-mère qu'une stèle. Elles se promenèrent donc longuement, s'arrêtant parfois devant un monument et humant l'air de la montagne. Élisabeth remarqua que cet air avait changé de parfum en peu de temps, celui qui avait embaumé sa rencontre avec Denis ayant fait place à des arômes plus forts, moins subtils. Florence était absolument silencieuse et Élisabeth savait que rien ne pourrait venir à bout de son angoisse.

— Et si je ne réussis pas à apprendre la pièce imposée ?

Florence ne cessait de poser les mêmes questions, la pièce imposée l'inquiétant au plus haut point. Elle-même n'était pas rassurée, espérant que la pièce de Prévost — parce qu'elle était sûre que ce serait une œuvre de Prévost — lui offrirait des mesures ou des passages entiers dans lesquels elle serait à l'aise.

Elle avait été beaucoup plus étonnée que Florence quand celle-ci avait franchi la première épreuve et les demi-finales avec honneur et avait été retenue par le jury pour la finale. Jusqu'à cette épreuve, Florence avait assez bien supporté la pression, mais, apprenant qu'elle ne pouvait déroger au règlement qui stipulait qu'elle devait vivre dans l'isolement complet à l'école Vincent-d'Indy pour y découvrir et y répéter la pièce imposée, elle avait été complètement catastrophée.

«Je ne peux pas.

— Mais tu savais, Florence, que c'était le règlement.

— Oui, mais je ne peux pas.»

Élisabeth regarda l'heure et ne sut comment la presser. Alors, elle recommença à lui parler de son enfance, de la musique qui sortait par toutes les fenêtres de leur maison, même pendant la guerre, même pendant l'internement de son père. Elle parla de l'endroit où sa mère rangeait son violon, celui-là même dont Florence avait enrubanné l'étui. Elle lui raconta de nouveau comment la poignée de l'étui du violon l'avait retenue à la vie.

— Je m'y accrochais et j'ai souvent eu l'impression que c'était ma mère qui me retenait à la vie et non ma main qui portait le violon.

Elles s'assirent toutes les deux sur la pelouse encore fraîche et humide, le dos appuyé contre une stèle. Florence sembla enfin se détendre, écoutant son professeur comme si elle l'entendait pour la première fois, mais avec dans les yeux l'assurance d'un enfant qui connaît l'histoire et qu'une simple dérogation peut soustraire à l'envoûtement des mots et de la voix.

— Elle me disait toujours : «Élisabeth, tu seras une vraie violoniste quand tu seras dépassée et bouleversée par les sons qui viendront de ton instrument. Quand tu auras la capacité de sortir de ton corps pour te voir et t'entendre et que tu maîtriseras chacun de tes mouvements. Tu seras une vraie violoniste quand tu te permettras de devenir musique.»

Élisabeth avait parlé d'un voix monocorde, flattant doucement le pied de la stèle, envoûtée elle-même par les mots de sa mère.

— Tu peux la prendre comme muse.

Florence lui passa un bras autour du cou, laissa tomber sa tête sur son épaule et lui chuchota qu'elles pouvaient partir.

Élisabeth était assise au parterre avec ses élèves, dont plusieurs avaient réussi à épargner suffisamment pour se procurer un billet. Si Florence leur avait expliqué comment elle avait l'intention de se préparer, alliant technique et interprétation, Élisabeth les avait longuement instruits en leur disant souhaiter qu'ils puissent reconnaître les grandes écoles de musique et leurs techniques, percevoir les différences d'interprétation que l'on pouvait donner à une même pièce, analyser le contact entre le violoniste et son instrument, et finalement rechercher les âmes et s'identifier à celles qui les émouvaient le plus.

La salle n'avait cessé de grouiller de gens fébriles qui, un programme froissé et annoté à la main, semblaient préparés à la grande aventure. Ses élèves avaient mis la jupe ou le blazer et la cravate sauf un qui avait choisi le col roulé et un veston au col Mao à la manière des Beatles. La salle était comble et Élisabeth s'émerveillait de voir à quel point la musique n'avait ni âge ni langue. Elle avait déjà été présentée à des amateurs de plusieurs pays qui s'étaient déplacés pour les finales, la plupart connaissant un candidat. Elle avait fait la rencontre de Français venus encourager Mme Courtois et M. Kantorow, de gens de la République fédérale d'Allemagne venus applaudir Ulf Hoelscher, de quelques rares représentants de l'Union soviétique, au visage fermé et aux habits mal coupés, tendus comme si l'avenir de leur pays dépendait des performances de MM. Korsakov, Lancman et Nodel; de plusieurs Japonais au nom impossible à retenir, et de nombreux Américains qui n'avaient plus qu'un seul candidat en finale après avoir vu huit des leurs éliminés dès la première épreuve. Il y avait bien eu un peu de grogne, mais les dix membres du jury, originaires de huit pays différents, n'avaient rencontré aucune contestation. Dans le hall, quelques minutes avant le premier concert, elle avait croisé Sidney Harth, le juré américain, qui se dirigeait vers sa place et lui avait gentiment demandé de tenir compagnie à un collègue et compatriote.

— *A friend,* Nathaniel Warszawski, *from Boston.* Il vient d'arriver aujourd'hui et il ne connaît personne.

Élisabeth avait voulu refuser mais n'avait pu quand elle avait entendu la musicalité de son nom polonais. Il lui avait baisé la main et elle était restée plantée devant lui, un sourire Rose Kennedy lui encadrant les dents.

— Vous êtes de Varsovie?

— Mon nom ne peut rien cacher. Et vous?

— De Cracovie.

Ils n'avaient eu que le temps d'apprendre qu'elle était professeur de violon — elle avait parlé rapidement des Archets de Montréal et de Florence qui était finaliste — et qu'il était chef d'orchestre invité et professeur au Conservatoire de musique de Boston.

— En orchestration.

Il avait continué en lui donnant d'autres précisions, mais elle avait aperçu Denis qui, à une quinzaine de mètres derrière M. Warszawski, lui faisait des sourires d'admiration pour son élégance et un tendre clin d'œil de complicité amoureuse. Warszawski avait remarqué qu'elle ne l'écoutait plus, s'était tu sans qu'elle s'en rendît compte, et avait tourné discrètement la tête pour remarquer un bel homme au regard transpirant de désir. Il avait souri discrètement et s'était éloigné sans qu'Élisabeth le voie.

Le rideau s'ouvrit donc sur le premier concurrent, qui réussit à émouvoir la salle avec son *Concerto en ré majeur* de Brahms. Élisabeth ne savait si c'était à cause de son humeur ou du talent du concurrent, mais jamais elle n'avait entendu ce concerto joué de façon aussi magistrale. À l'entracte, elle cherchait Denis des yeux quand Nathaniel Warszawski s'approcha d'elle.

— S'ils jouent tous comme lui, je plains les membres du jury.

— Mais il ne joue pas !

Warszawski parut étonné de sa réponse, mais continua la conversation comme si elle avait dit une grande vérité musicale, lui faisant cependant remarquer qu'elle mettait la barre bien haute. Élisabeth, qui avait cru qu'il lui parlait de Denis, prit conscience de sa bourde et tenta d'en minimiser la sottise en vantant les mérites de Florence.

— Je veux dire qu'il joue, mais vous serez de mon avis quand Florence vous aura attaché à votre siège avec les cordes de son violon.

Elle émit un petit ricanement pour appuyer son jeu de mots et Warszawski lui fit un sourire séduit.

— Elle doit avoir tout un talent pour réussir à envoûter une âme musicale polonaise.

Les soirées du Plateau avaient presque toutes la même trame. Élisabeth était de plus en plus tendue au fur et à mesure que les jours passaient, mais elle savait bien que sa nervosité n'était qu'un pâle reflet de celle de Florence. Elle pensait à elle jour et nuit, ne concédant que quelques minutes à Denis, habituellement celles qui précédaient l'abandon au sommeil. Elle avait parlé à Florence au téléphone à trois reprises et la voix de son élève était si fluette qu'elle en avait faibli. Florence lui avait affirmé que la pièce imposée de Prévost — parce que c'était bien une pièce de Prévost — lui plaisait et Élisabeth espéra qu'elle saurait la mémoriser. La plupart des concurrents avaient leur partition, posée sur un lutrin, mais n'en tournaient pas souvent les pages. Élisabeth souriait de leur maladif besoin d'être rassurés. Elle n'avait aperçu Denis que deux fois dans le hall et leurs yeux avaient échangé de longues conversations, répétant inlassablement leur complicité, leur tendresse et leur amour. Ces rencontres pimentaient encore cette semaine qui ressemblait à un septième ciel où tous les anges auraient été musiciens et où le Messie, incarné par Denis, aurait été beau, grand, charmant et irrésistiblement séduisant. Elle avait aussi beaucoup d'agrément à parler de la Pologne et de musique avec M. Warszawski, qui lui rappelait tous les soirs sa hâte d'entendre Florence.

— Vous n'êtes pas la seule à parler de son génie. J'ai entendu dire la même chose par nos concurrents évincés.

Élisabeth se rengorgeait de toutes ces flatteries, se les répétant soir après soir pour se convaincre que Florence pouvait se retrouver parmi les trois premiers lauréats.

Jan, Michelle et Nicolas l'attendaient devant la maison, tous les trois amidonnés comme pour une noce. Elle sortit à la hâte, faisant résonner ses talons avec coquetterie sur le ciment menant de l'escalier au trottoir.

— Nerveuse?

Devant son regard affolé de biche face à un prédateur, Jan lui fit ce sourire qu'il avait toujours eu pour la rassurer et la réconforter. Elle lui en sut gré et se glissa sur la banquette arrière, où Nicolas l'attendait pour lui baiser la main. Il n'avait jamais cessé de le faire depuis que Stanislas le lui avait appris. Élisabeth ne savait plus respirer ni déglutir, s'humectant sans cesse les lèvres, son corps trop inquiet ayant presque cessé de produire de la salive. Michelle tournait la tête en lui souriant, fascinée par l'amour presque maternel qu'elle dégageait. Ils arrivèrent à proximité du Plateau et Jan fut pris dans un embouteillage bloquant la rue De Lanaudière depuis la rue Rachel. Les feux arrière des automobiles faisant la queue pour entrer dans le parc LaFontaine donnaient un air de fête aux rues encombrées. Élisabeth se mit à jurer en polonais, ce qui fit rire Jan et sourciller Michelle et Nicolas.

— Laisse-moi sortir. Il ne faut pas que je sois en retard. On se retrouve dans le hall cinq minutes avant l'heure.

Elle claqua la portière et reprit sa course rythmée par le son de ses talons comme par un métronome.

Jan et Michelle se tenaient dans le hall alors que Nicolas était allé s'asseoir près des élèves d'Élisabeth, qu'il connaissait presque tous pour avoir joué du violon avec eux. Jan regarda l'heure, un sourcil levé.

— Florence doit être dans tous ses états. Je plains Élisabeth.

— Il ne faut pas s'inquiéter, Jan. Elle est avec elle dans les coulisses et, comme je la connais, elle doit lui chanter une berceuse à voix basse pour la calmer.

— Elle m'a dit que Florence avait maman pour muse.

Jan avait fait cette révélation avec un sourire attendri au coin des lèvres. La lumière s'éteignit une dernière fois et

Michelle alla prendre place au parterre. Jan décida d'attendre Élisabeth encore quelques minutes. C'est alors qu'il vit Florence sortir par la porte menant à l'arrière-scène, le violon ballottant au bout du bras, en larmes.

— Oh! Monsieur Aucoin! Où est Élisabeth? Je l'attends depuis sept heures et elle n'est même pas venue me souhaiter bonne chance.

Jan sentit une peur visqueuse lui engluer la poitrine. Une chose terrible venait certainement de se produire pour qu'Élisabeth ait été empêchée d'exorciser le trac de Florence. Sans se concerter, le regard inquiet, ils tournèrent tous les deux sur eux-mêmes, la cherchant des yeux. De la salle leur parvinrent les sons du concurrent précédant Florence, attaquant la pièce imposée. Florence, qui s'était promis de l'écouter religieusement, ne l'entendit pas, et elle et Jan se regardèrent, presque paniqués. Voyant l'affolement de Florence, Jan s'exhorta au calme, pour la rassurer, certes, mais aussi pour se laisser le temps de s'illusionner quant à l'état de sa sœur. Florence poussa la porte des toilettes des dames, qu'elle parcourut en un clin d'œil en se penchant pour regarder sous les box. Elle ne vit qu'une vieille paire de chaussures lacées — des chaussures de religieuse, se dit-elle — et retourna, de plus en plus inquiète, rejoindre Jan. Aussitôt qu'il comprit qu'elle n'avait pas vu Élisabeth, il se dirigea vers la porte. Ils sortirent et frissonnèrent malgré la brise tiède de ce début de juin. Florence le suivant comme une ombre, Jan s'avança, agité et erratique tel un oiseau cherchant à becqueter un papillon en plein vol. Il alla même regarder derrière les arbres, comme si Élisabeth avait pu s'amuser à jouer à cache-cache. Puis Florence et lui se dirigèrent vers les bancs placés en bordure de l'étang, alors que leur parvenaient de la salle de concert les premières mesures du *Concerto en la majeur* K. 219 de Mozart.

Ils ne distinguèrent d'abord qu'une forme grise, recroquevillée, et ne la reconnurent pas. Ils s'en approchèrent pourtant et un rayon de lune réussit à se faufiler sous un nuage pour l'éclairer. Florence demeura béate tandis que Jan s'agenouilla doucement devant sa sœur qui avait retrouvé son regard de guerre, celui qui ne fixait que le vide et la tristesse, les malheurs et les deuils. Florence demeura à l'écart, écrasant le violon contre sa poitrine et sanglotant silencieusement en se mordant les lèvres. Jan s'approcha d'Élisabeth comme s'il avait réussi à l'apprivoiser et s'assit à ses côtés, lui peignant les cheveux de ses doigts écartés et raides, muet. Élisabeth ne le regarda pas et Jan comprit qu'elle fixait une détresse telle qu'elle en avait perdu conscience. Il demeura coi, incapable de retrouver les mots qui lui étaient venus si facilement dans les montagnes et dans le camp de réfugiés en Allemagne, alors qu'il ne connaissait que la survie.

Au son de la suite *Impression d'enfance* d'Enesco, Florence sortit de sa torpeur et s'approcha de son amie.

— Élisabeth, j'ai besoin de toi.

Élisabeth ne broncha pas, occupée à fouiller le néant de ses yeux bleus et aqueux. Jan se releva tranquillement.

— Hâte-toi, Florence. Tu dois être dans les coulisses dans moins d'une demi-heure. Je m'occupe de ma sœur.

— Je ne pourrai pas jouer, monsieur Aucoin.

Jan la regarda et fut déchiqueté par sa fragilité. Elle tenait contre sa poitrine tout le pouvoir de guérison d'Élisabeth. Il lui prit le violon des mains, sans la brusquer, et le posa près de sa sœur, qui ne broncha pas. Puis il invita Florence à en jouer, mais elle en fut incapable, paralysée. Elle le redéposa, dénoua la boucle blanc et rouge qu'elle avait mise à son poignet comme porte-bonheur et l'attacha à celui d'Élisabeth, qui sortit faiblement de son abattement, tourna la tête vers son frère et parut le poignarder par son chuchotement.

— C'est Denis?

Florence avait parlé d'une voix étonnamment assurée. Jan lui fit un signe d'assentiment tout en soutenant Élisabeth qui se laissait reglisser dans les limbes.

— Mais dites-moi quelque chose, monsieur Aucoin. Est-ce que Denis a eu un accident?

Jan eut un geste d'impatience, se demandant quel âge aurait dû avoir Florence pour comprendre qu'il lui fallait se taire devant sa sœur. Il ne répondit rien, mais, dès qu'il eut soulevé Élisabeth pour la porter jusqu'à la voiture, il lui parla sur ce ton qui l'avait souventes fois calmée et rassurée. Florence les suivit, s'arrêta, regarda l'édifice du Plateau, fit une moue de regret, puis partit presque en courant derrière eux, le violon toujours serré contre sa poitrine.

Jan étendit Élisabeth sur la banquette arrière et il allait démarrer quand il prit conscience que Florence était assise derrière lui sur le plancher, caressant la cuisse d'Élisabeth. Il lui demanda de sortir, mais elle ne bougea pas. Il ouvrit alors la radio et ils entendirent les applaudissements des spectateurs.

— Va, Florence. On doit s'inquiéter de ne pas te voir.

— Mais non, il n'y a qu'Élisabeth qui aurait pu s'inquiéter. Je n'ai personne pour qui jouer.

Encore une fois, Florence fit une moue qui lui grêla le menton. Jan sortit du véhicule et alla lui ouvrir la portière. Elle comprit qu'il avait une détermination supérieure à la sienne, caressa une dernière fois la cuisse d'Élisabeth et capitula. Il l'attira à l'écart.

— Je t'expliquerai, mais, si j'ai bien compris, Élisabeth a rencontré la femme de Denis.

— Encore? Ce n'est pas la première fois que...

— Et elle est enceinte.

227

Florence reçut la nouvelle comme une gifle. Elle avait toujours su que Denis était marié, mais elle avait sincèrement cru qu'il n'aimait qu'Élisabeth.

— Je crois qu'elle aurait besoin d'entendre le violon de ma mère.

Florence entra en scène les cheveux ébouriffés, le cœur suivant encore les feux arrière de l'automobile de Jan, parti avec une Élisabeth disloquée sur la banquette. La salle se fit silencieuse et son accompagnateur attendit qu'elle lui demande de jouer les premières mesures. Quelques toussotements se firent entendre. Elle vit les yeux inquiets et interrogateurs du pianiste, et, se rappelant que Jan avait ouvert la radio, elle se ressaisit. Elle ferma les yeux, eut connaissance qu'ils étaient encore humides, serra les mâchoires et fit un petit signe qui sembla électriser le pianiste. Elle avait déjà attaqué les premières mesures de la pièce de Prévost quand elle s'aperçut qu'elle n'avait pas apporté la partition. Elle en aurait souri si elle l'avait pu, mais sa mentonnière et son chagrin l'en empêchèrent. Mozart fut bientôt à ses côtés et elle laissa glisser l'archet de cette façon qui lui était propre, donnant l'impression qu'il s'éternisait sur les cordes. Elle ne sut où s'étaient envolées les notes du concerto, mais la dernière s'était assoupie devant une salle hypnotisée qui mit près de cinq secondes avant d'applaudir. Peu de temps après, elle se prit d'aversion pour sa sonate de Bartók, en voulant à celui-ci d'avoir pu écrire une belle musique pour un Barbe-Bleue qu'elle voyait ce soir-là sous les traits de Denis. Même si elle ne jouait pas cette pièce, savoir qu'elle jouait du Bartók lui suffisait pour attiser son mépris. Elle butina ensuite sa sonate d'Elwell comme s'il lui avait ouvert la clôture d'un pré piqué de pâquerettes et elle crut entendre les spectateurs bourdonner à ses côtés. Arriva enfin la dernière pièce, la *Polonaise* brillante de Wieniawski. Elle se figea, cherchant comment elle pourrait parler à sa Polonaise alors qu'elle la savait recroquevillée sur sa douleur. Elle leva les yeux et essaya de percer l'obscurité de la salle pour trouver la tête de Denis, mais elle ne vit que le noir de la solitude que devait vivre Élisabeth. Elle approcha alors le violon de son visage, ferma les yeux et souffla doucement dans l'ouïe, demandant à Zofia de prendre la relève parce qu'elle n'avait plus de force. Elle se cala contre la mentonnière et vit son bras se lever pour appuyer l'archet contre les cordes. Elle savait qu'elle devait bientôt attaquer sa première mesure, mais elle était enivrée par le piano. Alors, elle comprit. Zofia était venue l'accompagner. D'un coup d'archet, elle lui emboîta le pas, lui racontant le chagrin d'Élisabeth et son incapacité de la consoler, le grand amour de sa fille pour Denis et la triste fin qu'il venait de connaître. Elle n'eut pas conscience qu'elle jouait en versant des larmes qui tombaient sans retenue tantôt sur son épaule, tantôt sur le violon. Mais le public vit luire ces perles d'émotion et retint son souffle devant la *Polonaise*. Zofia disparut à la dernière mesure et Florence ferma les yeux pour la remercier. Elle sortit de scène sans entendre le silence de l'assistance, qui retenait encore son souffle de crainte d'éteindre la flamme que Florence avait allumée dans l'obscurité. Elle fila dans les coulisses, cherchant son étui pour y coucher l'instrument après l'avoir essuyé, étonnée de voir qu'il était mouillé. Elle resta prostrée dans un coin, craignant tout à coup d'avoir blessé les spectateurs, ignorants du chagrin d'amour d'Élisabeth. Elle entendit un discours qui lui semblait venir d'un autre monde, fut happée par quelqu'un qui l'attira sur scène, se retrouva aux côtés de Vladimir Lancman, le violoniste russe dont Élisabeth avait dit avoir aimé l'âme, et tous deux reçurent une gerbe de fleurs. Ce n'est que lorsque Michelle vint la retrouver qu'elle sut qu'ils venaient de remporter le grand prix, ex aequo. Elle le trouva aussi amer que la bouche de Denis qui tenta de s'approcher d'elle mais rebroussa chemin quand il comprit qu'il n'aurait pas de mots pour expliquer qu'il était ravagé par le chagrin.

Troisième temps

1967-1968

23

Le soleil était au rendez-vous et les Manitobains avaient flâné après la messe de Pâques, préférant en regarder l'éclat sur le bout de leurs chaussures de cuir verni neuves. Jerzy, Stanislas et Casimir s'étaient engouffrés dans la cabine de leur camion et avaient quitté Saint-Boniface, où ils avaient exceptionnellement assisté à la messe à la cathédrale, pour filer directement à Winnipeg. Jerzy avait insisté pour que Casimir les accompagnât, voulant lui montrer la statue du *Golden Boy*. Stanislas ne savait s'il était plus déçu que furieux ou l'inverse, mais la présence de Casimir l'irritait. D'aussi loin qu'il se rappelât, Pâques était le jour où son père et lui partaient seuls pour se recueillir devant le *Golden Boy*, qu'ils avaient décrété être le monument de son oncle Adam, que ni lui ni son père n'avaient connu.

Le jour de Pâques, son père était toujours de belle humeur et lui racontait ses aventures de guerre ou de jeunesse, les assaisonnant d'année en année. Stanislas avait donc attendu longtemps ce dimanche, désireux d'interroger son père sur cette Anglaise aux cheveux aussi roux que ceux de Florence, mais la présence de Casimir l'en empêcherait. Il avait aussi espéré pouvoir parler d'Élisabeth, qui, selon les lettres de Michelle, n'avait repris ses activités avec les Archets de Montréal que depuis Noël. Stanislas faisait la moue et il n'avait pas besoin de regarder son père pour savoir que celui-ci lançait des regards entendus à Casimir, se moquant de sa maussaderie.

Stanislas avait aussi voulu profiter de ce jour pour annoncer son projet de poursuivre ses études à Montréal. Cette discussion le terrorisait, mais il savait le jour de Pâques — jour des promesses et des regrets, des accolades et des tapes dans le dos — tout choisi pour la tenir. Jusqu'à cette année, Pâques avait été jour de trêve où il se permettait d'aimer son père, oubliant toutes les saloperies que celui-ci faisait à Sophie depuis qu'elle lui tenait tête et que sa carrière s'annonçait bien malgré son jeune âge.

Ils marchèrent en direction de la statue et Casimir portait difficilement les kilos supplémentaires pris depuis son arrivée à Saint-Norbert. Heureusement pour tous, il était toujours un travailleur acharné et la ferme s'en trouvait améliorée, faisant disparaître le remords de Stanislas chaque fois qu'il pensait à ses étés à Montréal et à ses projets. Le plus souffrant était l'entêtement de Sophie, qui ne voulait toujours pas l'accompagner et cherchait encore noise pour s'assurer que son père l'empêcherait de partir. Stanislas avait beau lui expliquer la «famille de l'Est», elle en avait une crainte inexplicable frôlant parfois le mépris.

«Je ne sais pas si j'aimerais un oncle qui travaille dans une épicerie.

— C'est le contraire : ce sont les épiciers qui travaillent pour lui. Il est très prospère, notre oncle épicier.

— Si tu le dis. Mais une tante qui s'occupe de collecter des loyers, d'expulser des pauvres gens et de faire repeindre des maisons, c'est contre mes principes.

— Quels principes ?

— *Mes* principes.

— Et Nicolas ? Tu n'as pas envie de le revoir ?

— Pas vraiment, non. D'après ce que tu me dis, il me donne l'impression d'être un parasite.

— Je n'ai jamais dit une chose pareille! J'ai simplement dit qu'il préférait les colonies de vacances aux épiceries.

— C'est ce que je dis. Il doit avoir peur du travail, parce que les colonies de vacances à quinze ans, c'est un peu idiot.

— Il est moniteur assistant.

— Moi, le genre boy-scout, ça ne me dit rien. Et je suppose que tu veux que je rencontre Élisabeth?»

Stanislas avait haussé les épaules, lui faisant comprendre qu'il ne tolérerait aucun propos désobligeant au sujet de sa tante qui, il le savait, était presque morte de chagrin depuis qu'elle avait cessé de voir le docteur Boisvert. Toute la famille, de l'Est ou de l'Ouest, avait fermé les yeux sur cette liaison qui, sa mère le lui avait fait entendre, aurait duré plus de quinze ans. Florence lui avait déjà parlé de ce médecin, se contentant de dire qu'ils formaient un couple si beau qu'elle avait longtemps espéré qu'ils s'épousent pour l'adopter.

Ils se retrouvèrent tous les trois devant la statue du *Golden Boy* et Stanislas la regarda d'un œil toujours aussi curieux. L'histoire de cet oncle était si brève qu'elle frôlait l'horreur. C'est du moins ce qu'en disait son père chaque année, s'en servant toujours pour reparler de sa mère, enceinte de ce frère la dernière fois qu'il l'avait vue.

— C'est quand même une drôle d'idée de choisir un rat de cale comme monument funéraire.

Casimir avait parlé tout haut avant d'éclater de rire, imité par Jerzy, au grand déplaisir de Stanislas. Sans dire un mot, il salua le petit garçon doré et tourna le dos à son père. Jerzy ne le remarqua pas et Stanislas fila tout droit vers la rue, vérifiant l'argent qu'il avait en poche pour être certain de pouvoir manger un peu.

Il erra dans les rues de Winnipeg, croisant quelques promeneurs du dimanche et plusieurs Cris presque tous ivres. Il ne pouvait s'expliquer la différence entre ces derniers et ses amis métis de Saint-Norbert. Il en suivit un, sans raison, et s'engouffra derrière lui dans un restaurant où la seule chose propre était, parce que protégé par un globe, le cadran de l'horloge. Il se retrouva assis au comptoir sur un tabouret instable, à manger un hot-dog et des frites noyées dans l'huile et qu'il avait recouvertes de ketchup Heinz. Pâques goûtait habituellement le chocolat, mais celui-ci était amer. Il se dit que le rituel inventé par son père perdait peut-être de sa fascination parce qu'il n'était plus un enfant.

Stanislas regarda son reflet dans la glace fêlée et huileuse sous l'horloge. Il se passa une main dans les cheveux, davantage pour se donner une contenance que par coquetterie. Il avait la taille d'un homme et son père le traitait encore comme un adolescent incapable de réfléchir, incapable d'agir, ignorant du passé et du présent, et naïf quant à l'avenir. Il n'aimait pas avoir dix-sept ans. Son père semblait avoir oublié que lui-même avait cet âge lorsqu'il était parti de Cracovie pour aller au front, et le même âge quand il avait transporté son ami blessé sur ses épaules sans le sentir mourir. Chaque fois qu'il le lui rappelait, son père balayait la remarque de la main, se contentant toujours de répondre que les temps avaient changé et qu'un jeune Polonais des années quarante avait beaucoup plus de maturité qu'un adolescent canadien d'aujourd'hui.

Il commanda une bière et on exigea qu'il montre ses papiers. Il fit une grimace et demanda un *Coke*. Le Cri qui l'avait conduit dans ce boui-boui dormait profondément, la tête sur la table, les cheveux dans une assiette, ronflant dans un cendrier où achevait de se consumer une cigarette. Stanislas resta dans le restaurant à ruminer la déception de son Pâques, dépensa tout l'argent qu'il avait en poche et se demanda combien de temps il mettrait à rentrer à Saint-Norbert en stop.

Le soleil avait fini de cuire les vitres crasseuses de la fenêtre lorsqu'il se leva, l'estomac rempli de coca-cola et de saucisses. En passant devant le Cri, il éloigna le cendrier, salua ensuite le propriétaire et se retrouva dans la rue. Il retourna devant le *Golden Boy,* qui lui parut triste et gris de solitude. Il s'approcha du socle de la statue et, sachant que personne ne pouvait l'épier, l'embrassa en lui souhaitant une bonne nuit. Il revint vers la rue, où il leva le pouce bien haut comme s'il avait voulu appâter l'œil des automobilistes. Il était loin de se douter qu'il était exactement au même endroit que son père avait choisi plusieurs années plus tôt pour partir à la conquête de sa mère.

Sophie le vit arriver et alla à sa rencontre. En l'apercevant, il comprit que son escapade n'avait guère été appréciée et il lui sourit pour la rassurer. Le conflit qui opposait sa sœur et leur père les avait rapprochés et il ne voyait que très peu de différence entre ses dix-sept ans et les quinze ans qu'elle portait comme s'ils lui donnaient sa majorité. Ils marchèrent lentement, sans dire un seul mot, sachant qu'ils seraient côte à côte à la barre quand la tempête s'abattrait, ce qui n'allait pas tarder. Anna leur fit un sourire amusé comme seule elle pouvait le faire quand Jerzy couvait une colère comme une mauvaise grippe. Elle le pointa du chef, mais retourna à son jeu de patience pour s'occuper les doigts et attendre discrètement le moment où elle sortirait les griffes pour défendre son fils. Toute la famille était habituée à ces soirées de discussion, qui se terminaient toujours par un claquement de porte qui, invariablement, déplaçait le cadre accroché dans la cage d'escalier.

Casimir était assis dans son coin de salon, une pipe à la bouche, le regard fermé sur ce qui lui apparaissait comme une mise au point nécessaire. Il avait d'ailleurs longuement discuté avec Jerzy des devoirs que voulaient abroger les jeunes, ne retenant que leurs droits. Toujours aussi discret, il se leva en souhaitant une bonne nuit à Jerzy, qui grommela une réponse que personne ne comprit. Il descendit à la cave et referma la porte derrière lui pour que la famille puisse oublier sa présence. Cette politesse était plus que symbolique, puisque son ronflement réussissait à monter à l'étage.

Stanislas détestait ces soirées où son père rabâchait les mêmes choses, jouant au grand législateur. Il le lui avait d'ailleurs déjà reproché et Jerzy lui avait demandé s'il avait étudié le fonctionnement du gouvernement, ce qu'il avait été forcé de reconnaître. Son père lui avait alors dit ne pas être impressionné par ses mots recherchés et avait affirmé qu'il n'était pas un législateur mais un père.

Jerzy tourna la tête et le regarda de pied en cap. Sophie soupira et s'assit près de sa mère, prête à bondir. Stanislas ne broncha pas, attendant le moment où son père accrocherait son regard au sien. Il abhorrait les affrontements, préférant laisser passer la tornade plutôt que de se précipiter dans son œil.

— Ton chocolat est au réfrigérateur.

Stanislas eut presque envie de rire et alla en ouvrir la porte pour trouver un lapin qui, apparemment, avait fondu avant d'être réfrigéré. Il le prit et en croqua une bouchée qui lui parut difficile à avaler et aussi indigeste que ses hot-dogs, mais il n'en laissa rien paraître, préférant sourire à sa mère pour la remercier de le lui avoir acheté. Sophie tendit la main et il lui donna la tête, dont il avait arraché les oreilles.

— J'aimerais, à l'avenir, que tu me dises si tu rentres avec moi ou non.

Stanislas aurait aimé lui avouer qu'il était particulièrement déçu de cette journée qu'il s'était fait une joie d'attendre, comme tous les ans.

— Je croyais que tu aimais passer l'après-midi de Pâques avec moi.

Anna regarda Sophie et lui demanda de se retirer. Sophie hésita et attendit un signe de son frère pour obéir. Stanislas lui donna un autre morceau de chocolat, la priant de faire attention pour ne pas tacher son drap et son oreiller. Elle monta, essuyant avec sa langue une tache brune à la commissure gauche de ses lèvres.

— Quelle punition penses-tu que tu devrais avoir ?

— Être puni ? Pour quelle raison ? J'ai dix-sept ans, papa, l'âge que tu avais quand...

— Je sais quel âge j'avais quand... !

Anna fit claquer sa langue contre sa canine et soupira en affirmant qu'elle n'avait pas réussi une seule fois son jeu de patience.

— Et toi non plus, Jerzy. Je ne pense pas que tu aies réussi ton jeu de patience, ce soir. En fait, je pense que tu as gardé toutes les mauvaises cartes et jeté les bonnes.

— Anna, ceci est entre mon fils et moi.

— Je veux bien, mais, si j'ai bonne mémoire, tu m'as toujours dit que ta sortie pascale était sacrée. Je ne suis jamais allée avec toi. Jamais. Et tu n'as jamais emmenée Sophie... pardon... ta fille non plus.

Elle posa les cartes sur la table, puis s'approcha de son mari en lui demandant sèchement et à voix basse ce que Casimir faisait avec eux devant le *Golden Boy*. Stanislas eut une violente envie d'embrasser sa mère tant elle l'impressionnait par sa perspicacité, mais il ne cilla pas, laissant son regard soudé à celui de son père.

— J'ai quand même le droit d'emmener mon meilleur ami pour lui montrer une statue...

— Pas une statue, Jerzy. Tu as décrété que c'était le monument funéraire d'un petit garçon qui était ton frère et l'oncle de ton fils. Combien de fois es-tu allé à Winnipeg avec Casimir ? Cinquante, cent ? Et tu n'as jamais pensé à le faire ? Non. Moi, je pense que tu l'as emmené aujourd'hui pour éviter d'entendre ce que Stanislas... pardon... ton fils avait à te dire.

— Mon fils a des choses à me dire? Qu'est-ce que tu as à me dire?

Stanislas se mordit l'intérieur de la joue, espérant que son père comprendrait qu'il ne pouvait parler devant sa mère. Mais Jerzy ne comprit rien et répéta sa question. Alors, Stanislas oublia Pamela et annonça le plus doucement possible qu'il voulait poursuivre ses études à Montréal. Jerzy jeta un coup d'œil à Anna pour voir si elle était au courant de ce projet insensé, puis il dévisagea Stanislas qui ne bougea pas. Il se leva et sortit sans dire un mot, sans même laisser deviner ce qu'il pensait. Il marcha en direction de la rivière et alla s'asseoir sur le rivage, la gorge coincée par l'étau de l'urgence. Rien n'allait plus. Si son fils voulait aller étudier à Montréal, c'était signe que le temps était venu de l'inscrire à l'université de Cracovie. Jerzy se sentait désespéré, puisqu'il lui faudrait vendre sa ferme et partir dès l'automne, une année plus tôt que prévu. Casimir lui avait affirmé qu'à eux deux ils réussiraient à rendre la terre encore plus productive, avec l'alternance de culture et de jachère. Quant à Sophie, elle allait griffer, cracher, mais lui et Anna viendraient sûrement à bout de son entêtement. Elle ne pouvait pas sérieusement croire qu'elle ferait carrière avec ce groupe toujours aussi peu ragoûtant. Il n'était pas trop tard pour l'inscrire au Conservatoire de chant de Cracovie et il se promit de le faire dès le lendemain matin.

Il n'entendit pas venir Anna, qui lui caressa le dos comme elle seule savait le faire pour calmer son tourment. Il aurait voulu poser sa tête sur son épaule et lui dire qu'il n'en pouvait plus d'avoir un fils qui le méprisait et une fille pour laquelle il n'existait plus. Il aurait voulu lui dire aussi que son mal du pays se faisait de plus en plus insupportable, véritable suffocation malgré l'air étourdissant des plaines canadiennes, mais elle n'aurait rien compris. Elle refusait toujours sa patrie, lui disant que, après avoir vécu vingt ans dans son pays d'adoption, il n'était polonais que de nom et non d'appartenance. Comment pouvait-elle comprendre, alors qu'elle habitait la maison où elle avait poussé son premier cri, fait ses premiers pas, perdu sa première dent, échangé son premier baiser, et fêté ses épousailles ? Il se leva et commença à marcher le long de ses terres, suivi d'Anna qui demeurait en retrait, attendant qu'il l'invite à s'approcher. Elle avait encore et toujours raison, et les enfants lui donnaient à elle seule l'amour qu'ils auraient pu partager entre eux. Il ne savait comment les reconquérir, car c'était bien d'une conquête qu'ils avaient besoin. Il était certain que, s'il transplantait toute sa famille en Pologne, ils prendraient plaisir, ensemble, à acheter une nouvelle terre qui n'attendrait que les semences pour produire ; à parler polonais partout et tout le temps avec tout le monde, plus personne ne leur disant qu'ils avaient un drôle d'accent ; à découvrir les magasins et les musées ; à assister à des concerts donnés par de vrais musiciens, héritiers d'une tradition séculaire. Ils seraient tellement bien, si seulement ils voulaient prendre le risque qu'il leur proposerait. Il regarda sa terre fraîchement soulagée du poids de la neige et dont le brun demeurait timide à cause de deux gelées tardives. Il possédait maintenant plus de quarante arpents et il avait dû troquer, grâce à la marge de crédit consentie par son gérant de banque, son petit tracteur contre un gros Massey-Ferguson auquel il attachait ses différentes charrues.

Jerzy sentit qu'Anna avait cessé de le suivre, mais il n'en continua pas moins son chemin. Elle avait certainement l'intention de le forcer à ralentir pour l'entraîner en direction de la maison, mais il n'avait pas envie de voir la tête catastrophée de Stanislas, sûrement livide à l'idée d'être privé de son séjour à Montréal, surtout en cette année de l'Exposition universelle. Il n'avait pas envie non plus de deviner la présence de sa fille, dont il ne verrait qu'une ombre chinoise sur la toile tirée devant sa fenêtre.

Anna avait recommencé à marcher et il entendait son pas s'accélérer. Dans quelques minutes, elle serait à ses côtés. Il ne cessait d'aimer ses yeux toujours moqueurs et sa canine encore plus acérée qu'au premier jour. Son ventre se contracta soudain tant sa crainte de la chagriner était grande. Son souffle lui parvenait maintenant et il sentait l'ail dont elle avait piqué le rôti de porc. Il le huma, aimant cette odeur de confort et de sécurité. Il avait réussi à remplir le ventre des siens et jamais ils n'auraient faim comme il avait eu faim.

— Tu penses à quoi, Jerzy?

— Tu veux vraiment le savoir?

— Oui. À Stanislas ou à Sophie?

— Ni à l'un ni à l'autre.

— Difficile à croire.

— Sache, ma chère épouse, que je pensais à ton ventre.

Anna eut un léger sourire, le regard tourné vers la nuit précédente où il l'avait sans cesse taquinée, lui labourant les côtes et les hanches comme il savait le faire, avec cette douce force qui la faisait abdiquer.

— C'est vrai que c'était bon.

Elle s'accrocha à son bras, lui embrassant le cou légèrement au passage. Il cessa de marcher et la regarda en souriant.

— Moi, je parle de ton ventre plein de bon porc.

Décontenancée, Anna faillit lâcher prise mais n'en fit rien, ripostant du tac au tac qu'il avait à la fois une piètre opinion de lui-même, s'affublant du vocable de porc, mais qu'il en atténuait heureusement la portée, le qualifiant quand même de bon. Il ricana, amusé du malentendu.

— Jerzy?

— Oui...

— Je veux simplement te répéter qu'il n'est pas question que nous allions vivre en Pologne.

Il perdit pied, se demandant comment elle avait fait pour savoir que c'était ce qu'il allait lui annoncer au moment même où elle avait ouvert la bouche. Il demeura silencieux, mais d'un silence si lourd qu'elle s'agita.

— Tu as compris ?

— Mais oui, mon Anna. Je ne pensais pas être forcé de te le rappeler, mais je suis l'homme et tu es la femme. Et la femme doit suivre l'homme. C'est tout.

Elle éclata d'un rire si franc, si pur, qu'il en fut insulté. Visiblement, elle pensait qu'il blaguait. Il libéra son bras et accéléra, pestant intérieurement contre elle mais aussi contre cette maudite jambe qui l'empêchait toujours de partir avec élégance comme l'aurait fait un homme froissé. Il décida d'entrer et tomba sur Stanislas qui l'attendait, impatient de connaître le verdict. Il avait complètement oublié d'y penser.

— Oui pour l'été, parce qu'il faut que tu connaisses le monde et que Montréal est l'endroit où il s'offre. Et je compte sur toi pour convaincre ta sœur de te suivre.

Anna, qui l'avait rejoint, était éberluée, et Stanislas, estomaqué. Sa mère, encore une fois, avait accompli un miracle. Il respira profondément et se leva pour leur embrasser la main, mais Jerzy ne lui en laissa pas le temps.

— Et non pour les études à Montréal, parce que c'est à l'université de Cracovie que tu vas aller.

Stanislas et Anna furent paralysés tous les deux devant une perspective aussi effrayante.

— Il faut que nous en reparlions, Jerzy.

— Non, Anna.

24

On aurait dit que le ciel, jour après jour, déversait de la poudre de perlimpinpin sur les îles échouées presque magiquement en plein fleuve. Les gens se bousculaient pour tout voir : les pavillons thématiques, engoncés dans leur structure métallique, et les pavillons des grands pays, dont celui de l'Angleterre, élégant et gigantesque cône blanc tronqué, et celui de la France, rappelant vaguement la tuyauterie des grandes orgues ; ils faisaient la queue devant le pavillon Bell pour voir à quoi pouvait ressembler un film projeté sur un écran de trois cent soixante degrés, ou prenaient l'Expo Express pour se rendre à la Ronde, assister au spectacle de Lanterna Magica. Le ciel de la mi-juillet était si bleu que le drapeau du Québec s'y confondait, créant l'illusion que sa croix et ses fleurs blanches se dandinaient seules au-dessus de la place des Nations.

L'Exposition universelle battait son plein depuis le mois d'avril et Élisabeth avait peine à croire à ce qu'elle voyait. Malgré le nombre incroyable d'activités offertes aux visiteurs, une foule s'était massée devant la scène de la place pour venir entendre les Archets de Montréal. Quoiqu'un peu en retrait, elle voyait, aux premières places, Jan et sa famille, Stanislas et cette magnifique jeune fille qui devait être sa filleule, Sophie, dont les allures de diva étaient difficilement identifiables derrière une frange trop longue, un débardeur à rayures un peu trop voyantes, une mini-jupe et des bottes blanches — certainement trop chaudes — qui lui moulaient le mollet jusqu'au genou. La coïncidence de donner une représentation le jour de leur arrivée était bénie. Elle avait encore besoin de ces situations exceptionnelles pour retrouver son appétit de vivre après avoir jeûné pendant près d'un an.

Les musiciens se placèrent avec leur discipline habituelle, qui réconciliait toujours les adultes avec la turbulente jeunesse qui ne cessait de se trémousser aux sons tonitruants du rock-and-roll. Florence donna le *la* à deux reprises, tendit l'oreille, puis, satisfaite de l'unisson, sourit à ses camarades. Élisabeth attendit le silence des instruments pour faire son apparition et recula d'un pas, saisie de l'accueil qu'on lui réservait. Florence la regarda avec fierté et lui sourit avec cette tristesse qui ne la quittait plus depuis qu'il était convenu qu'elle donnait là sa dernière représentation avec l'orchestre, devant quitter Montréal pour aller étudier à l'école Juilliard, à New York, avec un professeur qui l'avait entendue au Concours international de Violon. Leur rencontre s'était produite durant le mois qui avait suivi, et Jan la lui avait racontée, la ménageant le plus possible et cherchant ses mots pour lui dire que Florence s'était trouvé plein d'affinités avec ce professeur qui accusait la soixantaine.

«Un vrai M. Porowski, Élisabeth. Aussi compétent et, dit-on, aussi bel homme. Tu l'aimeras.»

La nouvelle, qui était bonne en soi et répondait à tous ses souhaits, l'avait laissée complètement indifférente, l'absence de ses amours se faisant alors ressentir de façon aiguë. Maintenant, plus d'un an après sa rupture avec Denis, cette absence la torturait encore, surtout lorsqu'elle croisait une femme enceinte ou une jeune mère poussant un landau. Elle salua l'auditoire, fit un sourire en direction de Stanislas et de Sophie et balaya l'assistance du regard, craignant, tout en le souhaitant, apercevoir la tête de Denis. Elle ne l'avait plus jamais revu, si ce n'est de dos. Il était venu six fois lui faire de longues suppliques derrière la porte dont Jan, pour l'aider, avait changé la serrure. Il lui parlait de son amour éternel, de son corps d'homme qui avait succombé aux charmes de sa femme.

«Une fois, Élisabeth, une fois. Elle m'a réveillé en pleine nuit et, je te le jure sur la tête de ma mère, j'ai fermé les yeux et pensé que je te faisais l'amour. Je n'y comprends rien et je me demande sincèrement si je suis le père. Tu m'entends? Je me demande si je suis le père, parce que c'est incroyable qu'elle ait conçu à quarante-deux ans, après vingt ans de mariage.»

Chaque séance de torture se terminait de la même façon. Il sanglotait de son côté de la porte, elle du sien. Puis elle se traînait jusqu'à la fenêtre, d'où, à l'abri derrière le voilage, redevenue veuve blanche, elle le regardait disparaître. Il ne se retournait jamais. À sa sixième visite, il avait sangloté davantage, parlant de la naissance de son fils.

«Il aurait mes yeux. Élisabeth? Élisabeth? Pardonne-moi, mais je l'aime. Tu m'as toujours dit que tu ne saurais être la maîtresse d'un père et il aura fallu que je le devienne pour comprendre. Je t'aime, je t'aimerai toujours, mais je reste près de lui.»

Ce jour-là, elle n'était pas allée à la fenêtre. Elle avait, sans succès, tenté d'essuyer sa peine, puis déclaré disparues pour toujours les quinze années qu'elle avait connues avec Denis.

Florence avait cligné des yeux et Élisabeth comprit qu'elle devait commencer. Ce petit clignement en était un d'excitation et, chaque fois que Florence le faisait, Élisabeth savait que son poulain était au paroxysme de sa fébrilité et qu'il fallait lâcher la bride. Florence joua avec toute la générosité dont elle était capable, consciente que les membres de l'assistance venaient de tous les pays du monde ; songeant qu'elle allait s'éloigner d'Élisabeth ; déchirée à l'idée de quitter les Archets, cadeau qu'Élisabeth lui avait inventé pour qu'elle fût premier violon. Les applaudissements allèrent se noyer dans l'eau du fleuve après les trois rappels. Élisabeth embrassa du regard tous ses violonistes, toujours fascinés par le don de Florence. Jan se pencha vers Stanislas pour lui dire à l'oreille que Florence jouait avec le violon de sa grand-mère Zofia. Stanislas le répéta à Sophie, qui fit une grimace d'appréciation et se pencha pour sourire à son oncle.

Sophie suivit Jan avec empressement, impatiente de rencontrer sa marraine et de faire la connaissance de Florence, dont le talent l'avait éblouie. Son père, pensa-t-elle, en aurait bavé de jalousie. Elle corrigea aussitôt sa pensée en se disant qu'il aurait plutôt bavé d'émotion d'entendre le violon de sa mère jouer avec autant de jeunesse. Élisabeth la vit approcher et elle lui tendit les bras en pleurnichant, ce qui n'incommoda pas Sophie, contrairement à ce qu'elle avait anticipé. Stanislas, lui, embrassa à plusieurs reprises la main de Florence qui, coquine, lui demanda si sa main était la seule qu'il avait pour s'alimenter.

— Absolument ! Celle de ma mère ne me nourrit plus.

Nicolas, enivré par sa journée, s'éloigna de la famille pour s'approcher du fleuve qui, troublé par l'apparition des îles nouvelles, cascadait près de leurs rivages sans sable, à la recherche de son cours.

Élisabeth avait proclamé que tous les Pawulscy de la troisième génération avaient un air de famille. Elle avait reparlé d'Adam, dont tous connaissaient l'existence, et Stanislas leur avait raconté l'histoire du *Golden Boy*, ce que ni lui ni son père n'avaient révélé jusque-là puisqu'un accord en avait fait leur secret. Maintenant que Jerzy en avait brisé le sceau en le dévoilant à Casimir, Stanislas avait décrété qu'il était relevé de son vœu de silence et avait raconté ses dimanches de Pâques. Ils en avaient tous été chavirés, surtout Jan et Élisabeth, qui étaient les seuls à avoir connu Adam.

Élisabeth accueillit sa filleule chez elle et Sophie n'en fut que trop heureuse. Sa tante n'était pas le spectre larmoyant qu'elle avait imaginé et elle ne détestait pas être éloignée de son frère, même s'ils étaient voisins. Pendant que Stanislas travaillait à l'entrepôt, Nicolas l'emmenait à l'Exposition le jour et la traînait à la Ronde le soir. Ils avaient même pris l'hovercraft pour faire le tour des îles et ils avaient été impressionnés par leur glissade sur un coussin d'air. Stanislas les accompagnait s'il n'était pas trop fatigué, ce qui arrivait peut-être un jour sur trois. Sophie apprit à connaître la douceur et la discrétion de Nicolas, et rigola quand il déclara qu'il lui pardonnait d'être sa cousine et l'invita à un *party*, espérant que personne n'oserait dire qu'ils se ressemblaient.

— Et Stanislas?

— Il travaille toujours le vendredi soir.

— Il va nous retrouver?

Nicolas haussa les épaules pour lui faire comprendre qu'il n'y pouvait rien. Ils allèrent donc au *party* et Nicolas apporta une petite caisse de bière dérobée dans le réfrigérateur de l'épicerie.

— Tu peux boire au Québec à quinze ans?

— Mais non. La majorité, c'est à vingt et un. C'est pour ça qu'on fait des *parties*.

Sophie le suivit, ravie de revoir les amis qu'ils avaient croisés occasionnellement lors de leurs visites à Montréal ou à l'Expo.

— Il n'y a pas de parents?

— Évidemment pas.

Sophie grimaça avant d'affirmer qu'elle n'avait jamais vu pareille chose au Manitoba. La soirée se donnait dans un sous-sol décoré de filets de pêche, avec, aux fenêtres hautes et étroites, des rideaux de bambou. La pièce était éclairée par des bougies fichées dans des bouteilles de chianti. Nicolas et elle s'assirent sur des coussins posés à même le sol, peint en vert et couvert d'acide borique pour faciliter la danse. Des jeunes dansaient sur l'air de *Winchester's Cathedral* et Nicolas les regarda fixement, soudainement intimidé par la présence trop remarquée de sa cousine. Il lui offrit une bière, qu'elle accepta avec empressement mais ne but pas. Il en avala une en quatre gorgées et en ouvrit une deuxième.

Une clameur vint du haut de l'escalier et Nicolas vit arriver les trois musiciens de son école, qui avaient la prétention de vouloir enregistrer un disque. Ils transportaient leur équipement, et la moitié des jeunes furent ravis alors que la seconde moitié se désolaient à l'idée qu'ils cesseraient d'entendre les Beatles et les Sinners. En moins d'une demi-heure, les amplificateurs étaient branchés et la batterie montée.

— *One, two, testing.* Un, deux, un, deux.

— Pas besoin de tester. C'est bon. Commencez.

Ils commencèrent et Sophie fut amusée. Son groupe était certes meilleur, mais celui-ci se défendait bien. Elle ne connaissait pas toutes les pièces, mais, quand elle en identifiait une, elle se trémoussait, se bâillonnant pour ne pas chanter.

Nicolas ne cessait de la regarder. Il avait craint de revoir cette cousine qui lui avait fait souiller ses culottes et raté un voyage, mais elle n'en avait jamais rien su. Maintenant qu'il avait réussi à la regarder dans les yeux, il pourrait peut-être retourner au Manitoba.

— Ils s'appellent «The Spiders».

— Ouach! C'est laid.

— Ils disent qu'insecte pour insecte, ce n'est pas pire que «Beatles».

— Pourquoi pas «The Butterflies»?

— Pas possible! Tu ne connais pas «Iron Butterfly»?

Une cigarette circula et Sophie eut soudainement peur. Nicolas la prit et la lui offrit. Sophie répondit candidement qu'elle ne fumait pas, ce qui amusa les trois garçons et la fille assise avec eux.

— C'est à cause de ma voix. Quand on chante, il ne faut pas fumer.

Les amis de Nicolas rirent encore plus fort. Quant à Nicolas, il tira sur la cigarette à petites bouffées qu'il retint longuement avant d'exhaler, hoquetant et toussotant. Sophie se pencha à son oreille pour lui demander si c'était du *grass*.

— Ici, on dit du *pot*, et c'en est.

Elle regarda autour d'elle et vit d'autres cigarettes. Elle voulut partir mais n'osa pas, de crainte de se faire traiter de *sissy*. Elle n'adressa plus la parole à Nicolas, cherchant à fixer son regard sur autre chose que les cigarettes roulées et effilées et les bouteilles de bière. L'orchestre jouait toujours, et, ne pouvant plus se contenir, elle se leva et s'avança vers le chanteur, lui prit doucement le micro des mains et commença à chanter avec un trémolo d'inquiétude dans la voix. À son grand bonheur, elle eut l'impression d'être écoutée. Nicolas lui souriait d'un air benêt, une bière dans une main, un petit cylindre de papier évidé et noirci dans l'autre. Elle ferma les yeux et décida de faire fi de tout ce qui se passait dans ce *party* pour chanter jusqu'au petit matin s'il le fallait, mais chanter afin de ne rien voir et de ne rien entendre. Elle eut cependant conscience qu'on l'applaudissait après chaque chanson, et elle entendit aussi des sifflements d'encouragement et de plaisir. Nicolas, lui, après une tentative avortée pour se relever, avait échappé sa bière et était retombé sur un coussin, béat d'admiration.

Personne n'entendit sonner le téléphone, pas plus que le carillon de la porte. Personne non plus n'eut connaissance qu'on frappait avec beaucoup d'insistance à la porte avant et à la porte arrière. De la lumière apparut dans trois des fenêtres, ce qui lança une douche glacée sur le groupe de fêtards. Sophie, qui avait les yeux fermés, fut la dernière à se taire, alertée par le silence qui avait envahi le sous-sol comme une brume poisseuse. Une ombre s'accroupit devant une fenêtre.

— Police! Ouvrez la porte!

— Est-ce que vous avez un mandat?

Tous les yeux se tournèrent vers Nicolas qui, toujours affalé sur le dos, avait posé la question d'une voix pâteuse, le sourire aux lèvres.

— Non, mais on a reçu quatre plaintes.

Trois jeunes se précipitèrent dans la salle de bains et jetèrent dans la cuvette toute la marijuana qu'on leur remettait avec empressement. La jeune fille près de laquelle Sophie s'était assise monta l'escalier et redescendit presque aussitôt avec quatre policiers. Tous les autres jeunes affichaient un air qu'ils souhaitaient à la fois innocent et offusqué.

— Qui habite ici?

La jeune fille blonde qui leur avait ouvert la porte, blême et un peu ivre, fit des efforts magistraux pour se tenir droite.

— Moi.

— Tes parents sont où?

— Ils devraient rentrer d'une minute à l'autre.

— À quelle heure?

— Demain.

Les policiers se regardèrent, montrant des signes d'impatience, allumèrent le plafonnier, et Sophie vit que les amis de Nicolas avaient tous l'air blafard. Elle prit conscience qu'elle tremblait de peur même si elle n'avait rien bu, rien fumé.

— Lequel de vous quatre aimerait une petite bière ?

Nicolas avait parlé encore une fois, souriant toujours de son air imbécile, une bière à la main, fouillant les coussins de l'autre pour trouver un décapsuleur. Un des policiers s'approcha de lui et lui demanda son âge.

— J'ai quinze ans depuis le mois de mai. Et vous ?

Le policier regarda ses collègues d'un air agacé avant de reporter son attention sur Nicolas.

— Et ta bière, tu l'as achetée ou volée ?

Nicolas éclata de rire avant de répondre qu'il l'avait évidemment volée. Trois secondes plus tard, il se retrouva debout, encadré de deux policiers qui lui faisaient mal aux bras tant ils forçaient pour le tenir.

— On t'invite à coucher chez nous, le *smart*. Quand tu vas avoir dormi tout ton saoul, on se reparlera de l'endroit où tu t'es servi.

— Pas besoin, monsieur.

Sophie s'était approchée avec des yeux de biche affolée.

— T'es sa petite amie ?

— Non, non. C'est ma belle cousine qui vient du Manitoba et qui a une voix de...

— C'est vous qui chantiez ? Les voisins nous ont dit qu'ils n'avaient pas demandé à avoir un concert de nuit.

— Je n'ai pas beaucoup chanté... Peut-être cinq ou six chansons...

— Longues, sûrement très longues, parce que les voisins nous ont dit que tu avais commencé à beugler vers onze heures.

Insultée, Sophie regarda autour d'elle pour chercher un visage sympathique, mais, hormis Nicolas, personne ne la connaissait. Un deuxième policier s'approcha d'eux, l'air moins conciliant que le premier.

— Bon! Finies les folies. Emmène-moi Che Guevara et Lolita. Lui pour vol, elle pour tapage nocturne. On n'est quand même pas pour passer la nuit à respirer de l'herbe brûlée. Je suppose que vous avez pris l'eau des toilettes pour éteindre le feu de paille?

Un murmure et quelques toussotements se firent entendre, puis Nicolas et Sophie se retrouvèrent assis à l'arrière d'une voiture de police.

— *Wow!* J'ai jamais pensé que je me retrouverais assis avec deux concombres, une cerise sur la tête.

Nicolas éclata de rire alors que Sophie, plus morte que vive, lui tambourinait dans les côtes avec son coude.

Jan était devant le policier, arborant son sourire le plus affable, hochant la tête pour bien faire comprendre sa surprise de se retrouver au poste de police en plein milieu de la nuit.

— Mon fils? Vous dites que mon fils a volé de la bière et fumé de la drogue?

— Pour la bière, on est certains, parce que c'est lui qui nous l'a dit. Pour la drogue, on le soupçonne, mais on n'a pas de preuves. Je vous dis ça comme ça, parce que moi-même j'ai un gars de son âge.

Jan ne savait s'il avait envie de rire ou de s'encolérer, mais les poings lui démangeaient.

— Est-ce que mon fils vous a dit où il avait volé la bière? Parce que je mettrais ma main au feu que c'est dans mon épicerie. Quand il était petit, il prenait des biscuits pour les offrir. Maintenant, j'imagine qu'il est à l'âge où on prend de la bière.

— C'est pas utile pour le moment de savoir où il l'a volée. Il l'a volée, c'est assez.

— Pas si c'est chez lui, quand même...

Le policier regarda Jan avec l'air de dire qu'il avait pitié de lui. Jan soutint son regard avec l'assurance du père qui connaît son fils et a confiance en lui, alors qu'il se sentait plus qu'ébranlé et dépassé par la situation. Il venait d'apprendre que Nicolas buvait alors qu'il ne l'avait jamais vu avec un verre d'alcool à la main ; qu'il avait volé ; qu'il consommait peut-être de la drogue ; et que Sophie se trouvait derrière les barreaux pour avoir chanté. Il était affolé par la perspective d'une colère de Jerzy et par l'idée de voir celui-ci prendre des décisions qui pourraient compromettre l'avenir de Stanislas.

— Votre fils subit certainement une mauvaise influence, à moins que ce ne soit lui, la mauvaise influence. Nous, on s'est même demandé si on ne trouverait pas des felquistes dans la maison.

— Des felquistes ? Vous voulez rire ?

— Vous trouvez que j'ai l'air de quelqu'un qui veut rire ?

Était-ce parce que le policier avait un fils de l'âge de Nicolas et qu'il avait pitié de Jan, ou parce que Sophie lui avait montré qu'elle n'avait jamais beuglé en lui chantant un extrait d'une berceuse de Schubert, ou parce que Jan l'avait invité à s'approvisionner à bon compte à son épicerie ? Ils n'en savaient rien mais, à l'aube, ils se retrouvèrent chez Jan. Nicolas fut mis au lit par une Michelle affolée, Stanislas était partagé entre son incrédulité et son amusement à l'idée que sa sœur avait séjourné derrière les barreaux, et Élisabeth avait traversé la ruelle en peignoir et s'était hâtée de faire du café.

— Du Schubert ? Tu lui as chanté du Schubert ?

Stanislas était le seul à trouver comique que sa sœur ait chanté un air classique au lieu de fredonner une ballade mielleuse, pour endormir la méfiance du policier.

— Avec ta voix de colorature ?

— Évidemment !

Jan ne savait que penser de l'aventure de son fils et de sa nièce, justifiant le tout par le fait que les policiers avaient redoublé de prudence à cause de l'Exposition universelle. Mais le fait que ces jeunes avaient été emmenés sans mandat et même soupçonnés d'être felquistes lui donnait la chair de poule et ébranlait plus qu'il ne voulait l'admettre sa confiance en son pays. Michelle ne comprenait rien à l'enjeu des événements et répétait sans cesse qu'elle ne pouvait croire que Nicolas eût volé une caisse de bière et encore moins qu'il se fût enivré. Sophie se taisait, préférant, pour protéger son cousin, le silence à la délation lâche et enfantine.

Nicolas ne se leva qu'au milieu de l'après-midi, alors que tous vaquaient à leurs occupations. Il réussit cependant à rejoindre Sophie, qui vint le retrouver et lui raconta non seulement la réaction de la famille, mais tous les événements de la veille, dont il n'avait aucun souvenir.

— Une descente ?

— C'est comme ça que tes amis ont appelé ça.

— Tu dis que nous sommes allés en prison ?

— Oui, mon cher. En auto avec deux concombres et une cerise dessus.

— Deux concombres ?

— C'est ce que tu as dit.

— Et mon père ?

— Ton père, c'est du bonbon et je suis bougrement jalouse. Je comprends que Stanislas n'aime que lui.

— Ah oui ?

— Oui, certain. Je regrette simplement que ce ne soit pas lui que ma mère ait rencontré en premier.

Nicolas ne dit plus rien, venant de recevoir la confirmation de ce qu'il souçonnait depuis toujours : son père lui préférait Stanislas.

25

Jerzy sortit de la maison et respira profondément, heureux de la récolte qui s'annonçait abondante, puis marcha jusqu'à l'extrémité du champ de haricots et commença à jouer du violon. Le ciel lui sembla devenu une merveilleuse caisse de résonance, tant les sons qui s'envolaient de son instrument étaient purs. Il refoula la pensée que ces espaces, cette lumière, ces verts et ces bleus pourraient lui manquer. Stanislas et Sophie devaient arriver au milieu de l'après-midi de ce premier dimanche d'août et il voulait absolument se préparer à leur retour, trouver les mots pour leur annoncer que la vente de la terre était presque conclue. Casimir et lui avaient trouvé un acheteur qui était prêt à prendre possession des lieux avant les premières neiges. Un jeune marié et futur père dont la femme devait accoucher à la fin d'octobre, ambitieux et travaillant comme tous les hommes qui essaient de rapprocher l'horizon pour ne plus avoir le vertige de la vie comme il l'avait eu, lui aussi, avant la naissance de Stanislas.

À son grand étonnement, Casimir avait pris son premier week-end de congé et Anna avait soupiré, heureuse et gourmande à l'idée d'être seule avec lui durant deux jours. La présence de Casimir, toute discrète qu'elle fût, était parfois un peu incommodante, même s'ils savaient tous qu'il avait le meilleur employé de tout le village, peut-être de tout le comté. Avec Casimir, il avait retrouvé l'amitié endeuillée de Karol, amitié qu'il n'avait jamais pu remplacer.

Le soleil lui indiqua qu'il devait rentrer s'il voulait être à l'heure à la gare. Il rangea son violon, presque chagrin, sa joie lui ayant donné une envie insatiable d'en jouer. Il passa la porte et fut accueilli par une Anna contrariée par son projet de vente imminente et son intention, encore plus folle, d'inscrire les enfants dans des écoles de Cracovie. Il en fut irrité et la pria de cesser de le regarder comme si son but était de les mener tous à l'abattoir.

— Si tu te sens en exil, Jerzy, c'est parce que tu es incapable de reconnaître le temps. Tu veux sans cesse faire marche arrière, comme si cela était possible, ou regarder devant toi en imaginant ta famille dans un autre décor, parlant une autre langue. Tu ne vois plus ton fils tel qu'il est, mais tu le moules sur tes rêves. Quant à ta fille, tu seras sûrement chagriné quand elle refusera d'étudier le chant classique.

— C'est là qu'est son avenir.

— Peut-être plus maintenant. Nous sommes au Canada en 1967, et non à Cracovie en 1937, Jerzy. L'avenir n'a pas le même visage, et si elle faisait le dixième, que dis-je, le millième de ce que font les Beatles, son avenir serait plus que rose.

Jerzy voulut lui répondre qu'elle lui faisait miroiter des rêves de shampooineuse, mais serra les mâchoires, las d'entendre sa femme devenir illogique en plus de lui refuser son appui. Heureusement que Casimir, lui, comprenait son désir. Il lui avait même laissé entendre qu'il le suivrait probablement et que, là-bas, ils pourraient recommencer une vie plus polonaise, donc plus simple, mais tellement plus intéressante et plus riche. Une vie qui aurait un passé et dont tous les hommes pourraient parler en se rappelant leurs souvenirs communs.

«Est-ce qu'il y a des hommes ici qui peuvent parler de l'assaut de la cavalerie contre les chars allemands? Non, monsieur. Ici, les hommes parlent de la grande inondation de 1950, comme s'il n'y avait rien eu avant.

— C'est vrai, Casimir. Le passé n'a pas encore assez vieilli.

— C'est ça, le passé, c'est comme du vin. S'il n'a pas assez vieilli, il est pâlot et insipide.»

Jerzy l'avait écouté parler pendant des heures et avait été franchement ému de reconnaître ses propres désirs dans les vœux de son ami. Il regarda Anna en soupirant sa déception, trouva sa canine beaucoup trop protubérante et alla à la salle de bains, où il se doucha, omettant toutefois de chanter comme il le faisait tous les dimanches, pour s'assurer qu'elle le saurait d'humeur massacrante.

Ils arrivèrent avec dix minutes de retard alors que le train était entré en gare avec quinze minutes d'avance. Ils trouvèrent Stanislas et Sophie assis au comptoir du snack, sirotant un *Coke,* leurs valises posées près d'eux. Dès qu'il les vit, il fut assailli par un trac fou, se demandant s'ils allaient continuer de lui parler ou s'ils le bouderaient pour le reste de leur vie, trop contrariés par ses projets. Il voulut sussurer à Anna qu'il était mort de peur, mais elle était déjà à leurs côtés, les étreignant tous deux contre sa poitrine légèrement alourdie par les années. Il lui envia cette facilité qu'elle avait de s'approcher d'eux alors qu'il se sentait obligé de les apprivoiser comme s'ils étaient des bêtes sauvages. Sophie était partie en emportant sa colère et il avait espéré voir sur son visage la joie du retour, mais il ne reconnut que des soupirs semblables à ceux de Stanislas, qui disaient son regret d'être revenu. Sophie semblait avoir encore grandi, ce dont il lui fit part avec une certaine fierté dans la voix, comme s'il y avait été pour quelque chose.

— Peut-être.

Stanislas se leva et empoigna les deux valises de ses bras de fer. Jerzy en fut profondément mortifié, sentant violemment que son fils tentait de lui faire comprendre qu'il était trop vieux et boiteux pour soulever une valise un peu lourde. Il s'approcha de lui et tenta d'en prendre une, mais Stanislas lui dit, de sa voix toujours aussi calme, qu'il pouvait le faire seul.

— Moi aussi, je peux le faire seul.

— Je sais, mais je vais aller plus vite.

Jerzy jeta un regard de supplicié à Anna qui, il le comprit, avait presque aussi mal que lui. Ils suivirent donc Stanislas qui cavalait aussi allègrement que s'il eût porté deux sacs de plumes. Sophie tenait le bras de sa mère et piaillait comme si elle craignait qu'il n'y eût pas de lendemain, et il se retrouva de l'autre côté, avec la conviction qu'elle avait fait exprès pour se placer à la gauche de sa mère quand elle avait vu qu'il se dirigeait vers sa droite. Tout au long du trajet du retour, il décida de retarder le moment où il leur remettrait leurs billets d'avion, que Casimir était allé chercher la veille. Il décida d'attendre son ami, souhaitant qu'il leur fasse pour la centième fois une sympathique apologie des grandeurs de la Pologne.

Pendant le souper, Stanislas leur raconta en riant le culot qu'avait eu Sophie de se présenter à un concours organisé au pavillon de la Jeunesse, concours qu'elle avait remporté haut la main, au grand amusement de Florence, de Nicolas et d'Élisabeth.

— Ce sont des connaissances de Nicolas, les Spiders, qui l'ont réclamée et accompagnée. Elle a chanté cinq chansons et a eu trois rappels.

— C'est vrai? Et tu les as connus à quel endroit?

— Chez des amis de Nicolas.

Elle avait répondu avec un aplomb qui impressionna son frère, qui lui avait évidemment juré de ne jamais révéler sa mésaventure avec les policiers. De son côté, elle avait promis de ne jamais raconter qu'il avait embrassé Florence à l'âge de treize ans.

— Si tu n'y vois pas d'objection, *mamusia*, je n'irai pas l'été prochain, mais l'été d'après. Nicolas...

— Comment va-t-il, ce petit cousin timide ?

— Il va bien et il n'est pas aussi timide qu'on pense. Il aimerait venir travailler à la ferme...

— Cela ne sera pas possible.

Jerzy avait vu une brèche et avait décidé de s'y faufiler, mais il avait parlé un peu trop fort au goût d'Anna et son ton eut l'effet d'un claquage. Elle mit son visage dans ses mains, consciente d'assister au début des hostilités, car Jerzy venait de commencer une guerre dont elle ignorait le dénouement. Stanislas regarda son père comme s'il venait de commettre une hérésie quant à l'accueil que méritait son cousin. Sophie poussa un cri de protestation, humiliée à l'idée de ne pouvoir rendre à Nicolas toutes les attentions qu'il avait eues pour elle.

— Nicolas sera toujours le bienvenu sous mon toit, mais, s'il veut nous visiter, c'est en Pologne qu'il devra venir. Parce que la maison et la terre sont presque vendues, et vos billets d'avion devraient arriver d'une minute à l'autre.

Stanislas et Sophie étaient tous les deux en état de choc, se demandant ce qui venait de les assommer. Ce fut Sophie qui réussit la première à se ressaisir.

— Tu n'as pas le droit !

Jerzy fut abasourdi par la véhémence de sa réplique.

— Mais oui, j'ai le droit. Comme j'avais le droit de venir au Canada.

— Toi, oui, tu peux faire ce que tu veux, mais moi, je ne suis pas obligée de te suivre.

Anna fit un petit geste de la main, que Sophie interpréta comme une supplication de se taire et de se rasseoir. Elle la fusilla du regard, comprenant mal que sa mère ait pu autoriser une pareille ignominie. Stanislas arpenta la pièce lentement, pondéré comme toujours. Il se tourna finalement vers son père et lui demanda, sans agressivité, pour quelle raison il était venu au Canada. Jerzy répondit qu'il le lui avait répété au moins mille fois.

— Tu m'as dit que c'était parce que tu ne pouvais pas rentrer en Pologne.

— C'est ça.

— Pourquoi peux-tu rentrer maintenant? Ce sont toujours les communistes qui sont au pouvoir.

— Oui, mais ils commencent à changer de discours et je ne serais pas surpris que la Pologne s'ouvre de nouveau sur le monde.

— Tu paries trop, papa. Moi, j'attendrais.

— Non seulement je n'ai pas besoin de tes conseils, mais tu es inscrit à l'université de Cracovie et tu commences tes cours la semaine prochaine.

Anna regarda son mari, choquée d'apprendre qu'il les avait inscrits sans l'en avertir. Stanislas, plus qu'alarmé, se laissa choir sur une chaise. Puis, au grand étonnement de tous, il frappa la table de ses poings presque aussi puissants que des enclumes et jura que les choses n'allaient pas se passer comme venait de le dire son père. Anna sursauta et renversa sur sa main la tasse de café brûlant qu'elle portait à sa bouche. Elle poussa un cri de douleur qui n'était rien comparé à celui que Jerzy avait échappé pour ramener son fils à l'ordre. Sophie se boucha les oreilles en répétant qu'elle n'en pouvait plus de vivre dans une maison où la crainte, l'hypocrisie et le mensonge étaient les seules choses permises.

— C'était tellement plus facile à Montréal.

Jerzy, exaspéré par cette remarque, lui suggéra d'y retourner si tel était son désir. Elle grimaça, éclata en sanglots et monta à sa chambre. Stanislas demeura silencieux, regarda sa mère en pleurant presque, s'approcha d'elle, lui prit la main qu'il baisa à plusieurs reprises, soufflant dessus entre ses bises pour alléger le mal de la brûlure qui avait commencé à cloquer. Il se pencha et empoigna sa valise.

— Qu'est-ce que tu fais?

— Probablement la même chose que toi à mon âge. À chacun sa guerre, papa.

26

Stanislas marcha pendant près d'une heure avant de rebrousser chemin, non pour retourner à la maison mais pour intercepter Casimir afin de lui demander son aide. Celui-ci était le seul à pouvoir fléchir son père, sa mère ayant apparemment perdu de son ascendant. Il s'arrêta à un demi-kilomètre de la maison, le courage en berne et la larme à l'œil comme un morveux. Il s'installa au pied d'un arbre, la tête appuyée contre le tronc rugueux, bercé par le chant des grillons qui avaient envahi les champs pour y faire bombance. Jamais il n'avait autant mesuré les déceptions qu'avait dû rencontrer son père. Il fallait que celui-ci ait trouvé sa vie pénible pour vouloir faire marche arrière et retourner dans le pays habité par les fantômes de son passé. Il lui avait répété cent fois qu'il n'était pas intéressé à aller vivre en Pologne, même s'il était d'origine polonaise, même s'il parlait la langue, même si son nom se terminait en «ski». Car c'était là tout ce qu'il avait de polonais. Le temps passa et, Casimir n'arrivant pas, Stanislas recommença à faire de l'auto-stop. En moins de deux, il fut dans une automobile qu'il devina neuve à l'éclat du chrome des pare-chocs.

Aussitôt descendu de la voiture près de Winnipeg, il chercha le relais des routiers et trouva rapidement un chauffeur en mal de compagnie qui le conduisit en plus de deux jours jusqu'à la banlieue de Toronto. Pendant le trajet, il essaya de ne pas s'endormir mais il ferma occasionnellement les yeux, le temps d'un lever ou d'un coucher de soleil. S'il lui arrivait d'avoir envie de crier au chauffeur de freiner ou de rebrousser chemin, il se taisait, le spectre de la colère de son père et la menace du déménagement étant plus forts que le terrible sentiment d'impuissance qui l'habitait depuis qu'il avait repris sa valise sans même l'avoir ouverte. À Toronto, il se souvint que son père lui avait dit s'être logé au *YMCA*. Il décida donc de l'imiter et trouva une couche propre et une douche tiède mais savonnée. Il se coucha, s'endormit rapidement, mais fit trois cauchemars si affreux qu'il préféra se lever avant l'aube et partir à l'heure où seuls les chauffeurs de tramway et les camelots se croisent dans la rue.

Il continua sa route jusqu'à Montréal et retrouva l'air de fête de l'Exposition, mais l'atmosphère ne réussit pas à l'égayer, sa jovialité ayant été abandonnée sur le plancher de la cuisine de Saint-Norbert, juste à côté de son insouciance.

Il se dirigea directement vers la rue de la Commune et Jan ne parut pas surpris par son arrivée. Il était occupé au téléphone mais il lui fit signe de s'asseoir. Stanislas obéit silencieusement, espérant ne pas avoir l'air aussi piteux et misérable qu'il se sentait. Jan raccrocha et le regarda en lui faisant comprendre sans dire un mot qu'il ne savait que faire, écartelé entre son plaisir de le voir là et son malaise par rapport à ses parents.

— Je t'attendais depuis trois jours. Ta mère a téléphoné.

Stanislas avait l'intérieur du ventre qui tremblotait et il ne sut reconnaître le chagrin de les savoir inquiets et le manque de sommeil qui se manifestait par ces sursauts semblables à des frissons.

— Je peux expliquer.

— Ce n'est pas nécessaire. Ils t'attendent, Stanislas.

— Est-ce que je peux rester ici?

Jan se leva en se grattant la nuque comme s'il pouvait faire disparaître les picotements d'embarras qu'il ressentait. Il lui répondit qu'il avait besoin de temps, pour en discuter d'abord avec Michelle et Nicolas et ensuite avec Tomasz.

— Ton grand-père est toujours de bon conseil.

Stanislas lui jeta un regard inquiet, craignant soudain qu'il ait pu être contaminé par le mal de son père.

Jerzy avait précédé les coqs. Depuis quatre jours, il n'avait pu vraiment dormir tant il avait la tête enguirlandée de pensées dont les teintes allaient du gris au noir. Sa seule consolation avait été d'apprendre que son fils était arrivé sain et sauf à Montréal, épuisé et affamé mais en parfaite santé. Il avait repensé au départ de Stanislas, s'interrogeant sur les grâces qu'avaient eues ses parents qui, ignorants de son sort, avaient pu continuer à vivre pendant la guerre. Se pouvait-il qu'il ait été un enfant cruel qui les avait blessés, tirant le premier avant même que les Allemands ne les mettent en joue? S'il avait réussi à survivre à l'échange de coups de feu avec son propre fils, la rencontre qu'il avait eue la veille avec le directeur de la banque l'avait saigné. Il marcha longuement dans les champs, regardant le soleil se lever, astre indifférent à ce qu'il allait éclairer ou chauffer. Le temps d'un jour, Jerzy avait eu le sentiment d'avoir été trahi dans le fondement même de ses croyances. Trahi comme père, poignardé comme ami. Il prit un caillou et le lança à bout de bras, conscient que la terre, malgré son geste, n'avait pas été touchée. La terre! Ridicule petit lopin qu'il avait le pré- tentieux sentiment de posséder et qu'un geste risquait de lui arracher à tout jamais. Sans chercher à en comprendre les

269

raisons, il avait rapidement pardonné à Stanislas, reconnaissant trop le sang Pawulski, le sang de fierté, le sang désespéré de l'impuissance. Peut-être allait-il rentrer par le premier train, peut-être allait-il décider de demeurer à Montréal. Quelle que fût sa décision, celle de Jerzy était de ne pas lui en vouloir. McGill était une bonne université et son fils — pourquoi se l'était-il caché? — ne serait jamais un agronome diplômé de l'université de Cracovie.

Le soleil avait changé de teinte, ressemblant maintenant davantage à une pêche blanche qu'à une orange, véritable répétition de ce qu'avait fait la lune, qui lui avait tenu compagnie pendant une partie de la nuit et s'était couchée pâlote après l'avoir laissé pantois, en début de nuit, devant sa rondeur rose orangé. Jerzy était convaincu que tous les poètes du monde avaient certainement fait des vers pour l'immortaliser. Lui-même avait essayé de penser à un poème ou à une toute petite rime, mais les seuls mots auxquels il avait songé avaient été «solitude», «tristesse», «cauchemar», le tout écrit sur un papier aussi noir que le ciel.

Anna lui avait dit de ne pas s'inquiéter, qu'ils allaient se retrousser les manches et surmonter toutes les difficultés qu'ils rencontreraient, et ce en moins de trois ans. Le directeur de la banque lui avait dit qu'ils étaient au bord de la faillite mais que la banque ne ferait rien avant que les choses ne se soient clarifiées. Personne, même pas lui, n'avait flairé l'arnaque. Qui, à Saint-Norbert, qui, dans sa propre maison, aurait pu penser que Casimir était un voleur de grand chemin, sophistiqué peut-être, mais un voleur? Un filou. Un escogriffe qui l'avait leurré par ses flagorneries.

Jerzy ne savait comment éteindre la rage qui le consumait. À l'intérieur, tout près du cœur, il avait une plaie qui, tel un volcan, crachait de la lave brûlante qui se répandait dans toutes ses veines. Il avait mal, terriblement mal. Mal de savoir que son écriture avait été imitée par un calligraphe de grand talent qui lui avait fait signer des chèques dont le total excédait non seulement sa marge de crédit mais aussi ses épargnes. Il était insulté d'avoir logé un comédien si chevronné qu'il avait religieusement inscrit sur un calepin tout ce qu'il leur devait. Jerzy avait été leurré par des colonnes de chiffres bien alignées sur un calepin de vingt-cinq sous. Hypnotisé. Aveuglé. Idiot.

27

L'année 1968 commença de façon désorganisée. Élisabeth était partie à New York pour reconduire Florence, dont la grand-mère était décédée peu avant Noël. Le corps avait été déposé dans le charnier du cimetière Notre-Dame-des-Neiges, la terre gelée refusant de se laisser ouvrir. Florence, détestant son nouveau statut d'orpheline, avait vécu son deuil en zombie et, pour s'en éveiller, mis toute son énergie à vider l'appartement de sa grand-mère en vue d'une location, même si elle avait l'intention de revenir y habiter à son retour à Montréal. Elle avait cependant dû entreposer tous les biens de son maigre héritage et Jan lui avait gentiment offert un espace dans la cave d'une de ses épiceries. Elles étaient donc allées fêter le nouvel an à New York, ayant prévu un arrêt à Boston pour assister à une représentation du ballet *Casse-Noisette* afin d'en comparer l'interprétation avec celle donnée à Montréal.

Stanislas avait bien essayé de cacher sa tristesse de savoir les siens seuls mais Jan l'avait supplié d'aller les retrouver.

— Je t'offre le billet de train.

— Non, mon oncle. Tu en fais assez pour moi.

— En deuxième classe. À dormir assis et à manger des sandwiches. Ce n'est pas un gros cadeau.

— Non, mon oncle. J'ai pensé partir le soir de mon dernier cours, en stop. Ça se fait bien.

— À moins trente?

— Avec des bottes chaudes, trois pulls, une bonne écharpe et une tuque, je ne devrais pas avoir froid.

— Prends le train.

— Non, merci.

Devant l'entêtement de son neveu, Jan n'avait rien ajouté, sachant qu'il se heurterait à un mur. Le matin de son dernier cours, Stanislas avait reçu une carte de vœux de Florence et d'Élisabeth et un billet d'autobus que sa tante lui offrait. Il n'avait pas été dupe et avait souri à l'expression d'étonnement de son oncle quand il l'avait remercié.

— Tu ne voulais pas que je t'offre un billet de train, mais tu n'as jamais parlé de l'autocar.

Quand il avait vu le givre adhérant aux fenêtres du car, Stanislas lui en avait été reconnaissant.

Pendant les deux semaines ayant précédé Noël, Nicolas les avait suppliés du matin au soir de le laisser partir chez un de ses amis dont les parents avaient un chalet au lac Noir, dans les Laurentides. Jan et Michelle, qui n'avaient pas encore vraiment digéré son passage dans un poste de police, s'y étaient opposés jusqu'à la dernière goutte de patience qu'ils avaient trouvée. Nicolas avait donc fait une valise que Michelle avait trouvée si sommaire qu'elle lui avait demandé s'il avait l'intention de se changer au moins une fois durant la semaine. Nicolas avait haussé les épaules en lui disant que oui, qu'il avait trois lainages et un jean et que cela serait suffisant.

— Et ton pyjama? Tu ne vas quand même pas te promener devant ses parents sans pyjama!

Nicolas avait ajouté pyjama, pantoufles et brosse à dents. Michelle lui avait finalement remis une boîte de chocolats pour offrir à la mère de son copain.

— Je vais avoir l'air de quoi, moi, avec une boîte de chocolats?

— D'un jeune garçon de bonne famille qui sait vivre. C'est comme ça que les choses se font.

Au fil des conversations, Jan avait glissé des questions qu'il voulait discrètes. Y aurait-il des filles? Qu'allaient-ils faire de leurs journées? Combien seraient-ils? Avaient-ils un téléphone? Il avait alors compris que Nicolas passerait ses vacances à faire de longues promenades pendant que ses copains skieraient; qu'il souhaitait qu'il n'y ait pas de filles, parce qu'ils avaient l'intention de jouer au Monopoly ou aux cartes; qu'il ne savait pas si les parents se joindraient à eux, mais que cela n'avait aucune importance parce qu'ils seraient quatre, ce qui était suffisant pour le Monopoly; qu'il leur souhaitait immédiatement de passer de joyeuses fêtes, parce qu'il ne pourrait le faire le 25 puisque, non, ils n'avaient pas le téléphone.

— C'est une chalet rustique. Il paraît qu'il y a un foyer et un poêle à bois.

— Pas d'autre chauffage?

— C'est pas nécessaire.

Quand il était finalement parti pour rejoindre ses amis, Michelle n'avait cessé de lui faire ses recommandations.

— Dis toujours «s'il vous plaît» et «merci». Ne mets pas tes coudes sur la table, n'ouvre jamais la porte du réfrigérateur à moins d'y être invité, et porte les sacs quand vous irez à l'épicerie.

Jan lui avait offert d'aller le reconduire, mais il avait refusé puisque ses copains et lui s'étaient donné rendez-vous à la station de métro Berri-DeMontigny. Jan l'avait regardé partir, ne sachant s'il devait sourire de le voir marcher d'un pas si léger, si empressé. Il ne s'était posé qu'une question : avait-il bien fait de lui donner la permission malgré son sentiment que Nicolas leur avait menti ? Il n'en parlerait pas à Michelle, qui avait une confiance aveugle en son fils et à qui il n'avait voulu répéter les propos d'un de ses clients qui lui avait affirmé avoir aperçu Nicolas tenant tête à des policiers de la Gendarmerie royale du Canada, lors de la manifestation contre le train de la Confédération.

«Habillés en rouge.

— Nicolas ?

— Mais non ! Les "bœufs" de la GRC.»

Jan et Michelle s'étaient donc retrouvés seuls et ils échangèrent leurs présents en tête-à-tête. Il lui offrit un certificat cadeau de chez *Ogilvy*, son grand magasin préféré. Quant à lui, il reçut un coffret de cristal taillé pour y glisser les lunettes de son père, coulées dans le bronze. Il s'était habitué à leur apparence figée, la trouvant finalement conforme au souvenir qu'il avait de cet homme. Il lui arrivait pourtant encore de faire le cauchemar récurrent où il courait dans la neige mouillée et glissait sur des morceaux de chair gluante, rougie de sang. Ces nuits-là, Michelle le berçait comme s'il était un bébé dans les langes et lui chuchotait que tout allait bien et qu'elle l'aimait. Elle lui caressait les cheveux trempés de peur et allait lui chercher un verre d'eau qu'elle lui faisait boire.

«Je sais, Jan, je sais que ce doit être extrêmement difficile, mais ce n'est qu'un mauvais rêve.»

Parfois, il perdait patience, lui répondant que ce n'était pas un mauvais rêve mais un souvenir très net de sa jeunesse. Que si la guerre pouvait ressembler à un cauchemar pour ceux qui ne l'avaient pas connue, elle était, pour lui et Élisabeth, le seul album de famille qu'ils avaient.

Élisabeth et Florence, emmitouflées, se promenaient le long de l'Atlantique, trouvant merveilleux d'habiter une ville sans cesse bercée par le roulement de la marée. Si la mer leur expédiait des bouffées d'air cristallisé qu'elles expiraient en buée, elles ne s'en formalisaient pas, ayant eu l'après-midi pour se réchauffer auprès des œuvres exposées au musée des Beaux-Arts de Boston. La ville leur plaisait, rappelant parfois à Florence certains quartiers de Montréal et à Élisabeth des secteurs de Cracovie.

— On reconnaît ici la même influence française.

Florence la regardait, émue à la pensée qu'Élisabeth avait encore des visions de son enfance. Elles passèrent à l'hôtel, le *Tremont House*, pour se rafraîchir et se changer, puis se rendirent à la représentation du ballet *Casse-Noisette*. Les murmures étouffés à l'intérieur de la salle de spectacle n'avaient pas du tout la même résonance qu'à Montréal.

— Les voix des hommes ne sont pas pareilles. Il y a plus de graves.

— Et celles des femmes sont bougrement nasillardes. On dirait qu'elles parlent toutes avec une pince à linge sur le nez.

— C'est quand même étonnant de percevoir la différence de langue même dans les chuchotements. Je me demande à quoi ressemblent les murmures de Cracovie.

Florence ne répondit pas, les lumières de la salle venant de s'éteindre et celles de la rampe s'allumant lentement sur le décor qui les surprit et les fit toutes deux sourire.

— On est aux États-Unis ou on ne l'est pas! *There's no business like show business...*

De la fosse d'orchestre parvinrent les premiers sons, qu'Élisabeth savoura les yeux fermés avant de les rouvrir pour regarder les petits rats exécuter des entrechats et le soldat de bois marcher au pas. De son siège, elle pouvait voir le dos du chef et elle passa autant de temps à le regarder, fascinée de le voir se recroqueviller avant d'exploser pour un crescendo, et devinant le balancement de ses épaules et de ses hanches, tout en harmonie avec les staccatos. Il s'amusait visiblement, maniant la baguette comme si elle eût été la baguette magique qui donnait vie aux jouets sur pointes, et Élisabeth n'aurait pas été surprise d'en voir sortir une fleur. Elle le vit de profil et eut l'impression que ses traits ne lui étaient pas inconnus, mais ce n'est qu'à la toute fin du ballet qu'il se retourna et qu'elle le reconnut. C'était ce Polonais de Varsovie dont elle avait fait la connaissance au Concours international de Violon. Elle s'assombrit, le souvenir de ces jours infernaux sentant toujours le roussi. Elle était sensible à la discrétion qu'un chef devait avoir lorsqu'il accompagnait un opéra ou un ballet, discrétion d'autant plus nécessaire que les musiciens, quoique en habit noir, chemise blanche et nœud papillon, étaient invisibles, leur présence ne se faisant remarquer que si des yeux cherchaient le reflet de leurs petites lampes fixées aux lutrins. Elle décida néanmoins d'aller le saluer et le féliciter, consciente que le travail qu'il avait fait était le travail d'ombre nécessaire pour mettre en lumière le talent du chorégraphe et des danseurs. Florence l'accompagna, ravie de se retrouver dans les coulisses au milieu des éclats de rire parfumés autant par les gerbes de fleurs qui ne cessaient d'arriver que par la sueur sucrée des ballerines. Pour un moment, elle oublia son deuil et se laissa happer par le froissement du tulle et de la gaze colorés des costumes. Le petit soldat de bois s'approcha d'elle, se passant un coton sur la figure. Il en avait la moitié barbouillée, l'autre impeccablement maquillée. Elle le trouva amusant.

— *Did you like it ?*

Elle répondit par un timide *yes*, son anglais laissant toujours à désirer malgré sa vie à New York. Élisabeth l'invita à la rejoindre, davantage pour vaincre sa timidité que pour l'avoir comme escorte, et frappa à la porte de la loge. Nathaniel Warszawski vint répondre lui-même, la chemise déboutonnée sur un torse légèrement velu où se distinguaient quelques poils argentés et luisants de transpiration. Élisabeth baissa les yeux, intimidée par son allure presque séduisante qu'elle n'avait pas remarquée lors de leur première rencontre, un an et demi plus tôt. Elle se dit qu'elle dormait seule depuis si longtemps qu'elle avait oublié l'odeur de l'haleine du matin, le parfum des aisselles, la fragrance des eaux de toilette musquées imprégnant tous les vêtements, et le contact de la joue râpeuse ou fraîchement rasée. Si l'étreinte de Denis lui manquait toujours autant, son absence se faisait de moins en moins sentir puisqu'elle pouvait compter le nombre de jours entiers qu'ils avaient passés ensemble pendant la durée de leurs amours. En seize ans, elle l'avait vu en moyenne moins de trois fois par semaine, parfois quelques heures, exceptionnellement toute une journée. Même si ces jours avaient été les plus heureux de sa vie, elle était tout étonnée de remarquer le regard sensible de Nathaniel, qui l'avait immédiatement reconnue et n'avait fait aucun effort pour cacher le plaisir qu'elle pouvait lire dans ses prunelles. D'où lui était venu le souhait qu'il l'invite à entrer dans la loge? Nathaniel lui prit la main d'une façon si douce et la lui effleura si légèrement qu'elle sentit à peine l'air chaud qu'il avait soufflé.

— Oh! Madame Pawulska, le meilleur professeur de musique de Montréal, et mademoiselle Lagacé, son émule!

Florence tourna coquettement les yeux en regardant Élisabeth pendant qu'il lui faisait à elle aussi le baisemain. Élisabeth remarqua qu'il ne le lui faisait pas avec la même générosité. Seule une Polonaise pouvait comprendre toutes les variantes du baisemain. Il les pria maladroitement d'entrer et s'empressa de dégager la chaise de maquillage, dont il avait eu besoin uniquement pour se poudrer un peu afin d'effacer les sueurs sur son visage.

— Serait-il trop indiscret de vous demander ce qui vous amène à Boston?

— J'aime les noisettes et j'ai eu une petite faim en route pour New York.

— Je les ai bien apprêtées ?

— Oui. Vous êtes un excellent chef.

— Il n'y a qu'un chef polonais pour connaître les recettes slaves.

Élisabeth répondait d'une façon tellement coquine que Florence la regardait avec fascination, convaincue d'assister à son premier cours de séduction. L'air de la loge s'épaissit à vue d'œil et elle comprit qu'elle devait partir. Laisser Élisabeth seule avec ce chef qui, s'il avait été plus jeune — il avait au moins quatre ou cinq ans de plus qu'Élisabeth qui en avait quarante — aurait été intéressant.

— Vous m'excuserez, mais je dois rentrer.

Elle tendit la main à Nathaniel, qui la salua, et embrassa Élisabeth, qui ne fit rien pour la retenir. Nathaniel toussota et demanda à Élisabeth de l'attendre, le temps qu'il passe à la salle de bains pour se rafraîchir. Elle ne vit pas le ridicule de la situation lorsqu'il sortit de la loge en emportant tous ses vêtements, alors qu'une serviette propre pendait au-dessus de l'évier installé à côté de la table de maquillage.

Ils mangèrent des huîtres, une soupe aux fruits de mer et une assiette du pêcheur, et n'eurent que deux sujets de conversation : la Pologne, pour la nostalgie ou l'horreur, et la musique quand ils avaient besoin de respirer. Élisabeth apprit qu'il avait fait partie de l'orchestre du ghetto de Varsovie et qu'il avait échappé aux rafles et à la mort grâce à la générosité et à la complicité de mélomanes. Elle se dit que Marek et lui s'étaient sûrement croisés dans les rues de Varsovie, alors que la guerre n'avait pas encore éclaté et que les juifs ne portaient pas encore l'étoile de David ni le brassard, véritable garrot pour la saignée.

Ni lui ni elle n'étaient retournés en Pologne, mais Nathaniel avait été approché pour prononcer une conférence sur la direction musicale.

— Je ne sais même pas si j'ai le courage d'y aller.

— Pourquoi?

— Varsovie est le tombeau de toute ma famille et je marcherais sur ses cendres. Je serai forcé d'y réfléchir très sérieusement, parce que je suis toujours étonné de la puissance de mes souvenirs, de leur précision, de leur netteté.

Élisabeth avala difficilement, comprenant au plus profond de sa chair ce qu'il exprimait.

— Quatre cent mille personnes dans les deux ghettos de Varsovie. Des chômeurs. Des mères vendant des étoiles de David pour survivre! Pas d'écoles, l'instruction étant illégale. Pas de tribunaux non plus, parce que les juifs n'ont jamais pu être nommés juges. La fierté n'existait plus. On fouillait les détritus, et les enfants qui n'étaient pas morts de faim ou de fièvre typhoïde transmise par les poux faisaient du marché noir.

— Mon frère Jan faisait le marché noir du charbon à Cracovie.

— Mon frère Isaac faisait la même chose dans le ghetto de Varsovie, et il est mort avec un petit baluchon de charbon sur l'épaule.

Un voile venait d'assombrir les yeux de Nathaniel, et Élisabeth se retint de lui tenir la main et de lui caresser le visage, attendant que le voile se lève et qu'il la retrouve. Elle repoussa son assiette sans le quitter des yeux. Jamais elle n'avait entendu raconter ce chapitre de l'histoire de son pays.

— L'art était la seule chose qui nous restait et que les Allemands ne pouvaient assassiner. Il y avait trois orchestres, dans le ghetto. Et l'opéra. Et les musiciens jouaient, madame, en habit noir avec nœud papillon blanc. Pas de chaussures, mais de la classe chez les musiciens. Notre chef, M. Neuteich, portait la queue-de-morue. Rapiécée, mais queue-de-morue tout de même. Et nous avions un répertoire d'avant-garde. Nous avons joué du Vivaldi et du Bruckner, qui n'étaient pas reconnus à l'époque. Pas un seul compositeur allemand n'a été joué en concert dans le ghetto.

Élisabeth sourit tristement à l'évocation de ce fait, sachant qu'il avait certainement fallu beaucoup de courage aux âmes musiciennes pour faire taire les Beethoven, Brahms et Schumann.

— Dans l'orchestre, il y avait beaucoup de violons et très peu d'instruments à vent. Nous avons même joué un concerto avec des saxophones au lieu des cors. Il n'y avait pas de cors. Et puis c'était l'enfer pour les trompettistes, parce qu'un trompettiste affamé ne peut pas bien jouer de son instrument. Nous les nourrissions avant les concerts.

— Vous les nourrissiez?

— Oui. Chacun se privait un peu, préférant entendre un gargouillis d'estomac plutôt que de voir un musicien humilié.

Au dessert, ils avaient fait le tour de leurs souvenirs, Élisabeth ayant relaté l'exécution de sa famille, sa fuite avec Jan, la mort de Marek, la traversée de l'Atlantique. Jamais elle n'avait bien raconté ces événements à Denis. Elle se rendit compte que c'était parce qu'il n'y avait pas de mots pour lui faire comprendre la faim, la peur, le deuil et la survie. Elle s'aperçut surtout que ses souvenirs résonnaient mieux lorsqu'elle les revivait en polonais.

Il était plus de deux heures du matin lorsqu'ils sortirent du restaurant. Le plus naturellement du monde, Nathaniel la prit par l'épaule et elle mit son bras autour de sa taille. Le plus naturellement du monde aussi, elle le suivit chez lui et se nicha au creux de son aisselle, se demandant avec une vive émotion si elle ne venait pas de ressusciter. Il goûtait bon la mer et, même s'ils sortaient de table, elle eut un appétit que la nuit ne réussit pas à combler.

28

Un soir en rentrant de l'école, quelques jours après le début de ses cours, Stanislas avait été ébranlé par le revers de fortune qu'avait subi son père, volé par Casimir le Maudit, comme il l'avait baptisé. Pour la première fois, il avait parlé de son père en des termes nouveaux, taisant son inimitié et mettant en lumière le courage de Jerzy qui gardait la tête haute dans l'adversité. Jan l'avait écouté avec compassion, souriant parfois en reconnaissant en son frère celui qui ne voulait jamais user de violence mais qui pouvait assommer ceux qui menaçaient sa famille. Stanislas avait passé un hiver trouble, reparlant souvent de son père et annonçant d'emblée son intention de rentrer au Manitoba pour tout l'été afin de travailler aux champs.

— Tu penses pouvoir tout faire sans moi?

Jan avait acquiescé. En son for intérieur, il n'aurait pas compris que Stanislas ne volât pas au secours de son père et ne savait trop si Jerzy accepterait son aide s'il la lui offrait. Il avait été heurté dans ses valeurs profondes lorsqu'il avait appris que la trahison pouvait couver sous les dehors de la complicité et de l'amitié.

— Tu devrais pourtant savoir, toi, un catholique polonais, que c'est ce qui a fait crucifier le Christ.

Michelle n'avait cessé de le harceler pour qu'il aide son frère, mais Jan n'osait pas, craignant, avec raison, que Jerzy ne croie qu'il lui faisait la charité. Il passa des soirées à en discuter avec son père, lui demandant conseil.

— Si je lui écris, il va déchirer la lettre, car, c'est certain, elle arrivera trop tard selon lui. Tu comprends, papa, nous ne nous sommes pas adressé la parole depuis dix-huit ans. Il va dire que je le regarde avec condescendance et qu'il n'a pas besoin de son cadet, dont il s'est fort bien passé jusqu'ici. Il a accepté que son fils habite chez moi parce que je suis son parrain, et qu'un parrain est ce qu'il y a de plus important après le père. Mon frère respecte sa parole. Mais maintenant, papa, Jerzy a vu son rêve de rentrer en Pologne s'envoler en fumée. Peut-être voulait-il se rapprocher de vous parce que je l'ai privé de sa famille? Si tu savais le nombre de fois que je me suis posé cette question. Qu'en penses-tu?

Le printemps était arrivé et Stanislas achevait presque ses cours, cherchant toujours des indices qui auraient pu le mettre sur la piste du double jeu de Casimir le Maudit.

— Cesse de te torturer, Stanislas. Ce qui est fait est fait, et ta décision d'aller l'aider cet été est la bonne.

— Je veux faire plus que l'aider, mon oncle; je voudrais le venger.

Jan fit une petite grimace et conseilla à son neveu d'oublier ses idées de vendetta, alors qu'il aurait été animé par le même sentiment si son père avait perdu la face devant tout un village et devant sa famille.

Nicolas avait suivi toute l'histoire de la mésaventure de son oncle et trouvait que son père compliquait tout alors qu'il aurait été si simple de lui expédier de l'argent. Son père continuait de livrer les légumes légèrement défraîchis aux communautés religieuses et aux défavorisés, surtout les organismes d'immigrés polonais ou autres qui lui en faisaient la demande. Il avait d'ailleurs décrété que toutes les épiceries *Aucoin* étaient dans l'obligation de faire de même. Il volait au secours de la veuve et de l'orphelin mais ne faisait rien pour son frère, ce qui scandalisait Nicolas, qui ne s'était nullement gêné pour lui faire connaître sa pensée en lui demandant si le slogan «Peace and love» ne concernait que les jeunes.

— Explique-moi, papa. Tu as vu la guerre, mais tu n'es même pas capable de sortir le drapeau blanc. C'est peut-être ça la solution, papa. Envoie un drapeau blanc à ton frère. Il va comprendre.

Jan avait été ébranlé par l'idée originale de son fils, mais il ne l'avait pas mise à exécution, persuadé que Jerzy renverrait le drapeau déchiré en lui disant s'en méfier. Jerzy avait vu des porteurs de drapeau blanc assassinés sous ses yeux au mont Cassin.

Au début de juin, Jan présidait l'assemblée annuelle de son groupe. Il était assis devant les gérants de toutes les épiceries affiliées qui avaient choisi la bannière des épiceries *Aucoin*. Certains avaient déménagé leur magasin pour s'installer à une intersection, tandis que les autres avaient réaménagé complètement leurs locaux, déjà situés sur un coin de rue. La salle était remplie et il se promit d'acheter de nouvelles tables et des chaises plus confortables. Il y avait maintenant vingt-deux épiceries *Aucoin*, incluant les siennes, dont il ne s'était évidemment pas départi. Étaient aussi demeurés avec lui ses trois gérants de confiance, auxquels il avait confié de plus grandes responsabilités en les nommant au conseil d'administration créé afin de s'assurer que l'approvisionnement, l'entreposage et la livraison des marchandises soient faits au bon moment et en un temps record. Les propriétaires des supermarchés *Steinberg*, *A&P*

et autres les regardaient à peine, croyant ne rien devoir craindre d'une association de petits épiciers. Jan, lui, était convaincu que l'avenir se trouvait là, et les hommes assis devant lui l'étaient aussi. Ce jour-là, ils devaient décider s'ils limiteraient le nombre d'épiciers associés ou si, au contraire, ils accepteraient tous ceux qui répondraient aux normes sévères qu'ils avaient établies. Le vote se fit à main levée et tous les propriétaires voyaient d'un bon œil un nombre illimité de franchisés. L'assemblée fut levée et Jan resta seul avec M. Cohen, qui avait répondu à son invitation et assisté à la réunion.

— Qu'en pensez-vous, monsieur Cohen?

— C'est bien. Si vous tenez parole et que vous avez confiance en tous vos franchisés, vous allez prendre tout le marché. Je reconnais dans vos idées une manière européenne de faire des affaires. Juive, même. Il faut parler aux gens et leur donner une petite tape d'encouragement sur l'épaule. Il faut les convaincre qu'ils paient moins cher à votre magasin. Il faut même les persuader que s'ils paient parfois plus cher, c'est parce que vous leur offrez le meilleur produit. C'est ce que notre père nous a appris et c'est ce que son père lui avait appris.

Jan espéra que M. Cohen était son prophète. Depuis qu'il avait acheté l'entrepôt, il avait invité le survivant des frères à y venir aussi souvent qu'il le souhaitait.

«J'aurai toujours besoin d'un bon conseil, monsieur Cohen.»

Cohen l'avait remercié d'un sourire larmoyant et s'était présenté à l'entrepôt plus de six mois plus tard, alors que Jan avait rafraîchi les lieux et changé l'inventaire. L'ancien propriétaire s'était promené à travers les montagnes de caisses, allant même sans se couvrir dans la section réfrigérée. Jan l'avait suivi, ravi de sentir le vieux s'animer. Il voyait en lui une espèce de spectre doublé de son père et de M. Favreau.

«Vous reconnaissez les lieux?

— Je trouve que les inventaires sont impressionnants et j'ai vu des légumes et des fruits que je ne connais même pas. Mon frère et moi n'aurions pas pu les commander, parce que nous ne savions pas qu'ils existaient.»

Il avait ricané doucement, convaincu d'avoir été très drôle.

Jan le raccompagna à la porte en lui tenant le bras, puis il revint dans son bureau pour faire la connaissance d'un autre Polonais que lui avait référé son service du personnel, comme il le faisait toujours avant d'embaucher un individu. Il tenait à les connaître tous personnellement et se demandait parfois s'il avait été utile de changer de nom, ses origines étant notoires.

Stanislas courait dans la rue McGill, essoufflé et rieur. Il avait terminé son dernier examen et, après avoir comparé ses réponses avec celles de ses collègues, il était sûr d'avoir de bons résultats. Il se hâtait d'arriver à l'entrepôt, craignant d'être resté trop longtemps à *La Hutte suisse* avec ses compagnons. Il alla pointer, puis avisa le superviseur qu'il s'absentait deux minutes, le temps de saluer son oncle. Il faisait si rarement allusion à son lien de parenté avec le patron qu'une telle requête ne lui était jamais refusée.

— Un instant, jeune homme. Ton oncle est avec quelqu'un. *Assis*-toi p'is attends.

Mme Dufour avait parlé de ce ton qui n'admettait aucune réplique. Elle gardait l'entrée du bureau de son patron comme un rapace surveillant du haut de son nid les allées et venues de ses proies. Stanislas s'assit du bout des fesses, regarda l'heure, puis décida que la nouvelle pouvait attendre. Il se relevait lorsqu'un rire déchira l'air, lui fracturant les jambes. Mme Dufour le regarda retomber sur le fessier.

— Es-tu correct, mon 'tit gars?

Stanislas ne répondit pas, tenta de se relever, ce qu'il réussit tant bien que mal, et se dirigea en frémissant vers la porte du bureau. Il s'y colla l'oreille et Mme Dufour lui aurait fait la leçon si elle n'avait remarqué qu'il tremblait de tous ses membres.

— Es-tu sûr que t'es correct, mon 'tit gars?

Stanislas recula jusqu'à elle et lui ordonna, d'une voix sèche et en chuchotant, de téléphoner à Jan.

— Y a quelqu'un avec lui. Ça devrait pas être long.

— Justement, appelez-le.

Jan regarda l'appareil qui sonnait et faillit sortir du bureau pour rappeler à Mme Dufour qu'elle ne devait le déranger qu'en cas d'urgence. Au troisième coup, il s'excusa et décrocha, agacé.

— C'est lui, mon oncle.

— Quoi?

— C'est Casimir le Maudit.

Jan regarda l'homme assis devant lui, fit un sourire qu'il voulait complice et rassurant, raccrocha et se leva.

— Toujours pareil. Un dossier perdu. Excusez-moi, je reviens dans trente secondes.

Il marcha jusqu'à la porte, se demandant si son neveu était atteint de folie ou si le hasard avait lancé Casimir le Maudit directement dans son filet. Il referma la porte et vit que Stanislas était plus mort que vif. Il s'approcha de lui, lui fit répéter les raisons de son affolement et lui demanda une description de Casimir. L'homme que Stanislas lui décrivit était bien celui qui se trouvait dans son bureau, sauf que son visiteur disait s'appeler Josef.

— Non, c'est Casimir.

Jan sentit la colère l'envahir. C'était la première fois depuis près de vingt ans qu'il avait le souffle court et une démangeaison dans la poitrine et les poings.

— Appelle ton père et, quand il sera au bout du fil, passe-le-moi. On se comprend?

Il entra dans son bureau en riant aux éclats, après avoir mis une bonne minute à se calmer, la main sur la poignée.

— Sous le nez, le dossier! Sous le nez! Ah! Josef... Vous permettez que je vous appelle Josef?

— Évidemment. Entre Polonais, nous sommes frères. On m'a dit que vous étiez polonais.

— Oui, monsieur, mais j'ai changé de nom.

— C'est sûrement la meilleure chose à faire quand, comme vous, on est un important homme d'affaires.

— Important, important...

Jan attendait avec impatience que retentisse la sonnerie. Casimir-Josef continuait à parler.

— Si vous saviez ce que ça fait aux Polonais de voir un des leurs réussir. Je peux vous dire que moi je suis même flatté que vous ayez voulu me rencontrer et me serrer la main. Des patrons comme vous, ça n'existe pas.

— Il ne faudrait quand même pas exagérer.

— Je sais de quoi je parle, monsieur.

Jan sentit couler une gouttelette de nervosité le long de sa nuque. Il l'essuya et fut étonné de toucher à un col de chemise complètement mouillé. Il fallait bien que ce Casimir-Josef arrivât le jour où, pour la rencontre annuelle, il avait troqué ses vêtements habituels contre l'habit et la cravate.

— Vous permettez que je laisse tomber le veston? Je ne suis pas encore habitué à porter ces vêtements et il fait chaud.

— Je vous comprends. J'ai déjà moi-même porté la veste en Pologne, où je travaillais pour...

Casimir fut interrompu par la sonnerie du téléphone. Jan toussota avant de répondre, le cœur en chamade à l'idée d'entendre la voix de son frère.

— C'est Jerzy.

Jan respira profondément, ému en reconnaissant cette voix qui avait le même timbre que le soir où, à Cracovie, Jerzy était venu l'embrasser avant de partir pour le front.

— Stanislas me dit que Casimir est avec toi.

Jan tenta de rester calme encore quelques secondes, pour ne pas éveiller les soupçons de Casimir-Josef. Il parla donc d'une voix enjouée, tout en relâchant le nœud de sa cravate et en détachant le premier bouton de sa chemise.

— Oui, effectivement, nous avons tout ça. Notre entrepôt est assez grand pour recevoir, si les ententes peuvent être finalisées entre les provinces, quelques wagons de fret de bœuf de l'Ouest. Cela vous conviendrait-il?

Il posa la main sur le combiné et chuchota à Casimir qu'il s'agissait d'un appel interurbain. Ce dernier lui demanda par gestes s'il voulait qu'il sorte, mais Jan lui fit signe que non de la tête et de la main. Avec une discrétion étudiée, Casimir-Josef se leva et alla se planter devant la fenêtre. Jan le surveillait et savait qu'il avait devant lui le meilleur comédien qu'il lui ait été donné de voir, damant le pion à Gérard Philipe et à Marlon Brando réunis.

— J'imagine que vous n'avez pas envie d'attendre et que vous aimeriez que nous réglions l'affaire tout de suite. Ne quittez pas, monsieur.

Jan posa le combiné et, d'un bond, se retrouva derrière Casimir dont il tapota l'épaule. Ce dernier se retourna et fut accueilli par un direct à la mâchoire et un coup de poing qui bondit sur son ventre comme une balle sur un mur. Jan entendit craquer ses jointures et reconnut le son de Saint-Adolphe. Casimir, ne semblant pas comprendre ce qui lui arrivait, grogna en saisissant Jan par le collet pour le lancer contre le bureau.

— *Kurwa!* Vous êtes fou ou quoi?

Jan poussa un cri de rage plus que de douleur et réussit à rejoindre la porte avant Casimir, dont l'agilité était impressionnante pour un homme de sa corpulence. Il vit le combiné traîner au bout du fil, l'appareil ayant été repoussé dans la bousculade.

— Je l'ai, Jerzy.

Casimir comprit enfin la furie qui lui était tombée dessus et commença à se défendre avec toute son énergie. À son tour, il poussa un cri en saisissant de nouveau Jan par les épaules et en le frappant contre la porte avec tellement de force que Jan eut peur. C'est en pensant au courage de son frère qui les avait défendus, lui et Élisabeth, qu'il fourra ses doigts dans la bouche de Casimir, tirant de toutes ses forces sur la lèvre inférieure. Il sentit trois doigts déchirer la chair. De l'autre côté de la porte, Stanislas hurlait qu'il voulait entrer alors que Mme Dufour criait en pleurant que la police était en route. En entendant le mot «police», Casimir laissa tomber Jan, qui cria à Stanislas de verrouiller la porte. Stanislas ne sut comment il avait réussi à réagir aussi rapidement, comprenant en un éclair que son oncle emprisonnait Casimir. Il était en larmes, se demandant dans quel état serait Jan, connaissant la force herculéenne du Maudit. La poignée tourna et Casimir donna un coup de pied qui fit éclater une planche.

— J'espère que tu es toujours là, Jerzy, parce que c'est un beau spectacle. Il a la bouche en sang.

Casimir l'empoigna de nouveau, le tenant cette fois par le cou, et Jan gigota comme un animal qu'on égorge. Il réussit à donner un coup de talon sur la rotule de Casimir qui poussa un juron. Jan entendit la voix de son frère le supplier de lâcher prise.

— Il va te tuer, Jan. C'est Goliath.

Jan voulut répondre que les David l'emportaient parfois, mais ne put le faire. Il étouffait sous la poigne d'acier de Casimir. La lumière commença à baisser dans la pièce et il sut qu'il s'évanouissait, comme il l'avait fait dans le cimetière de Saint-Norbert quand on lui avait brisé les doigts. Il fit une dernière tentative pour se dégager, mais Casimir serra davantage l'étau qu'il lui avait mis autour du cou. Alors, Jan n'entendit plus rien. Casimir feula sa victoire.

— Hé! Pawulski! Je pense que c'est ton frère qui vient de mourir. Il te ressemble. Écoute ce que je vais faire de son cadavre.

Tenant le récepteur du téléphone d'une main, Casimir saisit le corps disloqué de Jan de l'autre et le lança contre la fenêtre qui éclata tandis que Jan retombait sur le sol. Casimir s'approcha de lui et lui donna trois coups de pied dans les côtes.

— *Kurwa!* Sang de chien de putain de mère!

Comme un bélier, il s'attaqua ensuite à la porte. À la cinquième charge, elle céda et il se retrouva face à Mme Dufour qui le regardait, impassible malgré son visage baigné de larmes. Stanislas était allé chercher les employés de l'entrepôt, qui attendaient Casimir, bloquant l'accès à toutes les issues. Casimir, animal pris au piège, reconnut Stanislas et, rugissant, fonça sur le groupe dont il faisait partie. Plusieurs hommes tombèrent à la renverse sous la violence de l'assaut.

— Police!

Quatrième temps

1968-1969

29

La nuit était noire, bien que les jours de juin fussent aussi longs que la silhouette des Laurentides. Les environs de l'aéroport étaient cependant éclairés et Élisabeth avait regardé les feux des appareils qui tournoyaient au-dessus des pistes, les ailes affublées de clignotants rouges ou verts. Juste avant de se poser, ils allumaient leurs phares blancs, sorte de finale de plaisir à une descente qui se terminait en douceur. Les avions qui décollaient faisaient la même chose, prélude de lumière à un vol de nuit.

Élisabeth lut sur le tableau des arrivées que l'avion de Nathaniel se poserait à Dorval avec quinze minutes de retard et qu'il serait le dernier à le faire avant que ne se taise et ne s'endorme l'aéroport. Depuis leur deuxième rencontre, il était venu la voir aussi souvent que possible et elle était allée à Boston deux fois par mois, ne ratant qu'un seul rendez-vous, immobilisée au Vermont par une tempête de neige.

Leurs amours étaient si bonnes qu'elle n'en avait mentionné l'existence à personne, craignant qu'une catastrophe ne lui tombât sur la tête. Florence s'était enquise des progrès de leur relation, mais elle lui avait menti, affirmant qu'il était fat.

«Tu l'écris comment ? "F-a" comme la note, ou "f-a-t" comme "ennuyant" ?

— À toi de deviner.

— C'est drôle, je n'ai pas eu l'impression qu'il était "f-a-t".»

Quant à Jan, occupé quatorze heures par jour, six ou sept jours par semaine, il n'avait rien su ni rien remarqué, sinon deux de ses absences.

«Tu es partie pour la fin de semaine ?

— Oui, prendre l'air de la campagne. Le printemps y est si beau.»

L'âme de Nathaniel et la sienne étaient sœurs et leurs corps toujours prêts à se fondre l'un dans l'autre. Elle n'avait jamais aimé en polonais, jamais aimé en musique, et Nathaniel non seulement la comblait mais lui donnait l'impression qu'elle parvenait à le rassasier. Elle l'avait prié de venir le plus rapidement possible, dans l'heure s'il le pouvait, son frère Jan se trouvant à l'unité des soins intensifs de l'hôpital Saint-Luc depuis déjà près de trois jours.

Comme un papillon de nuit, elle tournoya autour du panneau indicateur, souhaitant inconsciemment que son excitation bousculât le temps. Nathaniel arriva enfin, le visage défait par l'inquiétude. Elle se précipita dans ses bras et il la berça sans dire un mot, attendant qu'elle rompe le silence. Ce n'est que lorsqu'ils furent dans la voiture qu'elle lui répéta tout ce qu'elle lui avait raconté au téléphone, parlant d'une voix effrayée pendant qu'il roulait lentement, une main posée sur sa cuisse qu'il caressait doucement pour la calmer.

— Une vraie histoire d'horreur.

— Que disent les médecins ?

Les médecins n'osaient faire de pronostic, affirmant qu'il était en aussi piteux état que s'il avait été frappé par un camion roulant à plus de quatre-vingts kilomètres à l'heure. Élisabeth parla de contusions multiples, de lacérations au dos, d'écrasement de la pomme d'Adam, de fractures du nez, de trois côtes et de deux doigts, ainsi que d'un traumatisme crânien qui l'avait précipité dans le coma.

— Jan va avoir quarante ans l'an prochain et il est aussi irréfléchi qu'à dix-huit ans.

Elle lui parla des difficultés rencontrées par son frère à son arrivée au Canada, des querelles qu'il avait provoquées ou subies, du très bon violoniste qu'il avait été, contraint de ranger son instrument parce qu'il avait perdu l'agilité de ses doigts, écrasés sous les bottes de jeunes voyous qu'il n'avait jamais dénoncés.

— N'eût été son courage, il y a longtemps que je serais morte.

— Et, cette semaine, il a défendu ton autre frère?

— Oui.

— Pourquoi?

— J'imagine que c'est pour l'honneur et la fierté du nom des Pawulscy. Le mien, le sien même s'il en a changé, celui de Jerzy, mais aussi celui de Stanislas, son filleul.

Nathaniel n'osa demander si la vie de Jan était en danger, craignant une réponse affirmative. Ils garèrent la voiture dans la rue Saint-Denis, devant l'hôpital. Michelle étant trop nerveuse et épuisée pour prendre le volant, Élisabeth l'avait reconduite chez elle avant de se rendre à l'aéroport et il était convenu qu'elle passerait la nuit au chevet de Jan. Elle lui avait tu cette absence d'un peu plus d'une heure, pour ne pas l'inquiéter. Michelle était triste à voir, affaissée devant la catastrophe qui s'était abattue sur sa famille, et Élisabeth avait voulu voler à son secours. Elle pensait alors à la tendresse de son frère, ne l'en admirant que davantage pour tout ce qu'il avait fait pour elle. Sa reconnaissance avait décuplé, si la chose était possible, depuis qu'elle le savait près du gouffre, et tous, elle, Michelle, Nicolas et Stanislas, le suppliaient silencieusement de tourner son regard vers eux.

L'odeur de l'hôpital était toujours la même, un mélange d'éther et de sang, de désinfectant et de peur, d'iode et de fleurs. Comme toutes les nuits, les vases avaient été déposés dans le couloir afin d'empêcher les fleurs de voler l'oxygène des malades. Élisabeth avançait, collée à Nathaniel, espérant ainsi recevoir de sa force. Elle entra seule dans l'unité des soins intensifs, et prit le temps de raconter à Jan qu'elle arrivait de l'aéroport où elle était allée chercher une personne qui lui était chère et qu'elle brûlait d'impatience de lui faire rencontrer. Tout en parlant, elle lui caressait la main gauche, celle qui évait échappé à la boucherie. Elle se leva, et s'arrêta quelques minutes au poste des infirmières pour s'enquérir des dernières nouvelles.

— Stable. Aucune régression, aucun progrès.

Elle vint retrouver Nathaniel qui était allé chercher deux cafés bien chauds, prêt à passer la nuit et même la semaine là s'il le fallait. Élisabeth lui sourit tristement en haussant les épaules et se rassit à côté de lui, désolée d'avoir à lui présenter sa famille dans des circonstances aussi dramatiques. Elle devait les recevoir tous pour la Saint-Jean-Baptiste, et Nathaniel et elle s'étaient amusés, lors de son dernier séjour à Boston, à imaginer leurs réactions.

«Je suis certaine que lorsque je vais dire à mon frère : "Jan, je te présente mon fiancé, l'homme de ma vie", il va répondre : "Encore?"

— Oui?

— Sûr et certain. Ensuite, il va me demander si tu es marié. Et quand je vais affirmer que non, il va croire que tu es divorcé. Quand je vais le contredire, il va vouloir savoir ce que tu fais dans la vie. Quand j'aurai dit que tu es non seulement musicien mais professeur et chef d'orchestre, il va s'inquiéter devant un tableau aussi parfait.

— Tu veux rire?

— Oh non! Tu le sais, rien de bien, à part Florence, ne m'est arrivé depuis 1939. Ensuite, je parierais qu'il va me demander de cesser de le faire languir en lui avouant tout de suite ton défaut.

— Et c'est à ce moment que tu vas lui dire que je suis juif.

— Oui, mais je vais atténuer le choc immédiatement en précisant que tu es polonais.»

Nathaniel avait ri de bon cœur, promettant de ne pas porter sa kippa qui traînait dans un fond de tiroir depuis des années.

«Michelle, elle, va certainement être intimidée par ton allure. Elle a un faible pour les beaux Polonais.

— Cesse tes conneries.

— Tu vas voir que mon frère est bel homme. En fait, il est même le seul homme que j'ai pu aimer toute ma vie, mais, depuis que je te connais, j'ai été forcée de lui enlever son titre de premier violon. J'ai un nouveau premier violon, qui, ô coïncidence, est aussi mon violon d'Ingres.

— Comment? Je ne suis que ton passe-temps?

— Certainement. Tu connais beaucoup de femmes, toi, qui peuvent travailler, s'amuser, voyager, jouer, dormir et faire un enfant avec leur violon d'Ingres?»

Elle l'avait regardé en tremblant, si émue par ce que le médecin lui avait confirmé, si affolée par leur âge qu'elle redoutait, sans vraiment la craindre, la réaction de Nathaniel. Ébranlé, il avait cessé de sourire et l'avait longuement regardée, cherchant à comprendre le sens de ce qu'elle venait de dire. Il avait remarqué alors que ses iris d'un bleu de mer étaient noyés dans des larmes d'inquiétude et d'extase. Il avait été si heureux de penser qu'un être ayant des yeux peut-être aussi beaux que ceux-là se laissait bercer innocemment, ignorant qu'il était l'enfant de la plus belle femme que son père eût rencontrée. Il s'était précipité dans sa chambre et en était ressorti, la kippa à la main.

«La seule chose à laquelle je crois, Élisabeth, c'est qu'il y a une force supérieure à la nôtre. C'est uniquement lorsque je dois m'incliner devant elle que je porte la kippa. Je ne l'ai pas fait depuis au moins quinze ans. Puis-je?»

Élisabeth avait sangloté en la lui prenant des mains et en l'en coiffant elle-même.

L'aube laissait deviner ses premières coquetteries et Élisabeth s'était assoupie, la tête abandonnée contre la poitrine de Nathaniel qui la regardait avec toute l'attention d'un parent penché sur son nouveau-né. Il l'avait observée ainsi toute la nuit, ne pensant qu'à l'avenir et à la joie qu'ils auraient tous les deux de voir grandir un enfant qui, sûrement, hériterait de leur passion de la musique. Peut-être se résignerait-il, pour lui, à retourner en Pologne, ce qu'il avait toujours refusé de faire malgré une quantité d'offres qu'il avait reçues.

Une voix puis des pas se firent entendre dans le couloir. Les médecins avaient passé une partie de la nuit à venir dans l'unité, les yeux pochés de fatigue et le regard inquiet. Il n'en avait vu aucun avec le sourire aux lèvres. Les pas se rapprochaient et Nathaniel comprit, au son traînard et brisé de la cadence, qu'un médecin épuisé venait faire sa dernière ronde avant d'aller dormir. L'homme apparut enfin dans le cadre de la porte et Nathaniel sursauta. Cet homme ne portait pas de sarrau blanc mais une chemise de coton fripée, avec des cernes de transpiration aux aisselles, ainsi qu'un jean boudiné et des chaussures à semelles épaisses. Il avait le visage ombragé par une barbe d'au moins deux jours et les paupières encore plus tombantes que celles des médecins les plus épuisés. Il s'arrêta devant le petit salon attenant, porta son regard rougi sur Élisabeth, et Nathaniel vit son expression s'adoucir au point de ressembler à un chagrin incommensurable. L'homme s'approcha d'eux et mit un doigt sur ses lèvres avant de s'accroupir devant Élisabeth, qu'il dévisagea longuement d'un regard attendri.

— Comment va-t-elle?

— Compte tenu des circonstances, je dirais qu'elle va bien.

— Et mon frère?

Jerzy se dirigea vers le lit qu'on lui avait indiqué. Pendant les quarante-cinq heures consécutives où il avait roulé, n'arrêtant que pour manger une bouchée debout à un comptoir ou pour pisser près d'une roue de la camionnette le long de la route désertique, il avait été incapable de ressentir autre chose que de la peur, paniqué à la pensée que son frère meure par sa faute; angoissé à l'idée que sa sœur, toujours fragile, retombe dans les griffes de la folie; affolé à la perspective que son fils le déteste ou le méprise pour le reste de ses jours. Mais sa peur la plus taraudante était que son frère, s'il se remettait de l'assaut de Casimir, continuât de l'écarter de sa vie.

Dès que son rétroviseur avait cessé de réfléchir les silos du Manitoba, il s'était retrouvé dans le désert ontarien, fonçant sur une route qui n'annonçait jamais rien sauf des distances toujours déprimantes. Montréal n'avait commencé à sembler accessible qu'à Toronto, promettant de lui apparaître en huit heures à peine. Mais ces heures avaient été les plus agonisantes puisqu'il avait tout remis en question comme si c'était lui qui était à l'article de la mort et voyait défiler tous les moments de sa vie.

Il ne sut comment il avait réussi, mais il s'était rapidement trouvé tout près de l'hôpital. Après avoir fait le tour du pâté de maisons trois fois, effrayé à l'idée qu'on lui dise qu'il arrivait trop tard, il s'était enfin décidé et il était tombé sur Nathaniel, qui tenait Élisabeth dans ses bras avec tellement de douceur et de tendresse qu'il avait compris que même si le pire arrivait, sa sœur serait à l'abri derrière un bouclier de sollicitude.

Le matin s'était pointé dans l'unité et Élisabeth avait eu la permission d'entrer malgré sa présence. Il la regarda s'approcher de Jan, l'observer attentivement et faire une moue de déception. Elle revint ensuite vers lui et l'embrassa de nouveau sur le haut du front, lui chuchotant qu'elle ne pouvait croire qu'il était là, rappelant faiblement que Jan s'était battu pour lui, recommençant à répéter que sa présence était la chose la plus extraordinaire qui leur arrivait à tous durant ce moment effrayant. Elle parla ensuite à Jan, un peu plus fort, mais pas assez pour être entendue des autres patients.

— Jan, réveille-toi, Jan. Jerzy a abandonné ses champs et ses semis pour être avec nous.

— J'ai hâte que tu ouvres les yeux, parce que j'ai hâte de voir si nous nous ressemblons en vieillissant... et j'ai deux ou trois choses à te dire, Jan.

— Dis-les-lui, Jerzy.

Jerzy regarda sa sœur comme si elle lui avait demandé de se confesser devant lui. Il fit signe que non, se contentant d'approcher sa chaise pour tenir la main de son frère.

— Il va savoir que ce n'est pas ta main.

Elle ressortit après avoir dit qu'il était temps qu'il aille dormir. Il avait acquiescé, mais n'avait pas bronché.

Michelle arriva à l'hôpital, toujours aussi troublée. Élisabeth l'attendit devant l'ascenseur et la serra contre elle pour lui annoncer l'arrivée inespérée de Jerzy.

— Lui ici?

— Oui, lui. Il a roulé sans arrêt pendant près de deux jours.

Michelle, abasourdie, soupira.

— Je ne l'ai jamais rencontré.

Élisabeth se rapprocha encore d'elle pour lui parler de la présence de Nathaniel.

— Il y a aussi un de mes amis dans le salon attenant.

— Un de tes amis? Qu'est-ce qui se passe ici? Est-ce que tu me caches quelque chose, Élisabeth? Est-ce que Jan va mourir?

— Mais non, mais non. Il est toujours stable.

Michelle entra dans l'unité et s'approcha de son mari et de son beau-frère, un sourire fané accroché à son visage blafard. Jerzy tenait toujours la main de Jan, mais il s'était assoupi, le menton contre la poitrine, la tête légèrement tournée vers son frère. Michelle cessa de sourire, troublée. Elle baisa le front de Jan et dévisagea Jerzy, se demandant s'il fallait l'éveiller ou non. Elle décida d'attendre, et le regarda longuement. Plus les minutes passaient, plus elle greffait d'histoires et de souvenirs sur les épaules de l'homme affalé devant elle, et plus elle était remuée par la fragilité qu'elle reconnaissait en lui. Elle était si attentive aux souffles des deux frères qu'elle n'eut pas conscience de verser des larmes. Ces deux Pawulscy étaient vraiment taillés dans la même étoffe et elle n'avait jamais imaginé que Jerzy pouvait avoir une tête qui lui plaisait, compte tenu de ce qu'en disait Stanislas. Un buté, un toqué, certes, mais s'il avait la bouche amère, il avait aussi la paupière diaphane comme celle de Jan et elle avait appris que ces paupières ne réussiraient jamais à cacher une extrême tendresse. La brouille entre les deux frères lui semblait maintenant incompréhensible.

Jerzy s'agita et elle sursauta. Il ouvrit les yeux et l'aperçut. Il abandonna doucement la main de Jan, la lui reposant sur le ventre, le regarda d'un œil interrogateur, puis se leva péniblement et s'approcha de Michelle qu'il avait reconnue immédiatement pour l'avoir vue plusieurs fois en photo. Il lui baisa la main à deux reprises avant de l'enlacer et de lui chuchoter que rien de mal ne pouvait arriver à son frère puisque toute leur famille veillait sur lui. Michelle fut étonnée de reconnaître la voix de Jan dans celle de Jerzy et en fut réconfortée.

— Il va être ravi de vous voir.

— Vous croyez?

— Je le sais. Il arrive parfois que le temps soit trop long.

30

Stanislas, assis près de son oncle, lui tenait encore la main, ne cessant de sangloter silencieusement, réentendant les cris sauvages qui lui étaient parvenus du bureau de Jan, qu'il ne verrait plus désormais que comme une salle de torture. En moins de cinq minutes, son oncle avait été brisé, la porte arrachée, et trois collègues avaient été légèrement blessés. Il avait fallu quatre policiers pour immobiliser et menotter Casimir le Maudit. L'ambulance lui avait semblé mettre une éternité à arriver et il s'y était engouffré avec son oncle allongé sur une civière, emmitouflé dans des draps qui ne restèrent blancs que peu de temps et dans une couverture qui ne l'empêchait pas de grelotter. Il lui avait pris la main qui n'était pas trop enflée et il avait pleuré sans gêne devant l'ambulancier qui était avec eux. Son oncle était maintenant hospitalisé depuis plus de cinq jours et il n'avait toujours pas ouvert les yeux. Stanislas se demandait du soir au matin et du matin au soir s'il allait mourir. Il ne dormait plus et ne mangeait plus, et l'arrivée inopinée de son père l'avait saisi. Il n'avait su lui parler, lui répétant sans arrêt qu'il était responsable.

« J'aurais dû appeler les policiers au lieu de parler à mon oncle. »

Son père avait essayé de le consoler, mais il n'avait pu le calmer, ayant plus de succès auprès de Nicolas qui déclarait à tous que son cousin était un imbécile et que si son père mourait, il ne valait guère mieux qu'un assassin.

«Il a verrouillé la porte! Vous vous rendez compte? Il a enfermé mon père avec cette espèce de King Kong fou furieux. Il ne faut pas être intelligent pour faire une chose comme celle-là.»

Stanislas allait partir, sa tante Michelle étant arrivée pour le relayer, lorsqu'il remarqua un battement de cils. Sur le coup de l'émotion, il serra la main de son oncle et sentit que celui-ci tenait la sienne avec plus de fermeté. Il attira l'attention d'une infirmière, qui s'approcha de lui, regarda Jan et parla à haute voix.

— Bonjour, monsieur Aucoin! Bonjour, monsieur Aucoin!

— Allez chercher ma tante, s'il vous plaît.

L'infirmière relaya la requête par signes, demeurant aux côtés de Jan dont le peu du visage qui était visible s'agitait doucement, laissant deviner un semblant de grimace ou un simulacre de sourire.

— Bonjour, monsieur Aucoin! Vous avez décidé de revenir avec nous? C'est une bonne idée, parce que aujourd'hui il fait très beau.

Michelle les avait rejoints et Stanislas lui céda sa place, reposant doucement la main de son oncle après l'avoir embrassée.

Jan entendit son nom, mais il avait encore à ramper dans un tunnel qui lui semblait sans fin. Les murs étaient rugueux et il s'y écorchait les doigts. Puis il sentit un baume frais sur sa main gauche et il sourit doucement. La fin du tunnel lui parut se rapprocher un peu.

— Jan, Jan, mon chéri, j'ai tellement de choses à te raconter. Tu es à l'hôpital Saint-Luc, mon chéri.

Jan se demanda s'il était normal qu'un tunnel conduise à un hôpital. Puis il pensa qu'il était préférable de ne pas discuter, Michelle sachant mieux que lui reconnaître les styles des maisons. Il décida d'ouvrir les yeux pour voir les couleurs de l'hôpital. Le gris du tunnel passa lentement au vert-de-gris puis au vert pâle, qui pouvait être confondu avec le vert de la chambre d'hôpital où il avait séjourné quand on lui avait enlevé l'appendice.

La figure de Michelle était toujours aussi belle, mais elle l'avait affublée d'un air de tragédienne. Celle de l'autre femme lui était étrangère, mais elle souriait à s'en éclater les joues. Stanislas, lui, avait minci, et une pousse de jeune barbe folâtrait dans son visage. Jan trouva que ces brins fous étaient drôles et il sourit à Stanislas, qui lui répondit par un sanglot venu du fond du tunnel.

— J'ai soif.

Michelle éclata de rire, répétant à l'infirmière qu'il avait soif.

— N'est-ce pas merveilleux? Il a soif! Mon mari a soif!

Jerzy, accompagné d'Élisabeth, faisait les cent pas devant la chambre où l'on avait transféré Jan. Il ne l'avait pas encore vu depuis son réveil, et il lui tardait de le prendre dans ses bras et de le remercier. Mais un malaise persistait et il ne savait si c'était sa crainte que Jan lui en veuille toujours, ou sa gêne face à sa propre intransigeance qui les avait menés à une brouille quasi inextricable. Les médecins étaient à son chevet et il entendait des rires. Jan cabotinerait qu'il n'en serait pas étonné. Élisabeth passa la tête par la porte entrebâillée et revint vers lui, souriante.

— Je dirais qu'il est de belle humeur. Faible, mais de belle humeur.

Il souhaitait que la raison en fût sa présence, dont on avait parlé aux médecins avant de la lui annoncer. C'était Élisabeth qui l'avait fait et Jan n'avait eu qu'à la regarder pour savoir ce qu'elle venait lui dire. Il avait tenté de sourire avant de lui parler d'une voix rauque, conséquence de l'écrasement de son larynx, et essoufflée par la fracture de ses côtes.

— À quoi ressemble-t-il?

— À papa. À papa pendant la guerre, rongé d'inquiétude, mais tentant de laisser croire qu'il contrôle tout.

— Hum...

Ils s'étaient tous les deux regardés, heureux d'enfin voir la reconstitution du trio Pawulscy, muets devant la similitude de leurs sentiments.

Jerzy entra seul, sous le regard insistant de Jan. Il ralentit une fraction de seconde pour accuser le coup, puis se dirigea vers son frère au visage toujours tuméfié, au cou enserré dans un carcan, mais à qui on avait enlevé les pansements autour de la tête. Il s'arrêta à côté du lit, lui prit la main gauche qu'il embrassa, et tous les deux s'observèrent longuement en silence. Jan attira enfin la main de son frère jusqu'à ses lèvres et la baisa. De sa jambe mutilée, Jerzy fit glisser la chaise jusque derrière lui, s'y assit et continua de regarder son frère. Tous deux demeurèrent silencieux, comme si le silence contenait les meilleurs mots pour exprimer les dix-huit dernières années, qui avaient failli se terminer par une tragédie.

31

Jerzy était assis à la table de la cuisine, un cahier de comptabilité ouvert devant lui, un crayon à la main, une gomme à effacer dans l'autre. Anna énumérait la liste et les montants des factures qu'elle sortait d'un sac de papier brun. Jerzy, dès qu'il terminait une addition, réussissait parfois à sourire, ce qui encourageait Anna. À la suggestion de Stanislas — il avait tenu à le préciser —, Jan les avait incités à fabriquer des conserves, cornichons à l'aneth d'après une recette polonaise, tomates étuvées et ketchup. Jerzy avait hésité, sachant qu'en réduisant la variété de ses cultures il se rendait plus vulnérable aux intempéries. Le projet l'inquiétait aussi pour Anna, qui voudrait être partout à la fois, dans les champs et autour des chaudrons.

« Tu ne t'es jamais mis le nez dans mes casseroles, si ce n'est pour me dire que ça sentait bon ou me demander si c'était volontairement que je brûlais mon repas. Ce n'est pas à quarante-six ans qu'on devient un grand marmiton, Jerzy. Alors, organisons-nous pour doubler la surface de ma cuisine, installons quatre cuisinières et tu vas voir que je vais faire des merveilles. »

Les semis ayant été retardés autant par les caprices du climat que par son séjour à Montréal, Jerzy avait le temps d'acheter ce dont il avait besoin. Le directeur de la banque, connaissant mieux que quiconque son infortune, n'avait pas hésité à lui octroyer un prêt supplémentaire devant la frugalité de ses exigences, confiant que tous ses produits seraient écoulés dans des dizaines d'épiceries montréalaises. Anna était tellement excitée à l'idée qu'ils pouvaient peut-être réussir à rembourser la banque en trois ans plutôt qu'en cinq qu'elle languissait de voir apparaître les premiers concombres pour les cornichons, les tomates, les oignons et les poivrons.

Nicolas observait son oncle discrètement, se demandant si c'était parce qu'il était un Polonais, un orgueilleux ou un Pawulski qu'il n'avait montré aucun signe de colère, de rancœur ou d'impatience. Sophie lui répétait que Casimir lui avait sans doute appris une leçon et que, depuis son sinistre départ, elle trouvait que son père avait beaucoup changé.

— Je pense que ton père y est pour quelque chose aussi.

Nicolas avait haussé les épaules, niant quelque courage que ce soit à son père, qu'il avait trouvé idiot de s'être fait enfermer à clef avec un fou. Sophie essayait de défendre son oncle, mais Nicolas devenait rapidement sourd quand quelqu'un osait un bon mot, surtout si cette personne était Stanislas. Jamais il ne reconnaîtrait, même devant Sophie, qu'il était furieux contre son père de l'avoir fait mourir de peur. Jamais il n'avouerait non plus qu'il avait souvent et secrètement arpenté le couloir de l'hôpital alors qu'il était censé être au collège, terrifié à l'idée de voir mourir son père sans jamais lui avoir parlé de son rêve, qui avait pris la forme du projet imminent de quitter l'école. Il n'avait nullement l'intention de poursuivre ses études collégiales, encore moins de faire des études universitaires, préférant partir à la découverte du monde. Il était le seul à savoir que son séjour au Manitoba était sa première halte et qu'il allait continuer son périple. Il avait décidé de son départ en moins de cinq minutes, d'abord heureux d'aller aider son oncle, qui comprendrait certainement mieux que son père son besoin de voir le monde. Depuis qu'il était tout petit, il avait tracé ses itinéraires avec son train et son globe terrestre, et il y avait peu d'endroits de la planète qu'il ne pouvait nommer ou même dessiner de mémoire. Son père, il le savait, était déjà entré dans sa chambre et avait aperçu le train, qu'il croyait rangé depuis longtemps. Il avait feint de dormir, mais s'était juré que plus personne ne verrait sa locomotive. C'était son rêve à lui et il refusait de le partager, rejetant ainsi les principes de son père, qui l'avait toujours forcé à prêter et à donner.

Le soleil de juillet s'était levé, dardant aussitôt ses rayons sur la terre qui n'en pouvait plus de ces assauts répétés. Jerzy regarda le thermomètre, qui, à neuf heures, marquait déjà plus de quatre-vingt-cinq degrés Fahrenheit. Il se félicita d'avoir depuis longtemps installé des gicleurs, et il ne trouvait rien de plus agréable que de les voir arroser ses champs au coucher du soleil. Les concombres étaient déjà assez gros pour être marinés à l'aneth, et Nicolas et Stanislas avaient fabriqué un crible à grands coups de marteau, de tournevis, de scie à découper et d'égoïne, ahanant sous la chaleur. Anna avait regardé les concombres sautiller d'un trou à l'autre, les retrouvant tous triés par grosseur.

— C'est merveilleux !

Ils étrennèrent donc le crible à la chaleur étouffante, en entendant le son depuis midi jusqu'au coucher du soleil. Sophie, qui ne ratait jamais une occasion, chanta au rythme du crible, imitée parfois par Stanislas et Nicolas, sous le regard amusé d'Anna et presque tolérant de Jerzy.

— *La cucaracha, la cucaracha, ya no puede caminar...*

— Tu peux bien chanter... J'ai l'impression que les Mexicains sont plus intelligents que nous. Quand le soleil leur tape dessus, ils se cachent sous leur sombrero et ils dorment. Nous, on sue comme des imbéciles, on arrache des concombres et on les regarde sauter dans un crible comme si c'était un spectacle.

Nicolas s'était tu, alarmé à l'idée qu'il puisse dévoiler son projet de visiter le Mexique. Il voulait tout voir : le Mexique et l'Amérique du Sud, la Guadeloupe et la Martinique, mais d'abord ces pays si éloignés qu'étaient la Pologne, la Russie, l'Iran, l'Irak, la Palestine, l'Italie et l'Angleterre. Il voulait parcourir le monde dans les pas de son oncle, qui n'avait pas eu peur, à peine plus âgé qu'il ne l'était lui-même, de partir à la défense de son pays. Il reporta son attention sur le crible, dont le tapage mettait ses pensées en veilleuse.

Le soleil se vautrait doucement près des têtes de maïs quand ils rentrèrent, les reins brisés par la récolte, les oreilles rendues sourdes par le cogne-cogne du crible, le ventre troué par la chaleur qui y collait sans en apaiser la faim. Nicolas regarda son oncle et, voyant qu'il était de belle humeur, lui sourit en se promettant de lui révéler, à lui et à lui seul, son envie de voir le soleil se coucher en d'autres couleurs. Sophie alla s'affaler sur le canapé du salon pendant que Jerzy se passait la tête et les bras sous le robinet, qu'Anna sortait des salades et des tranches de jambon du réfrigérateur et que Stanislas mettait le couvert, taquinant sa sœur au sujet de sa piètre forme physique.

— Pauvre Sophie! Comment penses-tu faire de longs spectacles quand tu es incapable de récolter des concombres pendant plus de huit heures?

Sophie lui lança un coussin, qui accrocha Jerzy au passage. Nicolas éclata de rire devant le regard ahuri de ses cousins qui s'apprêtaient à essuyer une réprimande. Même Anna avait gardé un plat dans ses mains, hésitant à le poser sur la table. Jerzy mit quelques secondes à s'essuyer, puis, sans crier gare, attrapa son neveu par le bras, lui enroula la serviette autour du cou et lui promit que la prochaine fois il le pendrait haut et court. Nicolas, stimulé par la fatigue, rit encore plus fort à travers un gargouillement d'étouffement et demanda combien haut et combien court il allait être pendu. Jerzy, renfrogné et grincheux, répondit qu'il allait le pendre court comme le seul poil de barbe qu'il avait au-dessus de la lèvre et haut comme le clocher de la cathédrale de Saint-Boniface.

— Trop tard, papa. La cathédrale a été complètement brûlée aujourd'hui.

Jerzy cessa son jeu et Nicolas étouffa son rire. Stanislas se planta devant le téléviseur et vit les images de la cathédrale rongée par les flammes qui, ironie diabolique, éclairaient de l'intérieur la rosace de la façade. Puis il vit s'écrouler la toiture dans la nef, telle une vague s'abattant sur une coquille à la dérive. La dernière fois qu'il avait mis les pieds dans cette cathédrale, c'était le jour de Pâques et Casimir était à leurs côtés. Il se dit que cet homme était peut-être un des fils du diable, qui aurait profité de ce jour de canicule pour se rappeler à eux en se riant de leur existence.

32

Jan rentra à la maison, soucieux. Depuis son hospitalisation, il avait l'impression d'avoir perdu le contrôle de sa vie. Michelle et lui étaient attendus chez Élisabeth, qui leur annoncerait certainement qu'elle était enceinte. Il était terriblement amer de ce qu'elle ne l'eût pas fait plus tôt, souffrant vivement de ne plus être la personne la plus importante de sa vie, supplanté par ce Nathaniel qui l'irritait tant il était charmant et gentil. Il était évident que Nathaniel était l'homme dont Élisabeth avait toujours eu besoin, mais Jan avait aimé être son soutien, son confident. S'il avait apprécié le fait d'être à ses côtés dans les rares moments de bonheur qu'elle avait connus, jamais il ne s'était senti aussi utile que lorsque le malheur s'était acharné sur elle. Pendant l'année qui avait suivi son dernier chagrin d'amour, il l'avait côtoyée quotidiennement, s'assurant qu'elle était bien et que rien ne lui troublait l'esprit au point de menacer son équilibre. Il lui fallait maintenant frapper à sa porte comme auparavant et attendre qu'elle réponde, geste qu'il avait désappris depuis la rupture avec Denis, se contentant de frapper et d'entrer en lui criant «Bonjour!», le plus souvent en français, mais parfois, pour lui faire plaisir, en polonais. Il reléguait bien au fond de ses pensées la peur qu'elle soit enceinte malgré son âge avancé et la crainte que se reproduise l'histoire de leur mère, qui n'avait pu voir grandir les siens. Élisabeth était belle à regarder, cachant la toute petite rondeur qui tentait de s'imposer sous les chemisiers qu'elle laissait tomber sur son pantalon. Elle s'était tue et chaque jour de ce silence avait édulcoré les liens qui les unissaient depuis que les fondations de la ville de Cracovie avaient tremblé de peur sous le pas des Allemands.

Nathaniel répondit, arborant ce sourire blanc, luminaire de son visage mat et légèrement ridé, dont Michelle raffolait. Il les accueillit en étreignant Jan après avoir baisé la main de Michelle, et les invita au salon, où Élisabeth avait placé des amuse-gueule et des dessous-de-verre. Jan sentit que la soirée serait terriblement difficile, sans pouvoir en identifier la cause. Ils discutèrent de la température et Michelle donna des nouvelles de Nicolas, dont Anna avait décrit toutes les frasques dans une lettre. Puis Nathaniel parla d'Élisabeth qui tardait à se montrer, leur criant cependant de la chambre qu'elle n'en avait que pour quelques minutes.

— J'imagine qu'elle vous a tout raconté.

Jan haussa les épaules, ne sachant que répondre. Oui, elle avait tout raconté s'il parlait du fait qu'il était américain d'origine polonaise, juif, musicien, chef d'orchestre invité, professeur et célibataire. Mais pas tout s'il faisait allusion à la grossesse. Nathaniel les regardait, espérant une espèce d'encouragement de leur part, et Michelle souriait sans comprendre ce qu'il attendait d'eux. Puis Élisabeth fit une entrée triomphante, une bouteille de champagne à la main, vêtue d'une robe de maternité bleue qui lui donnait un regard d'écolière faisant l'école buissonnière. Nathaniel fit sauter le bouchon, s'empressant de retenir la mousse qui écumait du goulot.

— Je sais que vous le saviez, mais je voulais attendre que tu sois complètement guéri, Jan, et que Nathaniel ait fini sa tournée de concerts pour sabler le champagne.

Nathaniel et Élisabeth portèrent un toast en polonais et Jan se sentit un peu étranger à cette joie qu'il avait de la difficulté à ressentir. Puis il comprit. Élisabeth se repolonisait au contact de Nathaniel et un océan de différences émergeait entre eux. Elle redevenait l'Élisabeth de Cracovie et celle de Marek, comme si l'amour qu'elle portait à Nathaniel lui avait permis de remonter le temps et d'effacer tous les changements qu'elle avait subis. Jan lui regarda le ventre discrètement et songea à cet enfant qui, comme les enfants de son frère, naîtrait en terre canadienne mais de parents polonais. Il serait le seul Pawulski à avoir métissé sa descendance.

Ils mangèrent un repas presque entièrement polonais, où le saucisson était à l'honneur. Élisabeth avait aussi servi une salade de pommes de terre, œufs et aneth, dont Michelle se régala.

— Et le mariage est pour quand?

Michelle avait posé la question sans même penser qu'elle pouvait être indiscrète. Nathaniel regarda Élisabeth et lui fit un signe de tête pour l'encourager. Jan sentit son cœur se noyer, sachant qu'il allait connaître le dernier élément qui ferait qu'il saurait «tout».

— Un mariage de juin, Jan.

Il regarda sa sœur en souriant, reconnaissant qu'elle se fût adressée à lui.

— Comme c'est romantique! Un mariage avec un bébé de... de combien de mois, Élisabeth?

Michelle cachait mal son excitation, même si elle eût préféré que la noce fût célébrée avant que la grossesse ne fût apparente, comme cela se faisait toujours avant que les mœurs ne changent terriblement et que les femmes ne portent plus la robe blanche que par tradition et non à cause du symbole qui s'y rattachait.

— Juin ?

— Oui, juin.

Nathaniel sourit calmement, caressant toujours la main d'Élisabeth.

— En juin de cette année, le bébé avait deux mois de baignade. En juin de l'an prochain, il aura cinq mois.

Élisabeth lui embrassa une oreille et Jan se demanda s'il était normal qu'une femme de quarante et un ans et un homme de quarante-six ans se comportent comme des tourtereaux sans âge.

— Encore mieux ! À cinq mois, un bébé est beaucoup plus facile à déplacer...

— Il l'était encore plus à deux mois de grossesse.

Élisabeth avait parlé si sérieusement que Jan se répéta mentalement ce qu'elle venait de dire. Michelle, elle, mit plus de temps à comprendre que Nathaniel et Élisabeth étaient mariés depuis près de trois mois. Jan blêmit, se sentant trahi dans la seule chose à laquelle il avait toujours cru : le respect et l'amour de sa sœur. Il se réfugia dans un mutisme dont tous comprirent le sens, puis partit en les priant de l'excuser, sans ajouter un mot. Michelle le suivit, balbutiant des politesses avant de bafouiller des vœux de bonheur.

Jan s'enferma dans son bureau, se planta devant les lunettes de son père et régurgita les douloureux trois derniers mois qu'il venait de vivre. Il parla de Casimir et de ses mains de fer, de la venue de Jerzy et du mariage d'Élisabeth.

— La bonne nouvelle, papa, c'est qu'en voyant Jerzy j'ai senti fondre toute ma rancœur. Mais il a vieilli, terriblement vieilli, et j'ai eu de nouveau peur de la mort. Elle était loin, terriblement loin, davantage dans le passé que dans l'avenir. Mais, en voyant que mon frère avait des cheveux blancs, je me suis dit que nous n'étions plus de jeunes orphelins polonais accueillis ici après la guerre. Non. Nous étions probablement devenus de vieux Polonais venus faire fortune. Les gens oublient. Même moi, j'ai oublié. Mais Élisabeth, elle, n'a certainement pas oublié. Elle va avoir un bébé. Tu te rends compte? Un bébé à quarante et un ans! Un bébé polonais! En fait, ce que je voulais comprendre, papa, c'est la raison pour laquelle elle s'est mariée sans m'en parler. J'en suis si offusqué que j'en perds le souffle. Il est vrai que les temps changent, mais je ne conçois pas qu'ils aient changé au point qu'une sœur n'invite pas son frère à ses noces.

Quand Jan regarda l'heure, les aiguilles lui indiquèrent que plus de la moitié de la nuit avait filé. Il décida de ne pas dormir, préférant commencer sa «tournée du ventre». Il entra dans la chambre sur la pointe des pieds et trouva Michelle bien éveillée, un livre à la main.

— Tu ne dors pas?

— J'imagine que tu as eu une longue discussion avec ton père.

Jan haussa les épaules en déboutonnant sa chemise.

— Jan, mon amour, as-tu déjà pensé que j'aimerais parfois devenir une paire de lunettes?

Jan la regarda comme si elle venait de proférer la pire des insanités.

— Et te faire couler dans le bronze?

— Non, Jan. J'aimerais ça être là, juste là, à ne rien faire pendant que tu me parlerais, me raconterais tes pensées, tes sentiments, tes réflexions, tes projets, tes regrets...

— Tu n'as pas besoin d'être une paire de lunettes pour ça, Michelle. Je ne t'ai jamais rien caché.

Michelle éteignit la lumière, le forçant à se diriger vers le placard en tâtonnant. Il l'ouvrit pour en sortir une chemise, allumant du coup l'ampoule qui s'y trouvait, et vit que Michelle lui tournait le dos, soupirant ou sanglotant. Il referma le placard, replongeant la chambre dans l'obscurité, et sortit aussitôt, irrité par sa femme qui se disait jalouse d'un pauvre mort dont la cervelle n'avait eu qu'une neige sale pour linceul.

Jan entra à l'entrepôt en traînant la patte comme s'il avait bu une chopine de bière avant de se coucher. Il n'avait plus l'âge des nuits blanches, encore moins celui de négocier les tournants du chagrin. Il tomba sur le vieux Cohen qui arrivait aussi, s'approchant de lui en souriant, heureux de lui apprendre que presque toutes les livraisons étaient entrées.

— Avec les wagons réfrigérés, ils font des merveilles. Je parierais qu'ils vont inventer des voitures qui auront un soleil artificiel le jour et une nuit fraîche pour que les légumes mûrissent pendant le transport.

Il éclata de son rire fêlé et Jan eut envie de le consoler d'être si vieux qu'il ne pouvait plus s'esclaffer. Jan n'avait jamais oublié le conseil de M. Favreau, qui lui avait dit de toujours s'entourer de gens plus âgés. M. Cohen venait presque chaque jour depuis la bagarre et c'était lui qui, avec ses trois gérants de confiance, ses complices des premières années, avait dirigé toutes les opérations. Jan leur en était plus que reconnaissant, ayant pu se permettre d'attendre que les os brisés se ressoudent, que le nez désenfle, que la voix se replace et que les doigts retrouvent un semblant d'agilité. Mais maintenant que son corps avait repris forme, son âme s'étiolait, heurtée par des événements qu'il ne savait comprendre.

Élisabeth frappa à sa porte et entra avant qu'il ne l'y invite. Elle avait l'air catastrophé et Jan se trouva insouciant de donner à sa sœur autant d'émotions. Il se durcit aussitôt, se rappelant qu'elle aussi lui en donnait, lui en avait toujours donné, et que jamais il ne lui avait fait défaut.

— Qu'est-ce que tu fais ici?

— Pourquoi me fais-tu cela, Jan?

— Qu'est-ce que je fais?

Elle le regarda d'un œil interrogateur avant de lui demander si c'était son mariage ou sa grossesse qui l'irritait.

— Je n'ai jamais été heureuse, Jan. Tu le sais bien. Nathaniel...

— Je sais, je sais. Nathaniel est un homme exceptionnel.

— Ce que je veux te dire, Jan, c'est que nous avons attendu pour faire la noce. Tu comprends? Attendu que tu sois guéri, que les engagements de Nathaniel lui permettent d'être à Montréal, que Florence puisse venir. Puis nous avons pensé que l'idéal serait peut-être d'attendre le bébé aussi. Et de faire une espèce de noce-baptême, tu comprends? Et puis maintenant c'est extraordinaire parce que même Jerzy va être là. C'est la première fois de ma vie, Jan, que je n'ai rien à souhaiter, que je suis comblée.

Jan regarda le bonheur de sa sœur et en fut ému plus qu'il n'aurait aimé se l'avouer. Son seul souvenir du bonheur d'Élisabeth était ce matin de la mort de Marek, après laquelle elle s'était éteinte comme une bougie, noyée par le jus de fraises. Si elle avait été heureuse auprès de Denis, il n'en avait jamais rien su. Il espérait qu'elle l'avait été. Mais maintenant le bonheur lui allait tellement bien qu'il se demandait s'il pourrait encore lui être utile. Il trouvait ridicule qu'un jeune frère de trente-neuf ans se désolât du semblant de départ de son aînée. Et pourtant il venait à peine de mesurer l'importance de sa sœur. C'était elle qui lui avait permis de vivre et de survivre. C'était elle qui avait convaincu le père Villeneuve de le sortir de son enfer chez

M. Bergeron. C'était elle qui avait tout laissé pour être avec lui dans le train de Montréal. Il n'avait pas eu besoin d'explications pour comprendre qu'elle avait agi avec réflexion, y voyant la seule solution pour éviter que la famille n'éclate. Elle était devant lui, toute fragile avec ce ventre qui allait devenir menaçant et affolant. Il s'approcha, lui passa une main dans le dos et lui demanda si une noce dans ce merveilleux restaurant où elle avait travaillé lui plairait.

Élisabeth sourit en revoyant la salle à manger du neuvième étage chez *Eaton*. C'était dans ce magasin qu'elle avait acheté ses premières chaussures et son premier papier à musique. Elle se remémora sans regret les visites que Denis y faisait, particulièrement le jour où il lui avait offert un parapluie dont la poignée avait la forme d'une tête de cygne et dont les baleines avaient maintenant percé la toile depuis longtemps.

— Ce serait une sorte de pèlerinage, Jan. Si j'ai bonne mémoire, c'est là que tu m'as présenté Michelle.

Jan reprit l'air timide et penaud qu'il arborait ce jour-là, où il n'avait presque rien dit sauf quelques insignifiances en parlant d'Adam. Élisabeth continua à sourire, visiblement soulagée, et déclara qu'une noce-baptême avec toute sa famille allait faire le plus beau jour de sa vie.

— J'ai attendu plus de quarante ans pour enfin le voir, ce plus beau jour.

— Tu veux dire qu'il sera plus beau que le jour où je t'ai donné la moitié de mon chocolat?

— Plus.

— Que le jour de ton mariage avec Marek?

— Plus.

— Que le jour où tu es devenue la marraine de Sophie?

— Plus.

— Que le jour où tu as rencontré Florence ?

— Plus.

Cessant de badiner, il comprit que sa sœur était heureuse au point d'en être encore plus fragile.

33

Jerzy et Anna étaient absolument catastrophés. Le lit de Nicolas n'avait pas été défait et sa valise, prête pour le retour, avait disparu. Avec Stanislas et Sophie, ils organisèrent une battue à travers les champs, puis étendirent le cercle de leurs recherches au village de Saint-Norbert. Personne n'avait vu Nicolas : ni les gens de la *Coop*, ni le personnel du bureau de poste, ni même le curé et les dames du presbytère. Nicolas semblait s'être volatilisé et Sophie était convaincue qu'il avait mis à exécution son projet de voyage. Alors qu'elle avait espéré qu'il était trop timoré pour partir à l'aventure, elle devait reconnaître que le Nicolas qui avait disparu pouvait être celui qu'elle était la seule à connaître et qui était un garçon extrêmement déterminé.

— Et s'il s'était rendu à la gare par ses propres moyens ?

Ils eurent tous l'air sceptique, mais Anna expliqua que cela n'avait peut-être pas été son intention.

— Vous comprenez certainement ce que je veux dire. Il a peut-être eu peur, ou faim, qui sait ?

Stanislas s'empressa de se doucher et de se changer, puis il empoigna sa valise et ils montèrent tous les quatre dans la vieille automobile bringuebalante de Jerzy, qui se croisant les doigts, qui faisant une prière silencieuse. La gare de Winnipeg leur apparut étrangement tranquille, comme si tous les voyageurs comprenaient qu'ils étaient à la recherche de Nicolas. Ils s'informèrent partout, ne négligeant aucun employé, terminant sur le quai où était attendu le train qui partirait pour Montréal. Dès qu'il entra en gare, ils se postèrent de façon à voir venir les passagers. Ils attendirent et attendirent. En vain. Stanislas savait qu'il ne monterait pas sans son cousin, et craignait aussi que son père ne puisse pas lui offrir un second billet. On fit le dernier appel et le conducteur cria : «All aboard!», jetant un regard interrogateur à Stanislas qui fit non de la tête avant de refermer la porte. Jusqu'à la dernière seconde, ils avaient espéré.

De retour à la maison, Jerzy, tremblotant, prit le téléphone pour rejoindre son frère. Il avait entendu parler de jeunes qui cherchaient l'aventure, mais ce n'étaient jamais des jeunes de bonne famille, encore moins des jeunes de famille polonaise. Il pensa que c'était peut-être le sang canadien-français de son neveu, son héritage d'aventuriers et de coureurs des bois, qui refaisait surface. Il redoutait tellement la réaction de Jan, réaction qu'il avait eue lui-même lorsque Stanislas avait fait la même chose, qu'il raccrocha, affolé. Anna lui tint la main pour l'encourager, alors que Sophie ne cessait de répéter qu'elle aurait dû comprendre ce que Nicolas lui avait laissé entendre et que Stanislas se taisait, atterré, certain que son cousin était parti parce qu'il le détestait. Jerzy demeura assis près de l'appareil, prêt à redécrocher, et soudain la sonnerie retentit, emplissant le silence lugubre d'un son quasi alarmant. Il ferma les yeux, espérant entendre la voix de Nicolas, mais c'était celle de Jan, qui semblait venir d'outre-tombe.

— Est-il parti?

Jerzy sentit son anxiété monter d'un cran. Comment allait-il annoncer à son frère que non seulement Nicolas n'était pas parti, mais que personne ne savait où il était?

— Jerzy?

— Oui.

— Est-il parti?

— Non.

Jerzy entendit un grand soupir de détente et n'y comprit rien. Jan lui raconta alors qu'ils venaient de recevoir une lettre d'adieu dans laquelle Nicolas leur annonçait sa décision de partir à la découverte du monde. Jerzy crut percevoir des sanglots retenus dans la voix de son frère, mais ceux de Michelle probablement à ses côtés étaient déchirants par le soulagement qu'ils exprimaient.

— Il écrit qu'il voudrait aller au Mexique et, de là, traverser l'Atlantique, pour refaire tout le trajet que tu as fait. Tu te rends compte? Heureusement qu'il n'est pas parti. Je peux lui parler?

Jan éclata d'un rire nerveux, plongeant une dague dans le ventre de Jerzy qui, du revers de la main, essuya les gouttelettes d'angoisse qui perlaient sur son visage.

— Écoute-moi, Jan. Ni lui ni Stanislas n'ont pris le train pour Montréal.

Une friture remplaça le ton soulagé de son frère, qu'il entendit chuchoter à Michelle que Nicolas avait probablement mis à exécution son projet ridicule.

— Quand serait-il parti?

— Probablement durant la nuit. Je vais rouler jusqu'à la frontière américaine. On ne sait jamais.

Jerzy attendait toujours une grenade ou une bombe, mais Jan ne leva jamais le ton, probablement étranglé par la nouvelle. Il raccrocha après lui avoir demandé de le tenir au courant des développements et s'être enquis de l'arrivée de Stanislas, que, manifestement, il souhaitait imminente.

Jerzy marcha de long en large, n'osant avouer qu'il ne cessait de penser à l'horreur qu'il avait certainement fait vivre jadis à ses parents. Jan devait avoir l'âme sans voix. Pire : l'âme en attente de la fin d'un cauchemar. Il regarda ses enfants, qui s'étaient tous les deux figés depuis qu'il avait raccroché, incrédules quant à ce qui leur arrivait. Cette situation était sans doute leur première véritable expérience d'impuissance, les multiples accrochages passés leur semblant probablement ridicules. Stanislas était encore plus attristé que sa sœur, si cela se pouvait, et ne cessait de se mordre férocement l'intérieur de la joue.

— Où veux-tu être, Stanislas ? Ici ou à Montréal ?

Stanislas sursauta et hocha la tête, ravalant péniblement la peur au goût extrêmement amer qu'il avait dans la bouche depuis le constat du départ de son cousin et qu'il ne savait comment cracher. Il voulait à la fois être avec sa famille, dont il avait pitié tant ils étaient tous défaits, et soutenir son oncle, qui ne comprenait certainement rien à cette défection de son fils.

— Sophie sera ici, avec vous. Ma valise est prête, mais si cela te coûte trop cher, papa, je peux rester ici.

Jerzy fut sensible à la réponse de son fils, alors que, trois ans plus tôt, il aurait tempêté de voir Stanislas lui préférer son frère. Mais il avait maintenant la certitude que si son fils choisissait d'être près de Jan, il avait quand même agi en Salomon, gardant un enfant Pawulski à Saint-Norbert et laissant le second accourir au secours de celui qui souffrait, à Montréal. Parce que c'était à Montréal qu'habitait aujourd'hui le plus fragile des deux frères Pawulscy et Stanislas l'avait compris. Comme l'avait fait Élisabeth près de vingt ans auparavant. Comme lui-même n'avait pu s'empêcher de le faire quelques mois plus tôt.

Le navire fit escale dans le port de Montréal et Nicolas eut la permission d'en descendre. Comme son oncle l'avait fait à son arrivée au Canada, il avait réussi à trouver du travail à Toronto, dans le port. Il y avait tenu des dizaines d'emplois aussi ennuyants les uns que les autres, de plongeur à aide-cuistot, de débardeur à homme à tout faire sur les navires qu'on chargeait ou déchargeait. C'est ainsi qu'il avait appris à connaître l'intérieur d'un bateau. Il avait aussi appris l'existence d'endroits relativement confortables pour faire une traversée à l'insu de tout un équipage. À la fin du mois d'octobre, il avait décidé que le premier navire devant mettre le cap sur l'Europe aurait dans ses flancs un passager clandestin. Il s'était fait pousser les cheveux et portait un foulard autour de la tête, à la John Lennon. Cela le vieillissait et personne ne semblait vraiment intéressé à savoir qui il était. Il racontait occasionnellement des voyages inventés et les marins le croyaient, ses connaissances en géographie lui étant d'un grand secours. À l'ourlet de son pantalon, il vit qu'il avait grandi d'au moins sept centimètres depuis le mois de juin, ce qui lui plaisait aussi. Il se procura deux autres pantalons au dépôt de l'Armée du Salut, où il dénicha aussi un manteau afghan presque neuf. Tous les jours, il voulait rassurer sa mère, mais il raccrochait toujours le récepteur, craignant les foudres de son père. De toute façon, il était certain que Stanislas était avec eux, ce qui devait les consoler. Il se demandait parfois si son père remarquait son absence.

Il marcha dans les rues illuminées et vides de Montréal, songeant qu'il aurait été agréable de parler à quelques-uns de ses amis, ne fût-ce que pour leur décrire le goût de la liberté et les narguer quant au montant de leur argent de poche. Il lui arrivait parfois de regretter le collège français, mais il se consolait en se disant qu'il aurait amplement le temps de reprendre une ou deux années si le cœur lui en disait. Mais, ce soir, il avait le cœur à la barre du navire dont le capitaine allait croire qu'il n'était pas rentré alors qu'il allait être confortablement installé pour la traversée avec des provisions d'eau et de boîtes de conserve : ragoût, soupe, fèves au lard, haricots, tomates, poulet désossé, pâtés *Klik* et *Kam*. Il ignorait que son père avait été forcé de se nourrir au *Klik* et au *Kam* lors de son arrivée au pays.

Il marcha jusqu'à la propriété de ses parents, eut une terrible envie d'entrer pour les embrasser avant que ne commence son périple, mais la maison, comme la ville, était endormie. Il marcha ensuite devant la maison d'Élisabeth et de Nathaniel, aperçut la lueur de la veilleuse du couloir et s'imagina que Nathaniel était assis dans l'obscurité à écouter de la musique.

La nuit était noire et seules les lumières des ponts se reflétaient dans la mer, la lune ayant disparu. Le navire dans lequel Nicolas était assis, seul et nauséeux, montait les vagues comme un écuyer montant un cheval ayant le mors aux dents. Il heurtait d'occasionnels morceaux de glace qui faisaient résonner la coque, produisant un assourdissant son de gong. La mer houleuse avait remplacé le roulis du fleuve et Nicolas ne put s'empêcher, chaque fois que la glace heurtait la coque, de penser au *Titanic*. Il avait appris l'itinéraire et la durée de tout le trajet et savait qu'ils avaient pénétré dans le golfe. Il calmait sa frayeur en se consolant avec le fait qu'il était le seul à être témoin de sa peur, de ses vomissements et du découragement passager qui pâlissait ses rêves. Le troisième jour de la traversée, les moteurs stoppèrent et il entendit des pas de course, des cris et des jurons. La mer ne s'était toujours pas calmée et le navire, privé de son hélice, semblait tanguer et rouler dangereusement. Nicolas pleura comme l'enfant qu'il avait vu à la Ronde, paniqué sur un siège des montagnes russes. Il pleura aussi du chagrin qu'aurait sa mère s'il mourait noyé dans un naufrage, anonyme nourriture pour les requins. Puis les cris changèrent de registre et les moteurs furent remis en marche. Il soupira de soulagement et trouva que la coquille sans moteurs sur laquelle il croyait devoir affronter la tempête n'était plus qu'un berceau. Il s'endormit en rêvant qu'il était le moussaillon qui criait « Terre ! » au capitaine Cook.

34

Élisabeth était assise dans la salle d'attente, changeant de position, sans arrêt, n'ayant du confort qu'un vague souvenir. Son ventre ressemblait à une pleine lune et il était encore plus beau qu'elle ne l'avait rêvé durant ces années où le regret l'avait presque toujours accompagnée. Le bébé dont elle avait entendu battre le cœur dans le stéthoscope du médecin avait presque cessé de bouger, accumulant d'ultimes réserves avant de plonger dans la vie. Elle appuyait ses mains sur son ventre, prête à le bercer, déjà follement amoureuse de cet être non encore né qui prenait lentement la place de ses peurs, de ses craintes et de ses déceptions. Elle avait tenté de bâillonner sa peur de l'accouchement; elle conservait le souvenir d'un profond gémissement poussé par sa mère à la naissance d'Adam, auquel elle avait longtemps refusé de penser mais qu'elle avait appris à implorer pour qu'il veille sur ce bébé Pawulski. Le médecin ne lui ayant pas caché qu'elle était très âgée pour une primipare, elle s'inquiétait pour le bébé, mais elle savait qu'avec l'amour dont Nathaniel l'enrobait elle parviendrait enfin à conjurer tous les mauvais sorts. Elle avait demandé à ne pas être anesthésiée, afin de figurer dans le premier tableau que verrait son enfant. Michelle l'avait traitée de tous les noms, ne comprenant pas qu'elle veuille souffrir alors que la médecine lui offrait tout ce qu'il lui fallait.

— Madame Warszawska.

Elle se leva avec un élan étonnant pour une femme aussi lourde, portée par le bonheur de savoir qu'elle faisait sa dernière visite, certes, mais ravie de penser qu'elle n'avait pas accouché deux jours plus tôt, soit le 7 janvier, anniversaire d'Adam. Depuis cette date, elle avait compris que le mauvais œil l'avait perdue de vue, acceptant que son passé aille finalement rejoindre ses souvenirs, laissant à sa vie présente tout l'espace pour exister.

On l'installa pour l'examen, et elle chuchota au bébé de ne pas s'inquiéter, son seul regret étant que Nathaniel fût retenu à Boston. Sa voix, douce comme un frôlement, lui manquait terriblement.

«Est-ce que tu me permettrais de porter ma kippa à l'hôpital? Les grandes œuvres m'emportent toujours et j'aurai besoin de toute la voûte céleste pour me retenir sur terre.»

Le médecin, stéthoscope au cou et un dossier médical à la main, venait d'entrer. Il la regarda en soupirant et hocha la tête d'un air de profonde déception.

— Madame Warszawska! Ça fait maintenant cinq mois que je vous supplie d'accoucher avant le 10 janvier. Il ne vous reste pas vingt-quatre heures si vous voulez que ce soit moi qui vous assiste. Combien de fois vous ai-je répété que je partais pour la Floride le 10?

— J'ai vraiment essayé. J'en ai parlé au bébé et il semblait d'accord. On dirait qu'il ne veut rien entendre.

Le médecin éclata de rire avant de poursuivre, la rassurant quant aux soins qu'elle recevrait.

— Mon remplaçant devrait arriver d'une minute à l'autre. Tiens, quand on parle du loup...

La porte s'était ouverte et Élisabeth renversa les yeux pour voir le médecin qui entrait. Elle fut prise d'une subite moiteur, incapable de retenir ses tremblements, souffrant soudain intensément de l'absence de Nathaniel. Elle se demanda si Denis avait recommencé à faire de l'obstétrique ou s'il s'était offert par amitié pour son collègue. Elle devait se protéger, refusant par toutes les fibres de son corps que Denis vienne ternir le seul grand bonheur qu'elle connaissait depuis sa naissance. Ses pensées se chevauchaient en cascade et elle chercha comment elle aurait réagi si Marek avait fait une brusque irruption dans sa vie. Grâce à la grandeur de l'amour de Nathaniel, ses plaies, elle en était sûre, étaient toutes fermées, mais l'arrivée inopinée de Denis pouvait peut-être les raviver. Il s'approcha et lui pressa doucement la main en souriant. Elle la retira et la posa sur son ventre, qu'elle ne voulait pas inquiéter par sa respiration erratique. Son médecin traitant comprit qu'ils se connaissaient et offrit de sortir quelques minutes. Elle répondit qu'elle préférait qu'il reste, tandis que Denis le remerciait de sa délicatesse. Le médecin hésita, mais, devant le calme de Denis, se dirigea vers la porte.

— Je vois une autre patiente et je reviens.

Élisabeth s'assit sur la table d'examen et tira sur la robe d'hôpital qu'on lui avait mise, essayant de s'en recouvrir les genoux.

— J'avais oublié combien tu es belle. Même enceinte, je suis certain que tu réussis à émouvoir les statues, y compris celles de saint Joseph.

Denis avait la voix chevrotante, montrant qu'il était aussi troublé qu'elle. Des yeux, il lui demanda la permission de lui caresser la joue du revers de la main et elle fit signe que non avant de hocher la tête doucement. La caresse ne fut qu'un effleurement, mais elle lui avait signifié que cet homme était toujours amoureux d'elle. Il demeura silencieux, l'observant avec regret alors qu'elle soutenait son regard, refusant d'abaisser les paupières, par crainte de se rendre vulnérable. Il lui avait tant de fois répété que l'ombre de ses cils était irrésistible qu'elle voulait qu'il ne voie de son visage que la lumière reflétée sur son bonheur. Elle clignait rapidement pour empêcher les ombres d'apparaître, puis les larmes arrivèrent, non dans ses yeux mais dans ceux de Denis.

— M'as-tu pardonné ?

Elle acquiesça lentement de la tête, se posant elle-même la question dans les mêmes termes.

— Je ne pourrai jamais t'oublier, Denis. Mais si tu me demandes si j'ai cessé de t'aimer, la réponse est oui. Je t'avais dit que je ne saurais être la maîtresse d'un père...

Alors, il lui raconta que son fils était parfait, extrêmement parfait, trop parfait. Qu'il parlait et savait deux récitations. Qu'il dessinait bien aussi.

— Et il n'a pas tout à fait trois ans.

— Tu dois être fier, Denis. C'est la plus belle chose que la vie pouvait t'offrir.

— Peut-être, mais ma chère femme le façonne un peu trop à son image et à sa ressemblance.

Faisant des efforts louables pour sécher ses larmes, Denis la regarda encore longuement avant d'ajouter qu'il enviait du plus profond de son être l'homme qu'elle aimait et avait épousé. Il lui avoua avoir volontairement offert ses services pour remplacer son collègue, sachant qu'elle n'avait pas encore accouché.

— Je t'aimerai toujours, Élisabeth. Et j'ai tout perdu le jour où nous nous sommes quittés.

Elle ne savait que répondre, convaincue qu'il n'avait rien perdu puisque son enfant grandissait très bien. Lui avait-il dit qu'il ne l'aimait pas autant qu'il le lui avait laissé entendre ?

— Mais ton enfant, Denis...

— Mon enfant n'est pas de toi, Élisabeth.

Un silence visible et embué emplit la pièce. Elle ne savait que lui répondre, ayant, plusieurs années plus tôt, fait le deuil d'une maternité qu'elle aurait partagée avec lui. Denis devina sa gêne et poursuivit, d'une voix qu'il cherchait à alléger :

— Heureusement que je l'ai pour m'accrocher à la grisaille de ma vie. C'est d'ailleurs la raison pour laquelle j'ai repris l'obstétrique. J'en suis venu à me faire une raison en me disant qu'il était impossible que le chagrin aille de pair avec l'arrivée de tous les bébés. Je sais maintenant que l'odeur et les sons de la naissance me manquaient terriblement.

Élisabeth entendait tout ce qu'il lui disait, mais ses propos devenaient flous, rejoignant rapidement ce temps de vie qui appartenait au passé. Elle se souvenait d'avoir espéré énormément entendre ce qu'il lui disait, mais tout disparaissait dans la lave qui refroidissait aussi rapidement que s'éteignait la douleur.

— Élisabeth...

Elle le regarda de nouveau, étonnée de constater qu'il n'avait pas bougé.

— Me permets-tu de te demander une faveur?

Elle craignit qu'il veuille faire l'amour malgré son ventre rempli, ou qu'il la supplie de le revoir, ce qui l'aurait troublée.

— À l'accouchement, est-ce que je pourrai tenir le bébé quelques secondes avant de couper le cordon qui le reliera à toi? Avant même de le remettre dans les bras de son père? Le temps que je crée le fugace phantasme qu'il est de moi. Quelques secondes...

Élisabeth douta que Denis eût toute sa tête. Elle tendit une main et lui toucha le front afin de s'assurer qu'il n'était pas fiévreux. Il baissa les yeux et sourit, enfin presque consolé.

— Ton mari ne verra rien, Élisabeth.

— Mon mari saura, Denis.

— Tout ?

— Il saura que tu es Denis.

Nathaniel embrassa doucement Élisabeth sur les paupières, lui disant qu'il leur fallait partir. Elle ouvrit les yeux et poussa un petit cri de surprise en sentant l'eau qui inondait le lit. Elle se leva lentement et demanda à Nathaniel de mettre la musique qu'ils avaient choisie. Pendant qu'il téléphonait chez Jan puis à l'hôpital, elle se lava et s'habilla au son d'une sonate, prenant tout son temps afin de savourer chaque seconde de ce jour qui serait le plus beau de sa vie, le plus grand pour Nathaniel, le jour béni pour les deux.

L'aube du 13 janvier ne se devinait pas encore lorsqu'ils sortirent de la maison, marchant avec joie vers la voiture réchauffée de Jan, affrontant une neige folle et coquine. Tel un chauffeur en livrée, Jan se tenait près de la portière et l'ouvrit pour son beau-frère et sa sœur, qu'il fit asseoir ensemble à l'arrière. Il s'empressa de se glisser derrière le volant et la voiture démarra en dérapant légèrement, ce qui inquiéta davantage le chauffeur que les passagers.

Élisabeth pria le personnel de la laisser le plus longtemps possible dans sa chambre, afin de permettre à Jan d'être avec eux s'il le désirait. Il demeura assis près d'une fenêtre, ne voulant pas s'immiscer dans leur intimité la plus exclusive. Élisabeth lui souriait de temps à autre, reprenant un air concentré uniquement quand les contractions augmentaient d'intensité. Nathaniel se tenait assis près du lit, les mains posées sur son bras ou sur son ventre, anticipant tous ses besoins.

— Jan?

— Oui, je suis là.

— Mais je sais que tu es là. Pourquoi ne me fredonnes-tu pas le Debussy que nous avons chantonné lors de la naissance d'Adam?

Jan ne fut pas étonné de sa requête, revivant cette nuit lointaine depuis leur arrivée à l'hôpital. Il savait qu'il était impossible à Élisabeth de taire ces souvenirs. Il fredonna discrètement la pièce tandis que Nathaniel battait doucement la mesure sur le lit et qu'Élisabeth essayait de rythmer sa respiration. Jan oublia sa rancœur occasionnelle envers Nathaniel, la joie de sa sœur, malgré la douleur, l'illuminant complètement. Il crut sincèrement qu'elle avait besoin de sa présence, ce qu'elle venait de lui confirmer en demandant de lui faire revivre un des rares moments tendres qu'ils avaient connus pendant la guerre.

Elle fut finalement conduite à la salle de travail et Jan regarda battre les portes vitrées, s'y colla le nez et garda en mémoire la fréquence des contractions de sa sœur. Il lui avait embrassé la main et avait longuement serré celle de Na-thaniel, qui l'avait embrassé sur les deux joues. Le va-et-vient des infirmières dans la salle de travail était régulier, et, chaque fois que l'une d'elles en sortait, elle lui indiquait avec les doigts le nombre de centimètres de dilatation. Parfois, elles entrouvraient la porte pour lui parler un peu ou lui faire un message. Il apprit ainsi qu'Élisabeth était la première femme qu'elles voyaient qui pouvait garder un visage souriant même quand une contraction la déchirait.

— Pour moi, c'est un enfant attendu, celui-là. P'is son mari lui essuie le visage en lui chantant des berceuses. Mon Dieu que c'est beau de les voir!

Peu de temps après, Denis Boisvert arriva, s'arrêta devant Jan en toussotant et lui posa une main sur l'épaule.

— Vous êtes toujours aussi près l'un de l'autre. Quand elle me parlait de vous, elle le faisait avec tellement de... de tendresse, de... d'admiration.

— Elle ne m'a jamais parlé de vous. Jamais. Si ce n'est pour m'annoncer que votre femme était enceinte, et, plus récemment, pour me dire que vous seriez à l'accouchement.

S'il avait envie de lui faire savoir que sa sœur avait terriblement besoin de son bonheur plus que mérité et que personnellement il espérait ne plus jamais entendre parler de lui, il s'entendit lui demander de bien la surveiller, de ne pas la brusquer ni lui faire de mal, de...

— Monsieur Aucoin, votre sœur est la personne que j'aime le plus au monde. Je n'ai pas envie de lui faire de mal, croyez-moi.

Il franchit les portes avec assurance, mais Jan le vit hésiter avant d'entrer dans la salle où se trouvaient Élisabeth et Nathaniel. Une infirmière l'y suivit, puis ressortit quelques minutes plus tard et vint vers lui à la hâte.

— Monsieur Aucoin, elle entre dans la salle d'accouchement. Elle vous demande d'aller chercher dans sa valise le chapeau de son mari. Est-ce que ça se peut ? J'ai bien compris ?

Jan retourna dans la chambre d'Élisabeth, ouvrit la valise, en fit l'inventaire rapidement, aperçut enfin une kippa noire aux motifs bleus. Il hocha la tête en se répétant que la vie avait parfois de ces surprises, prit la kippa et alla la porter à l'infirmière, qui le pria de presser le pas.

— Vite, ils sont rendus. Ah ! c'est ça, son chapeau ? Une calotte de juif ? Est-ce que son mari est juif ?

— Oui.

— Ça alors ! C'est le premier que je vois dans une salle d'accouchement. À bien y penser, c'est le premier que je vois d'aussi près. Comment ça se fait que votre sœur n'a pas accouché au Montreal Jewish Hospital?

— Je pense, madame, que vous êtes attendue dans la salle d'accouchement.

— Oh! mon Dieu! Excusez-moi! Un père juif qui chante des berceuses puis une primipare de quarante et un ans qui sourit en accouchant, c'est trop pour moi.

Élisabeth craignait que son bébé ne réussisse pas à se frayer un chemin sans se blesser. Elle souffrait maintenant énormément, ayant la désagréable impression que son périnée allait se déchirer. Denis pensa la même chose et s'empressa de faire une petite incision, mais elle n'en eut pas connaissance, tant cette chair était déjà endolorie et tuméfiée.

— Poussez encore, madame.

— Plus fort?

— Oui, ma *lunia*. Tu peux lui ouvrir la porte.

Elle perdit le compte, puis la troisième poussée fit saillir la tête du bébé, juste sous le mont de Vénus.

— Oh! *Elzbieta*, regarde, regarde dans le miroir.

Elle poussa encore deux fois et Denis émit un son guttural qui fut immédiatement suivi d'un pleur timide du bébé.

— Qu'est-ce que c'est?

— Une magnifique fille.

Élisabeth vit Denis poser les pinces sur l'ombilic et inviter Nathaniel à couper lui-même le cordon pendant qu'il tenait Agnès contre sa poitrine, après l'avoir recouverte d'un délicat petit drap et lui avoir nettoyé les voies respiratoires. Élisabeth lui fit un sourire entendu à travers ses larmes de bonheur et Denis baisa doucement le front du bébé avant de le remettre à son père en larmes.

— Heureusement que j'ai ma kippa. Heureusement, ma *lunia*, parce que je ne sais plus penser.

Il s'approcha d'elle et, sous le regard résigné et souffrant de Denis, l'embrassa avec toute la douceur et la reconnaissance qui l'habitaient, lui chuintant plein d'amour dans cette langue qu'ils étaient les seuls à comprendre. L'infirmière détourna quand même le regard, gênée d'être témoin d'autant d'effusions. Nathaniel lui déposa ensuite Agnès dans les bras, les couvrant toutes les deux pendant que Denis attendait patiemment la fin de leurs épanchements pour terminer proprement son travail.

Jan avait entendu le vagissement et avait jeté un coup d'œil au ciel, tenant serrées dans sa main les cordes du violoncelle de son père. Puis il éclata en sanglots en pensant à sa paternité mise en berne par Nicolas. Il se ressaisit aussitôt, effrayé à l'idée que sa sœur le voie ainsi affligé. Le bébé fut le premier à sortir de la salle, poussé par l'infirmière qui le conduisait à la pouponnière. Elle s'arrêta devant Jan pour qu'il puisse le voir.

— C'est une fille.

— Ma sœur ne pouvait pas avoir un garçon. Cela aurait été aussi faux qu'un instrument désaccordé.

— Espérons qu'elle va être aussi belle que sa mère.

Souriant, Jan se pencha sur le ber, examina longuement le poupon et lui effleura finalement les joues et le front.

— Bienvenue, belle Agnès...

35

Agnès avait cinq mois, les yeux bleus de sa mère, la main gracieuse, un sourire de trois dents, les boucles blondes comme l'avaient été celles d'Adam et le regard songeur. Elle avait été baptisée en février, avec Stanislas pour parrain et Florence pour marraine, au grand désespoir du curé, qui avait insisté pour que ses parrain et marraine soient un couple marié. Élisabeth avait été intraitable, ne voulant priver Florence du titre.

Florence était rentrée de New York et s'était empressée d'aller chez Élisabeth pour revoir sa filleule. Elle ne cessait de la bercer et de la cajoler, se précipitant sur la cuillère ou sur le biberon pour être près d'elle, quand elle ne réquisitionnait pas le landau pour la promener à l'extérieur. Élisabeth était comblée, ses deux «filles» et Nathaniel étant tout ce qu'elle pouvait souhaiter. Elle regardait parfois Florence à la dérobée, prenant conscience qu'elle n'était plus une petite fille voulant jouer avec une jolie poupée, mais bien une jeune femme de vingt-quatre ans en âge d'être mère et attirée par ce rôle qu'elle jouait fort bien. Agnès reconnaissait toujours Florence et lui manifestait des joies qui lui laissaient croire qu'elle était la marraine la plus extraordinaire du monde.

— As-tu un amoureux, Florence ?

— Pas maintenant. À Juilliard, on rencontre des gens sérieux aux mœurs légères.

— Ah bon ! Qu'est-ce que tu veux dire ?

— Je veux dire qu'ils sont presque tous des gens talentueux. En tout.

Elle sourit de toutes ses dents, certaine d'avoir alarmé Élisabeth dont la virginité avait survécu à son premier mariage.

— Au cas où la chose t'intéresserait, je suis une étudiante de Juilliard. J'aurais, dit-on, du génie en musique, et j'aurais, dit-on, beaucoup de talent en mœurs légères.

— Et qui dirait ces choses ?

— Les violoncellistes. Pour ne rien te cacher, j'ai souvent pensé à ta mère et à ton père, parce que j'ai un faible pour les violoncellistes.

Elle n'ajouta pas qu'elle les regardait tenir leur instrument en se substituant à lui. Que les violoncellistes ne pouvaient cacher leur souffle et leur rythme, et qu'elle savait s'ils étaient de bons amants à la façon dont ils tenaient l'archet pour caresser les cordes du violoncelle, à la façon dont ils respiraient ou au contraire cessaient de respirer pour entourer les sons de silence, et à la façon qu'ils avaient d'ouvrir ou de fermer les yeux selon les passages musicaux. Et elle avait toujours eu raison. Si elle les avait tous choisis en se fiant à son instinct de musicienne, la femme qu'elle était n'avait jamais été déçue, n'en déplaise à ceux qui ne pouvaient comprendre.

— Est-ce que tu essaies de me dire que tu aurais eu certains rapports avec plusieurs musiciens ?

— Je n'essaie pas de te le dire, mon Élisabeth adorée, je t'en informe.

Élisabeth pinça les lèvres, prit Agnès, qui avait toutes les difficultés du monde à garder les yeux ouverts, et alla la coucher dans le petit lit de jour, installé dans le salon, près de la fenêtre, pour que sa fille soit avec eux même quand elle faisait une sieste. Quant au vrai lit, plus grand, il était dans la chambre, véritable refuge pour tous les animaux en peluche qui, imparfaits, n'avaient pu trouver d'acheteur. C'est ainsi que le chat était amputé de la moitié de ses moustaches ; que l'ourson avait un œil qui pendait au bout d'un fil ; le lapin, une oreille plus courte que l'autre ; le chien, une patte mal rembourrée ; l'éléphant, une défense arrachée ; le canard, un troufignon asymétrique. C'est Nathaniel qui avait commencé la collection le jour où, avant la naissance d'Agnès, il était rentré avec un énorme lion acheté à Los Angeles, ne découvrant qu'en le sortant de la boîte, dont le dessin imitait une cage de cirque, que la queue avait perdu sa touffe de poil. Nathaniel en avait été tellement chagrin, ne pouvant échanger l'animal, qu'il avait décrété que c'était un signe et qu'il allait rechercher les animaux imparfaits.

«C'est vrai, ma *lunia*, il doit y en avoir plusieurs.»

Et il avait eu raison, s'amusant d'autant plus de cette décision sans fondement que les marchands de jouets les lui offraient toujours à rabais.

«Penses-tu que c'est mon petit côté juif qui m'a fait découvrir ce filon ?

— Non, Nathaniel. Ton petit côté juif aurait trouvé des animaux parfaits et les aurait payés à moitié prix. C'est plutôt ton côté artiste trop sensible qui te les fait acheter.

— Je fais plus que les acheter, Élisabeth. Je les recherche ! Je suis le Joséphine Baker des animaux de peluche. Maintenant, ce que j'aimerais trouver, c'est un petit cochon rose avec une queue raide au lieu d'une queue en tire-bouchon.»

Agnès s'endormit profondément.

— Tu as vu, Florence? Elle est incroyable. Elle s'endort toujours si rapidement et si profondément que c'est tout juste si elle a le temps d'entendre les petites pièces de Mozart que je lui fais jouer.

Élisabeth observa longuement sa fille, cherchant à trouver la petite chose qui aurait pu être différente de la veille, un bouton de chaleur ou une petite rougeur. Florence les observait toutes les deux, émue à l'idée qu'Élisabeth, Nathaniel et Agnès étaient maintenant sa seule famille. Les chagriner était ce qu'elle redoutait le plus et elle savait qu'elle allait le faire en leur annonçant qu'elle avait quitté Juilliard. Comment allait-elle leur expliquer sa reconnaissance? Quels mots allait-elle choisir pour faire comprendre qu'elle voyageait depuis dix ans, qu'elle avait joué avec les plus grands chefs du monde, qu'elle avait remporté le premier prix du Concours international de Violon alors qu'elle n'avait que vingt et un ans, qu'à Juilliard on lui promettait un brillant avenir de concertiste et que c'est justement ce qui l'avait éteinte? Elle savait qu'une brillante concertiste était toujours seule, ne faisait partie d'aucun orchestre, d'aucun groupe, était davantage connue pour son coup d'archet et son répertoire que pour elle-même. Elle sourit intérieurement, s'amusant de l'idée qu'il était notoire, dans les milieux musicaux de New York, qu'elle avait un faible pour les violoncellistes. Elle espérait que cette lubie soit mise sur le compte de son originalité d'artiste. Élisabeth allait certainement s'affoler, craignant pour son avenir, mais la musique n'avait enrichi que peu de gens. Les musiciens de son âge exerçaient presque tous un autre métier. Élisabeth était convaincue qu'elle était à la tête du peloton et que l'événement le plus extraordinaire de sa carrière était cette offre de Deutsche Grammophon de lui faire enregistrer deux concertos sous la direction du chef de l'orchestre philharmonique de Berlin, le célébrissime Herbert von Karajan. Élisabeth n'en n'avait plus dormi, au grand amusement de Nathaniel qui n'avait cessé de la taquiner, lui disant s'inquiéter de sa femme dont Karajan semblait occuper les nuits.

«Ce n'est pas Karajan qui m'empêche de dormir. C'est toute la musique allemande. Il ne t'arrive jamais de penser à ces musiciens qui, comme ce *Herr* Schneider qui a occupé une chambre de notre appartement pendant la guerre, avaient troqué leurs instruments de musique contre des armes?

— Mais oui, ma *lunia*. C'est certain que j'y pense, et j'en ai encore la nausée. Mais la vie nous fait faire de drôles de choses. Ton frère Jerzy avait lui aussi déposé son archet et ramassé un fusil.

— Ce n'était pas pareil; Jerzy défendait son pays. Tu te rends compte? Florence, une petite Montréalaise, va enregistrer un disque avec Karajan. Ce sera comme un immense pied de nez de Tomasz et Zofia Pawulscy. Surtout de ma mère, dont j'ai appliqué les principes pédagogiques à Florence.»

Florence suivit Élisabeth à la cuisine pour l'aider à préparer le souper. La famille allait fêter la Saint-Jean-Baptiste et souligner la fin des études de Stanislas, qui avait obtenu son diplôme de comptable. Florence appréhendait un peu cette réunion qui précédait le départ de Stanislas, décidé à rentrer au Manitoba. Les Aucoin souffriraient de le voir partir, non parce que l'Ouest était mauvais, mais parce qu'ils se sentiraient doublement abandonnés, Nicolas ne leur ayant jamais écrit. Florence y voyait davantage la crainte des remontrances que de la méchanceté.

Depuis la naissance du bébé, Élisabeth avait continué à diriger les Archets de Montréal, emmenant Agnès dans un couffin qu'elle posait sur une table à côté d'elle. Elle était resplendissante et Florence comprenait l'immensité de l'amour qu'elle avait dû porter à Denis pour avoir accepté d'être privée de maternité. Florence pensa à Nathaniel, qui était vraiment le père qu'elle avait souhaité. Un chef d'orchestre sensible, original et respecté, un mari convoité par toute la gent féminine, et un père adorable qui n'avait pas encore trouvé les mots pour dire la fascination et la véné-ration qu'il portait à sa fille.

Ils étaient à table et Nathaniel, tenant Agnès sur ses genoux, l'amusait avec un singe qu'il venait de lui offrir et dont l'une des deux mains avait été malencontreusement rabattue et cousue sur l'avant-bras. La petite souriait de ses trois dents, émettant parfois une espèce de gargouillis qui les attendrissait tous. Malgré un plaisir manifeste, Michelle ne réussissait pas à effacer son expression de mater dolorosa. Stanislas avait l'air plutôt malheureux de retourner chez lui, mais il ne cessait de parler de projets pour les épiceries *Aucoin*. Jan l'écoutait religieusement, son neveu ayant eu plusieurs idées fort utiles, dont la standardisation de l'amé-nagement des étals et des présentoirs de tous les magasins affiliés. Si le départ de Stanislas l'assombrissait, il s'en con-solait en se disant que son neveu s'en allait travailler pour lui à la production de ces conserves maison qui étaient très appréciées par la clientèle, les jeunes y voyant une nourriture saine parce que sans produits chimiques, et les plus vieux y retrouvant le goût familier des conserves qu'ils ne faisaient plus depuis longtemps. Jerzy lui avait d'ailleurs offert de s'associer avec lui dès qu'il aurait remboursé ses dettes. Jan n'avait pas voulu lui offrir un prêt, sachant que la fierté de son frère n'avait besoin que de la reconquête de son estime personnelle et qu'il était le seul à pouvoir effectuer cette reconquête.

Les convives étaient plutôt silencieux, chacun absorbé dans ses pensées. Florence pâtissait de minute en minute, cherchant encore la façon d'annoncer qu'elle avait changé ses projets, préférant apprendre aux jeunes à aimer leur violon, fragile comme une petite Agnès, plutôt que de discuter avec des petits-bourgeois sur la rondeur des sons des pièces en majeur. Elle se leva pour enlever les couverts, qu'elle empila les uns sur les autres, s'amusant à placer les assiettes à pain sur les grandes assiettes. Elle prit le tout et allait le déposer sur le comptoir lorsque sa manche accrocha la poignée d'un poêlon, qui vola par terre alors qu'elle échappait dans un fracas effrayant les douze assiettes qu'elle avait sottement empilées. Ils poussèrent tous un cri de surprise et Florence, se mordant la lèvre et refoulant ses larmes, se mit à genoux pour faire une rapide estimation des dégâts. Elle trouva rapidement sept assiettes intactes et se releva tandis que Stanislas arrivait à son secours avec un porte-poussière et un balai. Tremblotante, elle tenta de minimiser sa bourde en annonçant qu'il y avait sept res-capées.

— Casse-les! Une par une, mais casse-les toutes!

Nathaniel venait de parler d'une voix si caverneuse qu'ils se figèrent sans penser une seule seconde qu'il plaisantait.

— Qu'est-ce qui te prend, mon amour?

Élisabeth le regardait, à l'affût de quelque explication qui viendrait la rassurer, mais le visage exsangue de Na-thaniel, les perles de sueur qui lui collaient aux tempes et les tremblements de ses mains étaient de mauvais augure.

— Nathaniel, qu'est-ce qui se passe?

Jan sentit sa poitrine se recroqueviller devant le ton et l'expression de sa sœur. Encore quelques secondes et elle allait soit éclater, soit défaillir.

— Voyons, mon oncle, ce ne sont que des assiettes.

— Casse une assiette, Florence.

Le ton de Nathaniel se voulait sans réplique. Florence déposa les sept assiettes sur le comptoir et en prit une petite qu'elle lança à deux reprises dans l'évier avant que n'éclate la porcelaine. Tous n'avaient d'yeux que pour Nathaniel.

— Deux autres ! En même temps !

Florence s'exécuta, reculant d'un pas pour éviter un éclat.

— Trois autres !

Élisabeth avait cessé d'observer son mari et porté son regard vers Agnès, qui tenait toujours la main du singe, s'amusant à le faire sautiller. Les assiettes firent encore un fracas surprenant. Puis Élisabeth prit deux verres, se leva et les projeta contre la fenêtre, dont la vitre vola en éclats. Elle se retourna aussitôt et chercha les yeux de Nathaniel qui, pour toute réponse, fit non de la tête.

— Elle n'a pas eu un seul petit sursaut, Élisabeth. Rien.

Élisabeth sortit deux casseroles et alla se placer derrière son mari, puis les frappa l'une contre l'autre en criant.

— Agnès ! Agnès ! Écoute !

Pendant qu'elle s'acharnait à conjurer le sort, pas un seul des entrechoquements des casseroles ne fit pleurer ou ciller Agnès, qui tira sur la main du singe, le fit bondir et leva les yeux vers les invités, le sourire aux lèvres. Elle émit son gargouillis qui immortalisa l'horrifique journée.

36

Élisabeth pleura à fendre l'air, secouée de sanglots venus tout droit de ses entrailles fraîchement refermées. Pendant deux jours, Jan, Michelle et Nathaniel restèrent à son chevet, conscients qu'elle ne connaissait que trop le chemin menant au monde des peines sans remède. Nathaniel tenta d'annuler un concert, mais l'orchestre de Chicago ne put lui trouver de remplaçant. Il s'absenta donc pendant plus d'une journée, et Michelle et Florence dormirent toutes les deux chez Élisabeth, la première pour s'occuper d'elle, la seconde pour prendre soin d'Agnès. Michelle sut se rendre précieuse auprès de sa douleur et de son désarroi comme elle avait appris à le faire durant ses heures de bénévolat au chevet des oubliés. Jan vint le soir, prenant et amusant Agnès avant de passer dans la chambre de sa sœur, qui l'inquiétait tellement qu'il en avait perdu le sommeil. Il revint également le lendemain matin, voir si sa sœur avait cédé à la torpeur ou si elle lui résistait.

— Maintenant, j'en suis certaine, Jan. Je dois être une sorcière et il y a des âmes que je connais qui me détestent.

— Cesse de dire des bêtises.

— Je ne dis pas de bêtises. J'ai cru sincèrement que mes peines étaient finies. J'en étais tellement convaincue, Jan, que j'ai cessé de penser à Adam, heureuse de savoir qu'il reposait enfin en paix.

Elle jeta un coup d'œil en direction de la fenêtre, tentant d'établir si c'était la canicule ou bien son chagrin qui l'avait affaiblie au point que le seuil de sa chambre lui paraissait infranchissable.

— Papa et maman doivent vouloir ma perte parce que je l'ai laissé mourir.

— Je ne crois pas, Élisabeth. Papa et maman doivent au contraire être heureux de nous savoir vivants et encore plus heureux d'apprendre que tu as une...

Elle l'empêcha de terminer, la pensée que sa fille puisse remarquer son absence ou sa démission lui étant insupportable.

— Hum... J'ai le troisième œil. Pas celui du cyclope, mais le mauvais. J'abandonne. Je baisse pavillon. Ma vie est une longue malédiction et je pense qu'elle serait beaucoup plus simple si je la passais avec les mains dans les tomates comme Jerzy et Anna.

L'œil du cyclope... Jan se mordit la joue, voyant poindre chez sa sœur un embryon de renaissance. Il lui prit doucement une main et la sentit se réchauffer.

— Sais-tu ce qu'a fait Florence?

— Quoi encore?

Élisabeth ferma les yeux avant de regarder son frère, la bouche tirée par une terrible envie de voir ce que Florence avait encore inventé.

— Elle a mis un nœud de dentelle sur la tête d'Agnès?

— Non. Viens voir.

Élisabeth ne put nier qu'elle n'en pouvait plus d'entendre pleurer sa fille sans se précipiter pour la consoler et il lui parut évident qu'elle devait abandonner son chagrin malgré son scepticisme. Saurait-elle ressentir quelque chose dans cette caverne immense, véritable cratère de son âme ?

Elle entendit Agnès pousser son cri rauque et la voix de Florence qui faisait d'audibles efforts pour parler à voix basse. Elle pensa à son doux Nathaniel qui devait s'inquiéter, redoutant de voir cette femme qu'elle lui avait décrite, pendue dans le néant de la souffrance.

— Aide-moi.

Jan fut comblé de la voir reprendre goût à la vie, et il lui embrassa la main pour l'en remercier et l'aider à s'extirper du lit. À l'insu de Michelle et de Florence, elle s'engouffra dans la salle de bains, d'où elle sortit douchée, coiffée, légèrement maquillée et vêtue d'une robe bain de soleil de couleurs vives rapportée de La Nouvelle-Orléans par Nathaniel. Elle pénétra dans la salle à manger et aperçut sa fille sautant comme une athlète olympique. Florence lui avait acheté un sautoir qu'elle avait fixé au cadre de la porte du salon entre deux haut-parleurs dirigés vers elle, véritable corps de garde. Florence faisait jouer de la musique rock, dont les basses, lui avait-on dit, pouvaient être perçues par Agnès. Cette dernière tourna enfin les yeux et vit sa mère. Elle agita frénétiquement les bras, poussant ses cris gutturaux qui, Élisabeth l'aurait juré, étaient plus aigus. Devant Florence qui ne cessait de sourire, elle se dirigea vers sa fille qu'elle prit dans ses bras malgré les courroies du sautoir.

— Je t'ai vue, ma coquine. Tu suivais le rythme et je t'ai vue. Si tu n'entends pas la musique, tu en reconnais les vibrations, foi de Pawulska. Tu as vu, Jan ? Elle suivait le rythme.

Jan lui fit un sourire entendu, priant pour que sa sœur ne soit pas victime d'une hallucination, ou, pire, d'un illusoire espoir.

Nathaniel aperçut Élisabeth faisant les cent pas devant la maison avec Agnès dans les bras. Il avait appris le matin même, en téléphonant à Jan pour prendre des nouvelles, qu'elle semblait survivre au chagrin et qu'elle faisait déjà des tas de projets pour eux et pour Agnès.

«Elle va mieux?

— Elle va comme à sa sortie de l'hôpital avec Agnès.»

Nathaniel avait raccroché, reconnaissant. Jamais sa femme ne réussirait à lui faire croire que la vie pouvait être méchante et rancunière. Il était à peine sorti du taxi qui l'avait ramené à la maison que déjà il avait sa fille dans les bras. Élisabeth ne cessait de babiller, lui racontant qu'ils devaient se hâter puisqu'ils avaient rendez-vous chez un audiologiste. Il se précipita dans l'escalier pour aller déposer ses effets, enfila une chemise dans laquelle il n'avait pas transpiré, sortit de sa valise la surprise rapportée pour Agnès et alla les retrouver au pas de course. Élisabeth avait assis Agnès dans le landau et il se pencha pour admirer sa fille, qui était habillée d'une barboteuse bleu pâle à pastilles marine et avait la tête couverte d'un petit chapeau pour la protéger du soleil. Il secoua doucement le landau et elle tendit les bras pour qu'il la prenne. Il n'en fit rien, mais s'empressa de lui montrer, avant de le lui offrir, un cochonnet de peluche rose dont la queue ne ressemblait en rien à un tire-bouchon. Il riait aux éclats.

— Je t'avais dit que j'en cherchais un depuis longtemps. Comment le trouves-tu, Agnès?

Agnès s'en était déjà saisi, secouant énergiquement le pauvre cochonnet en le retenant par le groin. Élisabeth se couvrit le nez et la bouche d'une main, retenant tantôt ses larmes, tantôt un fou rire.

— Où l'as-tu déniché?

— Je vais tout avouer, Élisabeth. J'ai triché.

— Triché?

— J'ai trouvé un cochonnet en parfait état et un chiot presque de la même couleur, en parfait état aussi. J'ai tout simplement demandé à la couturière de l'hôtel, à Chicago, d'intervertir les queues. Le chiot à la queue de cochon est encore dans ma valise. Mais je te jure que c'est la première et la dernière fois. Je ne mutilerai plus jamais un animal de peluche, même si je considère que mon forfait est moins pire que si j'avais coupé les oreilles d'un doberman ou la queue d'un épagneul. Mais si tu l'exiges, je les retourne à la salle d'opération.

— Tu ne le feras plus? Tu le jures sur la tête d'Agnès?

— Je le jure sur la tête de notre petite peluche à nous.

Ils firent le tour des cliniques et des laboratoires pendant plus d'un mois, rencontrant un audiologiste dont il n'eurent que du bien à dire. Agnès, véritable chef-d'œuvre vivant dont la beauté éclatante laissait les gens pantois, se pliait sans geindre à tout ce qu'on attendait d'elle, comme si, dans le silence noir qui lui encombrait la tête, elle avait compris qu'on tentait l'impossible pour y percer des galeries sonores. Elle fut évaluée deux fois à l'audiomètre, et on lui fit une empreinte des pavillons de l'oreille afin de lui fabriquer des appareils qui lui permettraient d'entendre une bonne partie des sons de la nature. Si Nathaniel et Élisabeth avaient mis leur chagrin en veilleuse, jamais ce chagrin ne ressembla à une déception, convaincus qu'ils étaient d'être les parents les plus comblés de la terre.

— Est-ce que notre fille va parler?

— Ce sera plus long que pour un enfant normal, mais elle parlera.

— Clairement?

— Assez clairement. Elle dira peut-être «cracteur» au lieu de «tracteur», «crain» au lieu de «train», et confondra sans doute «bain», «main» et «pain», mais tout cela pourra probablement être corrigé. Vous allez l'aider grandement en la plaçant toujours devant vous et en lui parlant lentement.

Nathaniel trouva finalement le courage de demander si elle pourrait entendre la musique.

— Il faut comprendre qu'elle n'entendra jamais les mêmes fréquences que vous. Vous êtes chef d'orchestre, n'est-ce pas?

Nathaniel acquiesça.

— Je ne crois pas qu'elle puisse jamais apprécier votre travail.

— Tu entends ça, Pluche? Tu ne pourras pas prendre ma place! Mais si je demandais à mes musiciens de jouer l'un après l'autre et que je l'installais devant chacun, elle entendrait?

— Un instrument à la fois.

— Nous ferons comme ça, c'est tout, et ça va me permettre d'entendre mes musiciens un par un. C'est un plaisir que je peux rarement m'offrir.

— Vous comprenez, elle ne pourra pas décomposer les sons. Elle pourra reconnaître la voix a cappella, mais pas une voix avec accompagnement.

— Ma *lunia*, notre fille ne sera ni chanteuse ni chef d'orchestre.

— Ni violoniste...

L'audiologiste les regarda, cherchant à comprendre où ces gens allaient chercher leur sérénité.

— Pourquoi pas? Elle pourrait être musicienne.

— Elle pourrait?

— À une condition.

— Laquelle ?

— Qu'elle soit soliste !

Le dernier vendredi d'août de l'an 1969, Agnès acheva vraiment de naître puisque ses oreilles commencèrent à entendre une bonne partie de la vie grâce à ses appareils. Ils étaient encombrants avec les courroies, véritable attelage qui lui retenait sur la poitrine un petit amplificateur, mais celui-ci constituait un miracle.

— Puisque tu es catholique, tu dois bien connaître ça, les anges ?

— Non, pas vraiment. Je connais Gabriel, Raphaël, Lucifer... Pourquoi me demandes-tu ça ?

— Parce qu'il me semble que les ailes doivent être aussi encombrantes sur son dos que l'amplificateur sur son cœur.

— Un ange de peluche... Pas mal trouvé pour un juif.

Pendant qu'ils s'amusaient à ne rien dire, Agnès se frottait les oreilles, tantôt pour arracher ses prothèses, tantôt au contraire pour les toucher et se familiariser avec ces nouveaux membres qui, comme deux nouvelles dents, avaient fait leur apparition en quelques heures. Élisabeth et Nathaniel auraient juré qu'elle comprenait que c'était de là que venaient les sons et les bruits qui la faisaient éclater de rire ou sursauter de peur. Ils les lui enlevèrent pour dormir et, pour la première fois de sa vie, elle pleura avant de trouver le sommeil, comme si le silence lui avait donné le vertige.

Florence regardait sa filleule comme elle aurait contemplé la huitième merveille du monde. Élisabeth et elle lui avaient acheté une magnifique robe de dentelle blanche pour son « baptême » et la noce de ses parents. Nathaniel et Élisabeth avaient décidé que le temps était venu de partager avec leurs amis la joie de leur alliance ainsi que celle de voir Agnès lancée à la découverte du monde qui lui était offert. Ils avaient choisi le lundi de l'Action de grâce, jour de congé pour la plupart des gens et qui, coïncidence, était accolé au Yom Kippour. Florence flottait en plein romantisme, les yeux rêveurs à la vue de la robe que porterait Élisabeth.

— Ce doit être extraordinaire, non?

— Nous sommes mariés depuis plus d'un an, mais c'était un mariage de cinq minutes dans une salle froide. La vraie cérémonie, ce sera la noce. Tu ne penses pas que je ressemble à Élisabeth Taylor avec tous mes hommes?

Élisabeth émit un petit ricanement, mais Florence lui trouvait un air trouble qu'elle ne parvenait pas à définir.

— Si tu me disais ce que tu as, peut-être que je pourrais t'aider.

Élisabeth fut touchée par la perspicacité de Florence. Depuis la naissance d'Agnès, elle avait compris que l'héritière musicale de sa famille serait Florence, alors qu'Agnès était l'héritière magnifique à laquelle personne ne pouvait résister.

— Je ne saurais jamais te demander de m'aider. Tu as toute la vie devant toi.

Florence soupçonna Élisabeth d'avoir des dons de voyante, comme certaines femmes de New York qui se disaient médiums. Avait-elle compris qu'elle ne retournerait plus aux États-Unis, encore moins maintenant qu'Agnès l'avait envoûtée à un point tel qu'elle n'avait plus remarqué un seul violoncelliste intéressant même si elle avait assisté à plusieurs concerts durant l'été? Elle respira profondément et lui annonça, sur un ton qu'elle voulait aussi indifférent que si elle lui avait parlé température, qu'elle acceptait la proposition de Karajan. Élisabeth posa Agnès par terre et alla étreindre Florence en pleurant et en riant, l'assurant que ce serait certainement un des plus beaux jours de sa vie.

— C'est pour toi que je le fais, Élisabeth.

— Il faut le faire pour toi, Florence, mais je sais que tous les Pawulscy t'en remercient.

Ce fut au tour de Florence d'être émue, et elle répondit en avouant que ce serait le troisième plus beau jour de sa vie, le premier ayant été celui de sa rencontre avec Élisabeth et le deuxième celui de la naissance d'Agnès.

— Le quatrième plus beau jour de ma vie sera quand tu me demanderas de prendre la direction des Archets de Montréal.

Élisabeth fut poignardée. S'il lui était arrivé de songer à s'arrêter pour consacrer tout son temps à sa fille, elle n'avait pas envisagé de changement immédiat. Elle avait plutôt l'intention de le faire quand Agnès commencerait à fréquenter l'école, afin de l'accompagner et l'encourager. Il était clair que sa vie ne serait jamais simple et qu'elle serait à la remorque des progrès de la science pour la voir s'améliorer. D'ici là, elle emmènerait Agnès avec elle partout, de la maison au local, comme elle le faisait déjà, et de Montréal à Boston ou à Chicago ou à Los Angeles, selon les engagements de son père.

Elle avait consacré son été à Agnès, confiant les Archets à Florence, mais jamais elle n'avait pensé que cette dernière puisse vouloir le pupitre immédiatement. Sa carrière progressait de façon si fulgurante qu'il aurait été déraisonnable qu'elle abandonne après avoir enregistré avec Karajan. Florence l'observait du coin de l'œil, suivant chacune de ses pensées.

— Et si moi je voyais ce disque comme une espèce de chant du cygne?

— Je te dirais qu'il manque encore un peu de volume à ton cerveau et de plumes à ton cygne, tu m'entends?

— Mais j'ai envie de vivre ici, à Montréal.

— C'est certain que ce serait plus simple de te voir prendre ma place. Mais j'aime ce que je fais et j'ai encore quatre ans pour penser à mon successeur. Et ce ne sera pas toi, Florence. Parce que je ne veux pas que tu laisses ton talent s'étioler, tu m'entends? On peut comprendre qu'une telle chose se produise, dans des circonstances exceptionnelles...

— Comme une guerre?

— Comme une guerre, justement.

— J'ai laissé Juilliard, Élisabeth.

Élisabeth la regarda, presque découragée. Il y avait quelque chose qui lui échappait chez les jeunes Nord-Américains. Un manque d'acharnement, un désintéressement facile. Pour la deuxième fois avec Florence, elle sentit poindre la colère et s'y abandonna.

— Ne me laisse jamais croire que tu peux être faible, Florence! Jamais! Je t'admire depuis le premier jour où tu es entrée dans l'épicerie avec une dent en moins. Tu as eu le pouvoir de me retenir ici, et maintenant tu as le pouvoir de nous emmener au bout du monde de la musique. Ne nous fais jamais ça.

— Où est ma liberté, moi?

— Il y a pire prison que le talent, crois-moi.

— Élisabeth, j'ai déjà dit que je ne retournerais pas à Juilliard.

Florence était en larmes et elle raconta ses envies de voir grandir Agnès et de vivre en famille.

— J'ai deux familles : la tienne et les Archets.

Elle parla de son immense solitude de soliste invitée, de son écœurement de toujours se faire appeler le «petit génie» alors qu'elle avait près de vingt-cinq ans et qu'elle n'était plus petite du tout.

— Nathaniel a pensé que tu pourrais l'accompagner et qu'il te présenterait aux gens. Il croit aussi pouvoir t'obtenir des contrats, toujours sous sa direction.

Florence répondit que ce serait extraordinaire d'être avec lui, mais que cela ne la sortirait pas de l'isolement.

— C'est vrai... Deux jours par semaine avec les Archets, ça t'irait?

Florence ne prit pas le temps de réfléchir, trouvant tout à coup que sa vie de musicienne était extraordinaire. Élisabeth la prit dans ses bras et la berça longuement, regardant parfois Agnès, qui s'était traînée et assoupie sous le lit près de la fenêtre, la tête appuyée contre un haut-parleur. Elle se demanda si sa fille pouvait reconnaître les sons du chagrin.

Jan insista pour que la famille de Jerzy soit présente à la noce, afin que Michelle et Nathaniel puissent enfin rencontrer Anna. Il s'occupa de tout, de la réservation de la salle au choix de la nourriture, demandant même conseil à M. Cohen pour savoir quels mets étaient appréciés des juifs.

— Les juifs sont gourmands comme tout le monde et n'ont pas d'habitudes alimentaires particulières, sauf qu'ils ne mangent pas de porc. Les juifs polonais mangent comme vous, et les juifs marocains mangent comme les Marocains. Vous ne faites pas la fête un vendredi soir ou un samedi, j'espère?

— Mais non. Un lundi.

— Je vois que vous avez pensé à tout. Votre beau-frère l'appréciera certainement. Quant à votre invitation, je l'accepte puisque vous me dites que tout sera casher.

Jan ne lui avoua pas qu'il n'y avait justement pas pensé, son beau-frère n'en ayant même pas parlé. Il se demanda si Nathaniel porterait sa kippa, puis sourit en se disant qu'il le ferait sûrement, cachant toujours sous un air de candeur et de naïveté le peu de conviction qui lui restait. De toute façon, Nathaniel était la coqueluche de toute la famille, sa joie de vivre ayant réussi à immuniser Élisabeth contre la détresse.

— Monsieur Aucoin...

— Oui...

— Je suis tellement heureux d'avoir été invité que je crois que j'aurais mangé du jambon si vous me l'aviez demandé.

37

Jan rentrait de sa «tournée du ventre», l'air aussi frais que ce début d'octobre où les feuilles roussies étaient toujours accrochées aux arbres, comme si elles avaient décidé, pour colorer la fête et accueillir les Américains et les Manitobains qui se déplaceraient pour y assister, d'attendre une semaine encore avant de s'étioler. Il vit que Michelle avait l'air affligé, mais, sitôt qu'elle l'entendit, elle passa une main dans ses cheveux et commença à sourire pour le rassurer. Depuis le départ de Nicolas, ils s'étaient tous les deux composé une nouvelle attitude, pour conforter l'autre, certes, mais surtout pour entretenir l'espoir de revoir leur fils, espoir qui faiblissait de jour en jour. Chacun de leur côté, ils battaient leur coulpe, se tenant responsables et se demandant où ils l'avaient perdu, cherchant à retrouver le moment où leur fils avaient cessé de les aimer. Jamais ils n'avaient osé évoquer la possibilité qu'il fût mort.

Jan avala son petit déjeuner devant Michelle, qui portait toujours son peignoir de chenille délavé et maintenant troué. Elle décida de passer sous la douche la première, puisqu'elle devait faire la tournée pour collecter les loyers retardataires. Il l'entendit ouvrir les robinets et en profita pour déplier son journal, ce qu'il n'osait jamais faire devant elle. Le téléphone sonna et il s'inquiéta aussitôt en regardant l'heure. Il n'était pas encore sept heures et seule une mauvaise nouvelle pouvait être assez effrontée pour arriver si tôt.

— C'est moi, papa.

Il tira une chaise pour s'y laisser choir et passa sa main sur sa nuque, qui venait de s'ankyloser sous l'effet du choc.

— Papa?

— J'écoute.

La voix de son fils était si faible qu'il avait peine à la reconnaître. Il n'osa lui demander de parler plus fort, craignant que Nicolas ne lui réponde qu'il en était incapable.

— Papa, il faut que tu viennes. J'ai besoin de toi. Si tu ne viens pas, je ne tiendrai pas le coup. Peux-tu être ici demain ou après-demain? À trois heures de l'après-midi.

Jan se leva, les mains si moites et si tremblotantes qu'il faillit en échapper le combiné.

— Je veux bien, Nicolas, mais où es-tu?

— Je suis à Paris.

Jan secoua la tête d'étonnement et de découragement. Il n'avait ni passeport ni visa et il ne connaissait personne qui pût lui en procurer rapidement. Puis il entendit Michelle fermer les robinets. Il parla donc rapidement et promit d'être là le lendemain ou le surlendemain.

— Je pourrai t'attendre trois jours au maximum.

Nicolas lui donna une adresse que Jan mémorisa rapidement, puis il lui cria qu'il devait raccrocher.

— As-tu bien tout noté? Il faut que je raccroche, parce que...

La communication venait d'être coupée et Jan essaya de cacher qu'une peur effrayante venait de glacer la sueur qui lui coulait entre les omoplates. La tête enturbannée d'une serviette, Michelle lui demanda à qui il parlait. Il lui fit un sourire qu'il savait mensonger et lui parla de ces imbéciles qui choisissaient une drôle d'heure pour composer un mauvais numéro. Elle cessa de se frotter les cheveux et lui demanda ce qu'il lui cachait.

— Je ne cache rien.

Il se précipita dans la chambre pour s'habiller, lui demandant d'annuler la réunion qu'il avait convoquée avec tous les franchisés.

— Mais qu'est-ce qui se passe?

Elle le poursuivit jusque dans ses derniers retranchements, le harcelant de questions aiguës, criardes, inquiètes, hystériques. Il prit une valise dans laquelle il lança tout ce dont il pourrait avoir besoin si jamais il devait partir pour plus d'un jour.

— Jan! Dis quelque chose ou j'appelle Élisabeth.

— Surtout pas. Nicolas vient de téléphoner.

— Ah! mon Dieu! Il est vivant!

— Il me demande d'aller le rejoindre. Il doit avoir besoin d'argent.

— Passe au bureau de poste et télégraphies-en tout de suite.

— Ce n'est pas aussi simple.

Il était prêt à partir et ne savait comment la rassurer, frôlant lui-même l'hystérie tant il était inquiet de ce qu'il avait entendu.

— Promets-moi, Michelle, promets-moi de n'en parler à personne, d'accord? Je vais te téléphoner dès que j'aurai des nouvelles.

Il l'embrassa en lui disant qu'ils étaient peut-être au bout de leurs peines, court à son bureau chercher ses papiers et saisit au passage la lettre que Nicolas leur avait écrite. Il partit dans un crissement de pneus.

Il mit plus de trois heures pour se rendre à Ottawa et trouver le ministère des Affaires extérieures. On voulut le faire patienter, mais il refusa le plus gentiment du monde, demandant à parler au ministre ou au sous-ministre, tout en s'excusant de n'avoir pu communiquer avec eux par l'entremise de son député. Il s'efforçait d'être doucereux, presque mielleux, pour ne pas laisser transpirer l'urgence, conscient que les fonctionnaires ne savaient jamais quoi faire avec les urgences. Il fut enfin dirigé vers un agent qui avait déjà l'air fatigué même s'il n'était pas encore midi. Il demanda sans se presser comment il devait procéder pour obtenir un passeport et un visa en quelques heures.

— Vous avez demandé à parler au ministre pour ça?

— Oui et non. L'important dans ma requête, voyez-vous, c'est le temps. Il me bouscule et je crois que c'est peut-être une question de vie ou de mort.

— Vous voulez demander l'asile politique comme ces Américains qui refusent d'aller au Viêt-nam?

Le fonctionnaire avait laissé entendre en dodelinant de la tête que ces jeunes n'avaient aucune chance et qu'ils étaient bien naïfs.

— Non.

Jan sortit ses papiers de citoyenneté et les montra à l'agent.

— Monsieur Aucoin... Ce n'est pas votre vrai nom, ça?

— Oui. Mais quand j'étais jeune, mon nom était Jan Pawulski.

— L'avez-vous changé parce que vous étiez dans le parti communiste ou que vous étiez sympathisant à sa cause?

— Non. J'ai quitté mon pays pendant la guerre et il n'était pas encore sous un régime communiste.

— La Hongrie, je suppose.

— Non, la Pologne.

Le fonctionnaire le regarda par-dessus ses lunettes, cherchant à savoir la véritable raison de sa visite. Jan demeura de glace, ne battant même pas des paupières. Il prit son paquet de cigarettes et en offrit au fonctionnaire, qui refusa en l'informant de son allergie à la fumée. Jan rangea le paquet rapidement sans l'avoir ouvert.

— Avez-vous un fils, monsieur?

Le fonctionnaire l'interrogea du regard, l'air offusqué.

— Ma vie...

Jan lui tendit la lettre que leur avait écrite Nicolas et le fonctionnaire retint difficilement un petit gloussement de plaisir, car il allait enfin connaître la véritable raison de la visite de cet immigré au nœud de cravate impeccable, contrairement à ceux des Italiens, qui étaient toujours trop gros. Il la replia soigneusement, attentif à la remettre avec les plis dans les plis.

— Mon département n'a rien à voir avec ça. Vous êtes bien à plaindre d'avoir un fils de... Au fait, de quel âge?

— Dix-sept ans.

— Dix-sept ans? Un mineur... Pauvre petit garçon...! Est-ce qu'il a été influencé par les hippies ou les drogués?

— Je ne crois pas.

— Il a certainement écouté le disque des Beatles à l'envers, avec ses messages sataniques. Tous les jeunes le font.

Le fonctionnaire se tut, le regard toujours accroché à celui de Jan qui cherchait comment il allait ébranler cet être dont l'intelligence semblait encore éclairée à la bougie.

— Quand je suis arrivé au Canada, j'ai été accueilli par un homme très gentil. Comment faites-vous, dans ce pays, pour que les représentants soient triés sur le volet? Votre efficacité est très impressionnante pour une personne comme moi qui garde de son pays d'origine le souvenir de la désorganisation et de la confusion la plus totale.

Il se tut, craignant soudain que l'agent ne trouve ses propos exagérés. L'homme était de toute évidence un rond-de-cuir timoré qui n'avait certainement jamais pris d'initiative, si ce n'est celle de déchirer l'enveloppe de son chèque de paye.

— Quel genre d'éducation avez-vous donnée à votre fils pour qu'il devienne une petite graine de bandit?

Jan sentait qu'il allait devoir combattre violemment toute la colère qui mijotait dans sa poitrine. Il pensa à son père, qui lui avait appris que le principe numéro un de la survie était d'apprendre à se faire invisible.

— Justement, mon fils est bourré de remords et il m'a téléphoné pour que j'aille le chercher. Il serait... malade.

— Overdose? Comme tous ces chanteurs américains... On ne lit que ça.

Jan se retint de hurler et décida qu'il était temps de mettre fin à cette rencontre désagréable et plus qu'irritante.

— Je crains pour la vie de mon fils et je dois partir aujourd'hui. Je n'ai pas de passeport, pas de visa, et, à mon avis, lui non plus.

Le fonctionnaire posa les mains sur son bureau pour s'en éloigner, ce qu'il fit facilement, sa chaise étant pourvue de roulettes.

— Oh! Les choses se compliquent, mon cher monsieur... Aucoin. Si votre fils est entré illégalement en France, ça ne relève pas de mon département. Il faut que vous alliez à l'étage du dessus et que vous demandiez M. Langevin.

Jan bondit sur ses pieds, dit un sec merci, et, mû par un ressort de nervosité, monta l'escalier, le préférant à l'ascenseur qui, tout à l'heure, avait mis cinq bonnes minutes à arriver.

M. Langevin ne se fit pas attendre et il écouta poliment son histoire en prenant quelques notes, puis il lui demanda avec une réelle inquiétude ce qu'il craignait le plus. Jan fut surpris, mais répondit qu'il n'avait pas dormi une seule nuit complète depuis la disparition de son fils, appréhendant un coup de fil qui lui annoncerait qu'on avait retrouvé son corps. Maintenant qu'il le savait vivant, il redoutait que son fils fût malade ou en prison. Il avait même peur qu'il eût été enlevé et qu'on lui demandât une rançon.

— Mais ce serait la moins terrible des trois hypothèses.

M. Langevin le regarda longuement, puis ouvrit un tiroir pour en sortir deux formulaires, qu'il lui fit remplir. Jan tremblait tellement qu'il écrivit d'une main instable, confondant les lignes où il devait inscrire les réponses. M. Langevin sortit un autre formulaire, détruisit celui sur lequel Jan s'échinait et le remplit lui-même en lui posant les questions. Il en remplit un autre pour Nicolas.

— Voici des laissez-passer exceptionnels. Vous pourrez sortir du Canada pour aller en France, uniquement en France, et en revenir avec votre fils. Ces papiers sont valables pour sept jours et seront caducs dès que vous serez de retour sur le sol canadien. Attendez-moi ici.

M. Langevin disparut, pour ne revenir qu'une heure plus tard. Jan était tout près de s'effondrer, tant à cause de sa colère contre les ronds-de-cuir que de sa peur de ne pouvoir partir.

— Pardonnez-moi, monsieur Aucoin. J'ai simplement voulu vous faciliter la tâche.

Il lui tendit deux autres formulaires dûment remplis. Jan les lut et comprit que M. Langevin lui remettait ses visas temporaires. Il le regarda avec reconnaissance, se leva et lui embrassa la main, ce qui surprit tant le fonctionnaire qu'il la retira en émettant un ricanement de gêne.

— Un merci polonais, monsieur.

En descendant de l'ascenseur, il croisa son premier agent, qui rentrait du lunch. Celui-ci lui demanda s'il avait obtenu satisfaction. Il répondit par l'affirmative et il entendit l'agent se vanter de son intervention à un collègue, sans égard à la confidentialité de sa situation.

— C'est toujours notre département qui doit régler les urgences. Une chance que j'étais là! Tu parles! Un mineur entré illégalement en France! Je me demande où les jeunes ont la tête...

Jan arriva à l'aéroport et réussit à trouver un siège dans un appareil d'Air Canada qui décollait précisément quarante-six minutes après l'achat de son billet. Il téléphona à Michelle et respira profondément trois fois afin de lui parler sur un ton calme et coulant. Il lui annonça d'une voix enjouée qu'il allait rencontrer Nicolas le lendemain et lui demandait de prier pour que tout se passe bien.

— Il veut rentrer?

Jan fut étonné de ne pas avoir envisagé un seul instant que son fils ne veuille revenir.

— C'est ce dont je vais discuter. Il faut que je te laisse, la... la personne qui doit me conduire m'attend impatiemment.

Un homme en uniforme, debout à côté de la porte d'embarquement, lui faisait des signes d'impatience. Il lui demanda d'attendre une minute, et téléphona à M. Cohen pour lui dire uniquement de s'assurer qu'il pourrait, le cas échéant, toucher rapidement une somme importante d'argent.

— Des problèmes?

— Peut-être... Ne parlez à personne de mon appel.

Ce n'est qu'une fois assis dans l'avion qu'il s'émut de la journée qu'il venait de vivre, cent fois plus inquiet pour celle du lendemain. C'est en bouclant sa ceinture qu'il prit conscience qu'il prenait l'avion pour la première fois de sa vie et qu'il allait en quelques heures franchir l'Atlantique, dont la simple évocation le rendait nauséeux, lui rappelant son incurable mal de mer.

38

Jan, se collant le nez au hublot et voyant la Manche, se rappela la terreur d'Élisabeth lorsqu'elle avait aperçu un démineur. C'était à son tour d'être terrorisé, dramatisant toutes les hypothèses quant à l'avenir de son fils. Il n'avait cessé de chercher où il avait erré dans sa relation avec lui, voyant dans son attachement à Stanislas une raison possible de rancœur pour Nicolas qui, il l'avait toujours su, en avait pris ombrage. Il se promit de lui en reparler et de lui annoncer que Stanislas avait choisi de rentrer au Manitoba pour travailler dans la nouvelle entreprise familiale.

Le chauffeur de taxi qui le conduisait au lieu de son rendez-vous ne cessa de parler.

— C'est pas mal, la «nouvelle société» de Chaban-Delmas, mais qu'est-ce que sa voix est détestable! Je pense que j'aimais mieux entendre la radio de Londres pendant la guerre. Vous êtes canadien?

— Oui.

— Oh! Qu'est-ce qu'ils en ont pris, du plomb dans les fesses, les Canadiens! C'est la faute à Churchill. Pas foutus de résister aux Allemands, ces Anglais. Nous, en France, on a résisté, monsieur, et on n'aurait pas eu besoin des Alliés.

On aurait mis un peu plus de temps, mais on serait venus à bout des Boches, c'est sûr.

Jan avait encore les oreilles bouchées par l'atterrissage et s'en trouvait aise en entendant les propos quasi muselés qui lui parvenaient à travers le bruit du moteur de la Renault Dauphine.

— Vous savez que les Américains sont convaincus que sans eux il n'y aurait plus de France! Qu'est-ce qu'il ne faut pas entendre! Je les connais bien, les Amerloques. Ils se tapent dessus sans arrêt, gagnent des médailles aux Olympiques en faisant courir leurs nègres — on comprend qu'ils courent vite, ils passent leur vie à se sauver des Blancs qui les tabassent —, et quand ils ont leurs médailles et parce que les nègres lèvent le bras en fermant le poing une fois sur le podium comme ils ont fait à Mexico l'an dernier, ils les remettent dans les ghettos. Ha! les Amerlots! Ils crient à qui veut les entendre qu'ils nous ont permis de survivre, mais maintenant ils pensent qu'ils peuvent nous acheter. Qu'est-ce qu'ils ont l'air cons avec leurs bermudas! Ça vient des colonies anglaises, ces accoutrements à la con. Où est-ce que je vous emmène encore? Est-ce que les Français sont rentrés d'Algérie avec un burnous? Rappelez-moi où c'est que je vous emmène.

— À l'angle de la rue de Rivoli et de la rue des Écouffes.

— Fallait me le dire quand vous avez vu que je prenais la mauvaise direction!

Jan ne répondit rien, trop anxieux à la pensée de tout ce qui pouvait l'attendre. Le taxi s'immobilisa en frôlant le bord du trottoir et Jan paya sans laisser de pourboire, trop agacé par les propos de son cicérone. Le chauffeur garda la main tendue et, voyant qu'il n'y déposerait plus rien, referma brutalement la portière.

— Ah! ces Canadiens! Des sauvages! Et ça se dit français!

Les coups de klaxon étaient presque affolants, occasionnellement interrompus par le pin-pon des voitures de pompiers. Jan se sentit étourdi par le brouhaha de la ville, par le décalage horaire qui lui enfumait le cerveau, mais surtout par la peur de sa rencontre avec Nicolas, si c'était lui qui venait au rendez-vous. Il avait deux heures devant lui et il entra dans le bistrot que Nicolas lui avait indiqué, *La Tartine*. Il se glissa au fond pour observer les gens, trouvant à chaque client debout au bar un air de ravisseur. Il se méfiait aussi d'un homme dans la trentaine qui, la barbe longue et l'ongle noir, se cachait la figure derrière les pages du *Monde*. Une femme entra, racla du regard le moindre recoin, puis sortit, la mine rassurée. Le cliquetis des ustensiles étouffait parfois les conversations, dont le ton montait à chaque minute. Jan vit que sa main droite tremblait et la recouvrit aussitôt de sa main gauche pour ne pas montrer qu'il avait perdu son contrôle et n'avait pas la moindre idée de ce qui l'attendait. La femme qui venait de sortir revint, reconnut un homme qui était entré et s'était installé au zinc, le salua avec des épanchements excessifs et se plaça à ses côtés.

Jan ne connaissait personne à Paris et il ne savait où se tourner en cas de besoin. Cette simple idée l'affolait, lui rappelant trop sa course effrénée et affolée avec Élisabeth pour échapper aux griffes des Allemands. Pour ne pas se faire remarquer, il commanda un mets au hasard et reçut une salade aux lardons dont il ne put digérer l'œuf qui y baignait dans du vinaigre émaillé d'yeux d'huile. Le bistrot commença à se vider et il sut que trois heures approchaient. Son anxiété frôlait la folie lorsque Nicolas entra en trombe, l'aperçut et se dirigea vers lui sans sourire, sans lui tendre la main, sans même lui dire bonjour.

— Vite! Suis-moi!

Il laissa la monnaie sur la table, oublia presque sa valise sous la banquette et sortit à la suite de son fils qui, à l'instar de ses cheveux, avait poussé comme une mauvaise herbe. Nicolas traversa la rue sans se retourner et se dirigea vers la station de métro Saint-Paul, devant laquelle il s'arrêta, essoufflé, s'appuyant contre un arbre. Jan jetait des regards à la dérobée, prêt à voir apparaître les truands qui allaient les emmener.

— Je ne me souvenais pas que tu avais des cheveux gris, papa.

— C'est probablement parce que je n'avais pas de cheveux gris la dernière fois que tu m'as vu.

— J'ai rencontré Stanislas.

Jan dévisagea son fils, n'ayant qu'une envie, le serrer dans ses bras pour lui dire sa joie de le retrouver, mais son fils avait perdu la tête. Il se sentit mourir de chagrin, mais sut instinctivement qu'il ne fallait pas le contredire, au risque de le perdre de nouveau.

— Il va bien?

— Comment veux-tu que je le sache? Je ne lui ai pas parlé.

Jan tenta un sourire entendu, espérant que son fils saisirait que ce comportement était normal.

— Quelle heure?

— Neuf... non... trois heures moins cinq.

— Il va arriver.

Jan frissonna, n'osant pas demander qui allait arriver. Il devinait simplement, au ton de Nicolas, que cette personne le terrorisait.

— Je ne l'ai pas quitté des yeux depuis trois jours. Ça fait trois jours que je ne dors pas. Heureusement que tu es là, papa. Quelle heure ?

— Trois heures moins quatre.

— Merde ! Est-ce que ta montre est arrêtée ? C'est toi qui vas pouvoir savoir. Pour moi, c'était impossible. Tu as de l'argent ?

Jan ferma les yeux. Les propos de son fils étaient si confus qu'il pensait déjà à se rendre à l'ambassade pour trouver un médecin qui réussirait à le calmer. Son fils était pris dans un piège qu'il ne savait identifier. La ville continuait de crier, de japper et de klaxonner. Nicolas ne l'avait pas encore regardé dans les yeux, fixant l'escalier du métro comme s'il avait peur qu'il ne disparaisse.

— Quelle heure ?

— Trois heures et deux.

— Quoi ? Et deux ? Ce doit être le métro qui a du retard. Pas lui.

Des dizaines de personnes firent leur apparition, montant à une même cadence les marches de l'escalier. Jan regarda Nicolas et eut l'impression que ses pupilles étaient dilatées comme celles d'un prédateur à l'affût. Il se rappela qu'on lui avait dit que la drogue dilatait les pupilles et il eut envie de pleurer. Son fils était avec lui et il ne le reconnaissait presque plus.

— Le voilà !

Alors Jan aperçut Stanislas, un peu plus âgé et avec une barbe un peu plus forte. Nicolas était devant lui et le fixait, les yeux luisants de fatigue et de curiosité.

— Est-ce que c'est lui ?

Jan ne comprit pas le sens de la question, mystifié par ce qu'il voyait. Puis il comprit ce que Nicolas avait pensé, se dirigea lentement vers le jeune homme, le croisa en le bousculant, et s'excusa de sa maladresse, le regard noyé dans des yeux vairons. Il se retourna vers Nicolas et fit oui de la tête.

— C'est impossible, Nicolas, impossible, mais la coïncidence est...

— Moi, je dis que c'est lui. Je le suis depuis trois jours.

— Comment vas-tu, Nicolas?

Nicolas cessa de parler, regarda son père, lui sourit de toutes ses dents un peu verdies, et répondit qu'il allait bien et qu'il avait hâte de rentrer.

— Ça fait trois jours que je joue au détective et j'ai appris qu'il était professeur de violon pour gagner sa vie, mais qu'il est violoncelliste dans un quatuor, les Quatre Cordes, qui, en ce moment, joue à la salle Gaveau les jeudis, vendredis, samedis et dimanches.

— Violoniste et violoncelliste...

— C'est quand j'ai réussi à savoir où il habitait et que je me suis informé qu'on m'a dit qu'il s'appelait...

— ... Schneider.

— Comment as-tu deviné?

Nicolas recommença à suivre l'homme, s'engageant dans la rue François-Miron et ralentissant le pas pour permettre à son père de le rejoindre, mais Jan ne le suivait plus. Il s'était assis sur le bord du trottoir, les pieds dangereusement allongés, et il pleurait comme un enfant qui vient de perdre sa mère dans une foule, secoué de gros sanglots auxquels il s'abandonnait enfin après les avoir retenus pendant près de vingt-cinq ans. Les sanglots qu'il avait tus à Élisabeth. Mais maintenant il n'avait plus besoin de la protéger, de lui raconter que la vie était belle et pouvait pardonner. Maintenant, il savait qu'il n'avait tué personne.

Nicolas le rejoignit et s'assit près de lui, le força à replier ses jambes pour qu'elles ne soient pas heurtées ou écrasées par une automobile, lui passa un bras autour du cou et pleura avec lui toutes les peurs de sa dernière année et sa joie d'avoir déterré un mort dont il ne savait pas grand-chose si ce n'est qu'il le réhabiliterait aux yeux de sa famille et lui permettrait de rentrer avec la certitude de ne pas avoir perdu son temps et de ne pas avoir fait grisonner son père inutilement.

Nicolas invita son père dans sa piaule, qui consistait en une minuscule pièce sans eau et sans fenêtre, n'ayant qu'un puits de lumière que la saleté de la ville avait opacifié à un point tel que seule la nuit était véritablement belle à reconnaître puisqu'elle faisait disparaître la tristesse de la crasse par le velouté de son encre noire. Jan aurait voulu s'émouvoir des terribles conditions de vie de son fils, mais celui-ci s'en chargea lui-même, parlant pendant des heures de ses rêves déçus, de ses désillusions. Jan fit de grands efforts pour ne rien perdre des paroles de Nicolas, car le fait de savoir Adam tout près lui encombrait presque tout le cœur. Ce jour était si rempli et si indigeste qu'il demanda où étaient les W.-C. et alla vomir toute sa nervosité. Nicolas lui servit un thé dans la seule tasse qu'il avait et raconta qu'il était parti dans l'intention de refaire le périple de son oncle.

— Comment va-t-il?

— Bien. Et Stanislas est retourné là-bas pour travailler avec lui.

Nicolas laissa cette nouvelle faire son chemin, puis continua à raconter son périple.

— La Pologne, c'était le rêve. Ce l'est encore, mais j'aimerais y aller avec toi.

— Pour la langue?

— Oui, c'est certain, mais surtout pour situer tes souvenirs.

— Qu'est-ce que tu fais ici?

— Ici, on parle français. Je ne suis pas Stanislas ou Sophie, moi. Je ne parle pas trois langues.

Jan aurait voulu connaître les raisons qui avaient empêché son fils de communiquer avec eux, mais il n'osa le questionner, savourant chaque seconde de cette nuit et ne voulant pas le heurter.

— Comment va maman?

— Je pense qu'elle va mieux depuis que je lui ai dit que je venais te retrouver.

— Est-ce que je lui ai donné des cheveux gris, à elle aussi?

— Oui, et quelques petites rides autour de la bouche, et des cernes sous les yeux.

— Vous devez me détester.

— Non, jamais. Nous nous sommes inquiétés et interrogés, c'est tout.

— Tout ce qui est arrivé est la faute de Stanislas. Et heureusement, parce que, d'abord, sans Stanislas, je ne serais jamais venu à Paris, et ensuite, sans Stanislas, je n'aurais jamais reconnu ton frère. Élisabeth le disait, aussi, que Stanislas ressemblait plus à Adam que toi à Jerzy. Elle avait l'œil.

— Élisabeth a eu une petite fille.

— Une autre violoniste à l'horizon.

— Probablement pas, Nicolas. La fille d'Élisabeth est sourde.

Le visage de Nicolas se décomposa comme s'il venait d'entendre la pire des nouvelles. Il se précipita dans les bras de son père et recommença à pleurer, mais, cette fois, il lui demanda de lui pardonner, conscient qu'il avait contribué à précipiter sa famille en enfer.

Nicolas ne voulut pas accompagner son père, sentant qu'il était préférable que celui-ci se retrouve seul face à son passé et à cet intolérable et indescriptible présent. Il lui indiqua toute la routine d'Adam et Jan se rendit chez ce dernier après ses heures de cours, soit à vingt et une heures.

— Je t'attends ici, papa. Si tu as des problèmes, viens me chercher.

Jan sonna à la porte et, le cœur battant, la main serrée sur les cordes du violoncelle de son père, il écouta les pas qui s'approchaient et prit conscience qu'il ne pourrait plus prier son frère. La porte s'ouvrit et il ne put prononcer une seule parole pendant une bonne minute, dérouté par la similitude entre le regard d'Adam et celui de Stanislas.

— Pardonnez-moi. Je voudrais prendre des renseignements sur les cours que vous donnez...

— Entrez, je vous en prie.

Jan entra dans un petit studio avec des poutres au plafond. À l'extrémité gauche, une cuisine incroyablement minuscule, et il devina que la salle de bains était derrière la porte fermée, entre la cuisine et la porte d'entrée. Sur le mur perpendiculaire à celui qui donnait sur la rue se trouvait une jolie cheminée qui fonctionnait, à en juger par la présence d'un tisonnier suspendu à côté. Entre la cheminée et la cuisine, Adam avait installé son lit. Près du mur en face de la cheminée, il y avait deux fauteuils et deux chaises droites, deux lutrins et un bureau appuyé contre la paroi. Entre le bureau et la porte d'entrée se trouvait une table recouverte d'une nappe cirée et assez grande pour accueillir quatre personnes. Le violoncelle était appuyé contre un support et l'étui du violon était déposé sur une étagère, à côté d'une flûte tordue et carbonisée.

— Pour votre enfant?

— Pour mon enfant...?

— Les cours...

— Oui. J'ai déjà joué du violon, en fait, de l'alto, mais vous n'avez qu'à voir l'état de mes mains pour comprendre que je n'en joue plus.

Adam lui regarda les mains, le plaignit et se tut, attendant les questions. Jan essayait de deviner si son visage pouvait réveiller un souvenir ou provoquer une réaction, mais il ne voyait rien, Adam étant un jeune homme poli et visiblement très occupé.

— Quelle méthode utilisez-vous?

Adam éclata de rire, répondant qu'il était rare qu'on lui pose cette question et que seuls les initiés pouvaient le faire.

— Je ne suis pas vraiment connaisseur, mais mes parents l'étaient et ma sœur l'est aussi.

— Vos parents étaient musiciens?

Jan avait le sentiment d'être dans une salle de torture. Jamais il n'avait autant souffert et il ne souhaitait qu'une chose : qu'Adam lui dise que la comédie avait assez duré, qu'il n'était pas dupe et qu'il l'avait reconnu.

— Ma mère était professeur de piano et jouait aussi du violon. Mon père, lui, était professeur d'université et jouait du violoncelle. Ma sœur est professeur de violon et mon frère en joue aussi, pour se divertir.

Adam lui offrit un café, que Jan n'osa refuser même s'il avait envie de s'enfuir, se demandant subitement s'il avait le droit de troubler l'âme peut-être mutilée de son frère. Apparemment, Adam n'avait aucun souvenir de sa petite enfance. Peut-être Schneider vivait-il encore et le gardait-il sous sa coupe.

— D'où vient votre accent? Il est drôlement musical.

— Je suis maintenant canadien, mais je suis né à Cracovie, en Pologne.

— Je suis français, mais je suis né à Berlin, en Allemagne.

Jan faillit lui demander pour quelle raison Schneider avait quitté l'orchestre de Munich, mais il se tut, effrayé d'avoir frôlé le gouffre de l'aveu. C'est à ce moment que son regard fut attiré par une petite photo dans un cadre accroché au mur du lit. Il se leva nonchalamment et alla la regarder. C'était Adam et Schneider, Adam portant fièrement son petit uniforme de l'armée allemande. Jan se sentit tellement mal que ses jambes se dérobèrent et qu'il dut reprendre son équilibre en s'appuyant sur le lit.

— Vous ne vous sentez pas bien?

— Non, Adam, je ne me sens pas bien.

— Pardon?

— Pardonne-moi, mais j'ai dit que je ne me sentais pas bien du tout.

Adam avait l'air méfiant, le tutoiement de Jan ayant éveillé sa curiosité ou peut-être son mépris. Jan décrocha le petit cadre, et Adam, perplexe, ne dit pas un mot, comprenant que ce visiteur n'était pas venu pour les cours. Jan marchait lentement, les yeux embrouillés de souvenirs. Ce qu'il vivait était si irréel, si imprévisible, qu'il n'avait jamais envisagé que cela pût se produire, pas plus qu'il n'avait évoqué l'idée qu'Adam eût pu survivre à la fusillade. Mais il avait besoin, moralement, physiquement, viscéralement, de redevenir son frère aîné, de se faire pardonner de ne pas être parti à sa recherche.

— Cette photo a été prise en décembre 1944, et *Herr* Schneider t'avait offert cet uniforme. Maman et papa t'ont interdit de le mettre et tu t'es enfermé dans la salle de bains pour protester. Alors, ils ont accepté que tu le portes, à la condition que tu ne sortes pas de la maison et que tu ne le remettes jamais. Je t'ai emmené dans le jardin à l'arrière de la maison et nous avons enterré l'uniforme dans la cour.

Adam ne quitta plus Jan des yeux et, l'air soucieux, alla s'asseoir dans un des deux fauteuils. Jan alla s'asseoir dans le second.

— Qui vous a dit... ?

— Personne ne m'a dit, Adam. J'étais là. *Herr* Schneider était flûtiste dans l'orchestre de Munich et, le soir, il faisait de la musique avec... avec nos parents, Adam.

— Schneider est mon...

— Non, Adam. Tes parents sont Tomasz et Zofia Pawulscy, de Cracovie, et tu es né le 7 janvier 1940.

Adam se leva et se dirigea vers le bureau, dont il ouvrit un tiroir, et Jan craignit qu'il n'en tire une arme, mais Adam revint avec un second cliché qu'il lui tendit. Jan ne le regarda pas.

— Me croirais-tu si je te disais qu'à mon avis il y a sur cette photo une femme aux cheveux bouclés, probablement un peu crispée, assise à une table ?

Adam regarda la photo, l'effleurant d'un doigt très doux, dessinant le contour du visage, puis regarda Jan, les yeux roulant dans l'eau.

— C'est ma mère ?

Jan acquiesça lentement, puis tendit la main pour regarder le cliché, l'examina longuement, secoua la tête avant de l'embrasser.

— C'est incroyable de voir combien Élisabeth, ta sœur, lui ressemble. Maman avait quarante-quatre ans quand elle est morte et papa cinquante-quatre.

Il aurait voulu ajouter qu'il était avec eux, mais Adam était dans un incommensurable état de choc.

Dehors, on ferma le bistrot et Nicolas s'assit devant le portique pour attendre son père, qui n'apparut que le lendemain matin, soutenant son jeune frère qui se déplaçait comme un blessé de guerre. Ils allèrent tous les trois à *La Tartine,* prirent un café bien fort, et Nicolas, qui eut toutes les misères du monde à trouver ses mots, embrassa la main de son oncle.

— J'ai hâte que tu rencontres Stanislas.

39

Jan, Adam et Nicolas prirent l'ascenseur jusqu'au neuvième étage de chez *Eaton* et restèrent dans le couloir, écoutant les rires et la musique pendant cinq bonnes minutes, et craignant que ne sorte une personne qui aurait voulu aller aux cabinets. Nicolas s'approcha discrètement de la porte et vit Nathaniel qui, la kippa sur la tête, sautillait et dansait en plein centre de la pièce, entraînant Élisabeth dans ses vire-voltes. Adam avait parlé avec Jan sans arrêt depuis leur rencontre, et Nicolas leur avait fait remarquer qu'ils avaient la même démarche et le même sourire. Adam avait pleuré toutes les larmes de son corps en comprenant que celui qu'il avait cru être son père avait fait tuer ses parents, et il avait cherché à le détester, mais en vain, sa reconnaissance et sa fidélité demeurant immuables, Schneider ayant été l'homme le plus aimable qu'il eût connu. S'il avait accepté de taire son sentiment de respect filial pour ne pas blesser son frère, il l'avait prié néanmoins de ne plus affubler Schneider du surnom de «chien», ce que Jan avait accepté, s'excusant de l'avoir fait.

«Je reconnais qu'il devait avoir de bonnes raisons pour te faire apprendre le violon et non la flûte.

— Mais c'est toi qui m'as fait comprendre. Il ne cessait de dire que j'avais de grandes aptitudes.

— Si ma mémoire est bonne, M. Porowski disait que *Herr* Schneider était le plus grand flûtiste qu'il ait jamais rencontré.

— Plusieurs musiciens l'avaient surnommé "la Flûte enchantée".»

Le silence envahit la salle et Adam s'inquiéta. Puis il entendit un violon frissonner d'émotion, caressé par un archet ensorcelant.

— C'est Florence.

Adam ferma les yeux pour que chacune des notes le pénètre jusqu'au cœur.

— À couper le souffle.

— Florence joue avec le violon de maman.

— De ta... notre mère?

Adam porta une attention encore plus aiguisée et détourna la tête, ne parvenant pas à contenir ses pleurs.

— Est-ce qu'elle jouait aussi bien que Florence?

— Je ne crois pas, mais elles auraient fait un duo incomparable si elle l'avait accompagnée au piano. Maman était avant tout une extraordinaire pianiste.

Adam se tut et Nicolas regarda son père, qu'il souhaitait voir insister pour qu'Adam entre dans la salle. Florence termina son morceau et commença une pièce de Mozart. Adam fut touché par son choix, y voyant une coïncidence qui ouvrait certains volets sur son avenir.

— Il faut du culot pour ne jouer que la partition du violon. C'est l'air de la «Reine de la nuit», un extrait de *La Flûte enchantée* de Mozart.

La voix d'une soprano colorature s'éleva bientôt et Nicolas s'approcha discrètement de la porte pour voir qui chantait. Il revint en se pinçant le nez.

— C'est Sophie. Comment peut-elle avoir une voix de chanteuse d'opéra de trente ans?

Jan était étonné de l'entendre. Jerzy lui avait bien dit qu'elle avait une voix superbe qu'il était bien triste de la voir gaspiller. Jan n'avait jamais imaginé que, sous ses airs de rockeuse, Sophie avait un coffre aussi impressionnant. À son tour, il s'approcha de la porte pour observer son frère et sourit devant l'étonnement de celui-ci qui, visiblement, ignorait que sa fille puisse chanter une pièce aussi exigeante.

— Est-ce que c'est la Sophie de Jerzy?

— Elle-même.

— J'ai une nièce qui chante comme ça à dix-sept ans?

— Oui.

Les invités applaudirent à tout rompre et Sophie enchaîna avec *House of the Rising Sun*. Adam esquissa un sourire qu'il perdit presque aussitôt, ses angoisses venant de le rattraper. Il s'approcha de la porte et, dès qu'il crut les apercevoir, il recula d'un pas, craignant d'être vu. Jan attendit la fin de la pièce pour lui demander ses intentions.

— Ta deuxième proposition, Jan. Je vais prendre un taxi et aller vous attendre chez toi. Je ne suis pas encore prêt à...

Jan l'accompagna jusqu'à l'ascenseur et revint vers la salle, où il entra, Nicolas à ses côtés. Michelle fut la première à les apercevoir et elle écarquilla tant les yeux qu'Élisabeth suivit son regard, certaine de voir apparaître un spectre.

Nathaniel s'était appuyé les fesses contre un évier des toilettes, ayant peine à comprendre d'où lui était venu le coup qui l'avait assommé. On lui avait déjà raconté que deux membres d'une famille de Varsovie s'était retrouvés sept ans après la fin de la guerre. Jan, Élisabeth et Jerzy avaient été réunis grâce à une coïncidence extraordinaire. Mais que

Nicolas se soit trouvé nez à nez avec son oncle dans la ville de Paris dépassait la coïncidence, frôlant davantage la sorcellerie... Élisabeth aurait dit «miracle».

— C'est fou, Jan, mais je suis incapable de réfléchir. Je te jure. À quoi est-ce que je serais censé penser? À Dieu? Au diable?

— Remets ta kippa.

— Bonne idée.

Il déplia sa kippa qui traînait dans sa poche et s'en couvrit d'une main un peu tremblante.

— Et il vit à Paris depuis que son père...

Jan avait grimacé, le mot «père» ressemblant à un outrage à l'histoire de sa famille.

— D'accord... Je suis désolé. Mais comment veux-tu que je l'appelle? *Herr* Schneider?

Jan baissa les yeux et réfléchit longuement avant de répondre que «père» était, pour Adam, le mot le plus honnête.

— Donc, depuis que son père est mort accidentellement en 1955, il est orphelin, tout seul?

— Oui. Il a émigré immédiatement à Paris, où il connaissait quelques musiciens.

— Pourquoi partir? Pourquoi Paris?

— Il ne le sait pas.

— Pauvre Adam! Il fait pitié. Élisabeth va certainement lui demander de venir habiter ici.

— Il n'est pas sûr que l'idée lui sourie. Il habite Paris depuis quinze ans.

— Seul?

— Tout seul... Je pense qu'il s'est consacré à la musique. Il a un quatuor à cordes qui donne des récitals dans des salles importantes de Paris.

— Je parie que tu parles de la salle Gaveau ou de la salle Pleyel.

— Il me semble, mais tu le lui demanderas.

— S'il joue dans ces endroits-là, c'est qu'il doit être très bon. Je vais tenter de le faire auditionner pour l'orchestre symphonique de Montréal.

Jan regarda son beau-frère et lui sourit malgré la tristesse qui ne l'avait plus quitté depuis qu'il avait retrouvé Adam. Jamais il n'avait pensé que celui-ci eût pu survivre à la fusillade. Il essayait désespérément de refuser la commisération de Schneider, qui était certainement intervenu, préférant n'avoir de lui qu'un mauvais souvenir. Mais apprendre que la vie avait eu pour son frère une trêve d'à peine dix ans le troublait terriblement, faisant d'Adam celui que la guerre n'avait jamais quitté. Depuis plus de vingt ans, il en voyait encore les stigmates chez sa sœur, chez Jerzy, parfois même chez lui lorsque certaines nuits se transformaient en cauchemars, mais aucun d'eux n'avait souffert comme Adam. Ils avaient eu faim, ils avaient été terrorisés, ils avaient cru mourir, mais, aux extrémités de tous les couloirs du labyrinthe de leur vie, ils avaient vu des lueurs, alors qu'Adam n'avait rencontré que la mort de ceux qu'il aimait.

Ils sortirent des toilettes, décidant que Nathaniel ferait un petit discours pour éloigner Élisabeth et Agnès de la table. Pendant qu'il parlerait, Jan informerait tous les autres membres de la famille, y compris Florence, et leur demanderait leur avis sur la façon d'annoncer la nouvelle à Élisabeth sans la commotionner.

De retour dans la salle, Nathaniel se dirigea donc vers le microphone.

— Mes amis, mes amis, je vous demanderais une, non, deux minutes d'attention. Élisabeth, ma *lunia*, peux-tu venir me rejoindre avec Pluche?

Élisabeth obéit immédiatement, tenant dans ses bras une Agnès endormie dans sa robe de dentelle et portant au cou sa prothèse auditive recouverte par Florence d'un petit sac taillé dans une dentelle semblable à celle de la robe. Dès qu'Élisabeth fut près de son mari, les invités les applaudirent encore, ce qui les émut tous les deux.

— Dans quelques minutes, nous allons tous nous séparer, vous pour rentrer chez vous, ici, aux États-Unis ou au Manitoba. Nous, nous allons coucher Pluche dans son lit, et, à moins que je fasse erreur, Élisabeth va verser une ou deux larmes de bonheur. Croyez-moi, ce n'est pas facile d'être le mari d'une femme que le bonheur fait pleurer, et Élisabeth joue aussi bien de la larme que de l'archet.

Des rires amusés ponctuèrent la taquinerie de Nathaniel.

— Ma *lunia*, continue de pleurer. C'est la plus touchante façon de me dire que je te rends heureuse.

Élisabeth lui fit un sourire tendre et ému, puis porta son attention sur la table familiale. Il s'y était passé quelque chose d'assez important pour que Jerzy se mouche et se tienne la tête, le pouce sur un sourcil, l'index sur l'autre. Pour quelle raison Florence était-elle sortie de la salle à toute vitesse? Nathaniel continuait de lui répéter son amour, mais elle était davantage curieuse de comprendre pourquoi Sophie et Stanislas se tenaient tous deux près de leur mère. Elle crut même voir Stanislas tapoter doucement la main de son père. Quant à Michelle, elle avait trois doigts devant la bouche, geste qui lui rappela celui qu'elle faisait quand elle était jeune pour cacher sa mauvaise dentition. Elle entendit vaguement Nathaniel raconter combien il avait remercié le ciel d'être venu au Concours international de Violon de Montréal en 1966. Florence réapparut et la regarda dans les yeux, avec un sourire tellement rassurant et complaisant qu'elle comprit qu'on lui cachait quelque chose qui ne pouvait être une surprise-party puisque tous leurs amis étaient avec eux. Nathaniel termina sa petite allocution, l'embrassa et lui prit Agnès des bras avant de la faire passer devant lui pendant que les invités les applaudissaient une dernière fois. Élisabeth s'approcha de la table d'un pas décidé et resta debout, les bras croisés sur sa poitrine.

— Qu'est-ce que vous me cachez?

Il y eut un instant de malaise et Jan jeta un regard à Nathaniel, espérant qu'il avait trouvé la façon de dire.

— Jan! Tu ne m'as jamais rien caché.

Jan était torturé. Pour lui annoncer la nouvelle, il aurait fallu qu'il la prenne dans ses bras et lui retienne la tête comme celle d'un bébé. Il aurait fallu qu'il lui chuchote chacun des mots de son récit pour ne pas l'affoler. Il aurait fallu qu'il entende le conseil de son père, hélas muet depuis son retour d'Europe. Essayait-il de lui faire comprendre que la guerre était finie et qu'ils étaient maintenant assez grands pour se passer de lui et de leur mère?

— Jerzy, as-tu pleuré parce que Nathaniel est un piètre orateur ou parce que ses déclarations t'ont ému?

Jerzy regarda Anna comme s'il avait été pris en défaut. Il avait besoin d'elle et du claquement de sa langue sur sa canine. Toute leur vie avait été chamboulée depuis la fourberie de Casimir, mais jamais ils n'avaient cru qu'elle pourrait l'être davantage. Maintenant que la Pologne avait diminué l'épaisseur de ses frontières et qu'ils avaient décidé d'embaucher de jeunes étudiants polonais pour travailler à la ferme durant l'été, que quatre autres maraîchers de Saint-Norbert s'étaient joints à eux sous la bannière *Aucoin* et avaient reçu les étiquettes beiges «Les jardins d'Anna» pour les coller sur leurs pots de verre, que Stanislas s'était retroussé les manches dans les champs le jour et avait, le soir, pris en main la comptabilité de l'entreprise, et que Sophie acceptait, occasionnellement, comme elle venait de le faire, de chanter autre chose que du rock, le temps était au beau fixe. Mais voici que son jeune frère, qu'il n'avait connu qu'encore caché dans les replis du ventre de sa mère, et sa sœur étaient soudain menacés dans leur fragile équilibre. Jamais il n'aurait pensé pouvoir autant souffrir dans sa chair d'un coup qu'il n'avait pas reçu.

Élisabeth les dévisageait l'un après l'autre, espérant entendre une explication.

— Je ne suis plus une enfant. Pluche est l'enfant.

Elle sentit qu'elle allait s'impatienter lorsque Nicolas lui annonça qu'il était responsable de l'émoi général.

— Assieds-toi, ma tante.

Jan, après avoir lancé un dernier regard de détresse à Nathaniel, décida qu'il lui fallait parler.

— Nous avons ramené quelqu'un avec nous, Élisabeth, et il nous attend tous à la maison.

— Vous avez ramené quelqu'un d'Europe ?

Jan et Nicolas acquiescèrent.

— Que je connais ?

— Que tu devras reconnaître.

Élisabeth ferma les yeux et chercha avec toute l'énergie qu'il lui restait après une fête aussi grandiose et une profonde inquiétude. Puis ses joues et sa bouche s'affaissèrent. Elle se leva, prit son sac à main et sortit de la salle sans saluer les invités. Nathaniel confia Agnès aux bras de Florence et partit à sa suite. Jan le rejoignit, Jerzy à ses côtés. En quelques minutes, ils se retrouvèrent tous dans des taxis.

Adam avait marché sans but, assommé par les quatre derniers jours qu'il venait de vivre. Il avait été transporté de joie pour être ensuite précipité la tête la première aux enfers, puis rehissé au sommet pour s'y faire incendier par le feu du soleil avant de se retrouver, petit tas de cendres, dans le néant de ses souvenirs.

Jamais il n'avait soupçonné qu'il avait été adopté par son père et jamais il ne pourrait croire que celui-ci ait eu quelque chose à voir avec la mort de ses parents. Si le récit de Jan était vrai, des choses néanmoins lui avaient échappé puisque ni lui ni Élisabeth n'avaient pensé qu'il pouvait être vivant, bien qu'ils aient été à une trentaine de mètres du lieu de l'exécution.

Adam était étourdi à la simple pensée de voir surgir toute cette famille qui était la sienne et dont il ignorait l'existence cinq jours plus tôt. Onze personnes, s'il comptait cette Florence, qui allaient briser les barreaux de sa solitude, mais il ne savait s'il voulait la laisser derrière lui, ayant réussi à l'apprivoiser, même à l'aimer. Toute sa vie, il avait été seul, fils unique de son père, seul héritier d'un uniforme allemand, d'une flûte carbonisée, de centaines de cahiers de musique et d'une collection de disques. La mort de son père avait été une catastrophe. Ce soir-là, il avait dressé la table, fait lui-même son gâteau d'anniversaire, et avait attendu. Jusqu'à ce que les bougies se soient noyées dans leur cire. Puis on avait frappé sans délicatesse à la porte et on lui avait appris que son père avait eu un accident.

« Grave ?

— Son véhicule a capoté dans un ravin avant d'exploser. »

Il s'était retrouvé seul avec son deuil et, sans savoir pourquoi, aussitôt les obsèques terminées, il avait vidé l'appartement, ne conservant que quelques babioles, et s'était dirigé vers Paris, espérant que le changement de ville et de pays comblerait son vide. Paris lui avait réussi et sa carrière allait assez bien pour qu'il ait son propre quatuor à vingt-deux ans. Il lui arrivait pourtant de penser que le succès qu'on ne pouvait partager ne faisait jamais vraiment sortir de l'ombre.

Jan le fascinait et il était convaincu de l'avoir admiré lorsqu'il était enfant. Il traversa une rue, souhaitant voir poindre l'aube pour en avoir fini avec cette nuit qui s'annonçait si grande, si noire quoique étoilée, qu'il craignait qu'elle ne devînt un gouffre dont il sortirait difficilement.

Ses pas le menèrent finalement devant la maison de son frère et il vit arriver trois taxis. Il retint son souffle, ayant une folle envie de sauter et de crier : «Je suis là, je suis là», et une peur affreuse de les décevoir et de ne pas être aimé. Il demeura derrière un arbre et vit Jan et Nicolas. Il chercha à mettre un visage et un nom sur les silhouettes qui apparaissaient presque une par une. La femme que Jan prit par la main était certainement Michelle, puisque Nicolas lui avait passé le bras autour du cou. Un homme s'extirpa de la deuxième voiture, s'immobilisa quelques instants et se frotta la jambe. Jerzy. Sa pauvre jambe dont la guerre avait fait une compote était certainement engourdie parce qu'il n'avait pas eu assez de place dans l'automobile. Il le regarda se diriger prestement vers l'escalier et regretta de ne pas être là pour l'accueillir et l'étreindre. Anna, ça ne pouvait être qu'elle, fut rapidement à ses côtés et lui passa une main dans les cheveux pour qu'il fasse une bonne impression. Heureux homme qui était suivi par une fille à la voix de diva et un fils que Jan ne savait décrire autrement que par des superlatifs. Jerzy allait certainement être déçu de ne pas le voir dans le salon.

Puis il vit apparaître une tête blonde, éclairée par le réverbère. Élisabeth... Si seulement il avait pu se rappeler son rire, ou sa voix, ou son parfum, si seulement... Nathaniel tenait Agnès, que tous appelaient Pluche, collée contre sa poitrine. Adam espéra trouver les mots pour consoler sa sœur d'avoir une enfant dont la tête était remplie d'un grand silence. Puis il aperçut Florence, portant son étui à violon en bandoulière. Il eut un sourire amusé. Jan lui avait dit qu'elle était imprévisible, mais jamais il n'avait vu d'étui en bandoulière.

— Non, je ne veux pas y aller.

— Mais, Florence...

— Non, Élisabeth. C'est le Pâques de ta famille. C'est votre ressuscité. Je le verrai demain. Et compte sur moi pour mettre mes doigts dans les trous de ses mains et de ses pieds. Même dans le trou de sa poitrine, avec un peu de chance.

— Qu'est-ce qu'elle raconte ?

— Si tu veux comprendre, enlève ta kippa.

— Élisabeth...

— Oui, Florence...

— Demande-lui de jouer et tu me parleras de son talent, O.K. ?

— Mais qu'est-ce qu'elle dit ?

Adam entendit Élisabeth éclater de rire et répondre qu'elle essaierait. Jan lui avait raconté toutes les mésaventures de sa sœur et lui avait demandé de se préparer au pire. Il fut rassuré par le rire de sa sœur, qui était bon à entendre, et il se dit que sa solitude aurait été moins grande si elle avait été visitée par le souvenir de ce rire.

Ils disparurent derrière la porte refermée par Jan, et Florence demeura seule sur le trottoir, l'air si piteux, si misérable, qu'il eut envie de la consoler. Combien de fois avait-il vu des portes se refermer sur l'inconscient confort d'une famille ! Florence avait généreusement refusé de s'immiscer dans l'intimité de la sienne et il l'entendait tenter d'étouffer ses soupirs. Il s'étonna de cet entêtement, Jan lui ayant répété qu'elle en faisait partie. Peut-être avait-elle peur de voir souffrir Élisabeth et les autres ? Elle resta longtemps à essayer de voir quelque chose, allant jusqu'à sauter pour mieux épier les fenêtres du salon. Il en fut troublé, souhaitant qu'elle n'espérait pas qu'on vînt la chercher. Elle se dirigea alors vers l'arrêt d'autobus, passant devant lui.

— Pourquoi Élisabeth doit-elle me demander de jouer ?

— Oh, mon Dieu !

Florence se retourna et le regarda, ferma les yeux et les rouvrit.

— Vous êtes... vous êtes un double fantôme. Celui de vous-même et celui de Stanislas. Est-ce que Jan et Nicolas vous ont dit...

—... que je suis Stanislas en presque pareil, quoique plus blond, plus grand, plus vieux...

—... et avec un regard différent ?

Elle l'entraîna par le bras sous la lumière du réverbère et s'approcha de lui, puis regarda longuement ses yeux avant de lui sourire avec tendresse.

— Chaque fois qu'Élisabeth m'a parlé de vous, elle a toujours mentionné vos yeux vairons.

— Lequel préférez-vous ? Le bleu ou le vert ?

Florence haussa les épaules et émit un petit ricanement.

— Ça dépend. Lequel utilisez-vous pour faire un clin d'œil ?

Adam ferma l'œil droit. Le bleu.

— Si vous clignez de l'œil bleu, c'est le vert que je préfère, pour ne pas qu'il soit seul. Mais qu'est-ce que vous faites ici ? Ils doivent penser que vous ne voulez pas les rencontrer.

— À vous, je peux bien le dire : j'ai peur.

Ils se turent et Florence comprit qu'il devait souffrir un martyre peu commun. Elle eut envie de lui passer la main dans le visage pour le rafraîchir en en effaçant toutes les angoisses, mais se retint.

— Élisabeth était furieuse contre Jan parce qu'il ne lui avait pas téléphoné de Paris. Elle a pleuré tout le long du trajet...

— Pleuré? Oh non!

— Mais c'étaient des pleurs de joie.

— Vous en êtes certaine?

— Oui. Elle en a même ri tout en sanglotant. Vous vous rendez compte? Toute sa vie, elle a pensé être responsable de votre mort.

Florence s'approcha d'Adam, lui prit la main et le conduisit jusqu'au pas de la porte. Elle ne remarqua pas le voilage levé, à l'extrémité de la fenêtre. Pas plus qu'elle ne vit Élisabeth les regarder. Adam s'immobilisa quelques instants et perça l'obscurité avec son regard pour s'accrocher à celui d'Élisabeth, qui hocha lentement la tête en signe de reconnaissance.

— Vous êtes prêt maintenant?

Adam lui sourit, puis lui retint la main pour l'empêcher de sonner. Elle ferma les yeux, étonnée de sentir sa main se détendre dans la sienne. Il se pencha et la lui embrassa.

— Qui vous a montré le baisemain?

— Mon père.

— Mais il n'était pas polonais. Les Allemands font le baisemain aussi?

— Il l'avait peut-être appris de... mon père.

Adam la regarda et lui prit l'autre main, qu'il baisa aussi. Florence en fut si intimidée, si chavirée, qu'elle ricana pour se donner une contenance.

— Mon idée de porter mon étui en bandoulière n'est pas bête! J'ai les deux mains libres.

Adam les lui prit, les serra l'une contre l'autre et les porta à sa joue.

— Avant d'appuyer sur le bouton, laissez-moi vous dire que votre interprétation de l'air de la «Reine de la nuit» m'a à la fois ému et transporté de joie.

— Vous étiez là?

— Oui. Je vais vous revoir demain?

Florence le regarda dans les yeux, trouvant ridicule d'être là, face à Adam, à se demander comment elle pourrait l'inviter chez elle. Élisabeth la renierait.

— Promis. Je sonne?

Adam s'agita, aussi troublé qu'elle, se sentant aussi démuni et aussi intimidé, mais certain qu'il ne voulait pas la laisser partir.

— Connaissez-vous Paris?

— J'y ai joué, mais je n'ai jamais vraiment eu le temps de le visiter.

— Je pourrai peut-être vous accompagner... J'habite tout près de Notre-Dame.

Florence comprit qu'Adam allait rentrer en France et elle lui sourit, tâchant de cacher sa légère déception.

— Il est important que je rentre. J'y ai des élèves et un quatuor. Mais maintenant je sais où je vais aller pour les congés et les vacances. Je vais revenir dans ma famille. Croyez-vous qu'ils vont m'écrire?

— Évidemment qu'ils vont vous écrire!

— Je n'ai jamais reçu de courrier, sauf trois cartes postales de mon père.

Adam regarda Florence d'un air si fragile qu'elle eut peur de l'entendre se fêler comme une porcelaine.

— Allez-vous m'écrire?

— Moi? Vous voulez que je vous écrive?

— Oui. Peut-être pour me demander d'aller vous chercher à Orly ou... ou pour me dire que vous m'attendez dans le café du coin de la rue.

— Alors, je vais vous écrire. Demain si vous le souhaitez. La lettre arrivera avant vous.

Adam se passa les doigts dans les cheveux et Florence tenta vainement de résister. Elle posa doucement sa main sur sa tête, puis lui caressa lentement les cheveux plus qu'elle ne les lissa, exactement comme Anna l'avait fait à Jerzy quelques minutes plus tôt.

— Et vous direz...

Florence croyait rêver. Adam ressemblait tellement aux autres Pawulscy qu'elle avait l'impression de le connaître depuis toujours. Il était aussi doux qu'Élisabeth, avait les yeux tendres et perçants de Jan, et le même regard trouble que Jerzy.

— Que je viendrai à la nage si vous me dites aimer le sel. Ou que je peux vous offrir mon dos...

— Vous ne préférez pas me voir jouer du violoncelle avant? Parce que, si j'ai bien compris...

Elle le bâillonna de sa main, fit non de la tête et lui ouvrit la porte.

(PAUSE)

Épilogue

Berlin, 7 janvier 1955.

Joyeux anniversaire !

Dans quelques heures, je serai à la maison et tu auras reçu ton présent. J'espère que tu aimeras la version de Karajan, car je tenais à t'offrir ce disque sur lequel je joue sous sa direction. Depuis qu'il est le chef de l'orchestre philharmonique de Berlin, soit depuis un an, j'ai retrouvé le plaisir de la musique tel que je l'avais eu pendant la guerre.

Mes yeux ont juré à une femme de te tenir la main et de te dire la vérité. J'ai reporté la chose d'année en année, ne sachant comment dénouer l'écheveau de mes mises en scène et de mes mensonges, mensonges pieux, Adam, tous inventés pour te protéger. Maintenant que tu as quinze ans, je ne peux plus attendre et il faut que je t'informe du chemin que tu as parcouru. Je t'en prie, quand tu liras la prochaine phrase, surtout ne lève pas les yeux. <u>Tu n'es pas mon fils</u>.

Pendant la guerre, j'ai été envoyé à Cracovie, au Wawel, où nous avions établi le siège du gouvernement de Pologne. Ton père y travaillait. Il était historien et on l'avait «mandaté» pour réécrire l'histoire, ce qui est honteux. Ne crois jamais un livre d'histoire. Maintenant que je sais comment l'histoire est écrite, je me méfie de la mémoire de

403

l'homme. Ton père, donc, travaillait au Wawel. Il a attiré mon attention par ce jeu, qu'il jouait admirablement bien, de vouloir passer inaperçu. J'ai fouillé dans les dossiers et j'ai appris qu'il était aussi violoncelliste et marié à une musicienne. J'ai aussi su que ta mère était le professeur le plus en vogue de Cracovie. Je ne savais comment faire leur connaissance, ayant envie de jouer avec eux, las des soirées avec mes collègues, qui buvaient de la bière entre deux mouvements ou racontaient leur horreur quotidienne avant une berceuse. Un jour, les forces allemandes ont coulé, au large des côtes de l'Angleterre, l'«Empress of Britain», un navire qui transportait des enfants au Canada pour les mettre à l'abri de nos bombes! J'étais scandalisé et honteux d'appartenir à un pays qui avait fait une chose aussi barbare. Je me suis donc réfugié dans un cagibi et m'y suis défoulé en frappant le mur de mes poings et de mes pieds avant de découvrir que j'étais dans le «bureau» de ton père, qui me regardait, terrifié, convaincu que j'allais le mettre aux arrêts pour le bâillonner. Je n'en fis rien, mais sortis la tête haute et en claquant les talons.

Ce jour-là, j'ai demandé que l'on réquisitionne une pièce chez tes parents et je suis allé y habiter. J'espérais que ton père comprendrait qu'il était désormais protégé, mais je crois qu'il a plutôt cru qu'il était espionné. Je leur ai remis des coupons de rationnement pour qu'ils achètent de la nourriture, mais ta mère les utilisait uniquement pour moi. Je ne pouvais parler, Adam. J'ai fait venir ma flûte et je leur ai demandé si je pouvais me joindre à eux, ce qu'ils n'ont pas osé refuser. Nos premières soirées musicales ont été tendues, mais ta mère a déclaré que ces heures seraient des heures de trêve et j'ai sincèrement cru que nous nous apprivoisions. Ton frère Jan et ta sœur Élisabeth étaient tous les deux d'extraordinaires violonistes — ton frère était incontestablement le meilleur — et je trouvais terriblement injuste que la guerre mette une sourdine à leur musique. Tes parents recevaient régulièrement la visite de Meister Porowski, le professeur de musique de ta mère. Je crois que c'est le plus grand musicien que j'ai connu, et il m'a fait dire — il ne m'adressait jamais la parole puisque j'étais l'ennemi — qu'il s'inclinait devant mon talent. Oh! Adam, si seulement j'avais pu le remercier! Si seulement j'avais pu lui faire savoir qu'il ne courait aucun danger avec moi! Je me souviens d'avoir monté son vélo dans l'appartement pour empêcher qu'il ne soit volé. Dieu ait son âme!

Quant à toi, tu m'as adopté le jour de mon arrivée. J'étais parfois gêné devant tes parents, surtout le jour où tu leur as dit que j'étais la seule grande personne qui fût ton amie. Ta mère toléra ma présence, faisant taire sa peur. Quand j'avais pris connaissance du dossier de ton père, j'y avais lu qu'il avait été pris dans la rafle de l'université de Cracovie et envoyé dans un camp d'où il était sorti à moitié mort. Ton père me détesta toujours profondément, viscéralement, se méprenant sur tout ce que je lui disais. C'était un intellectuel, qui aimait tout analyser. Il était peut-être compétent pour comprendre le passé, mais je lui aurais donné zéro pour sa lucidité quant au présent. Moins d'un an avant la fin de la guerre, en juin 44, Hitler a échappé à une nouvelle tentative d'assassinat — un vrai chat. J'avais fait partie des conspirateurs et j'ai été amèrement déçu de cet échec. Je suis donc remonté au bureau de ton père pour y passer ma colère et ma frustration, et je lui ai demandé s'il comprenait ce qui serait arrivé si Hitler avait été tué. De sa réaction timorée, je déduis qu'il a pensé que j'aurais vu la chose comme une catastrophe, alors que c'était la bénédiction dont l'Allemagne, que dis-je, le monde avait besoin. J'ai alors remarqué qu'il calquait une carte géographique sur du papier pelure. Ton père, je le savais, n'avait pas quitté l'enseignement, et il s'y adonnait avec d'autres résistants. Je lui ai souri en lui demandant si ce qu'il faisait était pour son travail. Il n'a pas compris que je lui disais ainsi que j'étais au courant de toutes ses activités et que je n'avais jamais eu l'intention de le dénoncer. Ce Noël-là, je *leur ai conseillé de manger à leur faim. Ton père a cru que je leur annonçais cyniquement qu'ils iraient immédiatement à la potence et qu'ils avaient droit au dernier repas du condamné. Oh! Adam, c'était terriblement difficile de me taire, de ne pas leur dire que je les protégeais depuis le premier jour. Les S.S. ont commencé à me lancer des pointes et à faire des allusions, et j'ai parfois eu peur qu'ils s'en prennent à vous, surtout le soir où j'ai appris qu'ils avaient tué Meister Porowski. Ce soir-là, j'ai longuement prié pour qu'il accorde son pardon à l'Allemagne, qui l'avait tué parce qu'il venait vous porter de la nourriture. C'est au cours de cette soirée que fut prise la photo où nous sommes côte à côte au garde-à-vous. L'autre photo, sur laquelle se trouve ta mère, tu l'as prise toi-même sans faire exprès, quelques jours plus tôt. Ta mère était une femme merveilleuse, jolie et talentueuse. Ta sœur lui ressemblait beaucoup.*

Bon, tu dois trouver que je m'épanche trop et que cela ne me ressemble guère, aussi vais-je essayer d'être bref. Nous perdions la guerre et les Prussiens sont de mauvais perdants. La tension dans la ville montait de minute en minute, un peu comme une marée. Quelques jours avant la chute de Cracovie, je suis tombé sur une liste de personnes qui devaient être exécutées et j'ai vu vos noms! Comment te dire mon effroi? Ton père et ta mère pour avoir fait de la résistance, ton frère pour son petit commerce illicite de charbon — il était futé comme pas un, tenant tête à n'importe qui du haut de ses quinze ans —, ta sœur parce qu'elle fréquentait l'école et qu'elle faisait avec toi la distribution du courrier des résistants. Tu n'aurais jamais figuré sur cette liste cinq ans plus tôt, puisque tu étais et es toujours trop «aryen», avec ta tête blonde et tes yeux clairs.

J'aurais voulu arracher la page du registre, mais je n'ai pas réussi à être seul une minute. Je suis donc rentré à la maison un peu plus tôt, et j'ai demandé à ton père de quitter la ville et de vous emmener à la ferme de Meister Porowski.

Ton père me regardait avec méfiance et j'avais sincèrement envie de le secouer. Quand, le lendemain, j'ai vu que vous n'étiez pas partis par le premier train, je suis allé m'enfermer quelques minutes dans ma chambre pour réfléchir. Ton père est venu me voir et m'a demandé : « Est-ce pour aujourd'hui ? » Je lui ai dit que oui et il m'a remercié. Puis il est allé vous retrouver et vous a fait partir tout de suite. Quand je suis arrivé au Wawel, j'ai appris que le peloton d'exécution avait déjà commencé sa journée. Je suis donc revenu à la maison à la hâte, prétextant que j'avais oublié quelque chose. C'est alors que je les ai vus, traînant tes parents dans la neige et la boue. Tu étais là aussi et j'ai cru mourir. Ton père les a suppliés de vous épargner, toi et ta mère, mais il n'a pu finir sa phrase. Je jouais des coudes pour m'approcher afin que ta mère me voie, et, quand elle m'a aperçu, elle a crié : « Adam, Heil Hitler ! Heil Hitler ! » Elle te poussait vers moi et, des yeux, me suppliait de te sauver. En te demandant de saluer le diable, elle te demandait de te germaniser, ce que tu as fait. Tu te rends compte ? Elle a été exécutée pour avoir fait de la résistance et elle est morte en criant : « Heil Hitler ! » Nous sommes les seuls à avoir compris son message. Alors, tu t'es lancé dans mes bras et je t'ai pris en te disant que tu étais trop beau, trop blond, trop aryen et que je te voulais. Je t'ai couché dans ma voiture pour qu'ils n'aient pas le temps de réagir et je suis parti à toute vitesse pour te cacher.

Le même soir, je suis revenu à la maison pour chercher tes effets et tenter de savoir où étaient ton frère et ta sœur. Ne les voyant pas, je suis allé chez la concierge pour lui dire que tu étais vivant et lui demander où je pouvais les trouver pour tenter de les emmener, profitant de la débandade de l'armée. La concierge ne m'a pas ouvert et je n'ai pas osé crier ou enfoncer la porte, par crainte d'ameuter toute la rue.

Je ne sais comment expliquer la suite des événements. Tu as cessé de parler polonais sans que je te le demande.

Pendant une année, tu t'es bercé, lentement, chantonnant des airs que nous avions joués certains soirs. Puis, un matin, tu t'es levé et tu n'as plus parlé qu'allemand. J'ai quitté Munich, où je connaissais trop de gens, pour Berlin, choisissant la zone américaine. J'ai raconté que ma femme avait été tuée et que mon fils avait échappé aux bombardements. Je me suis présenté comme ton père et tu ne m'as jamais contredit. Je crois que tu t'es imaginé que si tu me contredisais, tu pouvais mourir. J'ai insisté pour que tu continues à jouer du violon, et tu as continué. Je t'ai demandé d'apprendre le violoncelle, et tu l'as appris. Tu ne m'as jamais reparlé de tes parents, Adam, et je souhaite sincèrement que nous le fassions ce soir, dès que tu auras terminé la lecture de cette lettre. Tu as été un fils extraordinaire. Malheureusement, tu n'es pas le mien, mais celui de Tomasz et Zofia Pawulscy, de Cracovie.

Pardonne-moi ma lâcheté, car j'aurais peut-être pu les sauver. Pardonne-moi ma lâcheté, car j'aurais peut-être pu te dire plus tôt que tu avais réussi à sortir de l'enfer. Pardonne-moi de n'avoir pas réussi à retrouver ton frère et ta sœur. J'ai même tenté de retrouver celui que je n'avais jamais rencontré et qui se prénommait Jerzy. Ma seule consolation, Adam, c'est de savoir que tu as hérité de leur talent, et je te remercie de m'avoir accepté comme père.

H. Schneider.

(SILENCE)